Jenseits des Ozeans

Romane von Keira Andrews in englischer Sprache

Gay Amish Romance Series
A Forbidden Rumspringa
A Clean Break
A Way Home
A Very English Christmas

Contemporary
Valor on the Move
Test of Valor
The Winning Edge
In Case of Emergency
Eight Nights in December
Road to the Sun
The Next Competitor
Arctic Fire
Reading the Signs
Beyond the Sea
If Only in My Dreams
Where the Lovelight Gleams
The Chimera Affair
Love Match
Synchronicity (Gratis!)

Historical
Kidnapped by the Pirate
The Station
Semper Fi
Voyageurs (Gratis!)

Paranormal
Kick at the Darkness
Fight the Tide
A Taste of Midnight (Gratis!)

Fairy Tales
Levity
Rise
Flight

Jenseits des Ozeans

BY KEIRA ANDREWS

Jenseits des Ozeans
Eine Keira Andrews Originalveröffentlichung

Titel der Originalausgabe: Beyond the Sea (ISBN: 978-1-988260-02-0)
Geschrieben und veröffentlicht von Keira Andrews
Ins Deutsche übertragen von Betti Gefecht
Coverdesign: Dar Albert
Formatierung: BB eBooks
Copyright: Keira Andrews © 2016. Alle Rechte vorbehalten.

ISBN: 978-1-988260-34-1
Print Ausgabe

Danksagungen

Mein Dank an Anne-Marie, Becky, Jay, Jules, Mary für Eure unschätzbaren Dienste als Korrekturleser und Eure Freundschaft. Danke auch an Liz, weil Du meine Begeisterung für Luftfahrt teilst und so manchen Samstag damit zugebracht hast, mit mir zusammen Dokumentationen auf YouTube anzuschauen.

Und schließlich Danke, Rachel, für Deine Ehrlichkeit, Deine Güte und Deine nie nachlassende Unterstützung.

Kapitel 1

DER ANBLICK SEINES kleinen Bruders mit dem Strohhalm in der Nase brachte das Fass zum Überlaufen.

Troys Oberschenkel brannten vom Training und weil er die Treppen zum obersten Stockwerk im Laufschritt genommen hatte, als er Tyson anstarrte, der nur in seinen Boxershorts auf dem Boden kniete und weißes Pulver von einem Handspiegel auf dem Couchtisch sniffte. Die Tür von Tysons Hotelsuite schlug hinter Troy zu, der in seinen verschwitzten Trainingsklamotten da stand wie angewurzelt. Selbst, wenn er in der Lage gewesen wäre, etwas anderes zu äußern als gebrüllte Flüche, dröhnten die *Rolling Stones* zu laut, als dass jemand ihn hätte hören können.

Die Vorhänge waren zugezogen und schirmten den Wohnbereich gegen die Sonne und jegliche Kameraobjektive ab. Gläser und Flaschen bedeckten sämtliche Oberflächen, und der Gestank von Zigaretten und Gras hing schwer in der Luft. Ein paar Mädchen in knappen Shorts und bauchfreien Tops lümmelten auf der Couch mit Nick, der der beste Tänzer der Band und ein ganz passabler Sänger war. Wie das lebendig gewordene Klischee einer MTV-Doku.

Der Umstand, dass eine der Frauen auf dieser heimlichen Party Troys Freundin war, ließ seinen Zorn nur noch mehr aufwallen. Er hatte gedacht, dass Savannah nicht mehr konsumierte als ein bisschen Alkohol und einen gelegentlichen Joint, aber hier war sie nun. Ihm drehte sich der Magen um angesichts ihres Betruges, und er wusste nicht, ob er eher verletzt oder wütend war.

Eines der Groupies hob ihren Kopf und starrte Troy mit glasigen Augen an. Auf dem Boden lag eine weggeworfene Nadel direkt neben ihren schlaff herunterhängenden Fingern. Savannah folgte ihrem Blick und sprang so hastig auf die Füße, dass ihre langen Locken durch die Luft wirbelten und eine ihrer Brüste aus dem Trägertop rutschte. Ihre Pupillen waren zu groß und ihre blauen Augen zu hell. Sie trug Make-up, so wie immer, aber ihre Lippen schienen unnatürlich rot zu sein.

„Troy!" Sie rückte hektisch ihre Kleidung zurecht, während sie gleichzeitig mit einem Fuß nach Nick trat, der komplett weggetreten war: Sein Kopf war zurückgeworfen, und sein Mund hing weit offen. Das blonde Haar war matt und ungewaschen, und seine Haut wirkte fahl im künstlichen Licht der Zimmerlampen.

Nicks Feierei hatte auf dieser Tour dramatische Ausmaße angenommen und, *Scheiße*, Troy hätte etwas dagegen unternehmen müssen. Nick war Tys bester Freund und sein schlimmster Einfluss. Troy hätte voraussehen müssen, dass so etwas passieren würde. Er hätte zu Joe gehen sollen, denn dafür waren Manager schließlich da. Aber er hatte keinen Ärger machen wollen. Er hatte sich eine Scheibe von seiner Mutter abgeschnitten und den Kopf in den Sand gesteckt.

Aber die beschissene Wahrheit war, dass Joe und die Plattenfirma längst Bescheid wussten. *Natürlich* wussten sie es, mit der Crew und dem ganzen Personal, das auf dieser Tour arbeitete. Die Bandmitglieder von *Next Up* konnten nicht einmal niesen, ohne dass die komplette Entourage es mitbekam. Sie wussten es, und sie hatten nicht das Geringste unternommen.

Nick grunzte und murmelte irgendetwas, und Troy hätte ihn am liebsten mit bloßen Händen in Stücke gerissen und anschließend seinen dummen, verantwortungslosen Hintern zum Entzug geschleift, zusammen mit Ty.

Savannah stürzte sich auf das iPod-Stereodock, das auf der vollgemüllten Bar stand, und drückte den Knopf. In der plötzlichen Stille riss Tyson den Kopf hoch und sah vom Boden her zu Troy auf, immer noch mit dem Strohhalm in der Hand.

Tyson war wie ein Spiegel von Troy als Teenager. Sie hatten beide dunkles, lockiges Haar, aber weil jedes Bandmitglied einen anderen Look haben musste, trug Troy seins kurzgeschoren, und Ty ließ es engelhaft herabwallen. Sie hatten die gleichen dunkelbraunen Augen und die gleiche gebräunte Haut. Und ihre ovalen Gesichter ähnelten einander bis hin zu dem kleinen Grübchen im Kinn. Aber Tyson war gute zehn Zentimeter kleiner als Troy, und fünfzig Pfund leichter. Mit zweiundzwanzig war er immer noch das Nesthäkchen der Band, ein hübscher Junge und der harmlose Schwarm von jungen Mädchen weltweit.

Troy wollte ihn sich über die Schulter werfen und nach Hause schleifen. Ihn einsperren.

Tyson leckte sich die Lippen. Seine Stimme klang gebrochen. „Hey, Mann. Wir haben nur … ist keine große Sache, BT.“

Kurzform für „Big T“, der Spitzname, den Troy von den Fans bekommen und den die Band aufgegriffen hatte. Er starrte auf seinen kleinen Bruder herab. An Tysons Nasenflügeln klebte Kokainpulver wie Staub. Savannah griff nach Troy. Als sich ihre Finger mit den rot lackierten Nägeln um sein Handgelenk schlossen, merkte Troy, dass er seine Fäuste so fest geballt hatte, dass seine stumpfen Fingernägel beinahe die Haut seiner Handflächen durchbohrten. Er schüttelte Savannah ab und stieß scharf den Atem aus.

Sie atmete heftig. „Ich dachte, du würdest heute zusammen mit Thomas diese Band-Durchschneide-Nummer bei der Tierheimeröffnung machen?“

„Greg wollte die Koalas sehen, also ist er an meiner Stelle hingegangen. Ich war trainieren. Ich dachte, vielleicht könnten wir alle zusammen schwimmen gehen. Aber offensichtlich hattet ihr schon was anderes vor.“

Ty schnaufte trotzig. „Reg dich ab, Alter.“

„Mich *abregen*? Scheiße, ich fasse es nicht“, krächzte Troy, als hätte er Glasscherben im Hals. „Du hast es versprochen!“ Er starrte seinen

Bruder an. „Du hast es mir *geschworen*.“

Er ignorierte Savannahs Protest und ging um sie herum. Mit einer Hand schnappte er sich Tyson und riss ihn hoch und auf die Füße, mit der anderen Hand wischte er das verbliebene Kokain vom Tisch, sodass es durch die Luft wirbelte. Er hielt seinen Bruder fest und starrte in seine riesigen Pupillen. Sie sahen so falsch aus in seinem Babygesicht. Mit groben Bewegungen untersuchte er Tysons Arme. Er griff unwillkürlich fester zu, als er die Einstichstellen fand. „*Heroin*? Willst du mich verarschen? Und dann Koks zum Nachtisch, damit du zum Konzert wieder fit bist?“ Er funkelte Nick an, als er hinzufügte: „War das seine beschissene Idee? Jede Wette war es das.“

Tyson schluckte hörbar. Seine Locken schwangen herum, als er den Kopf schüttelte. „Wir haben nur … das ist kein …“ Er sah zu Nick hinüber, der immer noch auf der Couch zusammengesackt war. Vom ihm war eindeutig keine Hilfe zu erwarten. „Es ist guter Stoff! Nicht so ein gefährliches Zeug wie das von der Straße. Es ist nur zum Spaß. Völlig sicher.“

„Es gibt kein sicheres Heroin! Und auch kein sicheres Koks! Egal, wie rein es ist.“

Tyson riss seinen Arm los und baute sich stirnrunzelnd auf. Die übliche, rechtschaffene Entrüstung stellte sich ein. „Du bist so ein Spielverderber. Du bist mein Bruder, nicht mein Vater. Verpiss dich einfach.“

„Du willst jetzt ernsthaft über Papa reden? Wäre er hier, dann hätte er sich ganz vorn angestellt für einen Schuss. Er ist der verdammte Grund, warum du nicht mal in die Nähe von diesem Scheiß darfst.“ Er sah Savannah finster an. „Keiner von euch.“

„Gott, sie hat nur Spaß.“ Ty machte eine wegwerfende Handbewegung. „Sie ist einfach leid, wie scheiß-langweilig du bist.“

Es hätte nicht wehtun sollen, aber das tat es. Ein eisernes Band schloss sich um Troys Lunge, und er atmete schnell und schwer. Sein Blick schoss zu Savannah, die die Augen aufgerissen hatte. „Ist das so? Gut zu wissen.“

Sie langweilt mich schon seit Monaten, flüsterte eine leise Stimme in seinem Inneren. Sie war die Vorgruppe von *Next Up*, und je länger sich die endlose Tournee hinzog, umso weniger hatten sie einander zu sagen. Er wusste, dass sie nicht zusammenpassten, warum also war er eigentlich noch mit ihr zusammen? Sicher, sie war wunderschön – dreiundzwanzig und hinreißend, mit festen Brüsten und einer tollen Stimme. Aber er wollte mehr.

„Natürlich nicht!" Besagte Stimme stieg mehrere Oktaven, während sie über ihre Worte stolperte. „Troy, du weißt, dass ich dich liebe."

Troy stand da in diesem wahnsinnig teuren Hotelzimmer am anderen Ende der Welt und wusste gar nichts mehr. Sein Zorn war abgeebbt und fühlte sich nur noch wie kleine Nadelstiche an, und zurück blieb nur die kalte Wahrheit. „Nein, tust du nicht. Und ich liebe dich genauso wenig."

Savannah zuckte zusammen und blinzelte. Ihre Augen füllten sich mit Tränen. Er fühlte sich auf der Stelle schuldig und versuchte, seine Stimme sanfter klingen zu lassen. „Ich sage das nicht, um dich zu verletzen. Es ist einfach nur die Wahrheit."

„Gott, Troy. Wieso bist du nur so ein Arschloch?" Tyson verzog das Gesicht. „Nur, weil du sauer auf mich bist, musst du nicht so gemein zu ihr sein."

„Ist hier noch mehr Stoff?"

Alle drehten sich zu der Rothaarigen um, die ihre Beine über Nicks Schoß ausgestreckt hatte und Kaugummi kaute.

Sie zuckte benommen die Achseln. „Wenn ihr wollt, dass er es zur Show schafft, gebt ihr ihm lieber was."

Savannah sah ganz bewusst nicht zu Troy, als sie sich räusperte. „Okay, kümmern wir uns erst einmal um Nick. Mit dem Rest können wir uns später befassen. Wir haben eine Show vor uns."

„Nein." Es war so ein schlichtes Wort – *nein* – aber Troy konnte sich nicht erinnern, wann er es das letzte Mal zu Tyson gesagt und auch so gemeint hatte.

Gott, wahrscheinlich war das vor fünf Jahren an Troys einundzwanzigstem Geburtstag gewesen. Sie hatten in Las Vegas gefeiert, und Troy hatte einen Lapdance verweigert. Aber Tyson hatte ihm trotzdem einen gekauft, obwohl überall Leute mit ihren Handys filmten. Und obwohl er sowieso zu jung gewesen war, um in einem Stripclub zu sein. Sie hatten kurz zuvor bei den MTV Video Awards gewonnen, und Ty kam überall rein, wo er wollte.

Weil niemand Nein zu ihm sagte.

„Nein", wiederholte Troy. Das Wort fühlte sich gut an auf seiner Zunge.

Alle Augen wandten sich ihm zu, abgesehen von Nicks – das Arschloch war immer noch bewusstlos und schnarchte.

Tysons Schneid ließ deutlich nach. Er versuchte zu lächeln. „Hör zu, wir kriegen das schon hin, BT. Wie Savannah schon sagte, wir haben eine Show vor uns. Es ist unsere letzte Nacht in Sydney."

„Nein." Troy holte tief Luft. Er hatte sich entschieden, und er war fest entschlossen. „Nein", wiederholte er. „*Du* hast eine Show vor dir. Ich werde weder dich noch Nick auch nur eine Minute länger bei dem hier unterstützen. Ich steige aus."

„Whoa!" Das andere Groupie-Mädchen auf der Couch, das bis hierhin nur völlig zugedröhnt zugesehen und gekichert hatte, hörte auf zu grinsen.

„Du kannst nicht aussteigen!", stieß Savannah hervor. „*Next Up* kann ohne dich nicht auftreten. Es kommen Tausende von Fans. Du kannst uns nicht ohne Warnung hängenlassen!"

„Ich habe euch in jener Nacht in Perth gewarnt." Er wandte sich an Tyson, dessen Augen weit aufgerissen waren. Das Weiß darin stand in starkem Kontrast zu seinen geweiteten Pupillen. „Ich hab's dir gesagt! Nimm noch einmal Drogen, und ich bin raus." Erinnerungen daran, wie er das tote Gewicht ihres Vaters die Treppen hochschleifte, kamen ihm hoch. All die Nächte, in denen er sich um ihn gekümmert hatte, um das Schlimmste von Ty und Mama fernzuhalten.

All die Nächte, in denen er hätte Nein sagen sollen.

„Ich werde nicht zusehen, wie du dein Leben in die Scheiße reitest,

Ty. Ich werde dir nicht dabei helfen. Werde nicht hierbleiben und meine Rolle spielen wie der brave, kleine Soldat, während du mich anlügst."

Tyson presste seine Lippen zu einer schmalen Linie zusammen und hob das Kinn. „Schön. Geh. Wir werden dich nicht vermissen. Wir brauchen dich nicht. Greg kann deine Nummern singen." Zitternd fauchte er: „Du warst sowieso nur in der Band, weil du mein Bruder bist!"

Troy zuckte zusammen. Es war die Wahrheit – als ihr Vater die fünfköpfige Boyband aufgebaut und bei einem Label untergebracht hatte, war Tyson der Star gewesen und Troy nur Teil des Gesamtpakets. Er atmete tief ein und wieder aus und riss sich mühsam zusammen. „Ich weiß. Ich liebe dich, Ty. Ruf mich an, wenn du bereit bist, Hilfe anzunehmen."

„Ich brauche dich nicht!", schrie Tyson. Er wirbelte herum, hob einen Stuhl vom Boden hoch und warf ihn gegen ein verspiegeltes Kunstwerk, das an der Wand hing.

Das Glas zerbrach in tausend Stücke, und Troy wollte bleiben und die Scherben aufsammeln. Ein weiteres Erinnerungsbruchstück blitzte in seinem Verstand auf: ihr Vater, benommen und lallend. Die Versprechungen und die Lügen. Lügen, Lügen, Lügen.

Troy hatte alles versucht, um ihrem Vater zu helfen. Er war stets da gewesen, um ihm die Treppe hochzuhelfen und ihn ins Bett zu schleifen. Mama schlief in einem anderen Zimmer – sie behauptete, Papa hätte das Restless-Leg-Syndrom. Also war es Troy gewesen, der ihm die Schuhe ausgezogen hatte, der ihm geholfen hatte, sich in einen Eimer zu übergeben. Während er stets so getan hatte, als wäre alles in Ordnung. Als hätte sein Vater nur mal eine schlimme Nacht, und am nächsten Morgen würde alles wieder gut sein. Nie hatte er auch nur ein gottverdammtes Wort gesagt, bis es zu spät war.

Und dasselbe hatte er auch vor einer Woche in Perth getan, als Ty sich total mit Alk und Koks zugedröhnt hatte und die Wände hochgegangen war, bevor er schließlich zusammengebrochen war. Ty hatte danach Versprechungen gemacht, die so vertraut klangen, dass Troy seinen Vater vor sich gesehen hatte – die blonden Haare in alle Richtungen stehend und mit getrocknetem Erbrochenen auf dem Kragen.

Schuldgefühle, Bedauern und beißende Bitterkeit brachten ihn schließlich dazu, seine Füße in Bewegung zu setzen.

Es war Zeit für eine grundlegende Veränderung. Wenn er ausstieg, dann wären Joe und das Label gezwungen, etwas zu unternehmen. Dann könnten sie es nicht länger ignorieren.

Bruno, einer ihrer gigantischen Sicherheitsleute, kam in dem Augenblick hereingestürmt, als Troy die Tür erreichte. Bruno hatte vier Jahre lang für XP gearbeitet, eine drogenverrückte Rapgruppe, die die Charts genauso auseinandergenommen hatte wie ihre Hotelzimmer. Es gab nichts, was er nicht schon gesehen hatte.

„Alles in Ordnung?", fragte Bruno ausdruckslos.

Troy nickte und schob sich an ihm vorbei in den stillen Hotelflur, von dessen Ende her sich zwei weitere Sicherheitsleute auf ihn zu bewegten. Sein Magen krampfte sich zusammen, und er stützte sich mit einer Hand an der cremefarbenen Textiltapete ab. *Oh Scheiße. Scheiße, Scheiße, Scheiße.*

Konnte er das wirklich durchziehen? Würde es überhaupt helfen? Oder ließ er seinen kleinen Bruder im Stich, wenn er ihn gerade am meisten brauchte? Nein, er musste seinen Standpunkt unmissverständlich klar machen. Er musste etwas Dramatisches unternehmen. Wenn er jetzt blieb, würde Ty wissen, dass alles nur leere Drohungen gewesen waren. Troy würde nach Hause zurückkehren und ihre Mutter holen. Sie wachrütteln und ihr die Wahrheit über ihren Vater sagen, die sie nie hatte sehen wollen.

Er hatte das Gefühl, sich übergeben zu müssen.

„Schatz?"

Er entzog sich Savannahs Berührung, als die Wachleute näherkamen, und bellte: „Es geht uns gut!" Als hätte er einen Zauberstab geschwungen, zogen sie sich sofort zurück. Ihre Schritte waren auf dem dicken Teppichboden kaum hörbar.

Savannah verschränkte die Arme vor der Brust und sah ihn aus feucht glitzernden, blauen Augen an. Sie war barfuß, und ohne ihre üblichen Absätze maß sie kaum einen Meter sechzig. „Du kannst nicht aussteigen. Was ist mit den Fans?"

Er unterdrückte das klebrige Gefühl von Schuld. „Die Fans werden wesentlich trauriger sein, wenn Ty und Nick an einer Überdosis sterben. Die beiden brauchen Hilfe, und ich muss sie zwingen, welche anzunehmen. Ich muss das Label zwingen, etwas zu unternehmen."

„Okay, wenn die Tour vorbei ist–"

„Nein! Jetzt! Nach Australien kommt noch Nordkorea und Japan. Ich kann nicht warten. Ich werde nicht warten."

„Aber du hast einen Vertrag. Du bist Mitglied der größten Popband der Welt! Die berühmteste seit *One Direction* und *Backstreet* zusammen. Sie werden dich nicht aussteigen lassen."

„Dann sollen sie mich verklagen. Ist mir egal. Ich werde nicht daneben stehen und Däumchen drehen, während Ty sich umbringt. Während er und Nick auch noch dich in diese Scheiße hineinziehen. Drückst du jetzt etwa auch Heroin? Großer Gott, Sav. Ich hätte dich für klüger gehalten. Wirf nicht deine Karriere weg. Dein *Leben*."

Sie schüttelte heftig den Kopf. „Ich hab' nur ein bisschen gekokst. Ich habe ein Auge auf sie gehabt, Troy. Aufgepasst, dass nichts passiert."

„Erspar mir das!" Seine Nasenflügel bebten, während er versuchte, den neuen Anflug von Zorn wegzuatmen. „Aufpassen, dass nichts passiert, hätte bedeutet: aufpassen, dass sie gar nicht erst irgendwas von dem Scheißgift nehmen."

Savannah machte den Mund auf und wieder zu. Dann presste sie ihre Lippen fest zusammen. Offensichtlich fiel ihr kein Argument mehr ein.

So leicht würde Troy sie nicht davonkommen lassen. „Du weißt, wie ich zu dem Zeug stehe. Was wir mit unserem Vater durchgemacht haben. Was *ich* durchgemacht habe. Ich kann das nicht noch einmal tun. Ich habe jahrelang versucht, meinen Bruder zu beschützen. Habe versucht, alles richtig zu machen, alle zufriedenzustellen."

Ihr Gesichtsausdruck wurde weicher. „Ich weiß, Schatz. Die Scheiße mit deinem Vater, als du aufgewachsen bist, war furchtbar. Aber Ty braucht dich jetzt mehr denn je."

„Damit er so weitermachen kann? Nein. Ich bin fertig damit. Mit allem."

Ihre Lippen zitterten. „Sogar mit mir?"

„Du brauchst mich nicht. Dir wird's prima gehen."

„Nein, wird es nicht!"

„Ach, komm. Wir haben nichts gemeinsam. Wir ficken, und wir schauen zusammen fern, und wir– das alles ist … nett. Aber es ist nichts *Echtes*. Worüber reden wir denn schon groß?"

Sie schnaubte. „Hallo? Musik zum Beispiel? Wir haben tausend Sachen gemeinsam! Wir haben uns von ersten Tag an super verstanden."

„Sicher. Der Tag, an dem Lara und die PR-Leute uns einander vorstellten? Sie haben unsere Beziehung am Reißbrett entworfen: Ohh, der starke, schweigsame, mysteriöse Bad Boy wird endlich gezähmt. Verliebt sich in den Opening Act mit der Samtstimme, Savannah Jones. Sie hat ihn erobert und sein Herz gewonnen."

Sie biss die Zähne zusammen. Frische Tränen liefen über ihre Wangen und ließen ihre Wimperntusche verlaufen. „Habe ich das nicht? Oder hast du dir nie wirklich etwas aus mir gemacht?"

Er seufzte, erneut überwältigt von Schuldgefühlen. „Du bedeutest mir etwas. Natürlich. Ich will, dass du glücklich bist. Aber ich denke nicht, dass ich derjenige bin. Scheiße, du weißt, dass ich nicht der mysteriöse Bad Boy bin, der kaum redet. Ich bin nicht die Figur, die sie mir zugeteilt haben. Wie kann ich also der Richtige für dich sein, wenn ich selbst nicht einmal weiß, wer zum Henker ich eigentlich bin?"

„Also liegt es nicht an mir, sondern an dir." Sie wischte sich die Augen. „Klar. Okay. Ich hoffe, du findest zu dir selbst und das alles. Ein schönes Leben noch!" Sie drehte sich auf dem Absatz um und stolzierte den Flur entlang. Dann rüttelte sie an ihrer Zimmertür. „Jemand soll sofort die Scheißtür aufmachen!"

Als einer der Sicherheitsleute herbeieilte, um ihr zu helfen, zögerte Troy. Auch wenn er Savannah nicht liebte, wollte er doch nicht, dass es so endete. Sie war ein guter Mensch und wahnsinnig talentiert, und sie verdiente jemanden, der wirklich mit ihr zusammen sein wollte. Er machte einen Schritt vorwärts, aber da war sie schon weg. Die Tür knallte hinter ihr ins Schloss, und der Sicherheitsmann nahm wieder seinen Posten ein.

Jemand räusperte sich, und als Troy sich umdrehte, sah er Bruno vor Tysons Zimmertür stehen. „Alles in Ordnung, BT?"

Nein. Es ist alles eine einzige, verdammte Katastrophe. Aber Troy nickte nur. „Danke. Tut mir leid wegen dem ganzen Mist, mit dem ihr Jungs euch herumschlagen müsst." Er streckte seine Hand aus, und Bruno schüttelte sie stirnrunzelnd.

Troy holte tief Luft, dann drehte er sich zu dem privaten Fahrstuhl um und drückte den Rufknopf. Er würde das hinkriegen. Er musste es tun. Er hatte schon seinen Vater im Stich gelassen, weil er sich nicht durchgesetzt hatte. Er würde ganz sicher nicht noch einmal denselben Fehler machen.

„DU WEIßT SCHON – der verschlossene Typ mit der schwarzen Lederjacke. Sagt fast nie was in den Interviews."

„Das setzt voraus, dass ich jemals Gelegenheit hatte, ein Interview mit … wie heißen die noch gleich?"

Troy saß zusammengesackt in einem Stuhl im Flughafen von Sidney. Es war nach Mitternacht, und er studierte die Spiegelung in dem großen Fenster, das auf die Rollbahn hinaus zeigte. Die Piloten standen ein Stück hinter ihm und redeten leise über ihn. Der Privatjet, den er gemietet hatte, startete von einem kleinen Terminal, das abseits der drei Hauptterminals lag, und es war ihm zum Glück gelungen, sich reinzuschleichen, ohne erkannt zu werden. Die einzigen anderen Leute in diesem Terminal waren Geschäftsmänner, denen es kaum gleichgültiger sein konnte, wer er war, selbst wenn sie ihn erkannt hätten.

Er hatte seine blöde Lederjacke in seinen Riesenkoffer gestopft und stattdessen einen grauen Hoodie angezogen, was eindeutig eine kluge Entscheidung gewesen war. Er zog sich die Baseballkappe tiefer ins Gesicht. Hinter seinem Stuhl befand sich eine breite Säule, und ganz offensichtlich dachten die Piloten, sie wären allein.

Die Frau schlürfte Kaffee aus einem Papierbecher. „*Next Up*. Bist du sicher, dass du nicht in einer Einsiedlerhöhle lebst? Hast du mich deshalb noch nie zu dir eingeladen?" Sie sah aus wie eine Fllipina, zierlich und hübsch wie seine Mutter. Ihr Akzent klang wie der, den er in Neuseeland gehört hatte – „next" hörte sich an wie „nixt".

Troy sah sich in dem verlassenen Terminal um. Es war nervenaufreibend, so ganz allein zu sein; er konnte sich nicht erinnern, wann er das letzte Mal wirklich allein in der Öffentlichkeit gewesen war. Scheiße, er war selbst privat kaum je allein. Es war immer irgendjemand da, sei es eine Freundin oder Ty oder einer der Jungs aus der Band. Oder der endlose Strom von Mitarbeitern des Plattenlabels.

Es hatte Troy nie viel ausgemacht, weil er gern Leute um sich hatte, und insbesondere auch, weil er jedes Mal, wenn er allein war, ins Grübeln geriet. Und wenn er anfing zu grübeln, dann fragte er sich, wie er sechsundzwanzig werden konnte, ohne jemals eine eigene Entscheidung über sein Leben getroffen zu haben. Sein Vater hatte sämtliche Entscheidungen getroffen, und als er starb, hatte das Label nahtlos da weitergemacht, wo er aufgehört hatte.

Troy war mit dem Strom geschwommen. Worüber hätte er sich auch beschweren sollen? Er war Millionär. Was machte es da schon, dass *Next Up* nicht die Sorte Musik war, die er eigentlich machen wollte?

Er konnte noch immer die Stimme seines Vaters hören: *Sei dankbar für alles, was ihr bekommen habt, dein Bruder und du. Das ist der Amerikanische Traum!*

Er rieb mit den Händen über seine Schenkel und versuchte, seinen Puls zu beruhigen. Warf er das nun alles weg? Ruinierte er das alles auch für Tyson?

Der männliche Pilot öffnete einen Aktenordner. „Liegst du nicht ein bisschen außerhalb ihrer Zielgruppe, Paula?"

Paula zeigte ihm den Mittelfinger. „Ich bin gerade mal dreißig. Okay, ich bin ein wenig zu alt für Boybands. Aber hey, dreißig ist das neue Zwanzig."

Der Pilot murmelte stöhnend: „Na toll. Meine Zwanziger waren schon beim ersten Mal nicht leicht zu überleben." Sein Akzent klang überraschenderweise amerikanisch.

Troy hatte Glück gehabt, so kurzfristig einen Privatjet zu finden, der international flog. Er sah immer wieder zur Tür und erwartete, dass jeden Moment Joe und seine Kavallerie von Helfershelfern hereinstürmte. Wahrscheinlich glaubten sie nicht, dass er wirklich das Land verlassen würde, aber er sollte trotzdem langsam in die Gänge kommen. Dennoch blieb er wie angewurzelt an Ort und Stelle sitzen, während die Piloten sich weiter unterhielten.

Paula sagte: „Das wird einen ganz schönen Skandal geben. Ihre Welttournee ist noch nicht vorbei. Sie müssen immer noch durch Asien."

„Du weißt wirklich erschreckend viel über diese Boyband." Der Mann sprach mit aufgesetzter Ernsthaftigkeit. „Captain, Sie wissen, dass wir strenge Vorschriften haben, was die sexuelle Belästigung von Passagieren angeht. Nur, um es der Ordnung halber noch einmal offiziell zu erwähnen."

Sie stellte sich auf die Zehenspitzen und tat so, als würde sie ihm ihren Kaffee über das dunkle, ordentlich geschnittene Haar schütten. Er lachte leise. Beide trugen die Standarduniform, bestehend aus dunkelblauen Hosen und Jacken mit weißen Hemden darunter. Troy fragte sich, wo ihre Kappen waren, während ihm lauter unvollständige Gedanken durch den Kopf schossen.

Gott, es würde wirklich einen Skandal geben. Die Band mochte ihren Höhepunkt bereits überschritten haben, was ihre Popularität betraf, aber sie hatten immer noch Millionen Fans. Bevor er sein Handy abgeschaltet hatte, um der zu erwartenden Flut von SMS- und

Voicemail-Nachrichten zu entgehen – von allen außer Tyson, Nick und Savannah – war sein Twitter-Account praktisch explodiert mit Gute-Besserung-Wünschen. Anscheinend hatte Ty auf der Bühne verkündet, dass Troy die Grippe hatte. Aber diese Ausrede würde nicht lange funktionieren.

Vor dem Abschalten hatte er Joe, Greg und Thomas die gleiche SMS geschickt: *Ty und Nick sind drogenabhängig. Wenn sie nicht auf Entzug gehen, steige ich endgültig aus der Band aus. Fragt Savannah, wenn sie euch nicht die Wahrheit sagen. Sie weiß, wie ernst es ist. Ich melde mich in Kürze.*

Er fühlte sich so schuldig darüber, ein Konzert sausen gelassen zu haben, dass sich ihm der Magen umdrehte. Aber zweifellos hatte er jetzt die Aufmerksamkeit des Plattenlabels. Bis zu ihrer nächsten Show und dem Tourstart in Japan war noch eine Woche Zeit. Troy würde nach Hause fahren, seine Mutter holen und sie mit nach Tokio bringen, damit sie mit Ty redete. Er würde auch Nicks Eltern anrufen. Vielleicht konnten sie sich alle zusammensetzen und gemeinsam auf Ty und Nick einwirken.

Next Up würde die Asien-Konzerte verschieben müssen, was wirklich Scheiße war, weil so viele Leute aus der Familie nach Manila zum Konzert kommen wollten. Aber drogenfrei zu werden, war bedeutend wichtiger.

„Ich frage mich, ob etwas mit seiner Freundin passiert ist. Du weißt schon, Savannah Jones? Sie hat diesen Hit übers SMS schreiben, der einem tagelang nicht mehr aus dem Kopf geht."

„Ich hatte noch nicht das Vergnügen."

„Sie sieht super aus. Ein hübsches Paar, die beiden. Er war vorher noch nie so lange mit einer Frau zusammen – schon über ein Jahr. Es hatte ihm so das Herz gebrochen, als Delia Tate wegen James Franco mit ihm Schluss gemacht hat, der Arme."

Troy verbiss sich das Schnauben. Er war einige Monate lang mit Delia ausgegangen, und es war nett gewesen. Aber als sie sich in Franco verknallt hatte, hatte Troy ihr alles Gute gewünscht. Lara, ihres Zeichens

PR-Guru, hatte sich das Märchen von Troys gebrochenem Herzen aus dem Ärmel geschüttelt, was natürlich große Wirkung bei den Frauen dieser Welt gehabt hatte, die ihn alle hatten trösten wollen. Troy war in der Öffentlichkeit noch schweigsamer als sonst schon gewesen und hatte überall Sonnenbrille getragen, sogar in geschlossenen Räumen. Er war sich wie ein echtes Arschloch vorgekommen, hatte aber trotzdem gemacht, was ihm gesagt worden war.

„Okay, wir sind dann startklar.“ Der Mann klappte den Ordner zu. „Sobald unser Passagier und seine Entourage hier auftauchen.“

„Ich bin hier.“ Troy stand auf und drehte sich um. „Keine Entourage, fürchte ich.“ Er ignorierte Paulas errötende Wangen und streckte lächelnd die Hand aus. „Freut mich, Sie kennenzulernen.“

Er hatte diese Rolle über die Jahre schon so oft gespielt, dass sie zu seiner zweiten Natur geworden war. Immer höflich, ohne zu viel preiszugeben. Ruhig und zurückhaltend. Und das Rampenlicht voll und ganz Ty überlassen.

Sie räusperte sich und schüttelte ihm selbstsicher die Hand. „Captain Paula Mercado. Die Freude ist ganz meinerseits. Das ist mein Co-Pilot Brian Sinclair.“

„Danke, dass Sie das so kurzfristig ermöglichen“, sagte Troy, an den anderen Piloten gewandt. Der schlanke Mann war etwa Mitte dreißig und ein bisschen größer als Troy – wahrscheinlich über eins achtzig. Er hatte einen festen Händedruck und diese ruhige, kontrollierte Haltung, die Troy mit Piloten assoziierte.

Paula sagte: „Ist mir ein Vergnügen. Sie fliegen heute Abend also allein mit uns? Wir sind davon ausgegangen, dass Sie noch ein paar Leute mitbringen. Kümmern wir uns um Ihr Gepäck, und dann kann's losgehen.“

„Also können wir sofort abfliegen? Es hieß, dass man nicht ganz sicher wäre …“ *Gott sei Dank.* Bis zum Morgen hätte ihn wahrscheinlich der Mut verlassen, oder Joe hätte ihn doch noch abgefangen.

„Für so kleine Jets gibt es kein Nachtflugverbot, also müssen Sie nicht warten. Wir mussten bloß erst einen Co-Pilot finden, weil es ein

Langstreckenflug ist." Sie deutete auf Brian. „Zu unserem Glück haben wir den allerbesten bekommen. Viel zu talentiert, um die zweite Geige zu spielen, wenn Sie mich fragen, aber mich fragt ja niemand."

Brian ignorierte ihre Neckerei, nickte Troy höflich zu und ging dann voran. Troy folgte ihnen durch die hinteren Korridore des Terminals und quer über die Startbahn zu dem wartenden Privatjet. Das alles kostete ihn viel zu viel Geld, vor allem, da er gerade seine Einkommens- quelle verloren hatte und höchstwahrscheinlich vom Plattenlabel wegen Vertragsbruch verklagt werden würde. Aber schon der Gedanke, mit einem kommerziellen Flieger nach LA zu fliegen, war unerträglich. Die ganzen Fragen und Fotos wären einfach zu viel. Er musste unbemerkt nach Hause kommen und mit seiner Mutter reden. Sie anzurufen würde nichts bringen – Troy musste dort sein, damit sie sich nicht drücken konnte.

Sie erklommen die wenigen Stufen zu dem kleinen Jet, und er machte es sich im Sitzbereich bequem. Es gab gepolsterte Sessel mit Anschnallgurten in Zweierreihen zu beiden Seiten des Flugzeugs. Er hatte nach dem kleinsten Flugzeug gefragt, das sie hatten, und dieses bot Platz für acht Passagiere. Als das Plattenlabel die Rechnungen übernommen hatte, war er oft in Privatjets geflogen, aber jetzt kam es ihm ein wenig lächerlich und idiotisch extravagant vor, ein ganzes Flugzeug für sich allein zu haben. Er konnte jedoch jetzt nicht mehr zurück. Er wählte einen Fensterplatz und beobachtete das letzte orangefarbene Glühen des Sonnenuntergangs am Horizont.

Die Tür des Cockpits stand noch offen, und Paula rief nach hinten: „Fertig angeschnallt?"

„Ja, danke."

„Geht in Kürze los." Sie schloss die Tür.

Als die Motoren hochfuhren und der Jet in die Startbahn scherte, packte Troy die Armlehnen. Er zog das wirklich durch. Er verließ die Band. Verließ Tyson. Savannah. Die Presse würde ihn bei lebendigem Leibe auffressen. Scheiße, tat er das Richtige?

Es war das erste Mal, dass er eine echte Entscheidung über etwas traf, das wichtiger war als die Frage, ob er lieber Fritten oder eine gebackene Kartoffel wollte. Er hatte nichts gesagt, als man ihm verboten hatte, zum Bowling zu gehen, weil das nicht cool genug oder mysteriös genug für seine Figur war. Als man darauf bestand, den Tod seines Vaters als Herzinfarkt zu vertuschen, hatte er sich den PR-Vorgaben untergeordnet.

Er hatte sich treiben lassen und wie ein dressierter Seehund seine Tricks vorgeführt. Es war an der Zeit, sein Leben selbst in die Hand zu nehmen.

Er hatte in den letzten Jahren in Hunderten von Flugzeugen gesessen. Vielleicht auch Tausenden. Aber dieses Mal war Troy aufmerksam und achtete auf jedes Detail, als die Räder vom Boden abhoben – das Surren und Einrasten des Fahrwerks, als es in den Bauch der Maschine gezogen wurde, die kleinen Turbulenzen beim Abheben, die Lichter Sydneys, die immer kleiner wurden, während er nun auf dem Weg nach Hause war.

„Kann ich Ihnen etwas zu trinken bringen? Oder etwas zu essen? Wir haben Einiges zur Auswahl.“

Troy drehte sich von dem ovalen Fenster weg, an das er seine Stirn gepresst hatte, um trotz der Dunkelheit die Welt vorbeiziehen zu sehen, und blinzelte. Brian stand neben seinem Sitz und trug einen neutralen, höflichen Gesichtsausdruck zur Schau – kein Lächeln, aber auch kein Stirnrunzeln. Troy erkannte dieselbe Maske, die auch er so oft trug, damit er auf Paparazzi-Fotos nicht sauer oder unglücklich aussah. Es hatte einige Jahre gedauert, bis er sich seinen normalen, leicht mürrischen Gesichtsausdruck abgewöhnt hatte.

„Nein, danke. Im Augenblick nicht.“ Er hätte wahrscheinlich etwas essen sollen, aber er war nicht sicher, ob er es bei sich behalten würde.

„Sind Sie sicher?“ Brians Ausdruck blieb unverändert, aber er senkte ein wenig die Stimme. „Sie sehen aus, als könnten Sie einen Drink gebrauchen.“

„Danke, aber es geht mir gut.“ Da Troy gesagt hatte, er würde keinen Flugbegleiter benötigen, nahm er an, dass dieser Job nun an dem

Co-Piloten hängen geblieben war.

„Bitte lassen Sie uns wissen, falls Sie irgendetwas benötigen. Wir werden in Honolulu einen kurzen Zwischenstopp einlegen, um aufzutanken. Möchten Sie eine kurze Führung durchs Flugzeug? Wir haben einen Schlafbereich und natürlich einen Waschraum, Dusche und–"

„Alles gut. Ich brauche nichts. Aber danke."

Mit einem Nicken verschwand Brian wieder im Cockpit und schloss die Tür hinter sich.

Kurze Zeit später trank Troy eine Flasche Wasser und aß ein paar Kekse, die in einem Körbchen in der kleinen Küche standen. Normalerweise schaute er sich Fernsehshows oder Filme auf seinem iPad an, wenn er im Flugzeug saß. Aber nachdem er es mit drei verschiedenen Folgen von *Modern Family* versucht hatte, sowie mit einer schrecklichen Serie über Teenager-Seeungeheuer, die Savannah ihm empfohlen hatte, und zuletzt mit einem Science-Fiction-Film, gab er schließlich auf. Er schlüpfte in eine Jogginghose und ein T-Shirt, kuschelte sich in eine der Schlafkojen und zog den Vorhang zu.

Normalerweise trank er nur Bier, aber vielleicht sollte er ein paar von den Mini-Wodkas kippen, um besser schlafen zu können?

Die Erinnerung an den Alkoholgeruch im Atem seines Vaters überwältigte für eine Sekunde seine Sinne. Mit ein paar Extra-Drinks zum Einschlafen hatte damals alles angefangen. Nein, er würde sich an Bier halten.

Troy schloss seine Augen und gab sich große Mühe, an gar nichts zu denken.

MIT POCHENDEM HERZEN und einem Keuchen auf den Lippen krachte Troy zurück auf die Matratze. Es hatte schon eine ganze Weile Turbulenzen gegeben, aber nicht so etwas. Als das Flugzeug klapperte und erneut absackte, lösten Adrenalin und Furcht die letzten

Spinnweben des albernen Traums auf, den er gehabt hatte und in dem es darum gegangen war, dass er irgendwie nicht die Treppe herunterkam. Er griff nach dem Vorhang, der zerriss, als er aus der Koje fiel und auf den Boden knallte.

Anschnallen. Anschnallen! Scheiße. Das Flugzeug drehte sich von einer Seite auf die andere, während Troy zum nächstbesten Sitz kroch und sich hineinzog. Er stemmte seine nackten Füße auf den Boden und riss mit zitternden Hände den Sitzgurt um seine Taille. Er kämpfte mit der Schnalle. Er bekam sie nicht ganz–

Troy krachte auf den Teppich. Schmerz schoss durch seinen Wangenknochen, und seine Hände suchten nach etwas, um sich daran festzuhalten. Das Flugzeug holperte und sprang wie ein altes Auto, das über Schlaglöcher raste. Er unterdrückte einen Schrei. Ein weiteres, heftiges Rütteln warf ihn gegen das Untergestell eines anderen Sitzes. Er zog sich daran hoch, während sich sein ganzer Körper verkrampfte und ihm bittere Galle in die Kehle stieg.

Jetzt schrie er, während er nach dem Anschnallgurt suchte. Troys Finger schlossen sich um ein Ende des Gurtes. Er biss sich auf die Zunge und nahm den Kupfergeschmack von Blut wahr, während er nach der anderen Gurthälfte tastete. Schwer atmend wurde ihm bewusst, dass er in Wirklichkeit gar nicht schrie – es war das Kreischen von Alarmsignalen hinter der Cockpittür.

In Troys Ohren ploppte es. Das Flugzeug sank. Nein, mehr als das, es war im *Sturzflug.* Gedämpfte Rufe der Piloten mischten sich unter die ohrenbetäubenden Alarmtöne. Sein Herz wollte explodieren. Er konnte nicht atmen.

Los, los, los!

Er hörte kaum das Klicken, als sich endlich der Gurt um seine Hüften schloss. Er zog an der Schnalle und machte ihn so eng, dass seine Schenkel kribbelten. Dann drückte er die Stirn ans Fenster und blinzelte verzweifelt in das erste Licht der Morgendämmerung. Sein Atem ging kurz und keuchend.

Er konnte nur eine einzige, graue Masse sehen. Ein fürchterliches, metallisches Kreischen dröhnte in seinen Ohren, während sie abstürzten. *Ich werde sterben!*

Er kniff die Augen zu. Bilder von seiner Familie rasten durch seinen Verstand. Mama, als er sie das letzte Mal gesehen hatte. Sie hatte ihm in die Wangen gekniffen und gesagt, er wäre zu dünn: *„Payat payat ka, no? Kain na tayo!"* Tante Gloria und Onkel Jojo, als sie ihm die Gitarre schenkten, die ihm sein Vater später weggenommen hatte. Papa an einem guten Tag, wie er mit offenem Verdeck die 101 hochgefahren war, während im Radio die *Stones* liefen. Und er sah seinen kleinen Bruder, der vor Lachen quietschte und sich an seinem Arm festhielt, während sie den Gipfelpunkt einer alten, hölzernen Achterbahn erreichten.

Es tut mir leid, Ty. Ich liebe dich.

Die Luft fühlte sich dünn wie Papier an. Seine Lungen schienen nicht zu funktionieren. Das Flugzeug bebte und gab ein grässliches Geräusch von sich. Die Alarmsirenen heulten. Während sie dem Erdboden entgegen stürzten, tat Troy das Einzige, was noch blieb.

„Vater unser, der du bist im Himmel ..."

Kapitel 2

B*EWEG DICH. BEWEG DICH!*

Blinzelnd hob Brian den Kopf. Außer einer dichten, grauen Regenwand konnte er in der Dunkelheit der Morgendämmerung nichts sehen. Der Wind heulte und ließ den Rumpf des Flugzeugs vibrieren. Ein Übelkeit erregender Adrenalinstoß brachte ihm wieder alles zu Bewusstsein. Das Flugzeug war am Boden. Sie hatten es überstanden. Sie hatten es geschafft, auf dem Strand eines winzigen Inselfleckchens zu landen. Sie hatten–

Er drehte sich um, um zu seiner Rechten nach Paula zu greifen, aber seine Hand fuhr über die raue Oberfläche eines Felsens, wo ihr Sitz hätte sein sollen. Er starrte darauf, während sich in seinem Kopf alles drehte. Sein Nacken protestierte, als er sich umdrehte, um hinter sich zu schauen. Mehr gnadenloser Fels und aufgerissenes Metall.

Oh, Gott, nein. Nein!

Der Strand war ihre einzige Chance gewesen, aber er war nicht lang genug. Am Ende hatte er sich verjüngt, und dort türmte sich eine Klippe über dem Meer auf.

Die Klippe hatte einen Teil des Flugzeugs abgeschnitten, als wäre es eine Blechdose.

„Paula." Es war kaum mehr als ein Krächzen. Er legte seine Handfläche auf den nassen Stein, als könnte er ihn wegschieben und Paula wieder zum Vorschein bringen. Auf dem Boden lag etwas Blasses. Er griff danach und–

Mit einem Keuchen ließ er Paulas Arm fallen und erbrach sich über den Steuerknüppel und die Instrumententafel. Er wischte sich den Mund mit dem Handrücken, den fauligen Geschmack von Galle und Erbrochenem auf der Zunge. Etwas tropfte nass von seinem Gesicht, und seine Finger waren rot, als er sie ansah. Aber er war nicht sicher, wessen Blut es war.

Er starrte seine Hand an, dann wieder den Felsen, wo noch vor wenigen Minuten – *Augenblicken* – Paula gewesen war. Aber sie war nicht mehr da, und es gab gottverdammt nichts, das er dagegen tun konnte. Er wollte sich zusammenkauern und sterben, aber er musste den Passagier retten.

Beweg dich!

Brian tastete nach dem Funkgerät, aber es war tot. Die elektrischen Leitungen waren mit Sicherheit durchtrennt worden, als das Flugzeug … Er starrte auf die Stelle, wo gerade noch Paula gewesen war und zwang sich, nicht nach unten zu sehen.

Beißender Gestank stieg ihm in die Nase. Er fuhr hoch und kämpfte mit seinem Sitzgurt. Die Hitze versengte sein Haar, Feuer schoss durch das Cockpit–

Nur, dass es nicht so war. Brian starrte die Überreste der Cockpittür an, während ihm das Herz aus der Brust springen wollte. Warum war da kein Feuer? Wieso war der Treibstoff nicht explodiert?

„Hallo? *Hallo?*"

Erleichterung durchfuhr ihn. „Ja! Ich komme. Bleib, wo du bist. Nicht bewegen." Aber als er gegen die Tür drückte, hörte er gedämpftes Grunzen von der anderen Seite. Er quetschte sich durch die Öffnung und fand seinen Passagier auf Händen und Knien, sich die Nase reibend. „Ich sagte doch, nicht bewegen", sagte Brian gedankenlos.

„Ich hatte mich bereits bewegt!" Tom – nein, das war nicht richtig. Tim? *Troy.* Troy sah an Brian vorbei ins Cockpit. „Was ist mit …?"

Trauer überwältigte ihn. Brian konnte nur den Kopf schütteln und hervorstoßen: „Sie ist tot. Wir müssen aus dem Flugzeug raus. Wir müssen die Maschine räumen." Er zog den Nothebel an der Tür und schob sie mit einem Stöhnen auf. Der Wind peitschte so heftig, dass er zurücktaumelte. Das Flugzeug schaukelte, und Wasser überspülte ihre Füße. „Kannst du schwimmen?"

Troy nickte kurz und heftig, den Blick aus weit aufgerissenen Augen auf die gewaltigen Wellen geheftet.

Rettungswesten. Sie brauchten Rettungswesten. Er schob sich an Troy vorbei in die Überreste des zerstörten Rumpfs und griff unter die ersten Sitze. Brian wurde sich vage bewusst, dass er unter Schock stand und wahrscheinlich eine leichte Gehirnerschütterung hatte, denn sein Gehirn arbeitete einfach nicht effizient.

Er war jetzt in der Position, die er nie wieder hatte innehaben wollen: der des Captains. Er hatte die Verantwortung. Die Kontrolle. Bring die Passagiere raus. Oder in diesem Fall: den Passagier.

Das Wasser spritzte heftig gegen die Tür, während sie sich die Rettungswesten über ihre Köpfe zerrten. Brian schluckte Salz, als er an den Schnüren zog, um zuerst Troys Weste aufzublasen, dann seine eigene. Er blinzelte in den wirbelnden Sturm, der über der winzigen Insel tobte, und versuchte, sich zu orientieren. Der Sandstrand lag zu ihrer Linken, nur wenige Meter entfernt. Aber das tosende Wasser konnte sie in einem Wimpernschlag davonspülen.

Seil. Notfallausrüstung.

„Bleib von der Tür weg", schrie Brian und ging zurück in das, was vom Cockpit übrig war. Er atmete scharf aus, als er den roten, strapazierfähigen Rucksack entdeckte. An der Seite war ein orangefarbenes Nylonseil zusammengerollt. Er schaffte es, den Karabinerhaken zu lösen, bevor er sich den Rucksack umschnallte. Metall kreischte auf dem Felsen, als sie von einer mächtigen Welle getroffen wurden.

„Heilige Scheiße!", schrie Troy.

Der Rumpf erbebte, und Brian taumelte nach hinten und musste sich abstützen. Wind und Wasser klatschen ihm ins Gesicht. Irgendwie schafften es seine Finger, den Karabiner an einem Ende seines Gurtes zu befestigen und das Seil um Troys Taille zu wickeln. Er verknotete es zweimal. „Wir schwimmen nach links. Ich weiß nicht, wie tief es ist."

Brian ließ sich auf die Kante der offenen Tür herab. Eine neue Welle schwappte über ihn. Trotz des eiskalten Regens war das Wasser überraschenderweise lauwarm. Er hielt sich an der Kante fest und streckte die Füße nach unten. Er fühlte keinen–

Ein Schwall Wind und Meer, und er war unter Wasser und schluckte Salz. Die Sohlen seiner Lederschuhe schlugen gegen einen Felsen, dann trafen sie auf Sand. Er drückte sich mit aller Kraft ab und durchbrach keuchend die strudelnde Oberfläche. Das Seil zerrte an seiner Taille, und er sah blinzelnd zu Troy, der seine Füße in die Tür stemmte und sich anstrengte, Brian zurück zum Flugzeug zu ziehen. Brian hatte das Gefühl, bis zu den Knöcheln in Treibsand zu stecken, aber er zwang seine Beine, sich zu bewegen.

„Hier rüber!" Er griff zu Troy hinauf und nahm dessen Hand. Seine Oberschenkel brannten, als er die Füße in den Sand grub und sich in Richtung des sicheren Strandes drehte. Troy packte seine Finger so fest, dass Brian fürchtete, sie würden brechen.

Die Köpfe gebeugt, taumelten sie durch die Brandung. Gott sei Dank war das Wasser flach genug, sodass sie stehen konnten. Sie stemmten sich beinahe waagerecht gegen den Sturm, blind und halb erstickt vom salzigen Meerwasser, während der Strand sich zentimeterweise näherte.

Den letzten Meter krochen sie. Brian hustete. Seine Lungen brannten, und er spuckte Wasser und Galle aus. Der Sand war wie feiner Schlamm. Der nicht nachlassende Regen prasselte auf sie herab, und Wellen rollten über sie hinweg. Brian hielt noch immer Troys Hand in festem Griff und zerrte ihn entschlossen weiter den Strand hinauf zur Baumgrenze. Die Palmen neigten sich gefährlich zu Seite und bogen sich unter den zornigen Windböen. Aber normalerweise trotzten sie Stürmen, weshalb er ihn am erstbesten Stamm absetzte und den Karabiner löste.

„Ich gehe zurück und hole ein paar Sachen! Rühr dich nicht von der Stelle."

„Was? Auf keinen verdammten Fall!" Troy wischte sich Wasser aus den Augen. „Bist du wahnsinnig?"

„Wir brauchen Wasser!" Er schwankte. Der Wind riss ihn fast von den Füßen.

Troy ging auf die Knie und verhakte den Karabiner wieder an Brians Gürtel. „Ich bleibe am Strand und ziehe dich wieder zurück, falls nötig."

Es machte keinen Sinn, sich zu streiten. Und seinen Passagier allein und hilflos zurückzulassen, war auch keine Option. Brian zog sich den Rucksack von den Schultern, dann löste er die Gurte und befestigte ihn sicher an der Palme. „Du bleibst *am Strand*! Das Seil sollte lang genug sein."

Wieder zurück ins Wasser zu stapfen war noch schwerer, als auf den Strand zu gelangen. Nach jedem keuchenden, halb erstickten Schritt vorwärts wurde er wieder drei Schritte zurückgeworfen. Seine Arme und Beine brannten, und er brauchte alle verfügbare Kraft, um bis zu dem Punkt zu kommen, an dem er unter die Wasseroberfläche tauchen und sich mit den Händen im Sand dem Wrack nähern konnte.

Keuchend tauchte er unter der Tragfläche auf und hätte sich beinahe den Kopf angestoßen. Er schaffte es bis zur Tür, und bevor er sich überlegen konnte, wie zur Hölle er sich da hochziehen sollte, spülte eine donnernde Welle ihn ins Innere des Flugzeugs.

Brian war buchstäblich am Ende des Seils angelangt. Die Nylonschnur war straff gespannt und schnitt ihm in die Taille. Er dachte darüber nach, sich auszuhaken, aber das Flugzeug bewegte sich heftig. Man konnte das Kreischen des Metalls auf den Felsen über dem Dröhnen des Sturms hören, und Brian befürchtete, dass Troy vielleicht in Panik geraten und ihm nachkommen würde, sollte er das Seil lösen.

Er streckte die Arme aus, so weit es ging. Mit brennenden Schultern versuchte er, den Schrank hinter dem Cockpit zu erreichen, aber er konnte den Türgriff nur mit den Fingerspitzen berühren. *Verdammt!*

Eine weitere Welle traf ihn, aber sie schob ihn auch ein paar Zentimeter weiter nach vorn, sodass er die Schranktür aufreißen konnte. Sein Koffer polterte ihm entgegen und traf ihn an der Brust. Die Küche existierte nicht mehr, aber sie hatten immer einen zusätzlichen Kasten

Wasser in diesem Schrank. Glücklicherweise fiel auch der ihm vor die Füße, als eine weitere Woge das Wrack schüttelte.

Mit überraschend ruhigen Händen öffnete er den Koffer und warf so viele Flaschen hinein, wie er konnte. Er stopfte sie in die Vordertaschen und öffnete den Erweiterungsreißverschluss. Als er damit fertig war, wog der kleine Koffer eine Tonne, aber sie brauchten Wasser. Sie brauchten Sachen, um sich zu versorgen. Er schob sich weiter in den Schrank und tastete nach weiteren Dingen, die sie brauchen konnten. Seine Finger berührten einen Stapel Decken, und er streckte sich, um so viele zu greifen, wie er konnte. Er schob drei davon in den prall gefüllten Koffer, dann setzte er ein Knie darauf, um den Reißverschluss wieder zuziehen zu können, während das Wasser weiter und weiter stieg.

Das Seil blieb unter Spannung, was bedeutete, dass Troy immer noch okay war. Das war das Wichtigste. „Okay. Und jetzt raus hier." Er atmete zu schnell und konnte im Toben des Sturms kaum seine eigene Stimme hören. Die Worte wurden einfach vom Wind weggerissen.

Mit dem Koffergriff in beiden Händen sprang er wieder ins Meer, das über ihm zusammenschlug. Ein scharfer Schmerz riss an seiner Taille, und es war, als würde er in zwei Teile gerissen, als ihn die nächste Welle traf.

Ihm wurde klar, dass Troy ihn zurück zum Strand zerrte, und es war ein verdammtes Glück, dass sein Passagier offenbar viel Zeit im Fitnesscenter verbrachte. Brian konnte kaum etwas sehen. Salz brannte in seinen Augen, während er sich von dem sandigen Untergrund abdrückte. Als er kriechend wieder festen Boden erreichte, sah er Troy auf dem Rücken liegen, die Füße in den Sand gestemmt, während er Brian in Sicherheit zog. Dann half er Brian auf, legte ihm einen muskulösen Arm um die Taille und half, den Koffer zu dem Palmenstamm zu schleifen.

„Wir müssen irgendwo Schutz suchen!" Brian drehte den Kopf nach rechts und links. Er ignorierte den Schmerz, der in seinen Nacken schoss und fast dafür sorgte, dass ihm die Augäpfel explodierten. Er blinzelte zu den Überresten des Flugzeuges hinüber. An der gigantischen Klippe sah es aus wie das zerbrochene Spielzeug eines Kindes.

Scheiße, Paula. Es hätte mich treffen sollen.

Brian blinzelte. Der Passagier sagte etwas. Er versuchte, sich zu konzentrieren, während er im peitschenden Wind taumelte. Regenwasser lief aus Troys braunen Haaren und strömte über sein gebräuntes Gesicht. Seine Zähne waren sehr weiß und gerade, und Moment – er redete immer noch. Brian schrie: „Was?"

Und dann wurde er von den Füßen gerissen, hob tatsächlich vom Boden ab. Sämtliche Luft verließ seine Lungen, als er zurück auf den Strand krachte. Er schmeckte Sand und blinzelte ihn sich aus den Augen. Er streckte beide Hände aus und hielt sich an Troys nacktem Fuß fest.

Sie klammerten sich aneinander und an den Koffer und krochen los. „Es wird schlimmer! Heilige Scheiße!", schrie Troy. Mit zitternden Händen drängte er Brian vorwärts. „Da drüben?" Er deutete mit dem Kinn zum Fuß der Klippe. Seine Brust hob und senkte sich heftig. Er hyperventilierte.

Brian nickte, was erneut Schmerz durch seinen Schädel trieb wie ein Messer. Sie brauchten etwas Solides zum Schutz, oder es wäre bedeutungslos, den Absturz überlebt zu haben. Mit dem Notfallrucksack und dem Koffer krochen sie an der Baumgrenze entlang und dann darüber hinaus in den Dschungel in der Hoffnung, dass sie dort sicherer wären als am Strand.

Sie hielten sich dicht an der Klippe, die sich offenbar über das ganze Ende der Insel erstreckte, und fanden schließlich eine kleine Höhle, wo der Fels anscheinend in zwei Teile gespalten war. Die Höhle bedeckte kaum ihre Köpfe, aber sie schafften es, sich selbst und ihre Fracht in den Spalt zu zwängen. Die Knie angezogen, kauerten sie sich aneinander. Troy zitterte, seine Zähne klapperten. Der unebene Felsboden drückte sich in Brians Hintern, und Troys Ellenbogen stach ihm in die Rippen.

Aber sein Passagier war am Leben, und Brian schloss die Augen, zutiefst dankbar, dass er wenigstens darin nicht versagt hatte.

Zitternd saßen sie da, während der Wind sich von einem Heulen in ein Kreischen verwandelte. Er hörte Troy ein Gebet murmeln, immer und immer wieder, und hoffte, dass es für sie beide reichen würde.

TROY ERWACHTE MIT einem Ruck und riss den Kopf von den Knien hoch. Er blinzelte in eine grüne Welt – Bäume und reiche Vegetation in unmittelbarer Nähe. Ein Dschungel.

Die Erinnerung stürmte auf ihn ein und erklärte, warum er grässlich unbequem saß und erschöpfter war, als er sich je hatte vorstellen können. Warum ihm alles wehtat, warum er ausgehungert war und vollkommen durchnässt. Warum er neben einem Fremden in die Öffnung einer Felswand gequetscht war. Seine vollgesogene Jogginghose klebte an seinen Beinen. Er zupfte an dem nassen Baumwollstoff seines T-Shirts.

Durst. Scheiße, er war so durstig. Er griff in seinen Kragen und zog die Plastikflasche mit dem Wasser heraus, die er in sein T-Shirt gesteckt hatte, damit sie nicht vom Wind weggeweht wurde. Nachdem er den Rest getrunken hatte, wurde ihm klar, dass es nicht nur aufgehört hatte zu stürmen – es hatte auch aufgehört zu regnen.

Es war alles ruhig.

Nach dem unablässigen Heulen des Sturms war die Ruhe fast unheimlich. Wasser tropfte von Blättern. Vögel zwitscherten. Hinter den verbogenen und zerfetzten Kronen der Palmen und Laubbäume, die er nicht identifizieren konnte, war die Sonne nun ein diffuses Glühen tief am Himmel hinter einer stahlgrauen Wolkenwand. Aber die schreckliche Dunkelheit schien vorüber zu sein. Der Sturm war vorbei.

Troy drehte sich zu Brian neben sich. Ihre Arme waren verschwitzt da, wo sie aneinandergepresst waren. „Hey–"

Er nahm einen schütteren Atemzug. Mit klopfendem Herzen kämpfte er sich hastig aus ihrem kleinen Versteck. *Gott. Bitte nicht.* In seinem Kopf drehte sich alles, als er Brians offene, braune Augen und den abwesenden Ausdruck auf seinem Gesicht sah.

Scheiße, er kann nicht tot sein. Er darf nicht tot sein! Bitte, lass mich nicht allein!

„Alter, bist du okay?" Seine Stimme presste sich heiser aus seiner wunden Kehle. „Brian?" Mit zitternden Fingern berührte er Brians Unterarm. Seine Haut war kalt und klamm, und er bewegte sich nicht. *„Brian?"* Dieses Mal schüttelte er Brians Arm, darauf gefasst, dass Brian mit immer noch weit aufgerissenen Augen steif auf die Seite kippen würde.

Aber Brian blinzelte langsam und drehte den Kopf. Er schien Troy nicht wirklich wahrzunehmen, aber er war am Leben. Brian fuhr sich mit der Hand durch sein kurzes, braunes Haar und zuckte zusammen. *Gott sei Dank, verdammt.* Eine Minute lang atmete Troy einfach nur ein und aus, um seinen rasenden Puls zu beruhigen. Er räusperte sich. „Brian? Bist du okay, Mann?"

Es war eine dumme Frage, weil – nein, Brian war eindeutig Lichtjahre von okay entfernt. Er stand unter Schock, und der Bluterguss an seiner Stirn hatte eine bläulich-rote Farbe angenommen. *Scheiße.* Troy wusste nicht, wie er mit der Situation umgehen sollte. Er brauchte Joe und Lara und die Helfershelfer, damit sie ihm sagten, was zu tun war und wie er es tun sollte. Er wollte zurück in die Felsspalte kriechen und einfach die Augen schließen, bis alles wieder in Ordnung war.

Zeit, meinen Mann zu stehen.

Nach ein paar weiteren, tiefen Atemzügen tastete er zunächst Brians Gliedmaßen ab. Er glaubte nicht, dass er schwere Verletzungen hatte. Troy selbst tat alles weh, aber auch er schien sich nicht ernsthaft verletzt zu haben. Er durchsuchte den Rucksack und fand ein kleines Quadrat, das sich zu einer Notfalldecke aus Alufolie auseinanderfalten ließ. Er legte sie Brian über. „Ich werde mich mal ein bisschen umsehen, okay? Ich bin gleich wieder zurück."

Brian blinzelte kaum. Scheiße, vielleicht sollte Troy ihn lieber nicht allein lassen. Aber er musste sehen, was noch übrig war. Sie würden alles an Vorräten und Gebrauchsgegenständen benötigen, was sie aus dem Wrack bergen konnten. Sie mussten … was tun? Er zermartere sich das

Hirn und brauchte viel zu lang, bis ihm die Idee kam, ein Feuer zu machen, so dass Retter aus der Luft sie sehen konnten. Und sich aufwärmen zu können, wäre auch fantastisch. Obwohl die Temperatur um die zwanzig Grad Celsius betragen musste, war der Regen eiskalt gewesen. Und Troy hatte stundenlang gebibbert. Er hoffte, dass die Sonne noch einmal hinter den Wolken hervorkommen würde, bevor es dunkel wurde.

Vorsichtig bahnte er sich einen Weg entlang der Klippe zurück zum Strand. Er wünschte sich, er hätte daran gedacht, sich nach dem Absturz seine Schuhe zu schnappen. Aber er hatte an nichts anderes denken können, als lebendig da rauszukommen.

Zweige und Steine, und was sonst noch den Dschungelboden bedeckte, zerkratzten ihm die nackten Füße, und in seinem Kopf schwirrten Bilder von Schlangen und Spinnen und was zur Hölle noch alles auf tropischen Inseln lebte. Jeder Schritt war ein kleiner Sieg, und es war herrlich, endlich wieder Sand unter den Füßen zu haben, auch wenn er nass und klumpig war.

Die Palmen, die den Strand säumten, standen mächtig schief, aber sie standen noch. Die meisten jedenfalls. Palmenwedel, Pflanzen und kleinere Bäume waren überall im Sand und im Eingang zum Dschungel verstreut. Troys Beine schmerzten, während er sich mühsam einen Weg um den Fuß der Klippe herum suchte. Er hatte blaue Flecken am ganzen Körper. Das Meer war jetzt ruhiger. Mächtige Wellen rollten an den Strand, aber nicht mehr so wild und aufgepeitscht. Die Welt lag noch immer unter einer grauen Decke, aber die unmittelbare Gefahr schien verschwunden zu sein.

So wie das Flugzeug.

Troy grub die Zehen in den feuchten Sand und starrte auf die Stelle, als könnte er durch reine Willenskraft bewirken, dass das Flugzeug wieder vor der Klippe auftauchte. Aber es war weg. Vom Meer verschluckt. Er starrte auf den Sand, der in einer Ansammlung schwarzer Felsen endete. Dann hob er seine Augen zur Felswand hinauf und schluckte heftig. Brian hatte gesagt, dass die Pilotin tot war, und falls noch irgendetwas von ihr übrig gewesen war, dann war auch das jetzt weg.

Das Meer hatte alles von der Klippe gespült, und was an zerfetztem Metall und Trümmerteilen zwischen den Felsen liegen geblieben war, schien nicht viel zu sein. Das Meiste war wohl weggeschwemmt worden. Das Murmeln der Wellen und der entfernte Ruf eines Vogels erfüllten die Luft.

Er knickte vornüber, landete auf den Knien im feuchten Sand und gab ein ersticktes Schluchzen von sich. Er wollte nach Hause – er wollte irgendwohin, wo nicht diese … *Leere* war. Er drehte den Kopf in alle Richtungen und suchte nach irgendwelchen Anzeichen von Leben. Lebte jemand auf dieser Insel? Dann würden sie doch sicher gesehen haben, wie das Flugzeug abstürzte, selbst in dem tosenden Sturm?

„Hallo?" Sein Ruf wurde vom schweren Sand und der steigenden Luftfeuchtigkeit verschluckt. „Hallo? *Hallo*?" Troy griff sich an die Kehle und starrte den leeren Horizont an.

Sein Atem ging schneller, als Troy über den Sand zurück in den Dschungel rannte, ohne sich um die Kratzer und Stiche zu kümmern, die er seinen Füßen zufügte. Als er zurück bei der Felsspalte ankam, fiel er keuchend auf die Knie. Brian war noch genau da, wo er ihn zurückgelassen hatte, die Augen weit offen, ohne etwas zu sehen.

„Brian!" Troy riss die Aludecke weg und packte Brians Schultern. Die schwarzen und goldenen Streifen seiner Pilotenuniform drückten sich in Troys Handflächen. „Du musst zu dir kommen. Ich weiß, du hast wahrscheinlich eine Gehirnerschütterung oder sowas, aber rede mit mir. Sag etwas. Bitte." Überflüssigerweise fügte er hinzu: „Ich drehe durch."

Brian blinzelte nicht einmal.

Troy unterdrückte den Drang, ihn anzuschreien oder zu schütteln, und holte tief Luft. „Alter, guck mich an. Kannst du mich hören? Bitte. Ich brauche deine Hilfe. Hilf mir. Hilfe!"

Als hätte jemand ein Licht angeschaltet, richtete sich Brians Fokus plötzlich auf Troy. „So viel Rauch. Sie müssen alle raus. Das Feuer kommt. Raus hier!"

Oh, Mann. Troy setzte sich auf seine Fersen und lockerte seinen Griff, um stattdessen unbeholfen Brians Schultern zu tätscheln. „Es ist alles gut. Es gibt kein Feuer. Alles in Ordnung. Wir sind in Sicherheit."

Brian schloss die Augen und schüttelte den Kopf. „Ich muss alle rausbringen."

„Wir sind draußen. Alles gut. Ruh dich einfach aus."

Mit immer noch geschlossenen Augen murmelte Brian etwas, das Troy nicht verstand.

Seufzend versuchte Troy, es sich bequem zu machen, so gut es ging. Er trank noch etwas Wasser, dann legte er sich hin. Während er Brians Atem lauschte und der Tag zur Neige ging, flüsterte er noch ein Gebet.

„HALLO?"

Unter dem Summen der Insekten und dem Zirpen und mysteriösem Rauschen des Dschungels wirkte Brians Stimme wie ein Pistolenschuss. Troy riss den Kopf hoch und versuchte zu lächeln, obwohl es stockdunkel war. *„Die Leute können hören, ob du lächelst"*, hallte die tiefe Stimme seines Vaters in seinem Kopf. Troy sagte: „Alles in Ordnung. Ich bin hier."

„Wo? Wer?" Brian war vollkommen angespannt.

„Äh, ich bin's, Troy Tanner. Dein Passagier aus dem Flugzeug. Wir sind heute morgen auf dieser Insel abgestürzt. Ich weiß, es ist jetzt wahnsinnig dunkel. Immer noch bewölkt, schätze ich." Er hatte den Notfallrucksack durchsuchen wollen, um zu sehen, ob darin eine Taschenlampe war, aber der lag außer Reichweite auf der anderen Seite von Brian, und er hatte nicht gewagt, sich auch nur ein Stück vom Platz wegzubewegen. Aus Angst davor, was für Dschungelkreaturen seine ausgestreckten Hände begegnen mochten.

„Wie fühlst du dich?", fragte Troy. „Du musst etwas Wasser trinken. Hier." Er tastete nach der vollen Flasche an seiner Hüfte und drückte sie behutsam in Brians Hand. „Kannst du sie halten? Warte, ich schraube den Deckel ab."

Troy lauschte Brians Schlucken. Er hoffte, dass er nur eine leichte Gehirnerschütterung hatte, und versuchte sich zu erinnern, wie man so etwas behandelte. Er hatte einmal einen Spielfilm über Football gesehen, in dem der verletzte Spieler Fragen gestellt bekam, um seine Erinnerung zu checken. „Wie ist dein Name?"

„Brian Sinclair."

„Und was bist du von Beruf?"

„Pilot."

„Okay, gut. In welcher Stadt lebst du?"

„Sydney."

Troy nahm an, dass das stimmte. Er drückte Brian noch einmal die Wasserflasche an die Lippen und wünschte, er könnte etwas sehen. „Äh, wer ist der Präsident der Vereinigten Staaten?"

„Barack Obama. Aber nicht mehr lange. Dumme Sache mit der Beschränkung der Amtsperioden."

Troy lächelte. „Ja. Mir gefallen die Alternativen auch nicht." Zumindest hörte sich Brian wacher und mehr bei Sinnen an. „Trink noch etwas. Tut dir der Kopf weh?"

„Ist nicht gerade ein Kitzeln." Er schwieg einen Moment. „Der Regen hat aufgehört." Er stieß gegen Troy, als er sich aufrechter hinsetzte. „Wir müssen zurück zum Flugzeug."

„Das können wir nicht. Ist schon gut, ruh dich einfach aus."

„Wie lange sind wir schon hier?" Brians Stimme klang klarer. Gott sei Dank schien sich der Nebel gelichtet zu haben. „Es ist so dunkel."

„Ich bin nicht sicher. Ich hoffe, es ist wenigstens schon Mitternacht. Ist schon eine ganze Weile so dunkel." Die Nacht fühlte sich wie etwas Lebendiges an, das sie im Dschungel gefangen hielt. Troy sehnte sich nach dem Sonnenaufgang. „Ist in dem Notfallrucksack irgendwas zu essen?"

„Ja. Aber wir müssen erst das Flugzeug checken."

Troy seufzte. „Es ist weg."

Einige Herzschläge lang war Stille. „Was ist weg?"

„Das Flugzeug. Der Sturm wurde schlimmer, nachdem wir den Strand verlassen hatten. Es muss ins Meer geschwemmt worden sein. Ich war vorhin da und habe nachgesehen." Troy lauschte dem Summen der Insekten und wartete darauf, dass Brian etwas sagte. Irgendwas. Schließlich fragte Troy: „Glaubst du, dass hier irgendjemand lebt?"

Noch mehr Stille. Ein Moskito sirrte dicht an seinem Ohr, und Troy schlug danach. „Brian? Bist du noch wach?"

„Ja. Entschuldigung." Es hörte sich so an, als würde Brian noch einen Schluck Wasser trinken. Sein Arm streifte Troy, während er schluckte. „Wir werden das überprüfen, aber nein, ich glaube nicht, dass hier jemand lebt."

Magensäure stieg in Troys Speiseröhre. „Woher weißt du das?"

„Wir hatten den Kurs geändert, Richtung Kiritimati. Man nennt es auch die Weihnachtsinsel. Dort gibt es einen Flughafen. Wir befinden uns westlich davon. Mindestens tausend Meilen."

„*Tausend Meilen*?" Er konnte sich nicht einmal vorstellen, wie weit das war. Troy versuchte mittels seiner Willenskraft, sicher zuhause in seinem Bett aufzuwachen, während das Blut in seinen Ohren rauschte. Das hier konnte nicht die Realität sein. Es konnte einfach nicht wahr sein. „Aber … aber es gibt noch andere Inseln, oder?"

„Die Phönixinseln im Westen liegen am nächsten. Sechs … siebenhundert Meilen. Atolle und Korallenriffe. Unbewohnt, so weit ich weiß. Das gilt für dieses ganze Gebiet."

Troy grub die Fingernägel in seine Handinnenflächen, um nicht zu schreien oder zu heulen oder beides. „Wir sind hier draußen ganz allein?"

„Pures Glück, überhaupt diese Insel gefunden zu haben. Sonst wären wir jetzt tot." Er erschauerte, seine Schulter bebte. „Und nicht nur sie."

Troy wusste nicht, was er darauf sagen sollte. Er hatte Paula nach dem Absturz nicht einmal gesehen. Sie war einfach … nicht mehr da gewesen.

Vielleicht war sie diejenige, die Glück hatte. Scheiße, wir werden hier draußen sterben.

Panik presste seine Lungen zusammen wie eine Python, und vor Troys Augen blitzten kleine Lichter in der Schwärze auf. Nachdem er sich eine Minute lang ganz auf seinen Atem konzentriert hatte, fasste er den Mut, die einzige Frage zu stellen, die wirklich zählte. „Aber man wird uns bald finden, richtig?"

Brian war zu lange still. Schließlich sagte er: „Ich weiß es nicht."

„Aber das Flugzeug hatte so ein Black Box Ding, oder? Sie geben doch ein Funkfeuer ab oder sowas?"

„Ja."

Aufatmend rieb Troy seine Handflächen über seine Knie. „Das ist gut."

„Tut mir leid, ich meinte, ja, sie senden Funkfeuer. Es wird aktiviert, wenn das Gerät in Wasser getaucht wird, und sendet dann ein ständiges Ping. Aber wir haben kein CVR oder FDR. Die meisten Privatflugzeuge haben keins. Zu teuer." Brian sprach tonlos, als würde er aus einem Handbuch vorlesen.

Scheiße. Scheiße, Scheiße, Scheiße.

Troy musste ein paarmal tief durchatmen, um sein rasendes Herz zu beruhigen. Brian war still, und Troy musste an sich halten, um ihn nicht zu schütteln und anzuschreien, er solle wach bleiben. *Bleib bei mir.*

„Was ist … FDR? CV … was?" Nicht, dass es eine Rolle spielte, aber er musste sich auf irgendetwas anderes konzentrieren als diese Stacheldraht-Panik.

Nach einigen Augenblicken antwortete Brian: „Flugdatenschreiber. Cockpit-Voicerecorder. Wir nennen sie nicht Black Box. Das tun nur die Medien. Sie sind auch nicht schwarz, sondern orange. Damit man sie leichter finden kann."

„Oh. Es gibt also mehr als eine?"

„Ja. Der FDR zeichnet die Fluggeschwindigkeit auf, die Höhe, die vertikale Beschleunigung. Technische Daten. Der CVR nimmt in einer zweistündigen Schleife alle Geräusche aus dem Cockpit auf. Was die Piloten sagen, Funksprüche und was sonst noch zu hören ist."

„Wieso in einer Schleife?"

„Man braucht nicht den ganzen Flug. Im Fall eines Absturzes ..." Er verstummte.

„Was?", drängte Troy nach einigen Augenblicken.

Brians Stimme war kaum ein Flüstern. „Es geht in der Regel sehr schnell."

Da ihm für den Moment keine weiteren sinnlosen Fragen mehr einfielen, schloss Troy die Augen und konzentrierte sich darauf, seinen Atem wieder zu normalisieren. Er umarmte seine Knie und zählte seine Atemzüge, ein und aus. Sie würden gerettet werden. *Natürlich* würden sie. Es spielte keine Rolle, dass es keine Black Box gab, oder wie immer die Dinger auch hießen.

Das Flugzeug ist ja nicht einmal mehr da. Es muss gesunken sein. Könnte schon meilenweit weg sein. Wie sollen sie uns finden?

Ihm wurde die Brust eng. „Sie werden aber intensiv nach uns suchen, oder?" Er griff blindlings nach Brians Arm. „Oder?"

Brian war still und bewegungslos in seinem Griff. „Sie werden nach uns suchen. Aber hier im Pazifik ... es ist ein weites Gebiet."

Troy zitterte. Übelkeit überkam ihn in Wellen. „Wie als dieses Flugzeug der Malaysian Airlines verschwand."

„Ja. Über dem Indischen Ozean."

„Aber bei uns wissen sie in etwa, wo wir runtergegangen sind." Er grub seine Finger in Brians warme Haut. Er packte zu fest zu, konnte aber nicht aufhören.

„Sie wissen, dass wir wegen des schweren Unwetters den Kurs auf Kiritimati geändert haben."

„Das ist gut. Dann hatten sie uns auf dem Radar und können sehen, wo wir abgestürzt sind." Er atmete aus, aber die Erleichterung währte nur kurz. Troys Puls beschleunigte sich abermals, als sich das Schweigen in die Länge zog. „Das *stimmt* doch, oder?"

„Wir waren zu weit weg für den Radar."

„Was?" Er hob die Stimme, als Adrenalin in seine Adern schoss. „Wovon redest du?" Er merkte erst, dass er sich immer noch in Brians

Bizeps krallte, als Brians Hand die seine bedeckte und behutsam seine Finger löste. Troy versuchte, zu Atem zu kommen. Er verschränkte fest die Arme vor seiner Brust. „Scheiße, tut mir leid. Aber was meintest du mit: kein Radar? Wie ist das möglich?"

Brians Stimme in der Dunkelheit war tief und ruhig – das und der warme Druck seiner Schulter waren das Einzige, was Troy daran hinderte, durchzudrehen. „Radar deckt nicht den ganzen Planeten ab. Nur zwei, drei Prozent davon. Wenn du mehr als hundert Meilen vom Land entfernt bist, verschwindest du vom Schirm."

Troy klappte die Kinnlade herunter. „Scheiße, ist das dein Ernst?"

„Ich fürchte, ja."

„Dann sind wir also einfach … verschwunden. Mitten im Nirgendwo."

Brian bewegte sich. Unbeholfen tätschelte er Troys Arm mit seiner feuchten Handfläche. „Ich bin sicher, sie werden uns finden." Seine Stimme schien in eine Art Kommando-Ton umzuschalten. „Ja. Mach dir keine Sorgen. Wir werden uns morgen früh organisieren. Wir werden alles tun, was wir können. Das wird schon."

„Ich …" Troy nahm ein paar Schlucke Wasser und blinzelte die Tränen weg. „Okay. Ja." Ein plötzlicher Gedanke ließ ihn hochfahren. „Moment, hast du dein Telefon? Ich hab' nicht dran gedacht, mir meins zu schnappen. Scheiße, das war so dumm."

„Meins war in meiner Jacke. Aber das spielt sowieso keine Rolle. Wir wurden komplett nass, und wir befinden uns hier weit außerhalb jeden Empfangs."

Er sackte zusammen. „Stimmt. Klar …"

„Es wird schon alles gut."

Troy war nicht sicher, wie Brian auch nur annähernd so positiv klingen konnte, nachdem er vorhin noch praktisch katatonisch gewesen war, aber Scheiße – er war froh darüber. Der benebelte Schockzustand schien umso mehr nachzulassen, je mehr Brian trank. „Wir sollten etwas essen, richtig?"

„Richtig." Er rührte sich und sog scharf den Atem ein.

„Alles okay?"

„Ja." Brian bewegte sich erneut, und Troy hörte einen Reißverschluss. Eine Taschenlampe leuchtete auf, erschreckend hell in der Schwärze. Der Bluterguss an Brians Stirn war ein melierter Schatten. „Ich werde etwas Ibuprofen nehmen. Brauchst du auch welches? Hast du Schmerzen?"

„Mir fehlt nichts." Naja, genaugenommen tat ihm die Wange weh, weil er damit im Flugzeug auf dem Boden aufgeschlagen war, und er verspürte einen dumpfen Schmerz am ganzen Körper. Aber sie sollten ihre Medizin besser sparen.

Was, wenn sie uns nie finden? Was, wenn ich Mama und Ty nie wiedersehe? Was, wenn ich hier sterbe?

„Troy?"

Innerlich schrie er. Er musste einige Male blinzeln, dann versuchte er zu lächeln. „Es geht mir gut."

Im Schein der Taschenlampe sah Brian ihn skeptisch an. Aber nach einem Augenblick nickte er und fing an, im Rucksack zu wühlen. „Hier sind Proteinriegel drin. Für den Moment haben wir auch genug Wasser, aber sollte es wieder regnen, dann sollten wir unsere Flaschen füllen."

„Okay." Es war eine Erleichterung, sich zurückzulehnen und Instruktionen zu bekommen, denen er folgen konnte. Sie aßen eklige Riegel, die wie staubige Erdnussbutter schmeckten, aber nach dem ersten Bissen wurde Troy bewusst, wie hungrig er war. Er aß einen zweiten Riegel und trank noch mehr Wasser.

Gott, was würde er jetzt geben für eine heiße Dusche und etwas Sauberes zum Anziehen, um aus diesem schmutzigen, feuchten T-Shirt und der nassen Jogginghose herauszukommen. Was würde er jetzt geben für ein Paar Schuhe. Und Unterwäsche. Aber Brian gab ihm Flip-Flops aus Leder und ein übriges Paar Socken. Und das war schon mal etwas, auch wenn die Socken feucht waren und wegen des Zehenstegs spannten.

„Wie ist das eigentlich passiert?" Die Frage kam von ganz allein, während sie da in der Dunkelheit saßen und das Moskitonetz aus dem

Notfallrucksack über sich hielten. Troy war versucht, darum zu bitten, die Taschenlampe wieder anzuschalten. Aber er wusste, es wäre dumm, die Batterien zu verschwenden.

Brians Schulter an seiner hob und senkte sich. „Tut mir leid."

„Es war nicht deine Schuld."

„Aber …"

„Alter, ich mache dir keinen Vorwurf." Troy stupste Brians Schulter mit seiner an. „Du hast mir das Leben gerettet. Der Sturm war echt heftig."

Brian seufzte – ein Flüstern, welches das Moskitonetz flattern ließ. „Wir hatten den Wetterbericht gecheckt. Sie hatten Regen angesagt, aber nichts, mit dem wir nicht hätten fertigwerden sollen. Nichts Außergewöhnliches." Er schwieg einige Augenblicke. Dann fluchte er leise. „Die Regenzeit ist längst vorbei. Es ist Mai! Gottverdammte Klimaerwärmung. Ich habe keine Ahnung, wo zum Teufel dieser Sturm herkam. Sah aus wie ein ausgewachsener tropischer Orkan. Der Wind war so stark, deshalb hatten wir den Kurs geändert, um auf Kiritimati zu landen und dort abzuwarten, bis es vorbei war. Und dann … Scheiße, ich kann nicht fassen, wie schnell der Regen kam."

Brian schien jetzt beinahe mehr mit sich selbst zu reden. Als er nicht fortfuhr, fragte Troy: „Aber Flugzeuge fliegen doch andauernd im Regen?"

„Ja."

„Was war dann anders?"

Nach einigen Augenblicken sagte Brian: „Hm? Entschuldige."

„Schon okay. Du solltest dich ausruhen." Das Netz berührte ihn, und Troy erschrak ein wenig, bevor er es wieder zurechtzupfte. In der Dunkelheit fühlte es sich etwas klaustrophobisch an, ein Netz über dem Kopf und um sich herum zu haben, aber er konnte das hohe Summen der Moskitos hören. Normalerweise war er so etwas wie eine Droge für die kleinen Scheißer, also musste das Netz bleiben.

„Nein, es geht mir gut." Brian räusperte sich. „Bei so wolkenbruchartigen Regenfällen, wenn große Mengen Wasser sehr schnell fallen, bildet sich auf den Tragflächen und dem Rumpf ein Film. Es wird … fast wie Wellen.“

„Und das erzeugt Reibung?“

„Genau!“ Brian setzte sich ein wenig aufrechter hin, und seine Stimme wurde lebhafter. „Die Reibung wächst und zerrt an der Maschine.“ Sein Ellenbogen stieß gegen Troy. „Oh, ich schätze, du kannst nicht sehen, was ich mit den Händen mache. Willst du das wirklich alles hören?“

„Absolut. Sprich weiter.“

„Sag einfach, wenn es anfängt, dich zu langweilen. Ich kann sonst stundenlang über Flugtechnik reden.“

„Naja, eigentlich wollte ich den neuen Film mit Matt Damon sehen, aber ich schätze, das fällt für heute aus.“

Brian lachte, und Troy wurde ganz warm, obwohl er in der dunklen Nacht fröstelte. Brian fuhr fort: „Also, wenn da zu viel Reibung ist, beeinträchtigt das den Auftrieb, und die Strömungsabrissgeschwindigkeit erhöht sich. Die Motoren haben schlapp gemacht. Wir sind in den Sinkflug gegangen, konnten sie aber nicht wieder starten.“

„Aber warum sinken? Bringt einen das nicht dem Absturz näher?“

„Es ist wie … stell dir vor, du fährst bergauf und dein Wagen schafft es nicht, und der Motor säuft ab. Wenn du weiter versuchst, aufwärts zu fahren, bringt dich das nirgendwo hin. Du hast keinen Schwung mehr, kein Tempo. Du musst abwärts fahren. Die Geschwindigkeit bringt den Motor wieder in Gang. Vorausgesetzt, das Problem war nicht Benzinmangel.“

„Okay, das macht Sinn. Aber es hat nicht funktioniert?“

Brian seufzte. „Vielleicht ist zu viel Wasser in die Motoren gekommen. Ich kann es nicht sicher sagen. Aber im Endergebnis waren die Motoren tot.“

„Also waren wir grundlegend im Arsch.“

„In der Tat. Ohne den Regen und den Wind hätten wir den Flughafen im Gleitflug erreichen können.“

„Gleitflug? Okay, ich weiß, es war ein kleiner Jet, aber ernsthaft?“

„Du würdest staunen, was mit Aerodynamik alles möglich ist. Die *Transat 236 heavy* ist 2001 im Gleitflug über ein Riesenstück des Atlantischen Ozeans bis zu den Azoren geflogen. Dreihundert Passagiere an Bord. Sie hatten ein Benzinleck, und der Pilot segelte sie runter. Eine der verdammt besten fliegerischen Leistungen in der Geschichte. Zugegeben, sie hatten das Auftanken vermasselt, aber rückblickend weiß man es immer besser. Alle Seelen an Bord wurden gerettet." Er schwieg einen Moment lang. „Das ist alles, was zählt", fügte er leise hinzu.

Troy dachte an Paula. Er wusste nicht, was er sagen sollte. Er rutschte auf seinem Platz hin und her und fummelte in der bedrückenden Dunkelheit mit dem Moskitonetz herum. Er fühlte sich besser, wenn Brian redete, und suchte nach irgendetwas, das er noch fragen konnte. „Was bedeutet es, wenn ein Flugzeug als *heavy* bezeichnet wird? Ist es dann buchstäblich besonders schwer?"

„Hm? Oh. Ja. Ein solches Flugzeug kann 136 Tonnen MTOW oder mehr tragen. Entschuldige. Maximum Take-Off Weight, das ist das Höchstabfluggewicht. Also ja, wenn ein Flugzeug als „heavy" kategorisiert wird, dann ist es auch buchstäblich schwer."

„Okay, und warum wird das extra gesagt?" Troy wollte, dass Brian wach blieb und weiterredete.

„Wegen der Wirbelschleppe. Wenn ein kleineres Flugzeug der zu nahe kommt, kann es sich drehen. ATC – also Air Traffic Control – sorgt bei der Überwachung des Flugverkehrs dafür, dass schwere Jets mehr Platz bekommen, und andere Piloten hören das Rufzeichen „heavy" und wissen, dass sie Abstand halten müssen. Ergibt das Sinn?"

„Klar. Das verstehe ich. Du weißt viel übers Fliegen." Er lachte leise. „Klar. Ist offensichtlich auch gut so, weil du schließlich Pilot bist. Du liebst das Fliegen, oder?"

Brian sagte so lange nichts darauf, dass Troy dachte, er wäre eingeschlafen. Aber dann antwortete er: „Ich habe es mal geliebt."

Troy runzelte die Stirn. „Und jetzt nicht mehr? Du sagtest, du redest gern darüber."

„Darüber zu reden ist etwas anderes." Brian saß steif da, und Troy konnte seine Anspannung beinahe fühlen wie Wellen, die von ihm ausstrahlten. „Das klingt paradox, ich weiß."

„Nein, das ist cool." *Zeit, das Thema zu wechseln.* „Hey, warum nennt man es hier Orkan und in den Staaten Hurrikan?"

„Keine Ahnung." Er nahm noch einen Schluck Wasser und schien sich wieder etwas zu entspannen. „So weit ich weiß, ist es ein und dasselbe."

„Hast du jemals gesehen, dass sich einer so schnell gebildet hat?"

„Nicht in diesem Ausmaß. Aber wegen der Klimaerwärmung muss man auf alles gefasst sein. Beim Wetter gab es immer Schwankungen und Abweichungen, aber früher war es etwas vorhersehbarer."

Troy streckte kurz seine Beine aus dem Netz heraus und strich die Aluverpackung eines Proteinriegels auf seinem Oberschenkel glatt. Es knisterte in der Dunkelheit. Die feuchte Jogginghose klebte an seinen Beinen.

Wie kann das hier das wahre Leben sein? Wie kann das mein Leben sein?

Er wollte nicht daran denken, aber er musste fragen: „Wir werden das überstehen, richtig?"

„Absolut."

Er konnte Brian beinahe glauben, wenn er so klang – „wichtig und immer richtig" hätte Troys Mutter es genannt. Er verspürte einen plötzlichen Stich Sehnsucht nach ihr und musste tief durchatmen. Er riss einen Streifen von der Aluverpackung und wickelte ihn sich um den Finger. „Okay."

„Außerdem haben wir einen Vorteil, den die meisten Leute in dieser Lage nicht hätten."

„Und der wäre?"

„Nach allem, was ich höre, bist du ein ziemlich berühmter junger Mann. Wahrscheinlich wird morgen früh ein Rettungsteam von weiblichen Teenagern hier aufkreuzen."

Das Lachen war nicht überwältigend, fühlte sich aber warm und gut an. „Mit den Paparazzi direkt dahinter. Die Scheißer lassen sich unmöglich fernhalten.“

„Ohhh, ich werde ein Exklusivinterview geben und ein Vermögen dafür bekommen, und dann kann ich in den Ruhestand. Schade, dass keine Kamera im Rucksack ist. Ich könnte Inselbilder von dir ohne Hemd machen und steinreich damit werden.“

Brians Lachen und Necken war, als würde jemand eine warme Decke um Troy wickeln. Sie waren hungrig und zerschlagen und würden wahrscheinlich allein mitten im Pazifik sterben. Aber während die Nacht fortschritt, dachten sie sich weitere alberne Geschichten aus, und Troy konnte leichter atmen.

Und das war schon etwas.

Kapitel 3

„WAS WAR DAS?"

Brians Herz schlug heftig; er fragte sich genau dasselbe. Er atmete tief ein und lauschte aufmerksam. Ein solches Geräusch hatte er noch nie gehört, aber zweifellos hatte irgendeine lebende Kreatur es erzeugt. Kein Baum und keine Pflanze konnte ein solches *Kreischen* von sich geben. Er blinzelte in das schwarze Nichts des Dschungels, aber er konnte nicht einmal den Umriss von Troy ausmachen, der neben ihm unter dem Moskitonetz kauerte.

Sie saßen immer noch zusammengequetscht in der Felsspalte. Selbst mit Taschenlampe war es äußerst unklug, nachts durch den Dschungel zu spazieren. Insbesondere, da sich Brians Kopf wie verrückt gedreht hatte, als er versucht hatte aufzustehen. Er hatte ein bisschen geschlafen, und das Ibuprofen hatte den dumpfen Schmerz etwas gelindert, der von seinen Schulterblättern bis hinauf in seinen Schädel pochte. Eigentlich hätte er Hunger haben müssen, aber er hatte sich regelrecht zwingen müssen, den Proteinriegel zu essen.

Das Summen der Moskitos machte ihn wahnsinnig, und Brian wünschte, der Dschungel würde einfach endlich still sein. Die Notfalldecke, die Troy über sie beide geworfen hatte, knisterte, als er seinen tauben Hintern auf dem harten Felsengrund in eine andere Position brachte.

Diese Nacht nahm einfach kein Ende.

Wenigstens war er nicht allein. Troy rieb sich leicht an ihm, warm und lebendig, seine Körpermasse eine tröstliche Präsenz. Und sie erinnerte Brian daran, warum er nicht noch einmal gedanklich abschalten durfte, auch wenn sein Gehirn sich wie in Watte gepackt anfühlte. Nein, er musste in der Gegenwart bleiben, musste sich konzentrieren. Es war inakzeptabel, dass er vorhin so ausgerastet war. Troy hätte nicht ganz allein losgehen dürfen.

Obwohl Troy für einen Rockstar wirklich nicht so war, wie Brian es erwartet hätte. Während ihres kurzen Wortwechsels im Flugzeug war er ihm gestresst und abgelenkt vorgekommen, aber nicht arrogant oder verwöhnt. Und nach dem Absturz hatte er sich auf jeden Fall tapfer gehalten. Brian fragte sich, was ihn dazu gebracht haben mochte, so plötzlich aus seiner Band auszusteigen. Paula hatte im Cockpit ein paar Theorien erwähnt, die allesamt um Leute kreisten, deren Namen er noch nie gehört hatte. Aber er beschränkte Geplauder immer auf ein Minimum, auch wenn sie bereits Reiseflughöhe erreicht hatten. Sie hatte gesagt—

Die Erinnerung an ihr perlendes Lachen erfüllte ihn plötzlich mit Trauer und Schuldgefühlen, und er schloss kurz die Augen. Er unterdrückte die aufkommende Übelkeit, als er sich daran erinnerte, wie sich ihr Arm in seiner Hand angefühlt hatte – die Haut immer noch warm – und versuchte, seinen Kopf frei zu machen. Wie konnte er *Scherze* machen, wenn Paula doch tot war? Wenn er an ihrer Stelle hätte sein sollen?

Aber er musste die Kontrolle behalten. Beruhigend wirken. Humor war oft ein gutes Mittel, um die Passagiere – den Passagier – zu entspannen und somit sicherer zu machen.

Brian räusperte sich. „Es ist erstaunlich, was tropische Vögel und Frösche für Geräusche von sich geben können." Er lauschte noch einmal, aber alles, was er hören konnte, war das gleichmäßige Zirpen der nächtlichen Insekten. Er nahm an, dass es Grillen waren oder etwas Ähnliches. Der summende Nachtgesang blieb konstant. „Zumindest hörte sich das Kreischen nicht an wie ein Eisbär."

Troys warmer Atem wehte über Brians Gesicht. „Hä? Ein Eisbär?"

Er bemühte sich um einen lockeren Tonfall. „Bitte sag mir, dass *Lost* noch nicht *so* alt ist. Oder dass du noch *so* jung bist."

Troy kicherte. „Oh, im Fernsehen. Ich erinnere mich daran, aber ich hatte nie Zeit, die Serie zu schauen. Unsere Show hatte einen engen Zeitplan, und außerdem hatten wir noch Schule."

„Eure Show? Du meinst, Konzerte?"

„Moment – willst du damit sagen, du hast nie *Rock 'n Roll Academy* im Fernsehen geschaut?" Er keuchte übertrieben. „Ich fühle mich gekränkt!"

Brian musste aufrichtig lächeln. „Tut mir leid, muss ich wohl verpasst haben. Du bist also auch Schauspieler?"

„Nicht wirklich. Ich bin ganz okay, aber Tyson war der Star. Mein kleiner Bruder."

Da klingelte etwas. „Oh, ist er auch in der Band?"

Troy schwieg einige Atemzüge lang, und als er sprach, klang seine Stimme gepresst. „Ja. Er war schon immer supertalentiert. Schon mit zehn Jahren war er ein Star. Da hatte er seine erste Hitsingle, den Titelsong zur Fernsehshow."

„Wow. Als ich zehn war, waren meine größten Leistungen das Zusammenfegen der Haare im Frisiersalon meines Großvaters und der erste Platz im Buchstabierwettbewerb der fünften Klasse. Aber du musst da auch noch sehr jung gewesen sein?"

„Muss ich wohl. Vierzehn."

„Mit vierzehn hab' ich immer noch Haare zusammengefegt. Aber ich gewann auch einen Flugzeugmodellbau-Wettbewerb. Meine Buchstabierkenntnisse wurden nicht mehr getested, weil's in der Highschool keine Wettbewerbe mehr gab." Er nahm einen Schluck Wasser. Es tat weh, so viel zu reden, weil seine Kehle so trocken war und sein Kopf sich anfühlte, als laste ein Zementblock darauf. Aber es war besser, als in der Dunkelheit den geheimnisvollen Geräuschen des Dschungels zu lauschen. „Warum ging es in der Show?"

„Wir spielten Brüder in einem Internat. Ich startete eine Band mit meinen coolen Freunden aus der Mittelstufe. Und Ty war mein genialer kleiner Bruder, der ein paar Jahrgangsstufen übersprang und obendrein besser sang als jeder andere. Also ließen wir ihn natürlich in die Band." Er schnaubte. „Es war eine echt blöde Show. Aber es wurde gut bezahlt und die Serie lief fünf Jahre lang. Oh, und ich bin sechsundzwanzig, nur zur Info, also nicht so jung. Und du?"

„Neununddreißig." Ein erneutes Kreischen ließ beide zusammenzucken. „Es könnte ein Affe sein, aber ich glaube, die sind nicht im Südpazifik beheimatet. Menschen haben sie auf einige der Inseln mitgebracht, aber falls sie nicht *wirklich* gute Schwimmer sind ..."

„Ein Frosch ist es aber, glaube ich, auch nicht", flüsterte Troy. „Klingt nicht wie *quak quak*. Ich tippe auf Vogel. Das muss ein Vogel sein, und nicht ein ... was lebt denn noch auf diesen Inseln?" Er verspannte sich, und sein Ellenbogen zuckte gegen Brians Arm. „Könnte es hier Tiger geben? Wir sind nicht am richtigen Ort dafür, oder?"

„Keine Tiger. Die gibt's auf Sumatra. Meilenweit weg von hier."

„Okay, gut. Aber was könnte es sonst sein?"

„Nun ..." Brian suchte seine Erinnerung nach der am wenigsten Furcht erregenden Kreatur, die sich in diesem Augenblick in ihrer Nähe befinden mochte. „Vögel, ganz offensichtlich. Und Frösche. Schildkröten. Fische."

Das mysteriöse Kreischen vibrierte durch die schwüle Luft. „Laute, zornige Vögel?"

„Anscheinend." Er streckte seine Beine unter dem Netz hervor. Seine steifen Muskeln protestierten heftig. Seine Socken und Lederschuhe waren durchnässt, aber nackte Füße im Dschungel waren keine gute Idee. Zumindest war die Temperatur nicht sehr stark gefallen. „Ich glaube, es gibt hier Fledermäuse, aber das ist gut für uns, weil sie sich von Insekten ernähren. Vielleicht gibt es auch Wildschweine, aber ich glaube eher nicht. Wir werden herausfinden müssen, wie weit wir um die Insel herumgehen können. Sie sah nicht besonders groß aus."

„Wie klein?"

Brian versucht, es sich vorzustellen, aber alles, was er vor sich sah, war eine graue Regenwand und das Rot und Gelb der blinkenden Instrumententafel im Cockpit. Paula, wie sie den Steuerknüppel hielt, während er ihre Landegeschwindigkeit berechnete. „Ich bin nicht sicher. Wir hatten unsere Aufmerksamkeit voll und ganz auf den Strand gerichtet. Wir konnten kaum den Sand erkennen."

„Richtig. Natürlich." Troy schwieg für einen Moment. Als er erneut sprach, war seine Stimme heiser. „Es tut mir leid wegen der Pilotin. Hatte ich das schon gesagt? Sie schien sehr nett zu sein."

Brian krümmte die Zehen in seinen nassen Schuhen. Seine Kehle wurde so eng, dass es brannte. „Danke."

Nett. Ein erschreckend unzureichendes Wort. Paula hatte sich so viel Mühe gegeben, freundlich und entgegenkommend zu sein. Die anderen Piloten hatten augenscheinlich nicht gewusst, wie sie mit ihm umgehen sollten. Sie hatten sich alle höflich und professionell verhalten, aber keiner von ihnen konnte verstehen, warum er nur noch als Co-Pilot flog und wie er eine glänzende Karriere als Verkehrspilot aufgeben konnte.

Und wie hatte Brian es ihr gedankt? Indem er ihre Einladungen in den Pub abgelehnt hatte, oder die zum dem Grillabend am Strand, als ihre Eltern, die in Auckland lebten, einmal in der Stadt waren. Gott, wie waren noch ihre Namen? Er hatte sie einmal im Terminal getroffen. Ihr Vater war ... Mechaniker?

Ich sollte so etwas wissen.

Troy murmelte niedergeschlagen: „Wenn ich geblieben wäre, dann ginge es ihr jetzt gut. Wir würden nicht hier festsitzen. Scheiße. Ich wollte die Dinge in Ordnung bringen, aber ich habe alles nur tausendmal schlimmer gemacht."

„Du hast nichts falsch gemacht. Gib dir nicht die Schuld."

„Hat sie ...? Die ganze Seite des Flugzeugs war weg." Troy schluckte hörbar. „Denkst du, sie hat etwas gespürt?"

„Nein, es ging zu schnell." Heiße, bittere Galle stieg Brian in die Kehle. Wenigstens das war die Wahrheit. Es konnten kaum eine oder zwei Sekunden gewesen sein, bevor sie nichts mehr hatte spüren können. Bevor er sich bremsen konnte, stieß er hervor: „Es hätte mich treffen sollen."

Troys Stimme klang laut und scharf: „Was? Aber es war ein Unfall."

Er presste die Worte heraus. „Der Captain sitzt normalerweise links. Der Co-Pilot rechts. Paula hatte es gern anders herum. Ich hab' nie widersprochen. Die Instrumente sind auf beiden Seiten die gleichen. Also dachte ich, es wäre egal."

„Es ist nicht deine Schuld. Das war Zufall. Du wusstest ja nicht, was passieren würde."

Das stimmte, aber Brian hatte trotzdem das Gefühl, sich übergeben zu müssen.

„Wenn es nicht meine Schuld war, dann war es erst recht nicht deine. Es tut mir leid. Ich weiß, sie war eine Freundin."

Das stimmte. Und er war zu verschlossen und zu sehr in seiner eigenen Welt gefangen, als dass er ihre Freundschaft wirklich hätte erwidern können. Brians Augen brannten. Dass er ihr nie mehr würde danken können, oder ihr sagen können, dass es ihm leid tat, war nur ein weiterer bedauernswerter Umstand in seinem Leben, den er bereute.

Nach ein paar Minuten des Schweigens fragte Troy: „Gibt es hier Schlangen?"

Brian war froh über den Themenwechsel, auch wenn an Schlangen zu denken, während er im stockfinsteren Dschungel saß, ihn nervös schaudern ließ. „Wahrscheinlich."

„Giftige?"

„Aller Wahrscheinlichkeit nach. Und vielleicht Pythons, könnte ich mir vorstellen. Ich denke, wir sollten davon ausgehen, dass sämtliche Schlangen und Spinnen und diverse Insekten hier gefährlich sind und gemieden werden sollten."

Troy erschauerte. „Igitt, Spinnen." Brian hörte, wie Troys Fingernägel über seine Haut kratzten. „Ich hasse eklige Krabbeltiere."

„Ich gebe zu, ich bin auch nicht gerade ein Fan. Hoffen wir, dass wir am Strand ein Lager errichten und ihnen aus dem Weg gehen können. Obwohl wir im Ozean vorsichtig sein müssen. Seeschlangen können tödlich sein."

„*See*schlangen? Großer Gott.“

„Ganz zu schweigen von Aalen und Quallen und Gott weiß was.“

„Okay, der Dschungel und der Ozean sind also ganz miese Veranstaltungen. Aber der Strand sollte okay sein?“

„Auf jeden Fall.“ Er erwähnte nicht, dass Insekten mit Sicherheit auch im Sand lebten.

Laub raschelte ganz in der Nähe, und sie beide erstarrten. Troy flüsterte: „Vielleicht sollten wir jetzt sofort dort hingehen.“

„Wir könnten in die Irre gehen“, flüsterte Brian. „Selbst mit der Taschenlampe ist es verdammt dunkel.“

„Stimmt. Okay. Ich bin sicher, das war nichts.“

„Was immer es war, wir haben es verscheucht.“ Brian wusste nicht, ob das stimmte, aber es war etwas, das sein Großvater gesagt hätte. Bei dem Gedanken lächelte er in der Dunkelheit. Dann zuckte er zusammen. Scheiße, sein Kopf tat weh. Die Kopfschmerzen strahlten bis hinunter in seinen Nacken und die Wirbelsäule. Er war ziemlich sicher, dass es nur eine leichte Gehirnerschütterung war, aber das Ibuprofen reichte einfach nicht.

Er rutschte umher. Es gab nicht einen einzigen Fleck an seinem Hintern, der nicht taub war. Panik blitzte auf, während er in die Dunkelheit blinzelte. Er streckte seine Hände aus, um sicherzugehen, dass die Felsspalte sich nicht auf magische Weise um sie herum geschlossen hatte. Vielleicht sollten sie trotz allem versuchen, zum Strand zu kommen.

Aber nein, es machte keinen Sinn, sich zu verlaufen. Es musste gerade Ebbe sein, da er keine Wellen hören konnte. Es war besser, die Morgendämmerung abzuwarten. Hier in ihrer Minihöhle hatten sie Schutz und konnten halbwegs sicher sein, dass sich keine gefährlichen Insekten oder Tiere zusammen mit ihnen in der Felsnische befanden.

Natürlich konnte er nicht wissen, ob nicht in irgendeinem Baumwipfel ein Python sie gerade jetzt beobachtete und darauf wartete, sich herunterzuschlängeln und sie zu erwürgen. Vielleicht kroch auch gerade eine Tarantel über den Dschungelboden direkt auf sie zu. Er zog seine Beine zurück unter das Moskitonetz und zog es enger zu.

Troy sprach heiser. „Und? Ähm, bist du verheiratet? Kinder?"

„Nein. Ich habe direkt nach dem College geheiratet, aber es hat nicht gehalten."

„Wie war ihr Name?"

„Alicia." Brian fragte sich, was sie empfinden würde, wenn sie die Nachrichten hörte. Soweit er wusste, lebte sie jetzt in Seattle, zusammen mit einer Tochter aus ihrer letzten gescheiterten Ehe. Er hoffte, sie wusste, dass er sie damals wirklich geliebt hatte. Gott, das war alles schon so lange her. Wie ein anderes Leben.

Es hatte Alicia gegeben, und später noch Rebecca. Die Jungs aus seinem Wohnheim während der Uni, die anderen Piloten und Crews, mit denen er damals in den Staaten befreundet gewesen war. Sie alle gehörten zu dem Leben … davor. Er fragte sich, ob sie um ihn trauern würden.

Ein intensiver Anflug von Wehmut riss an Brians Brust. Er wollte eine zweite Chance. Er wollte ihnen sagen können, dass es ihm leid tat. Wie seltsam, daran zu denken, dass er schon jahrelang nicht mit seinen Freunden gesprochen hatte.

Aber er hatte aufgehört, auf ihre SMS und Nachrichten zu antworten, und schließlich hatten sie es aufgegeben. Wenn er darüber nachdachte – was er normalerweise um jeden Preis vermied – war es schwer zu fassen, wie leicht es gewesen war, aus so vieler Menschen Leben zu verschwinden. So einfach zu … verblassen.

Troy sagte: „Ich hab' mit meiner Freundin Schluss gemacht, kurz bevor ich abgehauen bin. Scheiße, ich war ein Arschloch. Jetzt wird sie denken, dass ich tot bin, und ich kann ihr nicht sagen, dass es mir leid tut. Es tut mir nicht leid, Schluss gemacht zu haben. Aber … es tut mir trotzdem leid, so ganz allgemein. Verstehst du, was ich meine? Ich weiß auch nicht. Ich rede Unsinn."

Er spürte, dass Troy erschauerte, wo sich ihre Schultern berührten. Es war schwül und mild, und sie hatten die Notfalldecke, aber ihre Kleidung war immer noch feucht. Gott, wenn nur erst diese Nacht vorüber wäre. „Wir sollten versuchen, noch etwas zu schlafen.“

„Richtig. Tut mir leid. Ich bin nur–“ Das Kreischen rasselte durch die Bäume. „Ich bin nur gerade so aufgedreht. Aber schlaf nur. Wie geht's deinem Kopf?“

„Ganz okay.“ Er sah auf seine Armbanduhr, die glücklicherweise wasserdicht war und ein beleuchtetes Zifferblatt hatte.

„Wie spät ist es?“ Troy sah ihn im schwachen Leuchten der Uhr ängstlich an.

Ach, Scheiße. „Nicht einmal Mitternacht.“

Troy stöhnte. „Der Morgen wird nie kommen.“

Nein, wirklich nicht. Jedenfalls nicht so. So wenig er auch im Dschungel umherirren wollte, er musste sich ausstrecken und schlafen, und das Gleiche galt für Troy. Er fummelte im Rucksack nach der Taschenlampe. „Du bist doch vorhin am Strand gewesen. Weißt du die ungefähre Richtung?“

„Nach rechts. Wenn wir dicht bei der Klippe bleiben, sollten wir problemlos hinkommen.“

Daran hatte Brian gar nicht gedacht. Und das Risiko, zu stolpern oder sich in der Dunkelheit zu verirren, erschien ihm nun unbedeutend, verglichen mit dem Bedürfnis, die offene Weite des Strands zu erreichen. „Okay, ich nehme den Rucksack.“ Er schaltete die Taschenlampe an und reichte sie Troy, dann faltete er sorgfältig die Decke und das Moskitonetz zusammen. Er blinzelte in den Lichtstrahl. „Kannst du den Koffer tragen?“

Das Licht schien in Troys Gesicht und beleuchtete das Grübchen in seinem Kinn und einen dunklen Bluterguss auf seiner Wange. „Mh-hm. Lass es uns angehen. Hier können wir nicht bleiben.“

Brian nahm die Lampe und richtete sie auf die Bäume. Dann leuchtete er ringsum in den Dschungel. Das Licht durchdrang kaum den dichten Bewuchs, aber zumindest leuchteten nirgends irgendwelche Augenpaare. Er hatte keine Ahnung, was für Schlangen tatsächlich auf dieser Insel lebten, und er wollte es auch gar nicht herausfinden. Niemals.

Troy war bereits auf den Füßen, und Brian kam mühsam hoch und lehnte sich an die Felswand. Es drehte sich alles. Er stand vollkommen still und hielt die Taschenlampe umklammert, während sein Magen rebellierte.

„Alles okay, Mann?" Troy drückte Brians Schulter. Sein Griff war fest und beruhigend.

„Ja. Ich muss nur den Rucksack umhängen."

„Ist schon gut. Ich nehm' ihn." Troy hängte ihn sich über die Schultern.

Brian wollte protestieren und sagen, dass Troy nicht den Rucksack tragen und noch den schweren Koffer schleppen müssen sollte. Aber einfach nur zu stehen und zu gehen war schon eine Herausforderung. Also ging er voran. Er behielt seine rechte Hand an der Klippenwand, wo der Dschungel plötzlich endete. Aber abgesehen von gelegentlichen Ranken, war es einfach nur Fels, an manchen Stellen glattgewaschen, an anderen rau und schroff. Er schwenkte die Taschenlampe mal vor sich auf dem Boden hin und her und immer wieder auch hinter sich, damit Troy sehen konnte, wohin er trat. „Aus dem Weg, giftiges Zeugs", murmelte Brian.

„Dem stimme ich voll zu", flüsterte Troy.

Es war seltsam, dass sie das Gefühl hatten, ihre Stimmen senken zu müssen. Sie waren mit Sicherheit die einzigen Menschen auf dieser Insel, also hätte sie auch herumbrüllen können. Aber obwohl im Schein der Taschenlampe nichts als Blätter und Pflanzen zu sehen war, kribbelte in Brians Nacken Schweiß, und jedes einzelne Haar richtete sich auf, als würden tausend unsichtbare Augen ihren Bewegungen folgen.

Die schwüle Luft schmeckte salziger, und dann verschwand der Dschungel, und der Strahl der Taschenlampe schnitt eine Bahn ins Freie. Als sie beide Sand unter den Füßen hatten, schaltete Brian die Taschenlampe aus. Einen Moment lang standen sie einfach nur da. Wolken verdeckten noch immer die Sterne, aber ohne den Schirm des Dschungels reflektierte der Sand genug Umgebungslicht, sodass sie sehen konnten, wohin sie gingen.

Es war tatsächlich Ebbe und, abgesehen von dem konstanten Summen und Zirpen des Dschungels hinter ihnen, war die Nacht still. „Lass uns von den Bäumen wegbleiben. Da oben sind wahrscheinlich Kokosnüsse, und ich will nicht, dass uns welche auf die Köpfe fallen", sagte Brian. *Bitte lass dort Kokosnüsse sein.* Auch wenn Essen im Moment das Letzte war, was er wollte – er wusste, dass sie mit den Proteinriegeln nicht weit kommen würden.

„Guter Plan."

Sie ließen ihr Gepäck weit genug weg von der Baumgrenze fallen, und Brian breitete die Aludecke auf dem Sand aus. Er hielt den Kopf hoch, als ein Schwindelgefühl ihn überkam. „Da sollte noch eine sein." Er wühlte im Rucksack. „Da ist sie."

Troy atmete hörbar aus, als er die Decke auseinanderfaltete. Seine Zähne leuchteten, als er lächelte. „Ein gutes Gefühl, hier draußen zu sein."

„Auf jeden Fall." Brian streckte sich vorsichtig auf einer Hälfte seiner Decke aus, dann deckte er sich mit der anderen Hälfte zu. Im Vergleich zu dem Untergrund in der Felsspalte war der Sand wie ein Federbett. Sein Kopf hämmerte wie eine Trommel, und ihm tat jeder Muskel und jeder Knochen weh. „Ein Königreich für ein heißes Bad. Oder eine schwedische Massage. Oder einfach irgendeine Massage, egal aus welchem Land."

„Aber wirklich."

Es wehte eine kühle Brise über den Strand, und die Moskitos schienen hier weniger verbreitet zu sein. Er hatte keine Ahnung, ob so weit von jeder Zivilisation Moskitos Malaria oder andere Krankheiten übertragen konnten, aber es machte keinen Sinn, ein Risiko einzugehen. In jedem Fall waren Stiche nervig und juckten. „Bist du so weit? Wir sollten … lass mich das Netz herausholen."

Troy rückte auf dem Sand näher und stoppte weniger Zentimeter vor Brian. Sein weißes T-Shirt wirkte hell gegen seine gebräunte Haut, als er die Flip-Flops abstreifte und dann die nassen Socken auszog. Er wickelte sich lose in seine Decke und wischte sich mit der Hand über die verschwitzte Stirn. „Gut so?"

„Japp." Brian drapierte das Netz über sie beide, legte sich wieder hin und schloss die Augen. *Okay. Schlafen.*

Natürlich weigerte sich sein Gehirn abzuschalten, trotz seiner Erschöpfung. Die Minuten tickten dahin, während er sich hin und her wälzte und in seinem Kopf der mieseste Film aller Zeit ablief. Die Regenwand, die blinkenden Kontrollleuchten und der heulende Alarm, die unbarmherzige Felswand, wo Paula hätte sein sollen, das bleiche Mysterium ihres Arms zu seinen Füßen.

Das Netz berührte Brians Wange, und er schob es weg. Sein Herz schlug zu heftig.

Troy flüsterte: „Ich kann nicht fassen, dass das hier Wirklichkeit ist, weißt du?"

Erneut zog Brians Kehle sich zusammen, und er schob ein Bild von Paulas neckendem Lächeln aus seinem Bewusstsein. „Ja."

„Denkst du, sie wissen es inzwischen? Das wir … verschwunden sind?"

„Ja. Die Fluglinie wird inzwischen unsere Familien kontaktiert haben." Er starrte hinauf in den dunklen Himmel. Er konnte kaum die Umrisse der Wolken ausmachen. „Also, deine Familie. Paulas." *Wie waren ihre Namen?*

„Hast du keine Familie?"

„Nicht mehr." Sie fehlten ihm so sehr, aber wenigstens würden seine Großeltern nicht leiden müssen, indem sie sich um ihn Sorgen machten. „Eine Untersuchung wird eingeleitet werden, die Küstenwache wird eine Suche starten."

„Meinst du, sie … werden sie uns für tot halten?"

Er wollte sich eine nette Lüge ausdenken, damit Troy sich besser fühlte, aber was sollte das bringen? „Ja. Es gibt selten Überlebende über offenem Wasser."

„Gott. Mein Bruder wird …" Er murmelte etwas vor sich hin. „Scheiße, warum hab' ich das gemacht. Ich habe alles ruiniert."

„Das konntest du doch nicht wissen."

Troy zitterte, und er sprach mit bewegter Stimme. „Ich hätte meine Mutter anrufen sollen, bevor ich ging. Und Ty … die Dinge, die ich zu ihm sagte."

Troys Augen schimmerten feucht, und Brian griff hinüber, um unbeholfen seinen Arm zu tätscheln. „Es ist nicht deine Schuld."

Troy ergriff Brians Handgelenk und flüsterte: „Ich muss mit ihnen reden. Selbst, wenn es nur noch ein einziges Mal ist. Es ist nicht fair."

„Ich weiß. Es tut mir leid." Der Knochen tat weh, wo Troy zudrückte, aber Brian zog seine Hand nicht weg.

Mit einem schütteren Ausatmen ließ Troy los. „Entschuldige. Ich drehe durch. Sie werden so mit den Nerven fertig sein, und ich werde nicht da sein, um zu helfen."

„Du musst dich nicht entschuldigen." Brian tätschelte ihn noch einmal kurz, dann zog er seine Hand an seine Brust.

Troy war eine Minute lang still, abgesehen von seinem bemühten Atmen. Dann fragte er: „Was ist mit deiner Familie passiert?"

„Ich wurde von meinen Großeltern aufgezogen, und sie sind tot. Meine Großmutter wurde vierundachtzig. Sie starb vor fünf Jahren."

„Tut mir leid." Er atmete scharf aus. „Ich denke immerzu … ich habe das Gefühl, dass ich jeden Moment in dieser Schlafkoje wach werde und wir in L.A. landen. Wie ist das nur passiert? Ich war am Schlafen, und dann hat es so geholpert, und es hat in meinen Ohren geploppt. Es ging so schnell. Ich kann einfach nicht …" Er schüttelte den Kopf. „Tut mir leid. Ich weiß, du hast mir erklärt, wie es passiert ist."

„Ist schon okay. Dein Gehirn muss das verarbeiten. Ich sehe auch immer wieder vor mir, wie es abgelaufen ist. Immer und immer wieder."

„Sie werden uns bald finden. Stimmt's?"

Troy klang unglaublich jung in diesem Moment. Brian hatte ihn nicht in der Luft beschützen können, aber er würde ihn jetzt nicht im Stich lassen. Selbst, wenn sie nicht gefunden wurden, er würde aus Troy aufpassen. Er legte jedes bisschen Zuversicht und Hoffnung, das er besaß, in seine nächsten fünf Worte: „Es wird alles gut werden."

Er musste Troy überzeugt haben, denn kurz darauf wurde sein Atem ruhig und gleichmäßig. Brian starrte hinauf zu den wenigen Sternen, die sich einen Weg durch die wolkigen Schatten bahnten.

Eigentlich hasste er es, neben jemandem zu schlafen. Selbst mit Alicia hatte er ein Doppelbett geteilt, sodass er jede Menge Platz gehabt hatte, um sich auszustrecken. Aber es machte ihm nichts aus, die Wärme von Troys Körper neben sich zu spüren, seinem manchmal seufzenden, manchmal ruckartigen Ein- und Ausatmen zu lauschen. Sie hätten die letzten beiden Menschen auf der Welt sein können, und falls nicht auf wundersame Weise Rettung kam, dann waren sie genau das.

„HEILIGE SCHEISSE!" TROY schoss hoch und schlug mit klopfendem Herzen nach etwas, das an ihm klebte. Vogelgeschrei erfüllte die Luft. Er warf seinen Kopf hin und her und sah sich verzweifelt um. *Was? Wer? Wo zum Henker–*

Es war die Wirklichkeit. Er war tatsächlich verschollen auf einer einsamen Insel. Es war nicht nur ein durchgeknallter Alptraum gewesen.

Ihm drehte sich der Magen um. Er zwang sich durchzuatmen. Es gelang ihm, seine Aludecke wegzuschieben und sich aus dem Moskitonetz zu befreien, ohne es zu zerreißen. Brian blinzelte und murmelte etwas neben ihm, und Troy drehte den Kopf auf der Suche nach den Erzeugern des entsetzlichen Geschreis, das ihm Schauer über den Rücken laufen ließ. Er rieb sich die Augen. Dann entdeckte er im blassen Licht der Morgendämmerung den sich bewegenden Schwarm von Farben in den Bäumen.

„Was zum ..." Brian drückte sich stöhnend in eine sitzende Position, zog sich das Netz vom Kopf und knüllte es in seinem Schoß zusammen. Das Schneeweiß seines Uniformhemds war nun grau vor Schmutz. „Sind das ...?"

„Papageien", antwortete Troy. „Sieht aus wie Papageien." Die verflucht lautesten Papageien aller Zeiten. Offenbar war Sonnenaufgang ihre Frühstückszeit, und sie versammelten sich in den Bäumen, um wer weiß was zu fressen. Mit großer Begeisterung.

Brian stöhnte erneut und zuckte zusammen. Der rote Fleck auf seiner Stirn hatte sich in einen violetten Bluterguss verwandelt. Vorsichtig reckte er seinen Hals und neigte ihn von einer Seite zur anderen. „Das nenne ich einen Weckruf."

„Ja. Was macht dein Kopf?" Er sah genau hin und war erleichtert, dass die Pupillen in Brians braunen Augen normal wirkten.

„Tut weh. Aber ich werd's überleben." Er rieb sich das Gesicht. „Wenigstens konnte ich noch etwas schlafen. Und du?"

„Ein paar Stunden, schätze ich." Troy sah sich um. Der Himmel hatte aufgeklart, und es sah so aus, als würde es ein heißer Tag werden. Die Sonne ging auf der anderen Seite der Insel auf, also lag ihr Strand im Westen. Nicht, dass es eine Rolle spielte – schließlich befanden sie sich mitten im Nirgendwo. „Also ... was tun wir jetzt?"

Brian starrte die Papageien an, ohne zu blinzeln.

Scheiße. Brian war nicht in der Verfassung, überhaupt irgendetwas zu tun. *Okay. Denk logisch. Was muss als Erstes getan werden?* „Ich sollte mich nach Trinkwasser umsehen. Wir haben noch ein paar Flaschen, aber die werden in dieser Hitze nicht lange reichen. Irgendwo auf der Insel muss es frisches Wasser geben, oder? Einen Bach vielleicht? Und wir brauchen etwas, um Wasser aufzufangen, wenn es regnet."

Zumindest löste Brian sich aus seiner Starre. „Ja. Tut mir leid, ich bin ein wenig ... benommen. Wasser ist die erste Priorität. Wir sollten auch schauen, was wir an Essbarem finden können. Die Insel erforschen. Aber erstmal machen wir eine Inventur von dem, was wir mitgebracht haben. Ich weiß nicht einmal genau, was alles in dem Notfallrucksack ist."

Das stellte sich als eine erstaunliche Anzahl von Gegenständen heraus. Wasserfeste Streichhölzer und eine Lupe. Eine schwere, orangefarbene Plane, wasserfest beschichtet, die man als Decke benutzen konnte, oder vielleicht ... um ein Zelt zu bauen? Es waren Ösen an allen vier Ecken, was Troy ein wenig verwirrte. Er war in seinem ganzen

Leben noch nie campen gewesen, aber er hatte im Fernsehen ab und zu *Bear Grylls* geschaut. Nun wünschte er sich *wirklich*, er hätte besser aufgepasst. „Orange scheint die Farbe der Stunde zu sein", bemerkte er, als er zwei Ponchos und Bandanas auseinanderfaltete.

„Ist aus der Luft gut sichtbar", sagte Brian, der den Reißverschluss eines kleinen Täschchens öffnete. „Oh, Gott sei Dank. Angelschnur und Haken. Köder. Das ist wichtig."

Sie zählten die verbliebenen Proteinriegel und aßen noch zwei. Es gab eine Plastikflasche und Wasserreinigungs-Tabletten, ein Erste-Hilfe-Set, das orangefarbene Seil mit den Karabinerhaken, sowie eine dicke Rolle Klebeband.

Troy öffnete ein kleines rechteckiges Etui. „Ein Spiegel? Mit einem Stern in der Mitte?" Er drehte ihn um und fand Gebrauchshinweise auf der Rückseite. Der Spiegel hatte die Größe einer Instantkamera und steckte in einem festen Plastikrahmen. „Oh, zum Signale geben."

„Wir sollten den immer griffbereit haben."

„Hier ist noch etwas …" Troy riss den Klettverschluss eines kleinen, schwarzen Täschchens auf und schüttete den Inhalt heraus: eine Metallspirale mit Griffschlaufen aus festem Material an beiden Enden. „Das sieht aus wie eine … Fahrradkette? Mit scharfen Kanten?"

Brian sah auf. „Eine Kettensäge. Damit können wir Äste sägen, um einen Schutz zu bauen. Oder für Feuerholz."

„Oh!" Troy betrachtete die Zähne der Säge, dann rollte er sie vorsichtig wieder zusammen und steckte sie in den Beutel. Er sah zu, wie Brian ein Messer aus einem Lederetui zog, mit einer siebzehn, vielleicht achtzehn Zentimeter langen Klinge. „Oh Mann, das ist kein Spielzeug."

„Ganz bestimmt nicht." Brian steckte es wieder in die Hülle und schloss den Riegel. Dann studierte er eine kleine Tube Sonnencreme, Lippenbalsam und Insektenschutzmittel. „Das wird alles nicht sehr lange reichen. Wir müssen sorgsam damit umgehen."

„Richtig." Troy versuchte zu lächeln. *Tu so, als wäre alles gut, dann wird auch alles gut.* „Aber wir werden nicht so lange hier sein. Sie werden uns bereits suchen."

Brian schien nachzudenken, als er auf seine Armbanduhr sah. „Ja, die Suchtrupps könnten heute Morgen aufbrechen. Sie hätten warten müssen, bis sich der Sturm gelegt hat. Kommt drauf an, in welche Richtung er gezogen ist, und was ihnen an Ressourcen zur Verfügung steht. In jedem Fall sollten wir ein Signalfeuer in Gang bringen."

Troy nippte an einer Wasserflasche und aß seinen Proteinriegel auf. Sein Magen knurrte noch immer. „Ich schätze, wir können das Sägeding benutzen, um Feuerholz zu schneiden?" Er sah sich am Strand um. „Da vorn liegt ein umgestürzter Baum. Der ist so gut wie jeder andere."

Brian starrte auf den Ozean hinaus. Nach einigen Augenblicken blinzelte er und sah Troy an. „Entschuldige? Ja, ja. Der Baum ist gut."

„Ich fang damit an." Troy hüpfte auf die Füße in dem Versuch, so zuversichtlich und zupackend wie möglich zu erscheinen. „Du trinkst noch etwas Wasser und ruhst dich aus."

„Nein, es geht mir gut." Brian stand auf, dann schwankte er.

Troy ergriff seinen Arm. „Du hast dir den Kopf verletzt. Bleib einfach sitzen, okay? Du kannst aufpassen, dass ich es richtig mache."

Brian öffnete den Mund, dann klappte er ihn mit einem Seufzen wieder zu. „Okay." Folgsam ließ er sich wieder auf dem Sand nieder.

„Also, wo sollten wir das Feuer machen?" Troy schaute sich um und sah zur Klippe hinüber, die über diesem Ende der Insel thronte. „Da oben wäre gut, aber ich weiß nicht, ob man überhaupt da hochklettern kann. Wir sollten wahrscheinlich erstmal hier am Strand eins machen, oder?"

„Auf jeden Fall. Wir können später noch andere Stellen auskundschaften, aber jetzt sollten wir hier anfangen." Brian starrte die Felswand an. „Wir hätten es beinahe geschafft", murmelte er. „Sie hat es so toll hingekriegt, uns überhaupt herunter zu bringen. Aber wir hatten beim Landeanflug zu viel Geschwindigkeit. Wir konnten nirgends hin. Sie …"

Troy schluckte schwer in der Stille, die folgte. „Es tut mir wirklich sehr, sehr leid. Ich bin ihr so dankbar, dass sie mein Leben gerettet hat. Ich bin euch beiden so dankbar."

„Nein", stieß Brian heftig hervor. Er stopfte die Sachen zurück in den Rucksack, schob sie hin und her. „Ich habe überhaupt nichts getan. Paula war die Pilotin. Sie hat uns gerettet."

„Von da, wo ich gesessen – naja, gestanden habe – sah es aus, als hättest du verdammt viel getan. Also, danke." Bevor Brian widersprechen konnte, straffte Troy die Schultern. „Okay. Wo sollen wir das Feuer platzieren? Wenn es zu dicht an diesem Ende der Klippe ist, dann wird das Feuer aus der Richtung schlecht zu sehen sein. Vielleicht sollten wir etwas weiter den Strand hinuntergehen?" Er fügte nicht hinzu, dass es gut wäre, weiter weg von der Absturzstelle zu sein.

Es war unfassbar, wie wenig Anzeichen davon noch zu sehen waren. Die Wellen waren so gewaltig gewesen, und der Sturm hatte überall Bäume und Pflanzen verstreut. Die Spuren, die das Flugzeug im Sand hinterlassen haben musste, waren weggewischt. Es war, als hätte man ihn und Brian einfach hier fallen lassen.

Brian schaute nach rechts und links. „Ja. Wir sollten ein Stück weiter abwärtsgehen. Nicht zu weit – die Klippe könnte uns Schutz bieten, falls noch ein Sturm kommt."

Sie verlagerten ihre Ausrüstung, und Troy vergewisserte sich, dass Brian wieder saß, bevor er die Kettensäge nahm und sich über den Sand davonmachte. Er fühlte sich warm und weich zwischen seinen Zehen an und war beinahe weiß.

Vorsichtig – wegen der scharfen Zähne der Säge – ergriff Troy die Halteschlaufen mit beiden Händen und studierte den kleinen Baum, der dort am Strand lag. Es war keine Palme, und der Stamm hatte mehrere Äste. Es gab mehrere davon etwas weiter den Strand hinunter, und dazu jede Menge abgebrochene Palmenwedel, die sich wahrscheinlich gut als … er versuchte, sich an das Wort zu erinnern. Richtig – *Zunder*. Sie würden sich gut als Zunder eignen. Er hoffte, dass alles trocken genug war.

„Ich krieg' das hin", murmelte er. „Das ist auch nicht schwieriger als CrossFit oder so'n Mist."

Er bückte sich und fing an, durch den ersten Ast zu sägen, indem er die Kette hin und her zog. Anfangs hielt er sie nicht stramm genug, und die Zähne blieben im Holz stecken. Aber nach einigen Versuchen hatte er den Bogen raus und entfernte einen mehrere Zentimeter dicken Ast.

Der Umstand, dass er tatsächlich auf einer verlassenen Insel im Pazifik war wie jemand in einem Film, war so jenseits von abgefahren, dass er das nicht wirklich in seinen Kopf bekam. Er hatte einen Flugzeugabsturz überlebt. Und nun war er dabei, ein Signalfeuer zu machen und nach Trinkwasser zu suchen. Er war *auf einer verlassenen Insel*. Es war einfach zu verflucht verrückt.

Während er sägte, sammelte sich Schweiß auf seiner Stirn und sickerte in den Kragen seines schmutzigen T-Shirts. Er rollte die Jogginghose bis zu den Knie auf. Seine Kehle war ausgetrocknet, und seine Arme taten ihm weh, als er fertig war. Der Stamm des Baumes war zu dick, aber er sägte die Äste und Zweige in kleinere Stücke und versuchte sich daran zu erinnern, wann er zum letzten Mal körperliche Arbeit verrichtet hatte. Es fiel ihm nichts ein.

Als er mit einem Arm voller Holz zu Brian zurückkehrte, war der Sand unangenehm heiß geworden. Troy schlüpfte in seine Flip-Flops. Brian hatte seine Schuhe und Strümpfe ausgezogen und wühlte in seinem Koffer.

„Dieser Platz hier ist so gut wie jeder andere, schätze ich?", fragte Troy.

„Ich denke schon." Brian deutete auf die Bäume, die etwa fünf Meter entfernt standen. „Weit genug weg, um keinen Waldbrand zu riskieren, aber auch immer noch weit genug entfernt vom Wasser, wenn die Flut zurückkommt. Hier, lass mich dir helfen."

Troy wollte ablehnen, aber er hatte den Verdacht, dass Brian dieses Mal stärker protestieren würde. „Ich hole das Holz, und du kannst es aufschichten. Kennst du dich irgendwie mit Feuermachen aus?"

„Wir sind fast jeden Sommer campen gewesen, als ich aufwuchs. Und ich war bei den Pfadfindern." Er lächelte verhalten. „Ich denke, ich habe mein Feuerabzeichen. Ich werde eine Grube machen."

Als sie einen ordentlichen Stapel Feuerholz und Palmenwedel in ihrer flachen Grube hatten, holte Brian die Lupe aus dem Rucksack. Die Sonne stand mittlerweile über den Bäumen, strahlend hell und kräftig.

„Lass es uns hiermit versuchen. Streichhölzer sparen." Er biss sich auf die Unterlippe und hielt die Lupe vor sich. Er bewegte sie hin und her, bis er mit dem Winkel zufrieden war.

Sie knieten im Sand, starrten auf die Lupe und warteten.

Und warteten

Und warteten.

„Vielleicht sollten wir doch ein Streichholz benutzen", flüsterte Troy. Er hatte das Gefühl, dass er irgendwie das Feuer beschreien würde, wenn er zu laut sprach.

„Nur noch eine Minute. Ich glaube, es ist gleich so weit."

Es waren eher fünf Minuten, aber schließlich erhob sich eine dünne Rauchfahne aus dem Haufen von Palmenwedeln. Es war anfangs fast nichts, aber nach und nach verdichtete sich der Rauch. Und dann fingen die trockenen Blätter mit einem leisen *Fffumb* Feuer.

„Ja!" Troy ballte triumphierend die Faust.

Grinsend hielt Brian die Lupe in Position und beugte sich vor, um sanft auf die aufkeimenden Flammen zu blasen. Sie sahen zu, wie sich das Feuer ausbreitete und schließlich auch das Holz ergriff, und nicht nur die Palmenwedel. Grauer Rauch erhob sich in den Himmel, und Troy sprach ein hastiges Gebet, dass man es bald entdecken würde.

Er fühlte eine Welle von Optimismus. Vielleicht würden sie schon in ein paar Tagen gerettet werden! Sicher, sie waren wie die Nadel im Heuhaufen, aber der Himmel war so klar, und irgendjemand musste den Rauch sehen. Sie würden eine schöne, heiße Dusche nehmen, eine warme Mahlzeit essen und in einem bequemen Bett schlafen. Er beobachtete den Rauch und gab sich seinem Tagtraum hin.

Und dann knurrte sein Magen.

Richtig. Noch waren sie nicht gerettet. Sie mussten versuchen, einen Fisch zu fangen. Und vielleicht … Troy warf einen Blick zu den braunen Klumpen, die in der Nähe der Baumgrenze im Sand lagen, und ging hin, um einen aufzuheben. Er drehte die Kokosnuss, deren Schale sich trocken und rau anfühlte, in den Händen. „Hungrig?", fragte er Brian.

Brian sah auf, während er mit einem Stock im Feuer stocherte. „Oh, gut. Weißt du, wie man die aufmacht?"

„Keine Ahnung. Du?"

„Nö. Ich habe Kokosmilch getrunken und Makronen gegessen, aber ich habe noch nie eine ganze Kokosnuss gekauft."

„Ich auch nicht. Ich habe auch noch nie wirklich gekocht. Ich kann Zeug aufwärmen und Toast machen oder sowas. Aber meine Mutter bringt uns noch immer tonnenweise Essen, wenn wir zuhause sind, und auf Tour haben wir Catering für... naja, eigentlich für alles." Er hatte die Kontrolle über sein Leben gewinnen wollen, und hier war seine Chance. Er würde sich selbst ernähren, verdammt.

Das Gute an den Kokosnüssen war, dass es sie auf der Insel im Überfluss zu geben schien. Das Schlechte an ihnen war das Problem, die blöden Dinger aufzubekommen. Selbst mit dem Messer hatte Troy das Gefühl, dass er eher einen Finger verlieren würde, bevor er an die Milch und das saftige Fleisch in ihrem Inneren gelangte.

Er hob die Nuss und schüttelte sie. Es gluckerte auf jeden Fall Flüssigkeit darin, was ein gutes Zeichen war, wie er annahm. An einem Ende der Kokosnuss gab es drei kleine Dellen. „Ich nehme an, das hier ist oben? Oder unten?"

Während er die Frucht drehte, entdeckte er eine Art natürlichen Saum in ihrer Mitte und stocherte darin. Er drückte vorsichtig das Messer hinein und versuchte zu schneiden. Kein Glück. Das Messer drang durch die oberste Schicht der Schale, aber er musste seine ganze Kraft einsetzen, um auch nur den kleinsten Fortschritt zu erzielen. „Mann. Das ist schwer. Vielleicht sollte ich erst versuchen, das braune Zeug abzupulen?"

„Kann nicht schaden." Brian schon Feuerholz hin und her. „Ich glaube, man kann Kokosnüsse einfach in zwei Hälften knacken."

„Mit einem Stein oder so?"

„Ist einen Versuch wert."

Troy entfernte so viel von den braunen Fasern, wie er konnte. Die

Kokosnuss war nun hellbraun mit den drei deutlichen Dellen an einem Ende, mit dem sie wahrscheinlich an der Palme befestigt gewesen war. Er fand einen Stein von guter Größe gleich am Rand des Dschungels. Er stellte die Kokosnuss in den Sand, dann hob er den Stein. „Alles oder nichts." Er ließ ihn herunterkrachen, wobei er genau auf den Saum zielte.

Nichts.

Mit einem Ächzen versuchte er es noch einmal.

Nichts.

Als er wenige Minuten später bereit zum Aufgeben war, gab die Kokosnuss plötzlich ein Stück nach. „Ich glaube, das wird was", murmelte er. Ja, da war definitiv ein offener Spalt. Er drehte die Kokosnuss ein wenig und schlug erneut zu. Er versuchte sie mit dem Messer aufzubrechen. „Gott, dieses Ding ist zäh." Er schlug noch einmal mit dem Stein zu, dann stocherte er wieder mit dem Messer. „Heilige Scheiße!" Die Kokosnuss zerbrach sauber in zwei Hälften, und eine blässliche Flüssigkeit lief über seine Hände. Hastig hielt er die beiden Seiten gerade, damit er nicht noch mehr verschüttete.

„Gut gemacht!" Brian grinste.

Es roch nicht gerade sehr appetitanregend. Nicht süß, so wie er erwartet hatte. „Ich nehme an, das ist Kokosnussmilch? Sieht mehr wie Wasser aus. Oh, das gibt es auch, oder? Kokosnusswasser."

„Ich schätze, wir sollten es kosten." Brian nahm einer der Hälften und nippte. Er kräuselte die Nase. „Ach. Das schmeckt irgendwie nach … ich weiß nicht, wonach."

Troy nippte an seiner Schalenhälfte und zog eine Grimasse. „Spülwasser?"

Brian lachte ein tiefes und rumpelndes Lachen, das irgendwie die Spannung in Troys Brust etwas löste. Troy musste lächeln und wünschte sich, dieses Lachen noch einmal zu hören.

„Nun, wir kennen die Herkunft", sagte Troy. „Total organisch. Damit ließe sich in den Bioläden wahrscheinlich ein Vermögen machen."

Brian lachte erneut. Seine Schultern zuckten und sein Mund verzog sich zu einem Grinsen. „Das könnte gut sein. Wahrscheinlich tun sie jede Menge Zucker in das Kokosnusswasser, das man in Flaschen kaufen kann. Aber das Fruchtfleisch sieht nicht verfault aus, und es riecht okay. Ich denke, es ist völlig in Ordnung. Und es enthält viele Nährstoffe, also sollten wir es trinken."

Troy nahm noch einen Schluck, aber er war beinahe dankbar, dass das Meiste beim Knacken der Nuss verschüttet worden war. Er benutzte das Messer, um umständlich etwas von dem weißen Fruchtfleisch herauszuschnitzen, dann reichte er diese Hälfte Brian und nahm dessen Hälfte, um sie ebenfalls auszuhöhlen.

Brian wartete, bis er fertig war, dann steckte er sich ein Stück in den Mund. Er kaute sorgfältig und schluckte. „Es schmeckt wie …"

Nachdem er selbst ein Stück zerkaut hatte, sagte Troy: „Seife?"

Das tiefe, leise Lachen war Musik in Troys Ohren. Brian nahm noch einen Bissen. „Es ist aber nicht so übel. Vielleicht wird es besser schmecken, wenn wir nachher etwas davon kochen."

„Wenigstens ist es fettreich. In so einer Kokosnuss stecken viele Kalorien. Mein Trainer hat sie auf die Liste der Nahrungsmittel gesetzt, die ich nicht einmal ansehen darf." Troy aß noch ein bisschen mehr und las dabei die Anleitung auf dem Signalspiegel. „Wir sind hoffentlich nicht mehr allzu lange hier, und dann können wir wieder gezuckerte Kokosnuss essen."

„Ja." Brian senkte den Kopf und aß noch etwas mehr. Das Lachen war verschwunden.

Troy beschattete seine Augen mit einer Hand und blickte aufs Meer hinaus. Alles, was er sehen konnte, war eine vollkommen blaue Welt, nur unterbrochen von einem weit entfernten Horizont.

Kapitel 4

B RIAN SCHOB DIE breite Krempe seiner Fischermütze hoch, legte den Kopf in den Nacken und blinzelte. Die Vorderseite der Klippe war eine weiße, glatte Wand, die sich aus dem Dschungel erhob, aber nicht sehr hoch. Der dumpfe, pochende Schmerz in seinem Kopf, der einfach nicht nachließ, flackerte hinter seinen Augen auf. Seine Sonnenbrille war im Cockpit gewesen und nun verloren.

Zumindest steckte er nicht mehr in seiner feuchten Uniform, sondern trug nun Cargoshorts und ein frisches Hemd. Es war so ein weißes Tanktop, das die Australier Singlet nannten, und die Amerikaner Unterhemd. Das andere, schwarze Tanktop, das er eingepackt hatte, spannte sich nun über Troys breiter Brust. Er hatte geplant, nicht länger als einen Tag in L.A. zu bleiben, aber er packte immer ein paar mehr Sachen ein, für alle Fälle.

Troy war etwas kleiner als Brian, aber muskulös und durchtrainiert. Die dunkelblauen Schwimmshorts, die Brian ihm gegeben hatte, saßen eng, aber sie erfüllten ihren Zweck. *Er wird schon bald Gewicht verlieren,* dachte er grimmig.

Er hatte sich einige Male freiwillig zu Such- und Rettungseinsätzen gemeldet, seit er nach Australien gezogen war, und wusste, wie schwer es war, von einem Suchflugzeug aus tatsächlich irgendetwas ausfindig zu machen. Der Ozean war eine erschreckend große Fläche, besonders wenn man darin verloren gegangen war. Wenigstens befanden sie sich an Land und nicht auf einem Rettungsfloß. Das war ein großer Vorteil.

„Auf keinen Fall, Mann." Troy schüttelte den Kopf. Das Orange der Bandana war so grell, dass es beinahe blendete. „Da kommt man nicht rauf."

„Ich war ein paarmal Seilklettern in den Blue Mountains, aber das hier ist eine Nummer zu groß für mich. Außerdem haben wir keine Seile."

Brian suchte die Wand mit den Augen nach Stellen ab, die man mit den Händen greifen oder in die man die Füße stemmen konnte. Nachdem es ihnen nicht gelungen war, in der Gegend um den Strand herum eine Trinkwasserquelle zu finden, hatte Brian ein wenig geschlafen, während Troy das Feuer im Augen behalten hatte. Trotz der Kopfschmerzen und des blendenden Lichts fühlte Brian sich besser, weshalb sie beschlossen hatten, nachzuschauen, ob sie irgendwie auf die Klippe gelangen konnten, um dort oben ein Feuer zu machen.

Zirpen und Rascheln und gelegentliches Quaken erfüllte die Stille. Der Dschungel war ein lebendes, atmendes Wesen, das nach Erde und süßlicher Feuchtigkeit roch. Aus dem Augenwinkel sah Brian, dass Troy sich ständig nach rechts, links und hinter sich umblickte.

Brian schaute erneut nach oben. Sie wollten sich nicht zu weit vom Strand entfernen, und die Klippe schien überall so steil zu sein. Es gab nirgendwo eine Schräge oder dergleichen, die nach oben führte. Als wäre dieser Felsen ganz plötzlich aus dem Boden heraus explodiert, um stur und steil nach oben zu zeigen. Nach allem, was er über die Entstehung vulkanischer Inseln wusste, hatte es sich wahrscheinlich auch genau so abgespielt.

„Was war das?", fragte Troy angespannt. „Da ist irgendwas auf dem Boden." Er hob abwechselnd die Füße und tanzte auf der Stelle, während er die gefallenen Blätter und Zweige anstarrte und den Kopf nach rechts und links drehte. Er trug Brians Flip-Flops, die einzigen anderen Schuhe, die Brian eingepackt hatte. Zumindest waren sie von guter Qualität und nicht aus billigem Plastik. Trotzdem musste er zugeben, dass er sich in seinen geschlossenen Lederschuhen, die für Troy eine Nummer zu klein waren, sicherer fühlte.

Brian schaute auf den Boden. „Ich sehe nichts. Tritt einfach vorsichtig auf." Er zuckte zusammen. „Tut mir leid. Ich weiß, das ist ein blöder Rat."

Troy schnaubte. „Trotzdem danke für die Sachen. Viel besser als barfuß zu sein und mein stinkendes Zeugs anzuhaben."

„Selbstverständlich."

„Gut, dass wir deinen Koffer aus dem Flugzeug geholt haben." Er lächelte neckend. „Und du hast diesen stylischen Hut."

Brian grinste. „Den habe ich. Ist der Tilly meines Großvaters. Das Ding ist praktisch unzerstörbar." Er nahm den abgetragenen, khakifarbenen Hut ab und drehte ihn in den Händen. „In den Tropen ist ein guter Hut ein Muss."

„Der gehörte deinem Großvater? Cool!"

„Ja." Brian dachte plötzlich an ihren letzten Campingausflug. Er konnte beinahe immer noch die gerösteten Marshmallows schmecken nach all den Jahren, konnte das Lagerfeuer riechen und die alten Lieder hören, die er nie besonders gut gesungen hatte, aber immer noch auswendig konnte. Er schüttelte die Erinnerung ab und setzte den Hut wieder auf. „Wir sind ziemlich weit gegangen. Ich glaube nicht, dass sich diese Klippe erklettern lässt. Wir sollten zum Strand zurückgehen, nach dem Feuer sehen und den Signalspiegel benutzen."

Troy sah sich nervös um. „Gute Idee. Mir gefällt der Strand besser."

Brian ging voran, schob Laub und Zweige zur Seite und machte dabei ordentlich Krach, um so hoffentlich alles Krabbelnde auf ihrem Weg zu verscheuchen.

„Hey, sollten wir vielleicht etwas in den Sand schreiben? So wie S.O.S. oder sowas?"

„Absolut. Das ist eine gute Idee. Wir können Steine sammeln." Zumindest würden sie beschäftigt sein. Brian hätte sich am liebsten im Sand zusammengerollt und geschlafen, bis seine Kopfschmerzen weg waren, aber die ersten Stunden und Tage einer Such- und Rettungsmission waren entscheidend. Sie mussten alles tun, was sie konnten, um Aufmerksamkeit zu erregen, falls sie das Glück haben sollten, dass sich tatsächlich ein Suchflugzeug in ihren Quadranten verirrte.

Ihm drehte sich der Magen um. Sie waren so weit weg. Die Chance, gefunden zu werden war geradezu astronomisch gering. Er versuchte, den Gedanken abzuschütteln. *Wir sind am Leben. Nichts überstürzen.*

Zurück am Strand fügten sie dem Feuer mehr Zweige und Blätter hinzu, um so viel Rauch wie möglich zu erzeugen. Brian betrachtete die magere Sammlung ihrer weltlichen Güter. „Wir brauchen etwas, um Regenwasser aufzufangen. Ich schätze, mein Koffer ist das größte Behältnis, das wir haben.“

Troy blickte auf in den blauen Himmel. „Sieht nicht aus, als würde es heute regnen.“

„Ich glaube, um diese Jahreszeit regnet es hier in kurzen Schüben. Naja, wir werden sehen.“

„Sie werden uns hoffentlich so bald finden, dass wir uns darum keine Sorgen machen müssen.“

Es war gut, dass Troy so optimistisch war, auch wenn Brian das Gefühl nicht teilen konnte. „Ich mache trotzdem den Koffer leer. Nur für den Fall.“ Sie hatten immer noch einige der Wasserflaschen, die er aus dem Flugzeug geholt hatte, aber hoffte dennoch sehr, dass es bald regnete. Regenwasser zu trinken war bei weitem besser als Flusswasser zu filtern und zu reinigen, sollten sie so viel Glück haben, welches zu finden.

Da sein Koffer durchnässt worden war, war auch der Inhalt noch feucht. Die Tanktops und Shorts, die er und Troy trugen, waren in der Hitze rasch getrocknet, nachdem sie sie angezogen hatten, aber nun sah er sich nach etwas um, wo er die nassen Flanelldecken aufhängen konnte, die er mitgenommen hatte. Die schräg stehenden Palmen am Rand des Dschungels hatten keine Äste, aber er benutzte das orangefarbene Seil als Wäscheleine, indem er es zwischen zwei Bäumen spannte.

„Ich gehe und suche ein paar Steine.“

„Ich helfe dir. Ich–“ Als Brian, der sich soeben gebückt hatte, sich aufrichtete, drehte sich sein Kopf, und er taumelte.

„Hey, Mann." Troy war sofort da und hielt seine Schultern. „Ich glaube, du hast erstmal genug getan. Setz dich. Du kannst den Spiegel betätigen."

Brian wollte widersprechen – er sollte seinen Passagier nicht die harte Arbeit machen lassen – aber die Kopfschmerzen pulsierten hinter seinen Augen. „Okay. Sei vorsichtig mit den Steinen. Es könnten Spinnen oder sowas darunter leben. Geh nicht zu tief in den Dschungel. Ich sollte wirklich mit dir kommen. Ich bin–"

„Du setzt dich hin." Troy schob ihn behutsam, aber dennoch mit eisernem Griff auf den Sand. „Komm. Nicht zu dicht ans Feuer."

Als Brian sich hinsetzte und seine Beine im Sand überkreuzte, musste er zugeben, dass es eine Erleichterung war, nicht mehr auf den Füßen zu sein. „Tut mir leid. Ich weiß nicht, was mit mir los ist."

„Äh, du hast eine Kopfverletzung? Das wäre schonmal eine gute erste Überlegung." Troy reichte ihm den Spiegel. „Ich dachte an die Steine dort hinten am Ende der Insel."

Brian schaute nach rechts. Er hatte die kleineren, vulkanischen Gesteinsbrocken am Ende des Strands gar nicht wirklich wahrgenommen. Er hatte sich ganz auf die Klippenwand konzentriert, und auf die Frage, ob … Er schüttelte seine makabren Gedanken ab. *Paula ist tot. Es war in einem Wimpernschlag vorbei für sie. Nichts kann das jetzt noch ändern.* „Gute Idee. Sei trotzdem vorsichtig."

„Natürlich. Setz deinen Hut auf." Troy blinzelte ihn unbehaglich an, als wollte er noch mehr sagen. Schließlich fügte er hinzu: „Es ist heiß."

„Mh-hm. Es geht mir gut."

Troy wirkte nicht vollkommen überzeugt, aber er machte sich in Richtung der Klippe auf. Es war wirklich verdammt heiß; es mochten an die dreißig Grad Celsius sein. Sie würden in den nächsten Tagen etwas bauen müssen, das ihnen Schatten spendete.

Brian nahm den Signalspiegel und las die Anweisungen auf der Plastikrückseite, die in der Mitte eine münzgroße, runde Delle aufwies, mit einem kleinen, sternförmigen Guckloch im Zentrum.

Er hob seine Hand und ließ mit dem Spiegel das Sonnenlicht darauf reflektieren, dann hob er das Guckloch langsam vor sein Auge und betrachtete durch es hindurch den hellen Lichtfleck. Es fühlte sich an, als würde jemand Nadeln in sein Gehirn stecken, aber da musste er nun durch. Im nächsten Schritt sollte er diesen Lichtfleck auf sein Ziel richten, aber da es kein Flugzeug oder Schiff in Sichtweite gab, schwenkte er ihn über dem Horizont hin und her, so wie es in der Anweisung stand. Er musste einige Male von vorn anfangen und den Lichtfleck wiederfinden.

„Wie läuft's?", fragte Troy, als er mit einem Stein in den Händen an ihm vorbeikam.

„Ich kriege langsam den Bogen raus, glaube ich."

Nach zehn Minuten pochte sein Kopf zu sehr, um es weiter zu ignorieren, und er schluckte noch zwei Tabletten. Er schloss für einige Atemzüge die Augen, zwang sich aber, sie wieder zu öffnen, um nicht einzuschlafen. Er richtete seinen Blick auf Troy, der bei der Klippe einen Stein hochhievte, und beobachtete ihn.

Troy war wirklich ganz anders, als er erwartet hatte. Als der Anruf gekommen war, dass er den Überseeflug als Co-Pilot begleiten sollte, hatte er über die Passagiere gar nicht nachgedacht, bis Paula im Terminal sich mit diesem aufgeregten, kleinen Lächeln vorgebeugt hatte. Sie hatte beinahe auf den Zehenspitzen getänzelt.

Bei dem Gedanken überkam ihn eine Welle von Trauer und Übelkeit, und er musste die Augen zusammenkneifen. Der Sturm hatte Paulas Blut und Überreste von den Felsen gespült, aber er konnte noch immer ihren Arm in seiner Hand fühlen.

Warum war er kein besserer Freund gewesen? Sie hatte ihn immer wieder eingeladen, zusammen auf einen Drink auszugehen und darauf bestanden, dass er ein großartiger Begleiter wäre, der ihr helfen würde, heiße Frauen aufzureißen. Er hatte dem zwar nicht zugestimmt, war aber einige Male tatsächlich in Versuchung gewesen. Paula hatte ihn geneckt und ihm geschmeichelt, und sie hatte ihn wirklich zum Lächeln gebracht. Er wusste, dass er das Fliegen nie wieder lieben würde, aber mit Paula hatte es ihm gefallen, und das war mehr, als er seit langer Zeit empfunden hatte.

Während Troy hin und her lief und zweifellos ins Schwitzen geriet, wurde Brian bewusst, dass er mit Troy mehr geredet hatte in den vergangenen ... wie lange waren sie hier? Scheiße, er war sich nicht sicher. Er schraubte eine der Wasserflaschen auf und trank. Es war der zweite Tag. Richtig. Sie waren gestern Morgen abgestürzt. Vielleicht sollte er einen der Steine als Kalender benutzen und die Tage darin einkratzen.

Aber ja, er hatte mit Troy mehr gesprochen als mit irgendjemand anderem seit langem. Soviel Zeit verbrachte er mit anderen Menschen sonst nur während eines langen Fluges, und das war etwas anderes. Jetzt war Troy alles, was er hatte.

In seinem Hinterkopf kreisten unmögliche Fragen. Wie viele Tage konnten sie überleben? Was, wenn es nicht regnen würde? Was, wenn sie krank würden? Was, wenn–

„Alles in Ordnung?", rief Troy.

Brian blinzelte sich in die Gegenwart zurück. Troy stand neben seiner wachsenden Steinsammlung. „Ja."

„Vielleicht solltest du in den Schatten gehen und dich etwas hinlegen."

„Nein. Ich werde mit dem ersten „S" anfangen. Ich fühle mich besser."

Troy nickte seine Zustimmung und ging, um mehr Steine zu holen. Brian erhob sich auf die Füße und näherte sich dem Haufen. Die Steine waren schwerer, als er erwartet hatte. Troy schien sich definitiv nicht vor harter Arbeit zu scheuen. Als er zurückkehrte, fragte Brian: „Sollten Rockstars nicht eigentlich verwöhnt sein?"

Lachend ließ Troy seinen Stein auf den Haufen fallen. „Ich bin kein Rockstar."

„Okay. Popstar. Teenie-Idol. Was auch immer. Ich dachte, die Reichen und Berühmten hätten für alles Mögliche Personal, das die Arbeit für sie erledigt."

„Willst du mein Assistent sein?" Troy grinste. „Ich glaube, du bist zur Zeit der einzige Bewerber. Der Job ist dir sicher."

„Wie ist die Bezahlung?" Brian hob einen Zweig aus dem Gestrüpp auf, das noch immer überall am Strand verstreut lag.

„Ziemlich mies. Akzeptierst du Kokosnüsse als Gehalt?"

„Um ehrlich zu sein, ja."

Sie lachten, obwohl es so witzig nun auch wieder nicht war, dann ging Troy wieder los. Mit Hilfe des Zweigs begann Brian, die Konturen des S.O.S. in den Sand zu zeichnen, wobei er mehrmals stoppte und wieder von vorn begann. Als Troy zurückkam, blieb er stehen, sodass Brian seine Füße über der oberen Kurve des Buchstaben sehen konnte, den er gerade in den Sand kratzte. Brian blickte auf. Als er sah, was Troy in den Händen hielt, schlug ihm das Herz bis zum Hals.

„Ich dachte, wir könnten einige Stücke benutzen? Sie würden das Licht reflektieren und leuchten." Troys Blick wanderte unsicher zwischen Brian und dem etwa siebzig Zentimeter langen Stück Tragfläche in seinen Händen hin und her.

Brian stand auf. Sein Herz raste. „Schneide dich nicht daran. Das ist gefährlich." Er hätte sich das Metallstück am liebsten geschnappt und es ins Meer geworfen.

„Tut mir leid. Ich wollte dich nicht verärgern. Ich dachte nur, es wäre eine gute Idee."

„Ich bin nicht verärgert." Die dumme Lüge hing in der heißen Luft. Er starrte das Metall an. In seinem Kopf hörte er es kreischen, während sie mit der Klippe kollidierten. „Ist da noch mehr davon?", fragte er mit rauer Stimme.

„Nein. Der Sturm hat das meiste weggespült. Ich nehme an, dass im Wasser unterhalb der Felsen noch etwas ist. Metall und ... Zeugs."

„Trümmer." Brians Mund war ausgetrocknet gewesen, aber jetzt sammelte sich zu viel Speichel, und sein Magen krampfte sich zusammen. Er zwang sich, zu Troy aufzusehen, der ihn aus mitfühlenden Augen betrachtete und sich nervös die Lippen leckte. „Ja, wir können es in den Buchstaben verwenden. Gute Idee." Er rieb sich übers Gesicht. „Sei nur vorsichtig mit dem Metall. Da können sehr scharfe Kanten sein. Ich sollte derjenige sein, der die Teile aufhebt."

„Zeichne du einfach die Buchstaben. Ich kann das nicht so gut. Und ich werde vorsichtig sein, versprochen." Troy legte das Metallstück sorgsam neben den Steinen in den Sand. Bevor er wieder zu den Felsen zurückging, drückte er wortlos Brians Schulter.

Brian war sich sicher, dass er die Wärme spürte, wo Troys Hand ihn berührt hatte, und es war seltsam tröstlich. Er trank noch etwas Wasser, dann ging er wieder an die Arbeit. „Riesige Buchstaben in den Sand zu schreiben ist anstrengender, als ich dachte", sagte er, als Troy zurückkam.

„Steine schleppen ist ziemlich genau so anstrengend, wie ich dachte."

Sie lachten, und Brian atmete etwas leichter. Was das Verschollensein auf einer einsamen Insel mit einem Fremden anging, hätte er es weit schlechter treffen können als mit Troy.

„ICH GLAUBE, „S.O." muss für heute reichen." Troy ließ sich in den Sand fallen, zog sich sein schweißgetränktes, orangefarbenes Bandana vom Kopf und trank etwas aus einer der Plastikflaschen. Er verzog das Gesicht über den Geschmack des warmen Wassers und schlug nach einer Fliege. Die Fliegen hinterließen juckende Stiche. Er versuchte, nicht an ihnen zu kratzen.

Brian setzte sich mit einem leisen Stöhnen neben ihn und trank ebenfalls. Er schloss die Augen. „Dann ist es eben eine philosophische Äußerung."

Troy wollte Brian fragen, ob es ihm gut ging, weil er ganz eindeutig rasende Kopfschmerzen hatte. Aber er wusste inzwischen, dass Brian behaupten würde, es sei alles in Ordnung. Der heftige Bluterguss an seiner Stirn bildete einen starken Kontrast auf seiner Haut. „Du meinst, wie „So, und nicht anders"? Vielleicht sollten wir morgen drei Punkte dahinter machen, anstelle des zweiten „S"."

Ein schwaches Lächeln zeigte sich auf Brians Lippen, während er sich die Schläfen massierte. „Klingt gut." Er öffnete die Augen. „Oh, der Spiegel."

„Ich kann das machen."

„Ist schon gut. Du hast die ganze Schlepperei übernommen." Brian holte den Spiegel aus der großen Tasche seiner Cargoshorts, zielte mit der Reflexion und schwenkte sie dann langsam von einer Seite zur anderen. Er hatte das in regelmäßigen Abständen so gemacht, und nun stand die Sonne bereits tief am Himmel, und erste blassrosa Streifen bildeten sich am Horizont.

„Es ist niemand gekommen", sagte Troy, bevor er es sich verkneifen konnte. Er schüttelte den Kopf. „Ich weiß, es war dumm anzunehmen, dass sie uns am ersten Tag finden." Aber im Stillen hatte er es gehofft.

„Nicht dumm. Optimistisch. Daran ist nichts falsch."

„Kann sein."

Während er die Steine über den Strand geschleppt hatte, hatte er stets gehofft, das Dröhnen von Motoren zu hören. Aber da war kein Flugzeug oder Schiff oder irgendwas, nur das Zwitschern der Vögel und das sanfte Plätschern der zurückkehrenden Flut. Es war wunderschön, aber Gott, wenn er hinausblickte, dann war da einfach nur *Nichts*.

Troy versuchte, sein pochendes Herz zu ignorieren und die aufsteigende Panik zu unterdrücken. „Ich bin dreckig und verschwitzt. Wollen wir ins Wasser? Ich würde das Risiko von möglicherweise tödlichen Kreaturen der Tiefe auf mich nehmen wollen."

„Das Wasser ist sehr klar. Wir werden sehen, wenn sich uns etwas nähert." Brian steckte den Spiegel wieder in seine Hosentasche und knöpfte sie sorgfältig zu.

Troy sah an sich herab, auf die Schwimmshorts und das Tanktop, dass er sich geliehen hatte. „Schwimmst du normalerweise in diesen Shorts?" Er hatte keine Unterwäsche, und so hatten sich seine verschwitzten, privaten Teile am Inneren der Shorts gerieben.

„Ja, aber mach dir keine Gedanken darüber." Brian stand auf, und Troy verspannte sich sofort in der Erwartung, dass Brian schwanken oder stolpern würde. Aber er schien sicher zu stehen, als er den Reißverschluss seiner Shorts öffnete. „Wir haben so wenig zum Anziehen. Wir sollten die Sachen fürs Trockene aufsparen."

„Okay, cool. Aber zuerst …" Troy fühlte, wie seine Wangen heiß wurden. „Ich muss mal. Ähm, groß."

„Richtig, richtig." Brian drehte sich zum Dschungel um. „Ich glaube, die Standardprozedur ist, ein kleines Loch zu graben, sein Geschäft zu machen, und es dann wieder zuzuschaufeln.

Schaudernd starrte Troy die Bäume an. „Da drin?"

„Ich weiß, es ist kein verlockender Gedanke."

„Was, wenn …" Es war so dumm, aber er musste es fragen. „Was, wenn mich etwas in den Hintern beißt?"

Brian schaffte es, einige Sekunden lang ein neutrales Gesicht zu machen, dann schüttelte er sich vor Lachen. Und dann zuckte er zusammen. „Au. Lachen tut weh."

Troy konnte nicht anders als ebenfalls zu grinsen. Er wollte mehr von Brians tiefem, beruhigendem Lachen hören. „Das hast du davon, dass du dich über meine extrem berechtigte Sorge lustig machst."

„Ich entschuldige mich. Ich bin sicher, dass das nicht passiert, aber du solltest vielleicht …"

„Zügig kacken?"

„In der Tat." Brian grinste erneut; in seiner Wange bildete sich ein Grübchen. „Zum Glück können wir bei den Bäumen oder im Meer pinkeln. Aber Scheiße treibt leider oben, und … igitt."

Troy verzog das Gesicht. „Ja, das ist super eklig. Also Loch graben. Obwohl ich wirklich nicht scharf darauf bin." Er stocherte in den Sturmschäden entlang der Baumgrenze und fand einen Ast. „Vor drei Tagen war ich noch im Hilton."

„First Up-Gesangsstar scheißt im Wald, inspiriert vom Zurück-zur-Natur-Trend."

Troy verkniff sich das Lachen. „Die Band heiß *Next Up*, herzlichen Dank auch. Außerdem—" Er unterbrach sich, als ihm etwas einfiel. „Oh, Gott. Was nehmen wir als Toilettenpapier?"

„Tja …" Brian zuckte die Achseln und nickte zu den Bäumen hinüber.

„Was, wenn die Blätter giftig sind oder sowas?"

„Hm. Guter Einwand." Brian gesellte sich zu ihm an den Rand des Dschungels und untersuchte die großen Blätter einer Pflanze. Er riss eins ab und rieb damit über seinen Handrücken. „Mal sehen, ob ich Ausschlag bekomme. Besser hier als … da."

„Auf jeden Fall."

Nachdem sie beide Tests an ihren Handrücken durchgeführt hatten und nach zehn Minuten immer noch nichts passierte, ging Troy mit einer Handvoll Blätter etwa drei Meter weit in den Dschungel, die Flip-Flops an den Füßen. Er schlug mit dem Ast auf die Büsche, dann grub er ein kleines Loch und hockte sich hin, wobei er sich extrem entblößt und unbehaglich fühlte.

Dann wartete er.

„Na, komm schon, komm schon", murmelte er. „Du weißt, es ist so weit. Mach einfach voran!"

Schließlich entspannte er sich ausreichend, und als er fertig war, bedeckte er mit angewidertem Gesichtsausdruck das Loch mit Erde. Und dann rannte er praktisch zum Strand zurück. Troy hoffte, er würde sich *daran* nicht gewöhnen mussten.

Brian hatte seine Kleidung abgelegt und watete ins Meer. Er war gut in Form, groß und schlank, und Troy fragte sich abwesend, ob Piloten berufsbedingt trainieren mussten. Boybandmitglieder jedenfalls mussten das. Er konnte sich ihren Trainer vorstellen, wie er ihn jetzt finster ansehen würde, weil er seine Push-ups und Planks nicht machte.

Troy zog sich aus, ging in das ruhige Wasser und atmete tief die salzige Luft ein. Er seufzte, als er mit dem Kopf untertauchte. Seine Zehen berührten nicht mehr den Meeresboden. „Oh, ja. Das war eine gute Idee."

„Amen." Brian tauchte unter und kam wieder hoch. Sein dichtes, kurzes Haar lag glatt an seinem Kopf.

Troy atmete einige Male tief ein und aus. In seinem Kopf hörte er das Mantra, das sein nervtötend zen-mäßiger Yogalehrer stets wiederholte. *Sei in der Gegenwart. Sei im Jetzt. Es gibt nur das Jetzt.* Sie ließen sich träge im Wasser treiben, während die Sonne sich immer weiter dem Horizont näherte und alles in rosarotes Licht tauchte.

„Ist das einer der Songs der Band?"

Troy wurde bewusst, dass er leise summte. Er errötete. „Oh, nein. Nur eine kleine Melodie, die ich geschrieben habe. Das ist nichts."

„Hörte sich gut an für mich."

„Naja … danke." Er dachte an seine alte Gitarre und an den Tag, als er vom Tanztraining nach Hause gekommen war und festgestellt hatte, dass sie weg war. Und sein Vater hatte nicht die geringste Reue gezeigt.

„Wir können unsere Zeit nicht mit dieser Sorte Musik vergeuden. Folk verkauft sich nicht."

„Weißt du, ich dachte immer, Rockstars wären arrogante Arschlöcher."

Troy verdrängte die unangenehmen Erinnerungen, trat mit den Füßen und drehte sich auf den Bauch. „Tut mir leid, dich zu enttäuschen. Wenn du magst, kann ich nachher noch einen Wutanfall kriegen oder sowas."

„Ich würde das zu schätzen wissen. Wenn du nicht mindestens einmal täglich eine Diva-Nummer abziehst, dann wird sich meine Enthüllungsstory nicht so gut verkaufen. Obwohl ich mir natürlich auch einfach etwas ausdenken könnte, schätze ich."

Troy lächelte. „Solange wir uns den Profit teilen. Nicht, dass ich das Geld brauche. Ist das nicht ironisch? Leute würden ein Vermögen für das hier ausgeben. Weißer Sandstrand, kristallklares Meer. Vollkommene Abgeschiedenheit."

Brian lachte leise. „Ja, das würden sie wohl."

„Ich bin schon seit meiner Kindheit nicht mehr nackt geschwommen. Ich muss immer so aufpassen. Man weiß nie, wo sich Paparazzi verstecken und wie weit ihre Objektive reichen." Das Wasser spülte über ihn hinweg und streichelte seine Haut. Er konnte es zwischen seinen Arschbacken und unter seinen Eiern fühlen. Es war ein seltsam befreiendes und sexy Gefühl.

„Ich würde verrückt werden, wenn ich nie allein sein könnte."

„Ja, manchmal ist das echt schlimm." Er hörte die Stimme seiner Mutter im Kopf. *„Beklage dich nicht über den Amerikanischen Traum, Bongbong. Andere Menschen würden dafür töten!"* Er schloss die Augen und unterdrückte die aufwallende Sehnsucht. Er musste sie wiedersehen. Sich bücken und ihre kleinen Arme um sich fühlen. Seinen albernen Filipino-Spitznamen aus ihrem Mund hören.

„Dann ist das Rockstar-Dasein also nicht alles nur heiße Frauen und Limousinen? Alles gratis und bewundernde Fans?"

„Naja, das auch, weshalb ich mich wie ein totaler Arsch anhöre, wenn ich mich beschwere. Bäh, bäh, mein Leben ist so schwer. Mein Vater hat mich in diese mega-erfolgreiche Band gezwungen, und ich habe lächerlich viel Geld, und Millionen Leute lieben mich. Und außerdem sind meine diamantbesetzten Schuhe zu eng."

Brian lachte leise. „Zu schade, dass wir diese Schuhe nicht aus dem Flugzeug retten konnten. Sie wären super, um damit Spinnen zu erschlagen." Er schwieg einen Moment lang. „Dein Vater hat dich also gezwungen?"

Troy hatte nie über seinen Vater gesprochen, außer am Anfang seiner Beziehung mit Savannah, die gefragt und gefragt hatte, bis er nachgegeben hatte. Aber in diesem wunderschönen Fegefeuer, im Meer treibend mit jemandem, den er gerade erst kennengelernt hatte, während rote und rosafarbene Streifen über den wolkenlosen, blauen Himmel zogen, erschien ihm die Vergangenheit wie ein anderes Leben auf einem fremden Planeten.

„Das hört sich schlimmer an, als es war. Mein Vater war ..." Troy zögerte, während er nach den richtigen Worten suchte. „Er war ein Cowboy. Nicht wirklich, aber von seiner Persönlichkeit her. Er war groß und breit, füllte den Raum aus. Eins neunzig, blondes Haar und blaue Augen. Kantiges Kinn. Ty und ich haben das Kinngrübchen von ihm geerbt. Er wuchs bei einer Pflegefamilie in Texas auf. Keine eigene Familie. Kam nach L.A. und heiratete meine Mutter. Sie ist eine

Filipina. Kaum über einen Meter fünfzig. Wanderte mit zwanzig in die USA ein und arbeitete sich den Arsch ab. Für sie war mein Vater ein amerikanischer Held."

Troy zog mit den Fingern kleine Kreise ins Wasser. Ihm wurde die Brust eng, als er an seine Eltern dachte. „Papa liebte das Showbusiness", fuhr er fort. „Er konnte singen und schauspielen, aber sein wahres Talent lag im Management. Promotion. Also wurden mein Bruder und ich sein Geschäftsprojekt. Er bot das Konzept der Fernsehshow allen Sendern an. Wurde der ausführende Produzent. Als sie die Show schließlich einstellten, dachte ich, ich könnte vielleicht aufs College gehen, aber da hatte er sich bereits die Boyband-Idee zusammengesponnen. Ty war eindeutig der Star von uns beiden, aber Papa überzeugte mich, dass die Figur des älteren Bruders wichtig war. Nicht, dass ich groß widersprochen hätte. Was Papa sagte, wurde gemacht."

„Und der Rest ist Geschichte?"

„Japp. Wie ich schon sagte, ich sollte mich nicht beklagen. Ich habe ein gutes Leben. Oder hatte es jedenfalls. Ich schätze, wir werden sehen, was passiert." Sein Puls beschleunigte sich. Ein Haufen Fragen nagte in seinem Hinterkopf und ruinierte seinen momentanen Seelenfrieden.

„Du sprichst in der Vergangenheit von deinem Vater. Lebt er nicht mehr?"

„Nein. Er starb kurz nach meinem zwanzigsten Geburtstag."

„Tut mir leid."

„Ja, es war … es war Scheiße." Und nun verließ er Tyson und seine Mutter und den Rest der Familie. Wieso nur hatte er es für eine gute Idee gehalten, in ein Flugzeug zu steigen? Er hätte erstmal drüber schlafen sollen. Sich einen vernünftigen Plan überlegen. Wer würde sich jetzt um Tyson kümmern? Sein Herz raste.

Sei in der Gegenwart. Sei im Jetzt. Es gibt nur das Jetzt.

Troy hielt sein Gesicht dicht über der Wasseroberfläche und starrte den sandigen Meeresboden an. „Es ist so klar." Obwohl es im Licht des Sonnenuntergangs schwer war, noch etwas zu erkennen. „Was sagtest du noch gleich über Seeschlangen?"

„Keine Bange. Wir sind immer noch dicht am Strand. Man sagte mir, dass sie sich weiter draußen aufhalten, in der Nähe des Korallenriffs. Dort sollten wir übrigens vorsichtig sein und aufpassen, dass wir es nicht berühren und uns schneiden. Solche Verletzungen können übel sein.“

„Gut zu wissen.“ Troy fuhr sich mit der Hand durch sein kurzgeschnittenes Haar. „Ich nehme nicht an, dass du Shampoo in deinem Koffer hattest?“

„Leider nein. Ich benutze normalerweise, was die Hotels zur Verfügung stellen. Seife habe ich auch keine eingepackt. Ich hab’ mal gehört, dass man Sand benutzen kann.“ Brian schwamm näher an den Strand, und Troy folgte ihm.

Als ihnen das Wasser nur noch bis zur Hüfte reichte, bückten sie sich und hoben jeder eine Handvoll Sand auf. Troy schrubbte damit seinen Körper. „Dafür würden Leute auch ein Vermögen ausgeben. Hautpeeling direkt von den blütenweißen Stränden des Südpazifik.“

„Vielleicht sollten wir es in Flaschen abfüllen.“ Brian schrubbte sich die Brust und verrieb den Sand in den dunklen Haaren dort.

„Gott, es fühlt sich gut an, sauber zu werden.“ Troy neigte den Kopf, rubbelte seine Haare und spülte sie dann aus. Sein Magen knurrte. „Aber ich muss unbedingt was essen.“

Brian sah sich um. „Vielleicht sollten wir versuchen, etwas zu angeln.“

Der Gedanke, Fisch zu essen, ließ Troys Magen noch lauter knurren. Aber die Vorstellung von Seeschlangen oder Aalen oder Quallen oder *Werweißwas* ließ ihn erschaudern. „Im Dunkeln? Nein, wir können Proteinriegel essen und ein paar Kokosnüsse kochen. Wir könnten die Schale benutzen. Sie einfach in zwei Hälften teilen und dann so kochen, oder?“

„Ist einen Versuch wert. Es liegen Dutzende von Kokosnüssen am Strand, und in den Palmen hängen noch mehr. Wenn wir also welche ruinieren, können wir es einfach nochmal versuchen.“

Als der Mond über die Bäume stieg und die ersten Sterne am sich verdunkelnden Himmel sichtbar wurden, gingen sie zurück an den Strand. Der Sand klebte zwischen ihren Zehen. Troy überlegte kurz. „Wir sollten ein etwas größeres Signalfeuer bei unserem S.O.S. machen, und ein kleineres Lagerfeuer hier."

„Gute Idee. Das können wir morgen früh machen. Und dann sollten wir möglichst dafür sorgen, dass beide ständig brennen. Hält die Insekten fern."

Immer noch nackt machte Troy sich daran, eine Kokosnuss zu knacken. Er wollte warten, bis er trocken war, bevor er sich wieder anzog. Zum Glück verdampfte das Wasser rasch. Es hätte eigentlich komisch sein müssen, vor jemandem, den er kaum kannte, nackt herumzulaufen. Aber anders als im Fitnessstudio musste er hier keine Angst haben, dass Brian versuchen würde, heimlich Fotos von seinen privaten Teilen zu machen.

„Ich habe ein paar Boxershorts extra eingepackt. Man weiß nie, wann Flüge sich verspäten oder verlegt werden. Sie sind sauber." Brian hatte ein rotkariertes Paar angezogen und hielt Troy nun ein anderes hin.

„Cool, danke." Troy wählte eine mit grünen und violetten Karos und schlüpfte hinein. „Habe seit Jahren keine Boxershorts angehabt. Ich trage normalerweise Slips. Aber ich hatte unter meiner Jogginghose nichts an in der Nacht, also …" Er schüttelte den Kopf und versetzte der Kokosnuss einen weiteren Schlag. „Komisch, oder? Nur zwei Tage, und es kommt mir vor, es wäre es Millionen Jahre her, dass wir in dem Flugzeug waren."

„Ja", stimmte Brian leise zu. „Absolut surreal." Er blickte zur Klippe und runzelte die Stirn.

Troy zögerte. „Willst du vielleicht … wir könnten eine kleine Andacht für sie halten? Ein Gebet sprechen oder sowas?"

Brian wandte sich ab. „Ist schon gut. Aber danke."

Vielleicht würde Troy später sein eigenes Gebet für sie sprechen. Er würde sich danach besser fühlen. „Tut mir leid. Ich wünschte …" Sein leerer Magen drehte sich ein wenig. „Wäre ich nicht gewesen, dann wäre das nicht passiert. Sie würde dann immer noch leben."

Brian schüttelte den Kopf und sah Troy an. „Nein", sagte er mit Bestimmtheit. „Es ist nicht deine Schuld. Ich war es, der–" Er schüttelte erneut den Kopf.

Troy versuchte zu lächeln. „Wenn es nicht meine Schuld war, dann darf es auch nicht deine gewesen sein. Hatten wir uns nicht darauf verständigt?"

Brians Mundwinkel hoben sich kurz. „Touché."

Troy wandte sich wieder der Kokosnuss zu. Kurze Zeit später kochten die beiden Hälften dicht am Boden über der Glut. Er wollte nicht, dass das Fruchtfleisch verbrannte, weshalb er die Schalen nicht direkt den Flammen aussetzte. „Wow, ich koche tatsächlich etwas. Meine Mutter wäre so stolz auf mich." Sein Lächeln erstarb, als er sich vorstellte, was sie gerade durchmachte. Seine Tanten und Onkel und Cousins und Cousinen, und Gott, Ty ... Die Kehle wurde ihm eng.

„Ich brauche dich nicht!"

Tys wütender Ausruf hallte durch seine Erinnerung. Was, wenn das die letzten Worte waren, die sie einander je sagen würden? Wenigstens hatte Troy Ty gesagt, dass er ihn liebte. Das war schon etwas. Dennoch brannten in seinen Augen Tränen, und er sog scharf den Atem ein.

„Alles okay? Hast du dich verbrannt?" Brian tauchte an seiner Seite auf, die Brauen besorgt zusammengezogen.

„Nein. Ich habe nur an etwas gedacht." Er schluckte schwer. „An meinen Bruder. Den großen Streit, den wir hatten."

„Ah."

„Die Vorstellung, ihn vielleicht nie wiederzusehen, ist ..." Er blinzelte heftig. *Reiß dich zusammen. Sei im Jetzt oder was zum Henker auch immer.*

„Ja. Ich verstehe."

Troy konzentrierte sich auf die Kokosnüsse, prüfte mit einem Stöckchen, wie weit das Fleisch war. Als er fand, dass sie wohl genug gekocht hatten, ließ er sie zunächst etwas abkühlen. Dann schabte er das Fruchtfleisch ab, beließ es aber in den Schalenhälften. Der wenige Saft in beiden Hälften hatte ebenfalls gekocht und alles zart gemacht. Er reichte Brian seine Hälfte. „Wir können sie wie Schalen benutzen. Kokosnüsse sind ziemlich praktisch."

Er knackte noch eine weitere Nuss und legte sie in die Glut, denn ein Proteinriegel und die kleine Portion Frucht würden seinen beißenden Hunger nicht annähernd stillen. Brian hatte die Flanelldecken aus dem Flugzeug im Sand ausgebreitet, und sie saßen im Schneidersitz darauf.

Brian stocherte in seinem Fruchtfleisch, das stellenweise ein wenig braun geworden war. „Das ist super. Danke."

„Naja, warten wir erstmal ab, wie es schmeckt. Dank mir lieber nicht zu früh." Troy nahm ein Stück, biss etwas ab und kaute sorgfältig. „Besser, oder? Nicht so seifig."

„Mmmh. Besser."

Sie aßen einige Minuten lang, und Troy nahm einen tiefen Atemzug. Er fühlte sich wie stets nach einem Tag mit Sonne, Sand und Salzwasser: müde, aber zufrieden. Und Scheiße, *hungrig*. „Kannst du dir vorstellen, wie gut jetzt ein Burger schmecken würde?"

„Tja, *jetzt* schon. Recht schönen Dank." Brian funkelte ihn scherzhaft an.

Sie aßen schweigend und machten sich schon kurze Zeit später über die zweite Kokosnuss her.

„Hast du darum die Band verlassen?", fragte Brian.

„Hm? Oh, du meinst den Streit mit meinem Bruder. Ja. Naja, nicht direkt wegen des Streits, aber wegen dem, was ihn ausgelöst hat."

„Ich verstehe."

Nach einigen Augenblicken hob Troy die Augenbrauen. „Willst du mich gar nicht fragen, was das Problem war?"

Brian zuckte die Achseln. „Ich nehme an, wenn du es mir sagen willst, dann wirst du das schon tun. Es geht mich nichts an."

„Hm."

„Was?"

„Die meisten Leute würden fragen."

„Ich war schon mal das Ziel bohrender Fragen, also weiß ich, wie sich das anfühlt. Nicht halb so schlimm wie das, womit du es zu tun hast, aber die Neugier der Öffentlichkeit kann ganz schön … beängstigend sein."

Jetzt fragte Troy sich natürlich, womit Brian öffentliche Aufmerksamkeit erregt haben mochte, aber wenn Brian nicht bohrte, dann konnte er das auch nicht tun. „Beängstigend ist ein gutes Wort dafür. Ich bin nach den vielen Jahren daran gewöhnt, aber die Leute stellen die unangemessensten Fragen, die man sich nur vorstellen kann."

„Naja, ich würde fragen, ob du Boxershorts oder Slips trägst, aber es scheint, dass ich die Antwort bereits kenne."

Troy lachte. Ein Gefühl von Frieden breitete sich in seiner Brust aus. „Sieht ganz so aus. Du kannst dieser Frage ein Kapitel in deiner Enthüllungsstory widmen."

Brian lachte ebenfalls. Dieses tiefe, warme Lachen. „Ich könnte ihr den Titel geben: *Ein Rockstar trug meine Unterwäsche.* Warte, wie hieß die Band noch gleich?"

„*Next Up.*" Es gefiel ihm irgendwie, dass Brian das nicht wusste.

„Wäre gut, wenn ich das noch irgendwie in den Titel einarbeiten könnte. Hmm."

„Ich bin sicher, der Verleger wird jede Menge Ideen dazu haben."

„Ich warte auf den Titel mit den meisten albernen Wortspielen."

„Guter Plan." Troys Magen knurrte noch immer. „Ich glaube, ich werf' noch eine Kokosnuss in die Glut." Er machte sich daran, sie zu knacken, indem er mit dem Stein auf den Saum zielte und mehrmals zuschlug.

„Morgen essen wir auf jeden Fall Fisch."

„Kennst du dich mit Angeln aus? Ich nämlich nicht."

„Ein bisschen. Mein Großvater liebte es. Ist schon Jahre her, aber ich weiß noch genug. Wir können uns einen geeignetes Stück Holz als Rute suchen und die Schnur daran befestigen. Den Haken und den Köder benutzen. Ins Wasser hängen. Das ist im Prinzip schon alles, was man tun muss."

„Cool." Als Troy die Kokosnuss endlich offen hatte und die Hälften in die Glut legte, tropfte Schweiß von seinen Schläfen. „Fisch würde jetzt großartig schmecken. Wenn sie uns retten, dann esse ich den größten Burger und trinke die kälteste Cola. Und Eiscreme. Auf jeden Fall Eiscreme."

Brian lächelte sanft. „Klingt gut."

Das Feuer knisterte und schlug Funken. Die Sterne leuchteten nun, da die Nacht die Insel komplett einhüllte. Und unter all dem murmelte das Auf und Ab der Wellen. Er starrte hinauf und versuchte, irgendwelche Sternbilder zu erkennen. Die Sterne waren hier bemerkenswert hell.

Als er endlich satt war, nahm Troy einen Ast und stocherte im Feuer. „Ich werde noch etwas Holz drauflegen."

„Ich glaube, ich werde schlafen. Wir sollten morgen wirklich irgendeinen Unterstand bauen." Brian entfernte sich einige Schritte vom Feuer und legte das Moskitonetz und eine der Flanelldecken aus, dann faltete er die beiden Aludecken auseinander. „Ich kann bei allem schlafen, also brauchst du nicht zu denken, dass du auch sofort schlafen musst. Es ist immer noch früh." Das Zifferblatt seiner wasserdichten Armbanduhr leuchtete auf. „Nicht einmal acht."

„Ist schon gut. Ich bin erledigt. Und ja, Unterstand bauen." Vielleicht würden sie gar keinen brauchen. Ja, sie würden bald gerettet werden, und unter den Sternen zu schlafen war gar nicht so übel. Der Himmel war klar, so weit das Auge reichte.

Brian öffnete seine Kulturtasche. „Gut, dass ich meine elektrische Zahnbürste mitgenommen habe." Er warf Troy einen schuldbewussten Blick zu. „Ich habe allerdings keine zweite."

„Mach dir darum keinen Kopf." Troy machte eine wegwerfende Handbewegung. Seine Zähne fühlten sich eklig belegt an, aber sie hatten sich mit so viel anderen Dingen beschäftigen müssen, dass er nicht viel darüber nachgedacht hatte.

„Du kannst meine benutzen, wenn ich fertig bin. Das macht mir nichts aus." Brian drückte einen winzigen Klecks Zahncreme auf die

Bürste, dann nahm er einen Schluck aus einer Wasserflasche.

„Bist du sicher?"

Brian nickte, während er seine Zähne schrubbte und dabei auf und ab ging. Als er fertig war, spuckte er in den Büschen am Rand des Dschungels aus. Dann spülte er die Bürste aus, drückte einen neuen Klecks Zahncreme darauf und reichte sie Troy.

Oh, Gott.

Troy stöhnte leise. Er war in seinem ganzen Leben noch nie so froh gewesen, sich die Zähne zu putzen, wie in diesem Augenblick. Die Minze schmeckte unglaublich, und sein Mund fühlte sich frisch und lebendig an. Es war ein bisschen seltsam, die Zahnbürste von jemand anderem zu benutzen, aber sie waren auf einer einsamen Insel, und er würde nehmen, was er kriegen konnte. Als Troy fertig war, spülte er die Bürste so gut aus, wie es ging, ohne zu viel Wasser zu vergeuden. Dann gab er sie Brian zurück.

„Danke, Mann."

„Kein Problem." Brian wühlte weiter in seiner Kulturtasche und brachte einen Waschlappen zum Vorschein. „Wenigstens haben wir ein kleines Handtuch." Er seufzte. „Aber keine Seife hier drin. Tut mir leid." Er legte die Sachen weg und schlüpfte unter die Decke. Sie knisterte, während Brian es sich bequem machte.

Troy kroch unter das Moskitonetz und rollte sich in etwas Abstand mit seiner Decke zusammen. „Tja ... gute Nacht."

„Nacht", murmelte Brian.

Kurz darauf schnarchte Brian leise, aber das störte Troy nicht. Er hatte es schon immer gemocht, jemanden neben sich schlafen zu hören, die Wärme eines anderen Körpers neben sich zu fühlen. Das war eines der besten Dinge in der Band – es mangelte ihm nie an Gesellschaft. Seufzend dachte er an Savannah. Was sie jetzt wohl dachte? Hasste sie ihn?

Er blätterte durch seine Erinnerungen wie durch die Seiten eines Buches, als er an frühere Freundinnen dachte. Sie alle waren lustige, nette Mädchen gewesen. Er hatte Spaß gehabt mit ihnen, und mit ihnen

Schluss zu machen, war wegen des endlosen Tourens mit *Next Up* stets einfach gewesen. Und für ihn wahrscheinlich sogar noch einfacher, weil er keine je richtig geliebt hatte. Mit Savannah war er dem am nächsten gekommen, aber wenn er sich sein Leben vorstellte und die Person, die sein Herz erfüllen und ihn komplettieren würde, dann war es nicht Savannah.

Er schnaubte leise. Jahrelang hatte er romantische Balladen gesungen. Konnte Liebe wirklich das Herz erfüllen und jemanden komplettieren? Seine Eltern hatten einander geliebt, aber das hatte seinen Vater nicht davon abgehalten, sich selbst zu zerstören. Troy war sich nicht sicher, ob die Sorte Liebe, die er sich ausmalte – leidenschaftlich, stark, aber auch friedvoll – überhaupt existierte.

Brian drehte sich zu ihm und murmelte etwas im Schlaf. Seine Aludecke war heruntergerutscht, und Troy zog sie ihm wieder über die Schultern. Brians Mund war entspannt, und die Furchen in seiner Stirn hatten sich geglättet. Troy hoffte, dass seine Kopfschmerzen bald nachlassen würden. Der Bluterguss auf Brians Stirn war immer noch von einem wütenden Dunkelviolett. Er sprach ein kurzes Gebet, dass es bald besser würde.

Troy drehte sich flach auf den Rücken, während Brian neben ihm tief und gleichmäßig atmete, und betrachtete die Sterne. Er dachte sich neue Namen für die Konstellationen aus, die er nicht kannte.

„WAS?" TROY ROLLTE sich herum, öffnete die Augen und strampelte die Decke weg. Wassertropfen klatschten in sein Gesicht, und er blinzelte in den Himmel. Die Sterne waren verschwunden. „Scheiße. Scheiße!"

Als der Regen stärker wurde, schoss auch Brian hoch. „Wasser. Schnell, die Flaschen!" Er riss das Netz weg.

Troy schüttelte die Spinnweben aus seinem Verstand, beschleunigt durch den überraschend kalten Regen, der nun herunterprasselte. Brian hatte den Kofferdeckel offen gelassen, und Wasser spritzte bereits darin umher. Sie hatten auch die leeren Flaschen zusammengesammelt und stellten sie nun aufrecht in den nassen Sand.

„Wie spät ist es?", fragte Troy.

„Kurz nach elf."

„Das ist alles?" Es kam ihm so vor, als sollte es längst morgens sein.

„Ich fürchte ja. Willst du deinen Poncho?"

„Dafür ist es jetzt ein bisschen spät."

„Stimmt. Wir müssen unbedingt einen Unterstand bauen."

„Vielleicht kommt der Rettungstrupp schon morgen früh." Troy wischte sich Wasser aus dem Gesicht. Er zitterte.

Eine Minute später hörte der Regen auf, als hätte jemand einen gigantischen Wasserhahn zugedreht. Sie schraubten die Verschlüsse auf die Flaschen, und Brian schloss den Reißverschluss des Koffers, der beinahe voll war. Das Feuer war erloschen, die Sterne verdeckt, und um sie herum war es stockdunkel, als sie zurück unter das tropfende Moskitonetz krochen.

Zitternd kauerten sie sich zusammen, nur wenige Zentimeter voneinander entfernt. Als die Nacht ihren Lauf nahm, wünschte sich Troy, die Sterne würden zurückkehren.

Kapitel 5

„WEIßT DU, WIE man ein Tipi baut?", fragte Brian und sah von den schlanken, umgestürzten Bäumen, die sie aus dem Schlund des Dschungels geschleift hatten, auf zu Troy. Nach einigen Augenblicken schob er seinen Hut in den Nacken und hob fragend eine Augenbraue.

„Oh, das war keine rhetorische Frage? Alter, nein, ich weiß nicht, wie man ein Tipi baut. Du bist derjenige von uns beiden, der bei den Pfadfindern war. Ich war damit beschäftigt, Stepptanz zu lernen." Troy schlug nach einer Fliege, kratzte sich an seiner nackten, fast haarlosen Brust und gähnte ausgiebig.

Nachdem das Geschrei und Gekrächze der Papageien sie unsanft geweckt hatte, waren sie bei Sonnenaufgang die gesamte Länge der Insel entlanggewandert. Sie war etwa dreieinhalb Kilometer lang und halb so breit. Wenn man in die Ferne blinzelte, schien die andere Seite der Insel praktisch identisch zu dieser zu sein, und ebenso verlassen.

Auch seeseits gab es an der anderen Seite nichts – nicht einmal einen entfernten Flecken von irgendetwas am Horizont, als die Sonne am wolkenlosen Himmel aufging. Um sich mit ihren begrenzten Nahrungs- und Wasservorräten nicht zu sehr zu verausgaben, waren sie umgekehrt und hatten angefangen, alles an Holz zusammenzutragen, das brauchbar aussah. Sie würden an einem anderen Tag um die Klippe herumschwimmen und die andere Inselseite abwandern. Zuerst mussten sie ihre Energie dafür einsetzen, einen Unterstand zu bauen und etwas zu essen zu besorgen.

Und davor musste Brian sich noch eine Minute setzen. Er rieb sich den Nacken und dehnte die verspannten Muskeln, indem er langsam den Kopf von links nach rechts neigte. Die Kopfschmerzen hatten nachgelassen, auch wenn er noch immer ein dumpfes Pochen hinter seinen Augen spürte. Das helle Licht der Sonne war gnadenlos.

„Stepptanz? Ernsthaft?"

Troy schmunzelte. „Japp. Stepp, Jazz, Ballett, Hip Hop. Ganz zu schweigen von Gesangs- und Schauspielunterricht. Meine Eltern waren eindeutig die totalen Bühneneltern. Mein Vater hatte eine Vision."

„Wolltest du das alles machen?", fragte Brian.

„Klar. Mir gefiel das. Aber ich hatte nicht wirklich eine Wahl. Es war einfach das, was wir machten. Es war normal für uns. Besonders, nachdem Ty anfing und sie sein Potenzial erkannten. Er war ein echter, kleiner Showmacher." Troy lächelte vor sich hin. Sein Blick ging ins Nirgendwo. „Ich war ziemlich gut – ich arbeitete hart und folgte den Anweisungen. Aber Ty hatte dieses besondere Etwas. Starqualität, sogar damals schon."

„Haben die anderen Kinder in der Schule dir das Leben schwer gemacht?"

Troy schnaubte. „In L.A.? Sie waren neidisch, besonders als Ty und ich die Fernsehshow bekamen. Aber dann hatten wir Privatlehrer am Set, also spielte es keine Rolle mehr, was andere dachten."

Brian konnte sich das nicht vorstellen. Er war im Vergleich geradezu idyllisch aufgewachsen bei seinen Großeltern in Western New York. Das Aufregendste, was er dort erlebt hatte, war der jährliche Besuch eines Spiels der *Buffalo Bills* zusammen mit seiner Großmutter. Er lächelte. Großvater hatte sich nicht im Geringsten für Sport interessiert, aber Großmutter war Football-Fan gewesen.

„Ein Tipi ist dreieckig, oder?", fragte Troy. „Sind diese Bäume lang genug?"

„Solange genug Platz für uns bleibt, um bequem darunter zu sitzen, muss es nicht besonders hoch sein. Ist wahrscheinlich sogar besser so.

Dann weht es nicht so leicht um." Brian betrachtete die Bäume. Die Stämme hatten einen Durchmesser von zehn, zwölf Zentimetern und sollten stabil genug sein.

Sie sammelten Palmenwedel und breiteten sie auf dem Boden aus, weit genug von der Baumgrenze entfernt, sodass fallende Kokosnüsse kein Problem sein würden. Der Sturm hatten jede Menge Wedel abgerissen, was gut war, denn Brian fand die Vorstellung, auf eine Palme klettern zu müssen, um welche abzuschneiden, nicht besonders verlockend.

„Und du fühlst dich wirklich fit genug hierfür?", fragte Troy.

„Ja. Aber danke. Es geht mir besser heute." Es stimmte: Die Schmerzen hatten nachgelassen. Sein Kopf fühlte sich jedoch nicht normal an, aber das behielt er für sich, als er den Hut abnahm und seine Stirn befühlte. „Wie sieht der Bluterguss aus?"

„Nimmt langsam diese kranke, gelbliche Farbe an. Wird besser."

Brian zögerte, nachdem er seinen Hut wieder aufgesetzt hatte. „Meinst du mit krank cool, oder meinst du wirklich krank? Ich kenne mich mit der aktuellen Jugendsprache nicht so aus."

Troy lachte. „Das Zweite. Obwohl es auch ziemlich cool aussieht. Als hättest du mit deinem Gesicht jemanden ausgeknockt."

„Danke." Lächelnd warf Brian einen Blick auf seine Uhr, dann holte er den Spiegel heraus, um ihn einige Male über den Horizont zu schwenken. Der Himmel war wieder von diesem klaren, perfekten Blau. Keine Wolke. Und kein Flugzeug. Aber er sagte sich, dass es erst der zweite Tag der Suche war. Es gab noch Hoffnung.

Sehr, sehr leise Hoffnung.

Die Aludecken waren auf einer Seite orangefarben, und sie hatten sie weiter den Strand hinunter unter dem noch immer unvollständigen S.O.S. ausgebreitet. Die Ecken hatten sie mit kleineren Steinen beschwert. Es ging kaum Wind, aber sie konnten es sich nicht leisten, etwas von ihrer Ausrüstung zu verlieren.

„Okay, und was jetzt?", fragte Troy. „Du bist der Tipi-Experte. Wenn ich dir zur Hand gehen kann, sag an."

„Naja, Experte ist ziemlich übertrieben, aber das Prinzip ist recht einfach. Man stellt die Stämme im Kreis aufrecht hin und lehnt die Spitzen oben in einer Art Dreieck aneinander. Dann binden wir sie mit einem Teil des Seils zusammen. Den Reist schneiden wir ab, damit wir immer noch eine Leine haben, um nasse Sachen aufzuhängen."

„Richtig. Und wie verhindern wir, dass wir selbst nass werden?"

„Ich denke, wenn wir genug Holz für die Basis zusammenhaben, dann hängen wir die große, orangefarbene Decke darüber. Wir können das Klebeband benutzen, um sie an den Seiten zu befestigen. Und wir müssen ein Stück als Eingang offen lassen. Es wird nicht perfekt sein, aber es sollte den schlimmsten Regen abhalten."

„Klingt gut. Ist einen Versuch wert." Troy schützte seine Augen mit der Hand, während er sich langsam um sich selbst drehte und den Himmel betrachtete. Dann sah er wieder Brian an. „Na, dann los. Es hört sich nicht allzu schwierig an."

Eine halbe Stunde später rieb sich Brian den Schweiß aus den Augen und zog sein Tanktop aus. „Du hast es heraufbeschworen", grummelte er.

Sie standen auf den Palmenwedeln und bemühten sich, die Stämme an Ort und Stelle zu halten und sie aneinander zu lehnen. Brians Arme zitterten, während er sich anstrengte, zwei davon festzuhalten. „Okay, etwas tiefer – genau da."

Natürlich fielen die Stämme um, sobald sie losließen. Sie seufzten gleichzeitig. Es würde ein langer Tag werden.

Nach viel Fluchen und Schwitzen schafften sie es schließlich, den Rahmen für ihr Tipi aufzustellen und die Spitzen mit Klebeband und einem Stück des Nylonseils zusammenzuhalten. Sie drapierten die große Decke darüber, die natürlich nicht auf allen Seiten gleich lang war. Aber es würde reichen müssen. Sie zogen sie zurecht, so gut es ging, und befestigten die Ränder mit Klebeband am Rahmen.

Troy reichte Brian das Messer, nachdem er noch ein Stück von der Rolle geschnitten hatte. „Wolltest du immer schon fliegen?"

Brian rollte den Nacken, um die plötzliche Verspannung zu lindern.

„Ich glaube schon." Innerlich wand er sich bei dieser Lüge. Er räusperte sich. „Eigentlich ja. Solange ich denken kann. Ich liebte Modellflugzeuge und alles, was mit Fliegen zu tun hat. Als ich klein war, wollte ich Astronaut werden, aber dafür war ich nicht clever genug."

„Wirklich? Aber du musst clever sein, um Pilot zu werden."

Er zuckte die Achseln und schnitt noch mehr Klebeband ab. „Clever genug. Ich machte meinen Abschluss in Luftfahrttechnik, dann ging ich zur Pilotenschule. Ich fing bei einer regionalen Airline an und arbeitete mich nach oben."

„Hast du jemals große Jets geflogen?"

Brian atmete tief ein und wieder aus. „Habe ich."

„Echt? Cool. Wie war das so?"

Bilder von geschwärztem Metall und weißem Schaum flackerten in seinem Kopf auf. Er wischte sich die Stirn unter seinem Hut. Er war sicher, dass es heißer geworden war. Seine Haut kribbelte. „Es war gut."

„Wie kam es dazu, dass du als Pilot von Privatflugzeugen in Australien gelandet bist? Wolltest du nicht mehr für eine große Airline fliegen?"

„Ich wollte einfach eine Veränderung. Weniger Hektik."

„Vermisst du es? Jumbojets zu fliegen?"

Dieses Mal musste Brian nicht lügen. „Nein."

„Bist du schon einmal in eine Notlage geraten? Vor dieser hier, meine ich."

Brian schnitt durch ein Stück Klebeband – und direkt in seinen Oberschenkel. Er sog scharf die Luft ein und verbiss sich ein Keuchen. „Scheiße." Der Schnitt war direkt über seinem Knie und unter dem Saum der Cargoshorts, der nach oben gerutscht war. „Ist schon gut, schon gut."

„Lass mich mal sehen." Troy war an seiner Seite. „Nicht allzu tief, denke ich. Ich hol' das Erste-Hilfe-Set." Er stand auf.

„Ich kann meine Kraft nicht zügeln", witzelte Brian lahm. Er drückte mit der Hand gegen den Schnitt, der einige Zentimeter lang war. „Das Messer ist wahnsinnig scharf. Nur fürs Protokoll.".

Troy kehrte mit dem Erste-Hilfe-Set zurück. „Wenn es aufgehört hat zu bluten, sollten wir Jod draufmachen. Zeig her." Er beugte den Kopf über Brians Schenkel und inspizierte den Schnitt aus der Nähe, dann legte er eine schmale Bandage darüber und drückte sie fest auf die Wunde. „Das sollte reichen."

Troys Handfläche war warm. Seine Finger lagen auf Brians Knie. „Das war ein dummer Fehler."

Troy runzelte die Stirn und senkte die Stimme eine Oktave. „*Einen* Fehler darfst du machen. Beim zweiten Fehler *läufst* du nach Hause." Er lachte reumütig. „Das hat mein Vater immer gesagt. Als ich klein war, habe ich mal in einer kleinen Aufführung von *Wizard of Oz* mitgespielt. Ich war der Blechmann. Ich vergaß vollkommen meinen Text, als ich Dorothy traf, und stand wie zu Stein erstarrt da. Auf dem Heimweg im Auto gab Papa mir dann sein kleines Mantra. Ich habe nie wieder einen Einsatz vermasselt."

„Dein Vater war ganz schön entschlossen." Troy drückte noch immer fest mit seiner Hand auf die Bandage. Sie war verschwitzt, aber das machte Brian nichts aus.

Troy lachte. „So könnte man es auch ausdrücken. Hey, wie hat es dich nach Sydney verschlagen?" Er beugte sich vor, um die Wunde zu inspizieren. Sein Atem kitzelte auf Brians Haut.

„Schien mir zu der Zeit ein guter Ort zu sein. Schönes Wetter. Fischrestaurants. Rugby im Fernsehen." So weit weg wie möglich von allen, die er kannte.

„Wann bist du dort hingezogen?"

„Vor drei Jahren. Ich wohne zur Miete in einem winzigen Apartment in der Vorstadt. Sydney ist teuer. Aber ich habe eine eigene Terrasse mit blühenden Bäumen zwischen mir und den Nachbarn." Er lachte leise. „Das hört sich für dich wahrscheinlich alles eher traurig an. Du hast wahrscheinlich eine große Villa."

„Nein, es klingt … idyllisch. Und ich habe keine Villa. Ty und ich haben ein Haus in Malibu gekauft, aber es ist nicht so groß. Ich meine, es ist wirklich schön, versteh mich nicht falsch. Vier Schlafzimmer, und es liegt direkt am Wasser. Ich weiß, dass ich mich glücklich schätzen kann, dort zu wohnen. Obwohl wir fast nie zuhause sind, weil wir andauernd touren. Mama konnte gar nicht einsehen, warum wir nicht bei ihr wohnen bleiben konnten, wenn wir in L.A. waren. Mein Vater hat ein Haus gekauft, als die Fernsehserie in die zweite Staffel ging, und es ist nicht so, als wäre es nicht groß genug. Aber mit vierundzwanzig konnte ich einfach nicht weiter in meinem Teenagerzimmer leben, weißt du? Und Ty konnte es gar nicht abwarten, endlich auszuziehen. Obwohl er wohl besser zuhause geblieben wäre." Er schüttelte den Kopf. „Tut mir leid, ich fasele und fasele."

„Ist doch okay."

Troy öffnete ein kleines Päckchen mit Jod und medizinischer Watte. „Das wird brennen." Er tupfte behutsam auf den Schnitt.

Brian zuckte zusammen. „Merke ich kaum."

„Mh-hm. Du musst nicht den harten Kerl markieren, weißt du. Außer mir ist niemand hier."

„Ich weiß." Er lächelte, als Troy die Bandage mit Heftpflaster befestigte und dabei konzentriert die Zunge zwischen seine Zähne schob. „Seltsam, oder?"

„Dass du einen Technik-Abschluss hast und kaum hinkriegst, ein Tipi zu bauen? Ja, total seltsam."

Brian musste lachen. „Luftfahrttechnik."

„Dann könntest du uns also ein Flugzeug bauen?", neckte Troy.

Brian nickte lächelnd. „Besser als ein Tipi, wie's aussieht."

„Ich nehm' dich nur hoch. Was wolltest du sagen?"

„Ach, nichts."

Troy pikte Brian mit dem Finger in die Seite, nachdem er das letzte Stück Pflaster festgeklebt hatte. „Sag's mir."

„Ich wollte sagen, dass es seltsam ist, dass ich dich erst seit ein paar Tagen kenne."

„Ich weiß!" Troy packte das Erste-Hilfe-Set zusammen. „Ich habe mal gelesen, dass Menschen durch traumatische Erfahrungen unheimlich schnell persönliche Bindungen aufbauen. Weil sie gemeinsam Angst durchleben und sowas. Anscheinend ist es eine gute Idee, beim ersten Date zusammen Achterbahn zu fahren.“

„Macht Sinn. Wo hast du das gelesen?“

„Keine Ahnung. Wie ich mich kenne, wahrscheinlich auf *Buzzfeed*.“

Brian lachte erneut. „Tja, ich schätze, dann geht unser erstes Date wahrscheinlich in die Geschichtsbücher ein.“

„Ja, du weißt wirklich, wie man das erste Date zu einem traumatischen Erlebnis macht.“ Sein Lächeln erstarb. Er sah zur Klippe hinüber und errötete. „Tut mir leid. Ich sollte darüber keine Witze machen.“

„Galgenhumor. Das ist in Ordnung.“ Aber auch Brian kamen Schuldgefühle hoch, als er an Paula dachte. War das wirklich erst *Tage* her? Das Leben hatte eine völlig surreale Qualität angenommen. Als würden sie in einer Art Zwischenwelt leben, und der Rest des Universums wäre hinter dem blauen Horizont verschwunden.

„Tja, wir sollten das hier fertigmachen. „Troy deutete auf das Tipi. „Womit können wir es unterhalb der Decke abdichten? Über dem Boden sind noch gut dreißig Zentimeter offen.“

„Ich dachte, wir könnten vielleicht Palmwedel unten um das Holz flechten.“

„Siehst du, das ist Luftfahrttechnik in Aktion.“

„Ja, Palmenwedel werden oft in Flugzeugen verbaut.“

Lachend – und vorsichtig – schnitt Brian weitere Stücke Klebeband zurecht. Seite an Seite arbeiteten sie weiter, während in den Baumwipfeln Vögel sangen und vom Meer her eine milde Brise wehte.

TROY WUSSTE EINIGE Herzschläge lang nicht, wo er war, als er das weiße Netz anstarrte, das über ihm hing. Dann kam alles schlagartig zurück – Absturz, Insel, Tipi, Brian, Sand. So viel Sand, egal, wie oft er ihn wegzuwischen versuchte. Ihm kam ein wenig Galle hoch, und er wünschte, es wären Magentabletten in dem Erste-Hilfe-Set.

Es war der vierte Tag. Wie lange würden die Retter noch brauchen, um sie zu finden? Wie ging es seiner Familie? Der Band? Seinen Freunden, Fans? Ging es Tyson gut? Würde ihn das alles tiefer ihn die Sucht treiben? Wusste er, dass sein Bruder ihn liebte? Troy hatte es ihm gesagt, bevor er gegangen war, aber *wusste* Ty es wirklich?

Er streckte automatisch seine Hand aus, aber anstatt sein Handy auf dem Nachttisch zu finden, berührte er das Moskitonetz. Jahrelang hatte für ihn jeder Tag damit begonnen, dass er seine SMS gecheckt hatte, aber jetzt lag er hier und blinzelte in das graue Licht. Das große Netz war so konstruiert, dass man es an die Decke hängen konnte, und sie hatten eine Schlaufe aus Klebeband gebastelt. Das Netz hing jetzt von oben herunter, was deutlich angenehmer war, als darin eingewickelt zu sein.

Troy drehte sich auf die Seite und stellte fest, dass er zum ersten Mal seit dem Absturz eine Morgenlatte hatte. Sie drückte sich gegen den weichen Stoff seiner Boxershorts, und er schob automatisch eine Hand an seinem Bauch abwärts und durch seine gestutzten Schamhaare, um seinen Schwanz in die Hand zu nehmen und ein wenig zu massieren. Seine Eier begannen zu kribbeln. Mit der anderen Hand streichelte er seine nackte Brust und seine Nippel, und–

Troys Hand erstarrte und sein Herz setzte einen Schlag aus, als Brian sich neben ihm rührte und etwas murmelte. Brian lag kaum dreißig Zentimeter von ihm entfernt, mit dem Gesicht der anderen Seite des Tipis zugewandt. Troy fühlte sich auf frischer Tat ertappt und ließ beide Arme rechts und links von seinem Körper sinken. Er streckte sich und dehnte seine Nackenmuskeln, während er versuchte, seine Erektion mittels purer Willenskraft zum Abklingen zu bringen.

Über den Palmenwedeln, die sie auf dem Sand ausgelegt hatten, hatten sie zwei der Flanelldecken aus dem Flugzeug ausgebreitet. Die andere benutzten sie weiterhin, um draußen zu sitzen. Sie hatten keine Kissen, aber es musste halt ohne gehen. Troy tat vom Schlafen auf dem Boden der Rücken weh, aber der Sand war weich, und es hätte schlimmer sein können. Sie hatten genug Platz, um Arme und Beine ausstrecken zu können, ohne die Seiten des Tipis zu berühren.

Sie hatten es nicht mehr geschafft, unten herum genug Palmenwedel anzubringen, und das graue Licht schimmerte am Boden ihres runden Zelts. Die Flechterei war zeitraubend, aber zumindest waren sie beschäftigt, anstatt unentwegt an Rettung zu denken.

Nicht zwanghaft darüber nachzudenken, war etwas, das Troy in den frühen Stunden der Morgendämmerung einfach nicht schaffte. Immer und immer wieder wälzte er in seinem Kopf Szenarien, die effektiv jede Erektion abstellten, während sein Magen knurrte.

Was, wenn niemand kam? Was, wenn sie für immer auf dieser Insel festsaßen? Was, wenn sie krank wurden oder sich verletzten? Was, wenn Brian starb und Troy hier endete wie Tom Hanks in diesem Film? Was, wenn er seine Familie und Freunde nie mehr wiedersah? Was, wenn–

Stopp! Sei im beschissenen Jetzt!

Er schrie sich selbst in Gedanken an, schwer atmend und mit rasendem Puls. Er wollte das Netz wegreißen und aus dem Tipi flüchten, zwang sich aber dazu, behutsam und leise unter der Aludecke und dem Moskitonetz hervorzukriechen. Das Zelt war zu niedrig, um darin aufrecht zu stehen, und er musste sich hinkauern, um durch die Lücke zu krabbeln, die sie als Zugang offen gelassen hatten.

Es hatte in der Nacht nicht geregnet, und ein paar Meter entfernt schwelte noch das Lagerfeuer. Das größere Signalfeuer war beinahe ganz heruntergebrannt. Er beeilte sich, frisches Holz aufzulegen und es neu anzufachen. Ihm kam in den Sinn, dass sie auch irgendetwas brauchen würden, um das Holz trocken zu halten. Noch ein Projekt, mit dem sie sich beschäftigen konnten, das sie aber hoffentlich nie brauchen würden, weil jetzt jede Minute Rettung kommen würde. Ja, sie würden abgeholt und zum nächstgelegenen Hotel gebracht werden. Federbetten, heiße Duschen und Essen, herrliches Essen.

Troy zog seine Boxershorts aus und watete in die kühlen, sanften Wellen des Meeres. Bald würden die Papageien kommen und kreischend ihr Frühstück einnehmen, und er war froh, vor ihnen wach geworden zu sein. Nachdem er gepinkelt hatte, stand er in dem brusttiefen Wasser und versuchte, den friedlichen Augenblick zu genießen und an nichts anderes zu denken als an das Hier und Jetzt. Er grub seine Zehen in den sandigen Grund, fühlte die feinen, wässerigen Körnchen und atmete tief die salzige Luft ein.

Wie beiläufig fasste er sich selbst an und war schon bald wieder hart. Das Wasser liebkoste seine Haut auf eine Weise, die ihn erregte, und seine Nippel zogen sich zusammen, als er seinen Schaft massierte und mit seinen Eiern spielte. Er atmete flach durch seine geöffneten Lippen. Es war etwas Befreiendes daran, sich ganz allein im Ozean einen runterzuholen. Troy wollte stöhnen, aufschreien … er war gern laut beim Sex. Er mochte es auch, wenn seine Partner laut waren. Lautes Atmen und Stöhnen machte alles intensiver, und seine Orgasmen wurden dadurch so viel besser.

Er war kurz davor, als Brian in seinen Boxershorts aus dem Zelt krabbelte und ihm zuwinkte. Erneut riss Troy seine Hand weg. Mit einem unsicheren Lächeln schaffte er es, das Winken zu erwidern. Mit Sicherheit war er rot geworden, aber Brian war noch bei den Bäumen. Und so klar das Wasser auch war, er war zu weit weg, um auch nur eine Ahnung zu haben, was Troy unter der Wasseroberfläche getan hatte. Hatte Brian sich schon mal einen runtergeholt, ohne dass Troy es bemerkt hatte?

Eine kleine Welle der Erregung durchzuckte ihn, und bevor er es sich selbst wieder ausreden konnte, kehrte Troys Hand zu seinem Schwanz zurück. Er watete weiter hinaus, bis ihm das Wasser fast bis zum Hals reichte, und begann erneut, sich zu wichsen. Der Drang zu kommen war überwältigend, selbst während er Brian beobachtete, der sich am Strand daran machte, Holz und Zunder zu sammeln.

Als ihm bewusst wurde, wie superschräg es war, Brian zu beobachten, während er sich einen runterholte, drehte Troy sich um und schaute aufs Meer hinaus. Das Wasser floss um ihn herum und zwischen seine Beine, und es streichelte seine Hoden. Er strebte seinem Höhepunkt entgegen, während er auf den klaren Horizont starrte. Und dann verspannte sich sein ganzer Körper. Er keuchte leise, als er kam, und erschauerte, während er sich weiter massierte.

Ein Chor von Schreien brach hinter seinem Rücken aus. Troy zuckte heftig zusammen, verlor den Halt und tauchte unter. Schnaubend und hustend kam er wieder hoch, wischte sich das Wasser aus dem Gesicht und lachte über sich selbst. Er drehte sich um und sah den buntgefiederten Schwarm in den Bäumen. Brian stand in der Nähe und hob den Kopf, um die Vögel zu beobachten. Die Sonne lugte über die andere Seite des Dschungels, und über den gelben und orangefarbenen Streifen wurde der Himmel blauer. Troy wünschte, er könnte ein Foto machen und es auf Instagram posten.

Was, wenn sie uns nicht finden?

„Hör auf", murmelte er. „Sie werden uns finden. Halt die Klappe."

Kurz darauf hatte er die Schwimmshorts an, und seine Haut trocknete bereits in der zunehmenden Hitze. Brian hatte seine Cargoshorts angezogen, bevor er sich daran gemacht hatte, Kokosnusshälften zum Kochen ins Feuer zu stellen. Sie saßen auf der Flanelldecke beim Feuer, um zu warten, und Troy wob zwei Palmenwedel ineinander.

„Das ist ein schönes Lied", sagte Brian.

Troy wurde rot, als ihm klar wurde, dass er wieder gesummt hatte. „Oh. Äh, danke." Es war der Refrain eines Liedes, dem er nie einen Titel gegeben hatte. Auch nachdem sein Vater gestorben war, hatte er die folkige Musik, die er in seinem Kopf hörte, nicht wieder aufgenommen. Er hatte sich eingeredet, zu beschäftigt zu sein. Und doch – hier auf dieser namenlosen Insel hallten Fragmente der Songs, die er als Teenager geschrieben hatte, erneut in seinem Kopf wider.

Zum Glück verfolgte Brian das Thema nicht weiter. „Wir sollten heute auf jeden Fall etwas angeln", sagte er. „Wenn die Flut zurückgeht, kann ich bestimmt rausgehen und näher an die Klippe gelangen. Da sollte es jede Menge Fische geben."

Troy runzelte die Stirn. „Ist das nicht da, wo auch die Seeschlangen leben sollen?"

„So weit ich mich erinnere, beißen die normalerweise nicht. Ich würd's natürlich gern googlen, aber naja …"

„Gott, ich vermisse wirklich wirklich das Internet."

Brian lachte. „Ich auch. Hör zu, mir passiert schon nichts. Ich bin ziemlich sicher, es ist ein typischer Fall von: Wenn du mir nichts tust, tu ich dir auch nichts. Wir brauchen anständige Nahrung."

„Ja, ich bin am Verhungern. Kokosnüsse haben Kalorien, aber das reicht nicht. Die Fische können aber nicht giftig sein oder sowas?"

„Es gibt einige giftige Arten. So weit ich weiß, neigen sie dazu, stachelig zu sein. Wir werden ja sehen, was wir fangen. Ich habe Einiges über Tropenfische im Fernsehen gesehen, also drück mir die Daumen. Ich weiß, wie Kugelfische aussehen, und die werden wir garantiert nicht essen."

„Vielleicht sollten wir es nicht riskieren."

„Wir haben keine Proteinriegel mehr. Wir werden vorsichtig sein. Erstmal nur einen kleinen Bissen probieren. Ich weiß nicht, was wir sonst tun könnten. Wir brauchen Proteine, vor allem, falls ..."

Troy schluckte schwer. „Okay. Ja." Er rieb sich mit der Hand über das stoppelige Gesicht und dachte an das Jetzt. „Oh! Wo ist der Spiegel?" Brian reichte ihn ihm, und Troy richtete das Licht durch das Guckloch aus und suchte den Horizont ab.

Er legte den Spiegel weg, als sie ihre Kokosnüsse aßen und darüber diskutierten, ob das Zirpen, das sie oft hörten, eine Art Grille sein mochte oder etwas vollkommen anderes. „Vielleicht sind es *Nargel*", sagte Brian.

Troy brach in lautes, echtes Gelächter aus. Dann grinste er. „Ich hätte dich nicht für einen *Harry Potter*-Fan gehalten."

„Warum denn nicht?"

„Ich weiß nicht. Du bist ... Pilot. Du kennst dich mit all diesem technischen Kram aus. Ich hab' wohl einfach nicht gedacht, dass Leute, die Pilot oder Arzt sind und wichtige Dinge tun, *Harry Potter* lesen." Er hob eine Augenbraue. „Oder hast du nur die Filme gesehen?" Dann fügte er neckend hinzu: „Nicht, dass daran irgendwas falsch ist. *Glaube* ich."

„Ich schwöre feierlich, dass ich alle Bücher gelesen habe. Und natürlich nichts Gutes im Schilde führe."

Sie redeten eine Weile über dies und das im Zusammenhang mit *Harry Potter*, und es fühlte sich gut an, über etwas Normales zu sprechen. Troy hätte den ganzen Tag da sitzen und sich über Hogwarts unterhalten können, aber die Flut ging zurück, und Brian hatte sich eine behelfsmäßige Angelrute zurechtgeschnitzt und die transparente Schnur mit einem dreifachen Knoten an ihrem Ende befestigt. Er erklärte die Funktion der Köder und Haken, und dann marschierten sie auf den nassen Sand hinaus und näher zur Klippe.

„Wow." Troy verengte die Augen und blinzelte zu den farbenfrohen Korallen in einiger Entfernung. Das Wasser plätscherte um seine Fußgelenke, und er verlagerte die leere Kokosnussschale, die er mitgenommen hatte, von einer Hand in die andere.

„Du bleibst hier. Für alle Fälle. Ich muss aufpassen, dass ich nicht auf Seeigel oder Aale trete, oder was sonst noch da unten sein könnte." Brian hatte ihr einziges Paar Flip-Flops mitgenommen und zog es nun an.

„Okay." Troy suchte das Wasser nach irgendwelchen Anzeichen von Schlangen oder anderen Kreaturen ab, die beißen oder stechen konnten. Aber alles, was er um sich herum sah, war Sand.

Er wartete, während Brian sich vorsichtig einen Weg näher an das Riff suchte und das Wasser ihm bereits bis fast zu den Knien reichte. Brian trug seinen Hut, und Troy war froh, dass er selbst sich das orangefarbene Bandana um den Kopf gewickelt hatte. Er war an Sonne gewöhnt, aber hier in den Tropen war sie sehr viel kräftiger. Seine ohnehin gebräunte Haut hatte schon einen dunkleren Ton angenommen und schälte sich an manchen Stellen.

„Ja!" Brian riss die Rute hoch und griff nach der Schnur. Ein glänzender Fisch zappelte am Haken. „Das ging schnell!" Er stolperte ein wenig, erlangte aber schnell das Gleichgewicht zurück. „Man kann in diesen Flip-Flops hier nur schwer stehen. Ich rutsche ständig." Er bückte sich und zog sie aus. „Es sollte in Ordnung sein, wenn wir darauf achten, das Riff nicht zu berühren. Komm näher, aber bleib auf dem Sand."

Troy kam ein wenig näher, wobei er auf jeden Schritt achtete. Er streckte die Arme aus und hielt Brian die Kokosschale entgegen. „Alles klar."

Brian kam zu ihm und reichte ihm zuerst die Flip-Flops, dann löste er behutsam den sich windenen Fisch vom Haken und ließ ihn in die Nussschale fallen. „Lass mich versuchen, noch ein paar mehr zu fangen, wenn das so schnell geht. Und dann kochen wir sie sofort. Bei dieser Hitze können wir sie nicht zu lange liegen lassen."

Es dauerte nur fünf Minuten, bevor sie noch zwei weitere Fische hatten, die sogar größer waren als der erste. „So müssen sich wohl die Jäger bei den Höhlenmenschen gefühlt haben, hm?", sagte Troy. Er trommelte sich auf die Brust.

Brian ließ sein tiefes, rollendes Lachen hören. In seiner Wange bildete sich ein Grübchen. „Auf jeden Fall. Okay, jetzt müssen wir sie ausnehmen. Ich habe tausendmal zugesehen, wenn mein Großvater das gemacht hat, aber ich bin nicht sicher, wie viel ich noch weiß."

„Du bist in Australien nicht Fischen gegangen?"

„Nein. Ich schätze ..." Er verstummte, sein Blick wurde unfokussiert. Schließlich sagte er: „Ich schätze, es hat mich zu sehr an ihn erinnert. An alles, was ich nicht mehr habe."

„Tut mir leid. Das nächste Mal kann ich es machen, wenn du willst. Es sah nicht allzu schwierig aus. Ich denke, ich kriege das hin."

„Nein, es hat eigentlich Spaß gemacht. Wir können uns abwechseln."

„Für den Moment bin ich vollkommen zufrieden, wenn wir uns von den Seeschlangen fernhalten. Ich weiß, sie könnten überall sein, wo Wasser ist, aber lass mich einfach glauben, dass alles, was gefährlich ist, im Riff haust."

Brian grinste. „Okay. Und jetzt lass uns die Fische ausnehmen. Schade, dass wir kein Ausbeinmesser haben, aber wir kriegen das auch so hin."

Als Brian endlich fertig war und annahm, die meisten der Gräten erwischt zu haben, waren seine Hände mit Eingeweiden bedeckt und die

Fische deutlich kleiner. Sie legten das Fischfleisch auf einen flachen Stein an den Rand des Feuers und warteten.

„Das ist wie einem Topf Wasser beim Kochen zuzusehen", sagte Troy. „Nicht, dass ich das schon oft gemacht hätte. Es ist wie darauf zu warten, dass die Uhr an der Mikrowelle bei der Null ankommt."

„Ja, in der Tat." Brian stocherte mit einem Zweig an einem der Stücke. „Wir brauchen einen Wender."

„Etwas Zitrone wäre toll."

Schließlich beschlossen sie, dass der Fisch genug gekocht hatte, und füllten die bröseligen Stücke in die Kokosnuss-Schüsseln. Brian nahm einen vorsichtigen Bissen. „Schmeckt wie …"

„Hühnchen?"

Er schmunzelte. „Eigentlich wollte ich sagen: Fisch."

Troy lachte. „Naja, das ist gut, da es sich um Fisch handelt und all das." Er steckte sich ein Stück in den Mund und kaute sorgfältig. Er zog sich eine winzige Gräte aus dem Mund und schnippte sie ins Feuer. „Ja, wie … Fisch. Schlichter Fisch. Nicht übel."

„Tja, wenigstens wissen wir, dass wir mit Fisch und Kokosnüssen so lange überleben können, wie wir müssen."

„Oh, Scheiße." Troy stellte seine Schüssel in den Sand und holte den Spiegel raus. „Hätte ich fast vergessen." Er ließ das Rechteck rhythmisch aufblitzen „Vielleicht ist heute der Tag. Ich glaube, ja." Die warme Mahlzeit in seinem Bauch beflügelte seinen Optimismus.

„Vielleicht." Brian hielt den Blick auf sein Essen gesenkt. Als er aufgegessen hatte, ging er zurück, um weiter an ihrem Zelt zu arbeiten, während Troy mit dem Spiegel weitermachte und nach Rettung Ausschau hielt.

Kapitel 6

BRIAN SCHLUCKTE EINEN Mundvoll Krabbe, geröstete Kokosnuss, Brotfrucht und Papaya. Die letzten beiden hatten sie an den Bäumen entdeckt, die weiter den Strand hinunter wuchsen, und aßen sie nun täglich. Die Krabbe war ein zufälliger Fang im flachen Wasser bei den Korallen gewesen, und es hatte viel Mühe gemacht, sie zu töten, zu knacken und zu kochen. Aber es war eine willkommene geschmackliche Abwechslung.

Sie saßen auf ihrer Flanelldecke beim Lagerfeuer und sahen zu, wie die Sonne verschwand und eine Symphonie aus roten und violetten Streifen am Horizont zurückließ.

„Es kommt niemand, oder?"

Seufzend warf Brian einen Blick auf Troy neben sich. Obwohl sie gut aßen dafür, dass sie sich auf einer einsamen Insel befanden, begannen Troys Rippen langsam hervorzustechen, und unter seinen Augen waren dunkle Schatten. Er hatte Bartstoppeln im Gesicht, und sie waren beide gebräunt und ausgetrocknet von der Sonne, ganz zu schweigen vom Salzwasser. Nach zwei Wochen wirkte Troy so viel älter und schwermütiger als der frische, junge Mann, der in Sydney an Bord des Flugzeugs gegangen war.

Es würde nichts helfen, zu lügen, also sagte Brian: „Wahrscheinlich nicht."

Troy wandte den Blick nicht vom Horizont. Sein Abendessen in der Kokosnussschale hatte er nicht angerührt. Die Seemuschel, die als Löffel diente, steckte unbenutzt darin. Er hatte die Knie an seine Brust gezogen. „Es sind jetzt drei Wochen. Und da ist … nichts."

„So eine Suche ist schwierig", sagte Brian leise. „Besonders im Ozean. Die Weite …" Er rieb seinen dichter werdenden Bart. „Es ist schwer zu begreifen."

Troy bewegte sich nicht und sah ihn immer noch nicht an. Er war so niedergeschlagen, wie Brian ihn bisher noch nicht gesehen hatte. Es drehte Brian den Magen um. Er hasste es, dass das optimistische Leuchten in Troys Augen erloschen war.

„Wir sehen nie auch nur die weißen Spuren, die Flugzeuge zurücklassen. Ich weiß, dass sie sowieso zu hoch wären, um uns zu sehen, aber es ist, als ob … wir am Ende der Welt sind. Oder als hätten wir eine Zeitreise gemacht, und der Rest der Welt ist einfach … weg."

Brian versuchte, an etwas – irgendetwas – Tröstendes zu denken. „Aber wir können nicht wissen, ob uns nicht ein kleineres Flugzeug oder Schiff entdeckt."

Troy sah aus, als bräuchte er dringend eine Umarmung, aber wäre das vielleicht zu … schräg? Brian versuchte sich zu erinnern, wann er das letzte Mal jemanden umarmt hatte, und ihm wurde schmerzhaft bewusst, dass es Paula an ihrem Geburtstag gewesen war – ein unbeholfenes Drücken und ein Tätscheln des Rückens, das nur einen kurzen Augenblick gedauert hatte. Er hatte sich so sehr von anderen Menschen isoliert, dass er die Angemessenheit einer *Umarmung* anzweifelte, was ziemlich erbärmlich war. Er fummelte an seiner Kokos-Schüssel, zog Fasern aus der rauen Schale und wünschte sich, er wüsste, was zu sagen oder zu tun jetzt das Richtige war.

„Was, wenn sie nie kommen?", flüsterte Troy.

„Dann überleben wir. Irgendwann finden sie uns."

Troy sah ihn scharf an. „Das weißt du nicht. Sie halten uns wahrscheinlich für tot. Das hast du selbst gesagt. Es sind jetzt zwei Wochen. Wenn Flugzeuge verschwinden, dann weil sie abgestürzt sind, richtig? Wie oft finden sie Überlebende, die Kokosnüsse essen?"

Er trank einen Schluck Regenwasser, weil seine Kehle trocken war.

„Es gibt Abstürze mit Überlebenden. Sowas kommt vor." Er kratzte sich im Nacken, wo die Hitze eines Phantomfeuers auf seiner Haut kribbelte.

„Aber bei Abstürzen wie *diesem*? Mitten im Ozean? Mitten im Nirgendwo? Überlebt jemand so etwas?"

„Normalerweise nicht, aber es ist nicht unmöglich. Im Jahre neunzehn–"

„Bitte nicht. Keine Geschichtsstunde jetzt."

„Gut. Aber wir sind der lebende Beweis, dass es möglich ist. Wir sind hier."

„Wir sind *nirgendwo*! Wir könnten genauso gut auf dem Mars sein. Der Rest der Welt ist weg. Als hätten sie uns vergessen." Troy nickte zu dem Stein, wo sie den Signalspiegel aufbewahrten, gleich neben dem Kalenderstein, in den sie die Anzahl der Tage kratzten. „Wir leuchten mit dem Scheißding herum, aber es ist niemand da. Es ist sinnlos."

„Das ist es nicht. Man kann nie wissen. Da könnte ein Schiff sein, das meilenweit sehen kann. Ein Flugzeug."

„Aber sie halten uns für tot. Würdest du das nicht auch?" Er zeigte mit dem Finger auf Brian. „Würdest du nicht auch denken, dass wir tot sind?"

Brian sprach mit ruhiger, gleichmäßiger Stimme. „Ja. Das würde ich. Die Suche wurde wahrscheinlich abgebrochen. Wären wir im Wasser heruntergekommen und hätten das irgendwie überlebt, dann wären wir ertrunken oder nach wenigen Tagen an Durst oder Erschöpfung gestorben. Mit einem Rettungsfloß steigen die Chancen, aber auch nur geringfügig. Die Chance, zufällig Land zu finden und auch noch sicher zu landen, ist lächerlich gering. Paula hat das Flugzeug wie der Teufel geflogen. Es ist ein Wunder, wirklich."

Troy ließ die Schultern sinken und sackte sichtbar in sich zusammen. Sein Wutausbruch war verflogen. „Ein Wunder. Ich habe um ein Wunder gebetet, während wir abstürzten. Gott angefleht, uns zu retten. Ich weiß nicht, ob jemand zuhört." Er atmete geräuschvoll aus. „Glaubst du an Gott?"

„Nein."

Troy starrte hinauf in den Himmel, wo die ersten Sterne sichtbar wurden, und sagte eine Weile nichts. „Bevor wir die Show bekamen, gingen wir auf eine katholische Schule. An jedem Weihnachten und Ostern gingen wir in die Kirche. Es war Routine. Das Ave Maria aufsagen und all das. Aber wenn man darüber nachdenkt, dann scheint das alles …“

„Nicht sehr wahrscheinlich?“

Ein schwaches Lächeln zuckte um Troys Mundwinkel. „Ja. Ich möchte gern glauben, dass es wahr ist. Dass es einen Himmel gibt. Ich weiß nicht.“

„Du musst es nicht wissen. Jedenfalls nicht heute Abend.“

„Wohl nicht.“ Er stellte seine Schale neben Brians. „Du kannst meins aufessen. Ich weiß, es ist noch früh, aber ich werde schlafen gehen. Mir tut der Kopf weh.“

„Du solltest erst essen.“ Brian gab ihm die Schale zurück. „Die Krabbe schmeckt gut.“

Troy war bereits auf den Füßen. „Kein Hunger.“

„Troy, komm schon.“ Brian streckte die Hand mit der Schale aus. „Wir dürfen damit nicht nachlässig sein. Wir haben beide Gewicht verloren. Und in der Verfassung, in der du bist, hast du einen wahnsinnig hohen Stoffwechsel. Die Shorts fallen bald an dir herunter.“

„Ist schon gut. Ich sagte doch, ich habe Kopfschmerzen.“ Er drehte sich um in Richtung Tipi.

Brian sprang auf die Füße und stellte sich ihm in den Weg. „Dann iss wenigstens die Hälfte.“

Troy verdrehte die Augen und schnaufte. „Ernsthaft jetzt, Alter?“

„Ernsthaft. Wir können es uns nicht leisten, krank zu werden. Wir haben schon genug, um das wir uns Sorgen machen müssen, ohne absichtliche Mangelernährung. Wir müssen jeden Tag so viel essen, wie wir können. Wir wissen nicht, ob uns die Früchte oder die Fische irgendwann vielleicht plötzlich ausgehen. Oder ob die nächtlichen Regenschauer aufhören.“

Troy blieb stehen. „Denkst du, das kann passieren?“

„Ich habe keine Ahnung. Ich hätte auch nie gedacht, dass aus dem Nirgendwo ein Sturm auftaucht, nachdem die Regenzeit längst vorüber war. Es gibt keine Garantien." Er wackelte mit der Schüssel. „Also iss."

Seufzend nahm Troy sie und setzte sich mit einem lauten Plumpsen wieder hin. Er löffelte das Püree aus Krabbe und Frucht mit der Seemuschel aus der Schüssel, kaute schweigend und starrte ins Feuer. Brian setzte sich im Schneidersitz neben ihn und verzehrte den Rest seines eigenen Abendessens.

Wenige Minuten später zeigte Troy ihm seine leere Schale. „Zufrieden? Kann ich jetzt ins Bett?"

Brian schluckte seine Verärgerung zusammen mit dem letzten Bissen seiner Mahlzeit hinunter und nickte. Nachdem Troy im Zelt verschwunden war, ging Brian noch etwas mehr Holz auf ihr Signalfeuer bei dem S.O.S. legen. Er rollte die Kettensäge auseinander und sägte sich durch einen kleinen, entwurzelten Baum, den sie aus dem Dschungel gezogen hatten.

Die Hitze des Tages hielt sich trotz der Abwesenheit der Sonne, und Brian arbeitete sich im Licht der Sterne und des Feuers seinen Frust von der Seele. Schweiß lief ihm den Nacken herunter, und sein Haar wurde feucht, während der Holzstapel neben ihm wuchs.

Als seine Ungehaltenheit über Troys Trübsal nachließ, verspürte er ohne Vorwarnung plötzlich einen Anflug von Panik. Der Gedanke, dass sie hier vielleicht sterben würden, drängte sich ihm auf. Wie leicht könnte er sich in einem Moment der Unaufmerksamkeit schneiden? Ihre wenigen medizinischen Mittel würden nicht reichen. Eine schlichte Infektion in einer Wunde konnte sie töten. Es konnte ein neuer Sturm kommen, oder eine dieser Seeschlangen konnte zubeißen, und dann gute Nacht.

Er zählte seine Atemzüge, bis sich sein Herzschlag beruhigte. Troy hatte recht: Der Rest der Welt schien ein ganzes Leben zurückzuliegen. Selbst Paulas Tod kam ihm lange her vor. Brian dachte an ihre Familie in Auckland und die Eltern, an deren Namen er sich nicht erinnern konnte. Selbst wenn er mit ihnen reden könnte – was würde er ihnen sagen?

Um sich zu beschäftigen, trug er das Holz zu dem Unterstand, den sie mit Palmenwedeln und ihren orangefarbenen Regenponchos ein Stück in den Dschungel hinein gebaut hatten, um das Holz so trocken zu halten wie möglich. Nachdem er es fertig aufgestapelt und abgedeckt hatte, kehrte Brian zum Lagerfeuer zurück. Sein Blick wanderte in Richtung ihres Zelts.

Er hasste es, Troy so niedergeschlagen zu sehen, und war stark in Versuchung, hinzugehen und mit ihm zu reden, obwohl Troy eindeutig allein sein wollte. Brian sah auf zu den Sternen und ermahnte sich streng, Troy sein eigenes Ding machen zu lassen. Er kannte den Mann kaum, auch wenn es sich für ihn anders anfühlte. Außerdem sollte er froh sein, etwas Zeit für sich allein zu haben.

Trotzdem – als er da saß und zu den unzähligen Sternen und dem blassen Mond hinaufblickte, wollte sich das Gefühl der emotionalen Erleichterung nicht einstellen, das er normalerweise empfand, wenn er wieder allein war, nachdem er so viel Zeit mit jemandem verbracht hatte. Seine Batterien wollten sich einfach nicht aufladen.

Während seiner Ehe mit Alicia war es ein ständiger Streitpunkt gewesen, dass er gern allein spazieren ging oder sich stundenlang mit einem Buch in ein leeres Zimmer zurückzog. Sie hatte einfach nicht verstanden, warum er das Bedürfnis hatte und dass es nicht immer um sie gegangen war.

Rebecca, seine letzte feste Freundin war selbst recht introvertiert gewesen, und vielleicht war das am Ende das Problem gewesen. *Wem will ich eigentlich etwas vormachen? Ich war das Problem. Sie versuchte, mir zu helfen, nachdem es passiert war, und ich ließ sie nicht. Ich ließ mir von niemandem helfen.*

Rückblickend musste er sich eingestehen, dass er jedes vernünftige Maß überschritten hatte und, anstatt Zeit für sich allein zu genießen, praktisch zum Einsiedler geworden war, seit er nach Australien geflohen war. Es war nicht gesund, sich in seiner winzigen Wohnung zu verstecken und nur zum Arbeiten herauszukommen. Er flog genug, um zurechtzukommen und die großzügige Abfindung aufzustocken, die die Fluglinie ihm gezahlt hatte für seine Unterschrift und das Versprechen, sie nicht zu verklagen.

Brian lehnte sich zurück auf seine Ellenbogen und sehnte sich nach seinem Kindle und der Möglichkeit, in ein anderes Leben, eine andere Welt zu flüchten. Aber alles, was er tun konnte, war, sich Sorgen um Troy zu machen.

Nach einer weiteren, langen Stunde öffnete er den Koffer und schraubte das Dutzend Wasserflaschen auf, bevor er sie aufrecht in den Sand stellte. Es regnete beinahe jede Nacht, kurze Schauer, die ihnen für den Moment ausreichend Trinkwasser verschafften. Sie hatten im Inland einen kleinen Bach gefunden, wollten aber ihre Wasserreinigungstabletten aufsparen.

Der tiefe Graben, den sie um ihr Zelt gegraben hatten, damit es auf erhöhtem Grund stand, hatte sie bisher meistens trocken halten, genau wie die orangefarbene Plane über der Konstruktion. Brian machte einen großen Schritt über den Graben, bückte sich und zwängte sich durch den engen Eingang.

Troy lag von ihm abgewandt auf der Seite und regte sich nicht, als Brian aus seinen Cargoshorts schlüpfte und unter das Moskitonetz krabbelte. Troy tat nur so, als würde er schlafen. Brian wusste, dass Troy tief atmete und kleine Seufzer ausstieß, wenn er schlief. Und er regte sich oft im Schlaf. Bewegungslosigkeit und vollkommene Stille waren nicht sein Modus Operandi.

Brian unterdrückte den Drang, zu fragen, ob mit Troy alles in Ordnung war. Es war eindeutig nicht alles in Ordnung. Sie waren auf einer einsamen Insel gefangen. Ihre Zukunft war vollkommen ungewiss. Prekär.

Das Leben birgt immer Ungewissheiten.

Erinnerungen überwältigten ihn, und er hätte schwören können, dass er den beißenden Qualm riechen konnte, die Hitze der Flammen und den schmerzhaften Griff der Feuerwehrleute, als sie ihn wegzerrten. Er fragte sich, ob das jemals aufhören würde. Und jetzt hatte er weitere

Erinnerungsbilder: nicht nachlassen wollender Regen und das kranke Gefühl in seinem Magen, als der zweite Motor ausfiel. Paulas immer noch warmer Arm in seiner Hand, der Rest von ihr einfach weg.

Er presste die Lippen zusammen, aber ein leises Wimmern entwich dennoch. Dann hörte er in der Stille, wie Troy sich bewegte.

„Brian?" Troys Stimme klang heiser, aber eindeutig besorgt. Seine Finger waren warm, als er zögerlich Brians nackte Schulter berührte.

Ein Teil von Brian wollte sich alles von der Seele reden. Das Bedürfnis, darüber zu sprechen, war etwas, das er nie zuvor verspürt hatte. Die Airline hatte ihn gezwungen, einen Seelenklempner aufzusuchen, und er hatte jede Sekunde davon gehasst. Aber hier mit Troy in ihrem lächerlichen Tipi am Ende der Welt kamen die Worte plötzlich hoch, brannten auf seiner Zunge und in seiner Kehle.

Nein.

Es wäre nicht fair gegenüber Troy, diesen ganzen Scheiß auf ihn abzuladen. Brian war der Pilot. Der Captain, seit Paula tot war. Er hatte die Verantwortung, und er musste stark und selbstsicher sein. Die Kontrolle behalten. Er räusperte sich. „Hmm?"

„Ich dachte … ach, egal", murmelte Troy, zog seine Hand weg und drehte sich wieder von ihm weg.

Sie fielen in Schweigen, und Brian lauschte auf die langsam zurückkehrende Flut. An Schlaf war nicht zu denken.

BRIAN BLINZELTE IN das fahle Licht, als er hörte, wie Troy zurück unter das Moskitonetz kroch. Troy war für gewöhnlich als Erster wach und schlüpfte hinaus, während Brian schlief, bis der Papageien-Wecker der Insel flatternd und kreischend zum Leben erwachte. Aber heute morgen war Troy wieder zurückgekommen. Das war seltsam.

Brian lauschte, weil er dachte, dass es vielleicht wieder regnete, aber er hörte nur, wie die sanfte Brise in den Blättern rauschte, und das entfernte Tschilpen der erwachenden Vögel. Der Regen war nach

Mitternacht gekommen, und als er aufgehört hatte, war er nach draußen gegangen und hatte die Flaschen und den Koffer wieder verschlossen, um ihre Wasservorräte vor Insekten und Sand zu schützen. Das war schon zur Routine geworden, und da Troy immer früh aufzuwachen schien, hatte es Brian nichts ausgemacht, derjenige zu sein, der nachts aufstand.

Vielleicht war Troy einfach nur müde. Er war niedergeschlagen gewesen und hatte mit großer Wahrscheinlichkeit nicht sehr gut geschlafen. Brian döste wieder ein, wurde aber wenig später aus dem Schlaf gerissen, als die verdammten Papageien zum Frühstück eintrafen. Er warf einen Blick auf Troy, überrascht, ihn immer noch zusammengerollt da liegen zu sehen, in den Boxershorts, die nun ihm gehörten. Es war unmöglich, bei der Kakophonie der Vögel weiterzuschlafen, aber Brian schlüpfte in seine Shorts, kroch aus dem Zelt und ließ Troy noch eine Weile liegen, während er sich um die Feuer kümmerte.

Mit den Flip-Flops an seinen Füßen trat er kurz gegen den Holz-Unterstand und wartete, ob irgendwas herauskrabbelte. Der Vorrat ging langsam zu Ende und er machte sich für den heutigen Tag eine geistige Notiz, später mehr Holz zu sammeln und zu schneiden. Dann verspottete er sich selbst wegen des Gedankens. Es war nicht gerade so, als hätten sie viel anderes mit ihrer kostbaren Zeit anzufangen, also war die Wahrscheinlichkeit gering, dass er es vergessen würde. Der ständige Bedarf an Feuerholz, Nahrung und Wasser gab ihnen zumindest etwas zu tun.

Brian wartete darauf, dass die Sonne über dem Dschungel auftauchte. Als es so weit war, brauchte er nur die Lupe im richtigen Winkel zu halten, und Rauch stieg von den Palmwedeln auf. Die Hitze stieg, bis sich Flammen entzündeten. Sie hatten immer noch die Streichhölzer, gut geschützt in einem wasserfesten Röhrchen in ihrem Notfallrucksack. Er erschauerte, als er daran dachte, wie sie wohl ein Feuer in Gang kriegen würden, wenn erst die Regenzeit hereinbrach. *Das ist noch Monate hin. Wie Großmutter immer sagte, mach dir keine*

Sorgen über ungelegte Eier.

Lächelnd dachte er eine Weile an seine Großmutter, ihr fröhliches Zwinkern und ihre kirschroten Lippen. Sie hatte immer ihren Lippenstift und eine Schachtel Tictacs in der Handtasche. Wenigstens war sie vor einigen Jahren friedlich eingeschlafen und war jetzt nicht daheim und machte sich Sorgen, ob er vielleicht tot war.

Er warf einen Blick zum Zelt. Immer noch keine Bewegung.

Nach einem Ausflug zur Dschungeltoilette, der ihn sehnsüchtig an den vergleichsweisen Luxus eines Plumpsklos denken ließ, machte sich Brian daran, eine Brotfrucht in Scheiben zu schneiden. Sie war etwa so groß wie eine Kokosnuss, die unebene, blassgrüne Schale ließ sich aber zumindest leicht öffnen, und er viertelte sie und entfernte die Samen. Nachdem er sie in lange Streifen geschnitten hatte, wickelte er sie in ein breites, rechteckiges Blatt des Brotfruchtbaums, das dick und gummiartig und gut geeignet war, um die Frucht auf einem flachen Stein dicht bei den Flammen zu kochen.

Die Brotfrucht selbst war eine eher fade, kartoffelartige Angelegenheit, und er wünschte, sie hätten Salz und Pfeffer in ihrer Notfallausrüstung. Zum Glück waren die Papayas sehr geschmacksintensiv. Er schnitt eine auf und saugte den Saft von seinen Fingern. Als nächstes schnitt er ein Loch in eine Kokosnuss, um die Milch in eine große, schalenartige Seemuschel abzugießen. Dann knackte er die Schale auf und schabte das Fruchtfleisch heraus, um es dem kleinen Eintopf hinzuzufügen.

Während die Mahlzeit köchelte, wartete er darauf, dass Troy herauskam. Brian seufzte, dann verzog er das Gesicht. Seine Bartstoppeln waren außer Kontrolle. Bis jetzt hat er sich darüber keine Gedanken gemacht – zu überleben und gerettet zu werden hatte Priorität gehabt. Aber trotzdem – er hatte seinen Nassrasierer, und er hasste es, wie sein Gesicht unter dem Bart schwitzte, wenn zugleich mit der aufgehenden Sonne die Luftfeuchtigkeit stieg.

Und weil er gerade an Rettung gedacht hatte, nahm er den Signalspiegel, richtete die Sonnenreflexion auf den Horizont und schwenkte hin und her, hin und her. Ein reflektierender Spiegel war meilenweit sichtbar, also mussten sie es weiterhin versuchen. Was hätte er darum gegeben, jetzt einen Motor zu hören.

Aber da war nur der Ozean, das tiefe, konstante Summen des Dschungels und eine salzige Brise, die ab und zu den Sand bewegte.

Als das Frühstück fertig war, ging Brian stirnrunzelnd zum Zelt zurück und zwängte sich auf den Knien hinein. Troy war noch immer unter dem Netz, zusammengerollt und mit geschlossenen Augen. Aber er war zu angespannt, um zu schlafen.

„Troy? Alles in Ordnung?"

Nach einigen Augenblicken antwortete Troy, ohne die Augen zu öffnen: „Ich fühle mich nicht gut. Ich werde einfach noch ein bisschen schlafen."

Brians Herz holperte. „Was ist los?" Er schob das Netz zur Seite und drückte seinen Handrücken an Troys Stirn, so wie seine Großmutter es immer bei ihm gemacht hatte. Troy fühlte sich nicht ungewöhnlich heiß an. Brian legte seine Hand an seine eigene Stirn, und die Temperatur fühlte sich ziemlich gleich an. „Ist es dein Magen? Kopfschmerzen? Vielleicht hast du nicht genug getrunken?"

„Es ist nichts. Wirklich." Troy sah ihn nun an. Sein Blick war absolut niedergeschlagen. „Nur ... müde. Brauchst du bei irgendwas Hilfe? Oder ist es okay, wenn ich noch ein bisschen schlafe?"

„Natürlich ist das okay." Ein Gefühl von Schuld sank in Brians leeren Magen. „Ruh dich noch ein bisschen aus."

„Danke", murmelte Troy und schloss die Augen wieder.

„Aber ich bringe dir nachher etwas zum Frühstück, und du wirst es essen."

„Mh-hm."

Brian kniete noch einige Augenblicke dort und dachte, dass er irgendetwas tun sollte, hatte aber keine Ahnung, was. Auch wenn tagsüber normalerweise keine Moskitos da waren, schloss er das Netz wieder, bevor er nach draußen kroch, um sich nützlich zu machen.

BRIAN WAR ZURÜCK.

Troy lag auf dem Rücken, schweißbedeckt und mit der Aludecke an seinen Füßen zusammengeknüllt, und behielt die Augen geschlossen und die Lippen leicht geöffnet und tat, als würde er schlafen. Er wusste nicht, ob Brian in das Zelt guckte oder einfach nur draußen stand, aber Troy wollte nicht reden. Es war nicht so, als wüsste er Brians Sorge nicht zu schätzen, aber Troy … konnte einfach nicht.

Er war immer wieder eingeschlafen und wieder aufgewacht. Und er hatte sich gehorsam aufgesetzt und die Früchte und den Fisch gegessen, die Brian ihm vor einiger Zeit gebracht hatte. Es war einfacher gewesen, als sich zu streiten. Das war schon immer so gewesen — er hatte einfach getan, was sein Vater und alle anderen ihm gesagt hatten. Und er wusste, dass Brian recht hatte: Nichts zu essen war dumm. Aber die Mahlzeit lag ihm so schwer im Magen wie ein Stein.

Stoff raschelte, und es hörte sich so an, als würde Brian ins Zelt kriechen. Seine Stimme war leise. „Troy? Ich habe noch einen Fisch fürs Abendessen gefangen. Einen schönen großen.“

Beim hoffnungsvollen Tonfall in Brians Stimme fühlte sich Troy ein wenig schuldig und öffnete die Augen. Brian kniete außerhalb des Netzes auf seiner Seite des Zelts und schaute Troy stirnrunzelnd und mit offensichtlicher Sorge an. Troy öffnete den Mund, um etwas zu sagen, aber seine Kehle war so ausgetrocknet, dass er nur krächzen konnte, was in einem Hustenanfall endete.

Brian eilte nach draußen und kam mit einer Wasserflasche zurück, hob das Moskitonetz an und reichte sie ihm. Troy hob sich mit großer Mühe auf die Ellenbogen und trank. Er hatte gar nicht gemerkt, wie durstig er geworden war. Nachdem er die halbe Flasche getrunken hatte, wischte er sich mit der Hand über den Mund und murmelte: „Danke.“

„Ist dir schlecht? Hast du Verstopfung?“ Brian presste seinen Handrücken an Troys Stirn, so wie heute Morgen, ruhig und fest.

„Nein. Ich bin nur ein wenig dehydriert von der Hitze. Es ist nichts, wirklich.“ Er trank den Rest des Wassers.

„Tut dein Kopf weh?“

„Ist nicht so schlimm.“

Brian nahm die leere Flasche und verschwand nach draußen. Es stimmte weitestgehend, dass Troy sich nicht *so* schlecht fühlte. Er hatte schon Migräneanfälle gehabt, die weit schlimmer waren als das konstante Pochen und der schwere Kopf, der damit einherging, dass er sich den ganzen Tag im Bett verkrochen hatte. Ohne die Brise vom Wasser her war es in dem Tipi zu heiß, aber er wollte in seiner kleinen Seifenblase bleiben.

Brian kehrte mit einer vollen Flasche zurück. „Trink das hier auch noch. Wir haben reichlich. Der Regen letzte Nacht hat den Koffer und die Flaschen gut gefüllt.“

„Danke.“ Troy trank das meiste, bevor er sich wieder hinlegte. Er war sich des Gewichts von Brians Blick bewusst. „Ich bin nicht wirklich hungrig. Ich esse morgen was, okay?“

Nach einem Augenblick sagte Brian: „Na schön. Aber trink.“

Troy nickte und schloss die Augen. Dann hörte er, wie Brian das Zelt verließ. Eigentlich hätte er nicht in der Lage sein dürfen, zu schlafen, aber er nickte schon bald ein. Er hoffte, er würde nicht träumen.

EIN REGENTROPFEN KLATSCHTE auf seine Nase.

Troy wischte sich über das Gesicht. Er war nicht sicher, wie spät es war, aber er nahm an, dass es gegen Mitternacht war. Um diese Zeit schien der Regen immer zu kommen, und wie immer war es ein Wolkenbruch. Das Zelt hielt das meiste davon ab, aber etwas lief immer durch die Seiten und den tiefen, engen Eingang herein.

Er hatte das Geräusch von Regen schon immer gemocht. Wie wohl die meisten Menschen, nahm er an. Troy fragte sich, ob es Brian auch so ging, und drehte sich auf die andere Seite, um im Dunkel der Nacht zu ihm hinüberzusehen. Seine Hüfte schmerzte, weil er so lange auf derselben Seite gelegen hatte. Gott, er vermisste seine weiche Matratze.

Er kratzte an einem Insektenstich an seinem Fußknöchel.

Der Regenschauer war so laut, dass Troy nicht hören konnte, ob Brian schlief oder nicht, weil er von ihm weggedreht lag. Brian hatte nicht noch einmal versucht, ihn zum Essen oder zum Herauskommen zu bewegen, aber er hatte wortlos eine weitere Flasche Wasser neben Troy hingestellt, als er vor ein paar Stunden ins Bett gekommen war.

Wenigstens sitze ich mit jemand Coolem hier zusammen fest.

„Cool" war nicht wirklich das richtige Wort, aber er wusste nicht, welches besser passte. Während er dem Trommeln des Regens lauschte und beobachtete, wie sich Brians Schulter beim Atmen hob und senkte, überkam Troy eine Welle der Dankbarkeit. Er wollte die Distanz zwischen ihnen schließen, um Brian danken zu können.

Aber er blieb, wo er war. Als der Regen so plötzlich aufhörte, wie er angefangen hatte, setzte Brian sich auf.

„Ich gehe", sagte Troy schnell.

Brian blinzelte ihn in der Dunkelheit an. „Es macht mir nichts aus."

„Ich muss sowieso pinkeln. Du kannst weiterschlafen."

Einen Moment später streckte Brian sich wieder aus. „Okay, danke."

Troy kroch in den nassen Sand hinaus. Sand klebte inzwischen von morgens bis abends an ihm, und er hatte sich schon fast daran gewöhnt. Die Feuer waren erloschen, nur an manchen Stellen rauchte das Holz noch ein wenig. Der Graben rund um das Zelt war randvoll mit Wasser. Sie würden ihn am Morgen noch etwas tiefer ausheben müssen.

Denn es würde wirklich niemand kommen.

Die Kavallerie, von der er trotz allem gehofft hatte, sie würde sich materialisieren, war nicht eingetroffen. Und das hier war nun tatsächlich sein Leben. Vielleicht für immer. Also sollte er den Graben wohl besser vertiefen.

Das mysteriöse Kreischen hallte entfernt durch den Dschungel und erschreckte ihn. Sie hatten noch immer nicht herausgefunden, was für ein Tier dieses Geräusch machte, das ausschließlich nach Sonnenuntergang zu hören war. Er dachte an diese erste, endlose Nacht im Dschungel, als sie zusammen in der Felsspalte gekauert hatten, in Todesangst und mit Schmerzen am ganzen Körper. War das wirklich erst zwei Wochen her?

Während Troy den Koffer verschloss und die Verschlüsse der Flaschen aus der Seitentasche holte, kamen ihm die Tränen. Der Strand war dunkel, aber Mond und Sterne kamen langsam wieder in Sicht, während die Regenwolken sich auflösten. Er schraubte eine Flasche nach der anderen zu. Dann ging er hinunter zum Meer und ließ das kühle Wasser um seine Füße und Knöchel spülen, während er weinte. Seine Nase war verstopft, seine Lungen zogen sich zusammen.

Er weinte um seine Familie und Freunde, die ihn für tot hielten. Das Bedürfnis, seine Mutter, seinen Bruder und seine Familie zu umarmen, wurde unerträglich. Gott, er musste sie wiedersehen. Das süße Parfum seiner Mutter riechen und Adobo-Hühnchen essen und mit Ty Videospiele spielen und für Tausende von kreischenden Fans auf die Bühne gehen. Er musste nach Hause.

Troy blickte hinauf zu den endlosen Sternen und Galaxien. Sah Gott zu? Sah sein Vater ihn? Er hätte der letzte Mensch auf Erden sein können, so vollkommen allein. Aber er warf einen Blick zurück zu ihrem Lager und erinnerte sich daran, dass dort in ihrem absurden, notdürftig zusammengeschusterten Zelt noch Brian war.

Nachdem er in das flache Wasser gepinkelt hatte, holte Troy tief Luft und ging über den klumpigen Sand zurück.

Das T-Shirt, das Troy im Flugzeug angehabt hatte, hing direkt beim Zelteingang. Sie benutzten es, um sich den gröbsten Sand von den Füßen zu wischen. Troy rubbelte den Baumwollstoff über seine Sohlen und zwischen den Zehen, dann schlüpfte er unter das Netz. Er schlug nach einem Moskito. Er machte es sich, so gut es ging, auf dem Bauch bequem und betrachtete die undeutlichen Umrisse von Brians Profil neben sich. Brian lag auf dem Rücken, aber Troy konnte nicht erkennen, ob seine Augen geöffnet waren oder nicht.

Troy verspürte den plötzlichen Drang, sich die Taschenlampe von ihrem Platz bei der Tür zu schnappen, um nachzusehen, ob Brian noch atmete. Panik ergriff ihn so plötzlich, dass er zitterte. Aber nein, Brian ging es gut. Brian war hier bei ihm. Troy griff hinüber, bis er ihn fast berührte,

„Es tut mir leid", flüsterte er. „Dass ich mich so ausgeklinkt habe."

„Schon gut." Brians Stimme klang klar und hellwach. Er hatte nicht geschlafen.

Troy seufzte erleichtert. „Ich dachte wirklich, wir würden gerettet werden."

Das weiße Netz flatterte, als Brian ausatmete. „Ich weiß. Wir dürfen die Hoffnung nicht aufgeben. Wir müssen daran glauben, dass sie uns irgendwann finden."

„Wie lange ist irgendwann?" Er rieb sich die verweinten Augen. „Das ist eine dumme Frage. Du hast schließlich keine Glaskugel, in der du die Zukunft sehen kannst."

„Dafür war kein Platz mehr im Koffer. Tut mir leid."

Irgendwie musste Troy lächeln. „Ist schon gut. Ich hab' meine auch daheim vergessen."

„Wir werden das hier durchstehen. Wir werden weiterhin den Spiegel benutzen und jeden Tag das große Feuer anmachen. Irgendwer wird uns entdecken. Die Schiffsladung mit deinen Fans, weißt du noch? Die sind irgendwo da draußen."

Leises Lachen wärmte Troys Brust. „Genau. Mit den Paparazzi gleich dahinter." Er strich mit dem Finger über die Flanelldecke unter ihm auf seinem Bett aus Laub und Sand. „Du bist jedenfalls viel besser als ein Volleyball."

Brian schnaubte. „Danke. Das kann ich nur zurückgeben. Vielleicht kann Tom Hanks meine Rolle spielen, wenn unsere Geschichte als Film herauskommt. Obwohl er wahrscheinlich zu alt ist. Außerdem hat er die einsame Insel ja schon abgehakt."

„Dann vielleicht … Ryan Reynolds."

Lachend antwortete Brian: „Das ist eine schmeichelhafte Besetzung. Du kannst dich natürlich selbst spielen."

„Ich weiß nicht. Ich glaube, ich verdiene einen besseren Schauspieler als mich selbst."

Sie lachten und warfen Namen hin und her, bis die Momente des Schweigens länger und Troys Augenlider schwerer wurden. Er lauschte auf Brians Atem, der tiefer und gleichmäßiger wurde.

Als Troy in den Schlaf hinüberglitt, fühlte er sich leichter. Als wäre das Gewicht, das auf seiner Brust gelastet hatte, zu einem Nichts zusammengeschrumpft, wenigstens für diese Nacht.

TROY WAR GERADE damit fertig geworden, sich in dem sanften Wellen des Ozeans einen runterzuholen, als die Papageien in einem Durcheinander von Farben und durchdringenden Schreien ihre Ankunft ankündigten. Eine Minute später kroch Brian, dessen dunkles Haar in alle Richtungen abstand, aus dem Zelt. Er streckte die Arme über den Kopf, dann kratzte er sich abwesend die nackte Brust. Seine Boxershorts saßen tief auf seinen Hüften. Er war dünner geworden, und die Haut über den schlanken Muskeln war dunkler.

Während er ihn beobachtete, fragte sich Troy, ob sich die Haare auf Brians Brustmuskeln wohl anders anfühlten als seine eigenen. Sie waren definitiv dichter, und er hatte mehr …

Troys Eier kribbelten noch von den Nachwirkungen seines Orgasmus, und als Brians Blick in seine Richtung ging, riss Troy seine Hand an die Wasseroberfläche. Er hatte gar nicht bemerkt, dass er sich erneut angefasst hatte. Brian lächelte breit und winkte. Troy erwiderte das Lächeln und winkte zurück. Seine Wangen brannten. Er sah zu, wie Brian im Dschungel verschwand, wahrscheinlich um die Toilette aufzusuchen.

Als die Sonne über den Bäumen stand und sie ihre Shorts angezogen hatten, machten sie sich daran, die Feuer in Gang zu setzen. Troy wartete darauf, dass Brian ihn fragen würde, ob es ihm gut ging, und versuchte, ihn zum Reden zu bringen. Aber er reichte Troy lediglich zwei Kokosnüsse und watete dann mit der Angelrute hinaus zu den schwarzen Felsen am Ende der Insel.

Lächelnd ließ er die Milch aus einer der Nüsse ab und trank sie, bevor er sie knackte. Seltsamerweise störte ihn der Geschmack nicht länger. Sein Magen knurrte, als er die zweite Kokosnuss bearbeitete.

Als Brian mit zwei Fischen zurückkehrte, saß Troy auf einer der Flanelldecken und zerteilte eine Brotfrucht. Gähnend kratzte er sich am Kinn. „Mann, ich kriege langsam einen richtigen Bart. Juckt wie der Teufel. Fühlt sich irgendwie nicht richtig an. Wahrscheinlich müssen wir uns demnächst daran gewöhnen, mit schwitzigen Holzfällerbärten herumzulaufen."

Brian schabte die Schuppen von den Fischen und lächelte sanft. „Ich habe ein Rasiermesser. Ich werde es nach dem Frühstück holen."

„Ernsthaft?" Troy grinste. „Alter, das ist super. Ich muss diesen Mist von meinem Gesicht kriegen. Vielleicht ist es nur, weil ich nicht daran gewöhnt bin, aber ich finde es furchtbar. Ich hab' noch nie mehr als die Stoppeln von ein paar Tagen gehabt. Das durfte ich in der Band natürlich auch nicht, aber ich war damit einverstanden. Dieser Bart fühlt sich wie eine Wolldecke an. Echt, Mann. Viel zu warm."

Als ihre Bäuche gefüllt waren, öffnete Brian eine kleine, lederne Tasche und klappte ein Rasiermesser aus seinem dunklen, hölzernen Schutzgriff. Er hielt es beinahe andächtig in der Hand. „Das gehörte meinem Großvater." Er sah auf. „Ich weiß, das scheine ich andauernd zu sagen. Aber es ist wirklich nur der Hut und das Rasierset. Er war Barbier und zeigte mir, wie man es benutzt, als ich anfing, mich zu rasieren."

„Das ist so cool. Kannst du es mir beibringen?"

„Natürlich." Er zögerte. „Ist allerdings schwierig ohne Spiegel."

Troy nahm den Signalspiegel von seinem Platz auf dem Stein. „Ein bisschen zu klein."

Brian lachte. „Wie wär's, wenn ich dich zuerst rasiere und schaue, wie es klappt?"

Während Brian mit dem Rasierset hantierte, drehte Troy den Spiegel hin und her, um den richtigen Winkel zu finden, dann richtete er die Reflexion auf den Horizont. Sie durften nicht nachlassen. *Und vielleicht irre ich mich ja. Vielleicht finden sie uns jeden Moment.*

Eine andere Stimme in ihm zischte dunkel und schmierig: *Niemand wird euch finden. Ihr werdet hier sterben.*

Schnaubend schüttelte Troy den Kopf, als könnte er auf diese Weise seinen inneren Schwarzseher loswerden.

Brian ließ sich auf seine Fersen sinken. „Was ist los? Wir müssen das nicht machen, wenn du–"

„Nein, nein. Ich hab' nur gerade nachgedacht und mich über meine eigene Trübsinnigkeit geärgert. Hatte nichts mit dir zu tun."

„Okay." Brian brachte etwas zum Vorschein, das aussah wie ein halber Ledergürtel. „Kannst du ein Ende hiervon nehmen und festhalten?"

Troy betrachtete den seltsamen Lederstreifen. „Was ist das? Oh, zum Schärfen?"

„Ein Streichriemen." Brian zog es straff und zog die Klinge über das Leder aufwärts, drehte des Handgelenk und zog sie wieder abwärts. Dann wiederholte er die Bewegung, immer und immer wieder. „Das Abziehen am Leder richtet die Kante der Klinge aus, damit sie sauber rasiert. Man streicht sie fünfzig bis sechzig Male auf und ab. Das Schärfen der Klinge nennt man Honen, und man nimmt einen Schleifstein dafür. Das muss man aber nur alle paar Monate machen."

„Hm. Cool. Diese Abzieherei ist ganz schön aufwendig." Troy sah zu, wie Brians Arm mit geübter Leichtigkeit hin und her flog. Es war irgendwie beruhigend.

Brian lächelte, und an seinen Augenwinkeln bildeten sich kleine Fältchen. „Es ist eines meiner Lieblingsrituale. Fühlt sich gut an, das mal wieder zu tun." Er fuhr mit den Fingern über den ledernen Streichriemen und betrachtete ihn liebevoll. „Obwohl ich den Umgang damit als Teenager von Großvater gelernt habe, benutze ich normalerweise einfache Wegwerfrasierer und billigen Rasierschaum. Ich hielt es irgendwie für altmodisch. Zu zeitaufwendig, weißt du? Aber vor meinem ersten kommerziellen Flug als Pilot holte ich das Set heraus, das er mir geschenkt hatte. Ich weiß nicht genau, warum. Aber von da an nahm ich es überall hin mit." Er blinzelte und schüttelte den Kopf. „Tut mir leid.

Ich weiß auch nicht, warum ich so viel quatsche."

„Das macht mir nichts aus." Im Gegenteil, es war beruhigend und ermutigend, zuzuhören, wie Brian mit so viel Leidenschaft in seiner Stimme über etwas sprach.

Brian sah sich um. „Hm. Normalerweise würde ich duschen oder ein heißes Handtuch benutzen. Wasserdampf öffnet die Poren und so. Warte, ich weiß."

Er nahm eine der halben Kokosnussschalen, füllte sie mit Meerwasser und stellte sie an den Rand des Feuers. Als Dampf daraus aufzusteigen begann, hängte er den Waschlappen über einen Zweig und hielt in darüber.

„Üblicherweise würde ich natürlich kein Salzwasser zum Rasieren benutzen, aber ich glaube, der Dampf ist okay. Schließ deine Augen."

Troy setzte sich in den Schneidersitz und machte die Augen zu. Das warme, feuchte Tuch drückte auf sein Gesicht. „Das ist angenehm", murmelte er.

Nach etwa einer Minute nahm Brian das Tuch weg, und Troy öffnete die Augen. Brian öffnete ein rundes Behältnis aus Holz. „Rasierseife", erklärte er. „Weißt du, ich habe nicht einmal daran gedacht, als wir hier gestrandet sind. Sie besteht zum Teil aus Kokosnussöl. Anscheinend haben wir ja nicht genug Kokosnüsse hier auf … wie auch immer diese Insel heißen mag."

„Wir sollten ihr einen Namen geben. Kokosnussinsel? Nein, das ist blöd."

Schnaubend goss Brian einen Spritzer Regenwasser in eine leere Schalenhälfte und tauchte seinen kurzen Rasierpinsel hinein. „Ich wette, es gibt schon eine Kokosnussinsel. Irgendein schreckliches Ferienresort mit Tropendeko. Nicht, dass ich etwas dagegen hätte, jetzt dort zu sein und Piña Coladas zu trinken." Er ließ den Pinsel fast eine Minute lang in dem Behälter mit der Seife kreisen, dann benetzte er Troys Gesicht mit frischem Wasser. „Ich versuche, so wenig Wasser wie möglich zu benutzen. Ich weiß, wir sollten es nicht für so alberne Dinge wie Rasieren benutzen."

„Das ist nicht albern. Ich meine, ich weiß, dass es nicht gerade … überlebenswichtig ist, aber ich bin total begeistert, dass dieses schwitzige Gestrüpp aus meinem Gesicht verschwindet. Wellnesstag im Inselstil."

Brian lächelte. „Machst du oft Wellnesstage?"

„Ja, wahrscheinlich öfter als die meisten Leute. Hattest du schon jemals eine Massage mit heißen Steinen? Das ist himmlisch."

„Nein. Hatte ich noch nie. Ich sollte das mal ausprobieren." Er runzelte die Stirn. „Hm. Keine Ahnung, wie wir das am besten machen sollten. Beim Barbier würdest du in einem Stuhl sitzen, der sich nach hinten kippen lässt. Vielleicht legst du dich am besten hin?"

Troy streckte sich auf der Decke aus und wischte den Sand weg. „Ist es so gut?"

„Warte kurz." Brian verschwand im Zelt und kehrte mit einer der Flanelldecken zurück. Er faltete sie zusammen, bis sie ein kleines Quadrat bildete. „Setz dich kurz auf."

Als alles bereit war, saß Brian im Schneidersitz und Troy lag ausgestreckt, den Kopf auf der Decke in Brians Schoß. Er rieb seine Fersen im warmen Sand. Wenn er den Kopf in den Nacken legte, konnte er in Brians Nase sehen.

Brian befeuchtete Troys Gesicht erneut mit der Hand. „Bereit?"

„Japp." Troy schloss die Augen und faltete die Hände auf seinem Oberkörper. Seine Hüftknochen stachen hervor, und er kratzte sich am Bauch.

„Sag mir, wenn es irgendwie unangenehm wird, oder falls ich dich schneide."

„Mh-hm."

Brians leises Lachen war tief und rollend. „Hast du keine Angst?"

Troy öffnete ein Auge. „Warum sollte ich Angst haben?"

„Deswegen?" Er hielt das Rasiermesser hoch, das im hellen Sonnenlicht gefährlich funkelte.

Troy klappte sein Auge wieder zu. „Ich vertraue dir."

Brian sagte nichts, und Troy wollte ihm gerade sagen, dass er nicht nervös zu sein brauchte, als sich erneut das warme Tuch auf sein Gesicht presste. „Ein bisschen mehr Dampf", murmelte Brian.

Troy hörte, wie er mit dem Pinsel in der Seife rührte, und als das Tuch von seinem Gesicht verschwand, berührte der Pinsel seine Wange. Die Rasierseife fühlte sich cremig an, als sie auf seinem Gesicht verteilt wurde. Gelegentlich kam ein neuer Spritzer Wasser dazu. Wenn Brian wollte, dass Troy sein Gesicht in eine andere Richtung drehte, tippte er gegen sein Kinn oder seine Wange, und Troy folgte den stummen Kommandos. Er seufzte und lauschte dem Zwitschern der Vögel und dem Sirren der Grillen – oder was immer das war. Sie ließen das Lagerfeuer nach dem Frühstück herunterbrennen, weil es zu heiß war, um neben einem Feuer zu sitzen, aber er konnte immer noch den süßen Geruch von brennendem Holz riechen, während die Glut erstarb.

Als die Klinge an seinem Hals aufwärts schabte, hob er das Kinn. Brian rasierte ihn mit sorgfältigen, gleichmäßigen Zügen des Messers, und immer, wenn er ausatmete, kitzelte die Atemluft Troys Nase. Troy grub die Zehen in den Sand und widerstand dem Drang, wohlig zu stöhnen. Wellnesstag im Inselstil war auf jeden Fall etwas, das regelmäßig stattfinden sollte.

Brians Hände waren behutsam. Eine lag auf Troys Stirn und hielt seinen Kopf still. Sie mussten ein besonderes Bild abgeben, und Troy lächelte vor sich hin.

„Was?", fragte Brian, ohne die gleichmäßige Bewegung des Messers zu unterbrechen.

„Ich stelle mir nur gerade die Titelzeilen vor, wenn die Paps jetzt hier wären und Fotos machen würden."

Brians tiefes Lachen wehte über Troys Gesicht. „Schwuler Schocker auf einsamer Insel!"

„*Next Up*-Sänger in schwulem Liebesnest!"

„Wir würden jede Menge Zeitschriften verkaufen." Brian verteilte mehr Seife und Wasser auf Troys Kinn. „Das Grübchen ist tricky. Halt ganz still und rede für einen Moment nicht."

Das tat er und lag zufrieden und in friedvollem Schweigen da, während Brian mit der Klinge um die Unebenheiten seines Kiefers navigierte. Als Brian fertig war, tätschelte er Troys Wange.

„Glatt wie ein Babypopo."

Troy setzte sich blinzelnd auf und fuhr sich mit der Hand übers Gesicht. „Oh, mein Gott, das fühlt sich so viel besser an. Danke." Er nahm den hölzernen Tiegel mit der Rasierseife in die Hand. „Dieses Zeug ist super. Ich frage mich, ob wir Kokosnussöl herstellen könnten. Ich meine, klar ist hier noch anderes Zeugs drin, aber wenn wir Kokosnussöl hätten, könnten wir es auch zum Braten benutzen."

„Gute Idee. Das wird unser nächstes Projekt." Brian hielt den Signalspiegel hoch. „Sieht es gut aus?"

Troy konnten in dem kleinen Spiegel nur Teile seines Gesichts sehen, da das Loch in der Mitte ziemlich groß war. „Super Rasur. Jetzt fühle ich mich wieder mehr wie ich selbst." Er fasste sich ins Haar. „Mann, Sonne und Salzwasser und keinerlei Pflegeprodukte trocknen meine Haare total aus. Das wird bald ein ganz schönes Lockenchaos sein."

„Ich habe ein Fläschchen Haaröl. Noch etwas, das mein Großvater mir beigebracht hat. Er schwor darauf."

„Eigentlich macht es mir nichts aus. Ist das komisch? Ich musste mein Haar jahrelang kurz tragen, weil Ty der mit den Locken war. Der engelsgleiche, unschuldige Junge, in den sich die jungen Mädchen gefahrlos verknallen konnten."

„Weil pseudo-böse Jungs keine Locken haben."

„Genau. Aber scheiß drauf. Ich lasse meine Haare wild sprießen. Naja, bis es anfängt, mich zu nerven. In diesem Fall wirst du mir den Kopf rasieren."

Brian lachte. „Alles klar." Er rieb sich mit der Hand übers Gesicht. „Dann lass mich mal sehen, ob ich mich selbst rasieren kann. Der Spiegel ist ein bisschen klein, um zu irgendwas nutze zu sein."

„Ich kann dir helfen, wenn du mir sagst, was ich tun soll."

„Bist du sicher?"

„Ich glaube, ich kann dich in meinen Terminkalender quetschen, wenn wir uns beeilen."

Lachend reinigte Brian das Rasiermesser mit ein paar Tropfen frischen Wassers. „Wie wär's, wenn ich mich selbst rasiere, und du kannst mir sagen, ob ich irgendwo was vergessen habe. Um dich langsam anzulernen."

Troy tat beleidigt. „Du meinst, du willst mich nicht mit einem Rasiermesser in die Nähe deiner Kehle lassen, nur weil ich keine Ahnung habe, was ich tue? Wie *unhöflich*."

Lächelnd hängte Brian den Waschlappen wieder über den Zweig. Die Hitze des Feuers reichte noch aus, um das Wasser in der halben Kokosnussschale zum Dampfen zu bringen. „Ja, so bin ich halt. Okay, erste Lektion: Achte darauf, dich nicht zu schneiden. Oder jemand anderen."

Troy nickte ernsthaft. „Ich bin so froh, dass du hier bist, um mir das zu erklären."

Lachend erledigten sie die Morgenrasur, dann gingen sie ihr Mittagessen angeln. Sie legten Holz auf das Signalfeuer und blinkten mit dem Spiegel, und es war ein guter Tag. Troy beschloss, im Jetzt zu sein und ihn zu genießen.

Kapitel 7

„ICH GLAUBE, ICH versuche mal, auf der anderen Seite der Insel zu angeln. Vielleicht fange ich dort etwas anderes." Brian hob den Korb auf, den er aus Brotfruchtblättern geflochten hatte, sowie den Ast, den sie als Angelrute benutzten. Sein Magen war noch immer voll von ihrem Mittagessen, bestehend aus – was sonst? – Kokosnuss, Brotfrucht, Papaya und Fisch. Er hätte ein Nickerchen machen können, aber es verlangte ihn danach, ein wenig allein zu sein.

„Cool. Gute Idee." Troy nahm einen Schluck Wasser und sprang auf die Füße. Er beschattete seine Augen mit einer Hand und blinzelte den Strand hinunter. „Wir sollten extra Wasser mitnehmen."

Brian spürte einen Stich der Enttäuschung. Er versuchte, ganz normal zu klingen. „Ich dachte, ich gehe erstmal allein. Ich werde in ein paar Stunden zurück sein."

„Oh." Troy ließ die Hand sinken. „Du willst nicht, dass ich mitkomme?"

„Das ist es nicht. Ich wollte einfach nur …" Er versuchte ein Lachen. „Bist du mich nicht langsam leid? Es sind jetzt schon Wochen." Zwanzig Tage, um genau zu sein. Jeder davon eine Linie, in den Stein gekratzt, den er bei sich als Kalenderstein bezeichnete. Zwanzig Tage, in denen er nicht länger für sich gewesen war als die Zeit, die es dauerte, um zu scheißen. Die einzige Ausnahme waren der eine Tag und die eine Nacht gewesen, als Troy sich so in sich selbst zurückgezogen hatte. Aber seitdem war er wieder völlig in Ordnung, sehr zu Brians Erleichterung.

Zu ihrer normalen Routine aus Angeln, Sammeln, Holz sägen und Feuer machen kam nun auch im Abstand von wenigen Tagen eine Rasur. Es half gegen die Langeweile und hielt ihre Gesichter in der unablässigen Hitze kühl. Die Rasierseife reichte bemerkenswert lange, aber irgendwann würde sie ausgehen, und dann würde sie etwas als Ersatz finden müssen. Ein gutes Projekt.

Und dann das Körbeflechten. Brian flocht tatsächlich *Körbe*. Er musste dringend etwas ändern, und er brauchte etwas Abstand und Zeit für sich allein.

Aber der verletzte Ausdruck, der in Troys Gesicht aufflackerte, war nicht zu übersehen. „Nein, ich bin dich nicht leid. Aber offenbar beruht das nicht auf Gegenseitigkeit." Er zuckte abrupt mit den Schultern und war plötzlich sehr beschäftigt damit, eine frische Kokosnuss zu knacken, obwohl er genauso satt sein musste wie Brian.

Scheiße. „Sieh mal, nimm das nicht persönlich. Du könntest jeder andere sein. Ich kriege einfach schnell einen Koller, wenn ich nicht ab und zu mal allein sein kann."

Troy sah ihn nicht an. „Nein, ich verstehe schon. Cool." Er lächelte gezwungen. „Viel Spaß."

Schuldgefühle und Ärger mischten sich zu einem zähen Brei in Brians Eingeweiden. „Also, es gibt keinen Grund, deswegen so passivaggressiv zu sein." Er steckte eine Flasche Wasser in die Tasche seiner Cargoshorts und setzte seinen Hut auf.

„Was?" Troy starrte aus der Hocke zu ihm hinauf. „Das bin ich nicht. Ich sagte doch, viel Spaß."

„Hörte sich aber nicht ernst gemeint an", erwiderte Brian. „Ich sagte dir, dass du es nicht persönlich nehmen sollst." Ach, er benahm sich wie ein Arsch, aber er konnte die bissigen Worte nicht zurückhalten. Genau das passierte, wenn er keine Gelegenheit bekam, mal für sich allein zu sein.

Troy wandte sich wieder dem Knacken der Nuss zu. „Wieso sollte ich es persönlich nehmen, dass du nicht in meiner Gegenwart sein willst?"

„Es hat nichts mit dir zu tun. Ich will einfach nur für eine Weile allein sein."

„Und ich sagte okay." Troy ließ nicht von der Kokosnuss ab. „Was auch immer, Alter. Geh und mach dein Ding."

Brian verbiss sich mühsam eine Bemerkung darüber, dass er nicht Troys Erlaubnis brauchte, und stapfte durch den heißen Sand davon. Seine Fußsohlen wurden jeden Tag etwas rauer, und das unangenehm brennende Gefühl trieb ihn vorwärts.

War es eine solche Sünde, ein paar Stunden für sich allein sein zu wollen? Er würde töten für ein gutes Buch. Er konnte Tage mit Lesen oder Wandern zubringen, ohne sich auch nur im Geringsten einsam zu fühlen. Und da eine Rettung eindeutig nicht kurz bevorstand, musste er etwas Zeit für sich haben, oder er würde verrückt werden. Gott, er wäre sich inzwischen ganz gewiss leid, und er hatte keine Ahnung, wieso es Troy anders ging.

Er seufzte, während er weitermarschierte. Wahrscheinlich lag es daran, dass Troy ein extrovertierter Mensch war, der einfach nicht diesen tief verwurzelten Drang empfand, allein zu sein und seine Batterien aufzuladen – abgesehen von seinem vorübergehenden Rückzug in sich selbst vor einer Woche. Brian und Alicia hatten während ihrer zum Scheitern verdammten Ehe um genau dieses Thema tausende Male gestritten, egal wie oft er versucht hatte, es ihr zu erklären.

Brian blieb stehen. Der Sand brannte unangenehm zwischen seinen Zehen. Er sollte zurückgehen und es Troy vernünftig erklären. Er hatte sich wie ein Arsch benommen. Er warf einen Blick zurück über die Schulter und war erstaunt, wie weit er bereits gekommen war. Troy war eine winzige Gestalt in ihrem Lager, und Brian konnte nicht erkennen, ob er noch immer mit der Kokosnuss hantierte. Er hatte Troys Gefühle nicht verletzen wollen, und jemandem zu sagen, er solle etwas nicht persönlich nehmen, verursachte in der Regel das genaue Gegenteil.

Schweiß lief an seinem Rücken herunter. Es war schon gut; er würde sich nachher entschuldigen. Hoffentlich mit frischem Fisch in der Hand. Zuerst aber musste er sich selbst in die Hand nehmen. Er war unerklärlich geil, etwas, das nicht mehr vorgekommen war seit … wow, Monaten vielleicht. Er holte sich manchmal einen runter, wenn er nicht schlafen konnte, aber das war Routine. Jetzt hatte er seit Ewigkeiten zum ersten Mal wieder das Gefühl, dass sich da etwas aufgestaut hatte. Es war höchste Zeit für einen Orgasmus.

Aber der wollte sich nicht einstellen. Natürlich nicht.

Außer Sichtweite am anderen Ende der Insel spuckte Brian in seine Hand und wichste sich heftig. Er stellte sich zwei Frauen vor, die sich gegenseitig die Titten und Muschis leckten, und bekam einen Steifen. *Das ist es. Das ist es …*

Er lehnte sich gegen den Stamm einer Palme und spreizte die Beine. Seine Shorts hing ihm um die Fußknöchel, und die Baumrinde kratzte an seinem Rücken und seinem Arsch. Sein Hut fiel ihm in den Nacken, als er seinen Kopf hin und her warf. Schließlich ließ er den Hut einfach in den Sand fallen.

Er wollte es. Er *brauchte* es. *Komm schon, komm schon …*

Troy kam ihm in den Sinn, und Brians Hand geriet ins Stocken. Nein, er musste aufhören, sich um ihren dummen Streit Gedanken zu machen, und endlich kommen. Das war mehr als überfällig. Er schloss die Augen, biss sich auf die Lippe und versuchte, wieder an die Frauen zu denken, an ihr erregtes Stöhnen und–

„Scheiße!"

Er riss die Augen auf. Warum dachte er jetzt an Troy und das Blitzen seiner weißen Zähne, wenn er lächelte? Gott, das war genau der Grund, warum Brian Zeit für sich allein brauchte. Er war so viel mit Troy zusammen, dass er nicht einmal wichsen konnte, ohne an ihn zu denken.

Nachdem er sich eine weitere Minute abmühte, fing es an, sich an seinem Schwanz unangenehm anzufühlen. Brian gab auf. Sein ganzer Körper war verspannt, und es kündigte sich ein Kopfschmerz an, als er seine Shorts wieder hochzog. Er murmelte vor sich hin: „Da kann ich genauso gut angeln gehen. Das ist wenigstens produktiv."

Ein paar Stunden später ging er durch das flache Wasser der

weichenden Flut zurück, um den brennenden Sand zu vermeiden, mit gesenktem Kopf und den Hut tief ins Gesicht gezogen. Er beschwor die Sonne, endlich hinter den Horizont zu sinken und ihm etwas Erleichterung zu verschaffen. Ihm taten die Muskeln weh, während er voranstapfte, die Angelrute über der Schulter, an der der leere Korb baumelte.

Er hatte ein paar kleinere Fische gefangen, aber ihm war klar geworden, dass sie in der Sonne verderben würden, bevor er es zurückschaffte. Es war das Risiko nicht wert, und die ganze Unternehmung war sinnlos gewesen. Wenn überhaupt, dann war er nur noch aufgebrachter als am Mittag bei seinem Aufbruch.

Er hob den Kopf und blinzelte in Richtung ihres Lagers. Troy musste sich hingelegt haben, oder er war auf die Toilette gegangen. Er schnaubte. *Toilette.* Es war albern, dass er immer noch dieses Wort benutzte, wo sie doch in ein Loch im Erdboden kackten. Oder vielleicht holte sich Troy einen runter. Brian hoffte, dass er damit mehr Erfolg hatte als er selbst.

Nachdem er die Rute und den Korb an ihren Platz gestellt hatte, nahm Brian seinen Hut ab und wischte sich mit dem Unterarm über die verschwitzte Stirn. Er öffnete den Koffer und füllte seine Flasche neu auf. Das Wasser ging langsam zur Neige, und er hoffte, dass es in der Nacht regnen würde. Das warme Wasser war irgendwie erfrischend, als es seine Kehle hinunterlief, auch wenn er getötet hätte für den Luxus von ein paar Eiswürfeln.

Er steckte den Kopf ins Tipi. Leer. Was auch immer Troy gerade anstellte, er würde bald zurück sein. Brian betrachtete die zurückgehende Flut. In der Zwischenzeit konnte er sich ums Abendessen kümmern.

In den nächsten zwanzig Minuten war Brian mit Angeln beschäftigt, sah aber immer wieder stirnrunzelnd zurück über seine Schulter, während der Nachmittag sich seinem Ende zuneigte. Schließlich erwischte er einen schönen, großen Fisch und eilte zum Strand zurück. Am Rand des Dschungels blinzelte er in die Bäume. „Troy! Alles okay da drin?"

Stille. Nun ja, abgesehen von dem beginnenden Chor der Insekten, die ihnen jede Nacht etwas vorsangen. Er hatte aufgehört, seine Armbanduhr zu tragen, aber er war sich ziemlich sicher, dass es bereits nach sechs sein musste. Die Sonne war auf ihrem Weg hinunter zum Horizont, ein Feuerball, der rosafarbene Streifen auf die wenigen Wolken malte, die über den Himmel zogen. Es würde bald dunkel werden.

Brians Herz pochte dumpf. Er legte die Hände an den Mund. „Troy!"

Nur das leise Summen der Insekten antwortete ihm.

„Das ist okay. Ich bin sicher, das hat nichts zu bedeuten. Es geht ihm gut." Und jetzt redete Brian schon mit sich selbst. Selbst, wenn Troy sauer war, würde er sicherlich nicht bei Einbruch der Nacht in der undurchsichtigen Weite des Dschungels auf Entdeckungstour gehen. Sie hatten aus gutem Grund vermieden, sich zu weit vom Strand wegzubewegen.

Brian ging zurück zum glühenden Signalfeuer, warf ein paar frische Holzstücke darauf und stocherte, bis sie Feuer gefangen hatten. Er hatte nicht bemerkt, dass das Feuer so weit heruntergebrannt war. Wie lange war Troy schon weg? Das unangenehme Gefühl der Besorgnis wuchs und flutete seinen Magen mit Säure, während er das Schattengewirr des Dschungels anstarrte und versuchte, Troys Erscheinen heraufzubeschwören.

Die untergehende Sonne warf ein feuriges Glühen auf die Bäume, als Brian erneut zum Rand des Dschungels ging. „Troy!"

Sein Puls raste. Er ließ seinen Blick den Strand entlang schweifen, um sicherzugehen, dass Troy nicht ein Stück weiter unten aus dem Dschungel gekommen war. Der Sand blieb leer.

Er war allein.

„Pass auf, was du dir wünscht", murmelte er und schnappte sich die Taschenlampe aus dem Tipi. Der Lichtstrahl war hell und stabil. Er konnte nur hoffen, dass die Batterien halten würden.

Am Rand der Bäume blieb er stehen und lauschte. Nur das entfernte

Knistern des Signalfeuers begleitete den Gesang der Insekten. „Troy!" Versteckte er sich womöglich irgendwo in der Nähe? Um ihm eins auszuwischen?

Nein. Das würde Troy nicht tun. Brian kannte ihn erst seit zwanzig Tagen, was ihm irgendwie unmöglich vorkam, aber Troy würde so etwas nicht machen. Nicht in Anbetracht dessen, wie gefährlich es nachts im Dschungel war. Und wie gruselig, um ehrlich zu sein. Dass Troy die Taschenlampe nicht mitgenommen hatte, zeigte, dass er nicht vorgehabt hatte, sich so lange im Dschungel aufzuhalten.

Brians Gedanken rasten. Konnte Troy die Insel in der anderen Richtung umrundet haben und sich auf der anderen Seite befinden? Nein, die Klippenwand und die scharfkantigen Felsen machten es zu riskant, um dieses Ende herumzugehen, außer man versuchte es schwimmend, und–

Er sog scharf den Atem ein und wirbelte herum. Er starrte das ruhige, sich zurückziehende Wasser an. Panik stieg in ihm auf wie ein lautes Klingeln in seinen Ohren. War Troy schwimmen gegangen? Was, wenn er ertrunken war? *Oh, Gott. Bitte lass ihn okay sein. Bitte, bitte, bitte.*

Brians Waden schmerzten, als er durch den Sand rannte. Im schwindenden Licht des Sonnenuntergangs suchte er die Oberfläche des Ozeans ab. Würde ein Körper an der Oberfläche treiben? War er längst von der Strömung hinaus ins Meer gezogen worden? Von Tieren gefressen? Was, wenn Troy zu weit raus geschwommen war?

Panikerfüllt und schwer atmend wandte er sich wieder dem Dschungel zu. Nirgendwo ein Zeichen von Troy. Er konnte es nicht wissen. Aber falls Troy im Dschungel war, könnte Brian dort nach ihm suchen. Er könnte zumindest irgendetwas *tun.*

Der Sand wirbelte um seine Füße, als er zum Lager zurückeilte. Er füllte seine Wasserflasche und stopfte sie in seine Hosentasche. Dann blinzelte er auf der Suche nach seinen Flip-Flops zum Zelteingang hinüber.

Flip-Flops.

Sie waren nicht da. Troy hatte sie, was bedeutete, dass er tatsächlich im Dschungel war. Erleichterung darüber, dass er nicht irgendwo im Ozean verloren gegangen war, durchflutete Brian. *Okay, das ist immerhin etwas. Das ist gut.* Er zog Socken an, band seine Lederschuhe zu und fluchte, als er Schwierigkeiten hatte, die Schleife zu binden. Dann schlüpfte er in sein Tanktop – es würde zumindest etwas Schutz gegen Zweige bieten.

Hol ihn da raus. Jetzt. Finde ihn.

„Troy!" Der feuchte Schlund des Dschungels verschluckte Brians Schrei, als er das dichte Gestrüpp zur Seite schob. Der Strahl der Taschenlampe drang nur wenige Meter durch den Bewuchs. Er drängte sich vorwärts und ging zunächst zu der kleinen Felsspalte, in der sie den Sturm ausgesessen hatten. Sie lag an der Klippenwand zu seiner Linken. Von da aus würde er systematisch suchen.

Sie war natürlich leer. Den Lichtstrahl auf den Boden gerichtet, begann Brian, nach rechts zu gehen. Aber dann blieb er stehen. Wie tief in den Dschungel sollte er gehen? Er und Troy hatten den Wald nicht weiter erkundet, nachdem sie den Bach gefunden hatten, da er höchstwahrscheinlich voller Dinge war, die sie beißen, stechen, kratzen, zum Stolpern bringen oder auf andere Art verletzen konnten.

Er schätzte, dass die Insel etwa anderthalb Kilometer breit war, was sich nicht nach besonders viel anhörte, außer man befand sich in einem stockfinsteren Dschungel und kämpfte sich durch Blätter und Zweige, umgeben vom Herzschlag krabbelnder, kriechender, fliegender, lebendiger Dinge, und die Luft war erfüllt vom Geruch moderiger Erde.

„Troy!"

Überzeugt, dass Troy nicht zu tief hineingegangen war, ging Brian Richtung Süden. Er schlug nach einer Ranke und versuchte, all das Zirpen und Quaken und gelegentliche Rascheln zu ignorieren. Er war unendlich dankbar für seine festen Schuhe.

Die Minuten tickten dahin, und Brian bekam ein unheimliches Gefühl im Magen. Selbst in der nachlassenden Hitze des Tages tropfte ihm Schweiß in die Augen und sammelte sich in seinem Kreuz. Troy war okay. Er würde ihn finden. Vielleicht machte er sich unnötig Sorgen. Troy war erwachsen und konnte auf sich selbst aufpassen. Wahrscheinlich war er längst zurück am Strand und fragte sich, wo Brian blieb. Vielleicht sollte Brian zurückkehren und warten, damit sie sich nicht verpassten. Vielleicht war alles eine Überreaktion seinerseits.

Er blieb stehen und lauschte. Irgendeine Kreatur heulte, und das Blut rauschte in Brians Ohren. Nein, irgendetwas stimmte nicht. Er musste ihn finden. *Sofort.*

Die Aussicht darauf, ganz allein auf der Insel zu sein, ließ Brian schaudern, während er weiter in das Dunkel vordrang. Aber viel erschreckender als der Gedanke, wirklich allein zu sein, war die Vorstellung, dass Troy verletzt war – oder Schlimmeres. Sie mochten zufällig zusammen in diese Situation geraten sein, aber sie waren ein Team. Brian hatte nicht bemerkt, wie sehr er sich in Australien von allem isoliert hatte. Wie sehr er es vermisst hatte, einen *Freund* zu haben.

Seine Brust wurde unerträglich eng bei dem Gedanken, dass Troy etwas zugestoßen war. Scheiße, er hätte sich einfach zusammenreißen und im Lager bleiben sollen, dann würden sie jetzt wie üblich am Feuer sitzen und über … worüber redeten sie normalerweise? Brian wusste es nicht einmal. Nichts. Alles Mögliche. Normalerweise redete Troy, und Brian hörte zu, und Gott, er würde jetzt alles geben, um genau das zu tun. Troy zuzuhören, wie er unbewusst vor sich hin summte, während er eine Kokosnuss knackte. Dieses konstante, leise Flimmern von Musik in der Luft.

Brian schlug nach einem Moskito und richtete den Lichtstrahl nach rechts und links und in alle Richtungen. „Troy!“

Dann blieb er wie angewurzelt stehen. Insekten summten, und irgendetwas zwitscherte. Er lauschte angestrengt mit klopfendem Herzen und ausgetrocknetem Mund. Da war noch etwas anderes gewesen …

„Brian!“

Oh, Scheiße, Gott sei Dank. Er ließ laut den Atem fahren und stürmte in die Richtung, aus der Troys schwache Stimme kam. „Troy! Wo bist du?“ Er blieb stehen, um erneut zu lauschen.

„Hier!" Es klang weit weg, gedämpft von den verdammten Bäumen und Ranken und dem endlosen, erstickenden Grün.

„Rede weiter! Ich komme!"

Er stolperte über irgendetwas und hätte beinahe die Taschenlampe fallen lassen. Brian fluchte. Troys Stimme klang dünn und nasal, als er Brians Namen heiser und keuchend wiederholte, und sie schien überhaupt nicht lauter zu werden, während Brian versuchte, seinen Standort auszumachen. Schließlich tauchte Troy im Schein der Taschenlampe auf, zusammengebrochen am Boden des Dschungels.

„Was ist passiert?" Brian atmete heftig, als er neben Troy auf die Knie fiel. Er ließ das Licht über Troy gleiten, dessen Gesicht nass glänzte vor Schweiß und Tränen. Er trug die Schwimmshorts und das schwarze Tanktop, und seine Finger umkrampften den Stoff und verdrehten ihn. Dabei zitterte Troy am ganzen Körper.

„Es tut weh. Ich weiß nicht, was es war. Hat mir in den Zeh gestochen, und dann brannte es." Er keuchte. „Es hört nicht auf zu brennen."

Brian richtete das Licht nach unten. Troy hatte ein Bein angezogen und das andere ausgestreckt. Als das Licht auf seinen Fuß fiel, stockte Brian der Atem. „Großer Gott." Die Worte brachen heraus, bevor er sie aufhalten konnte.

Troy wimmerte. „Es ist schlimm."

Schlimm war gar kein Ausdruck. Troys Fuß und Knöchel waren zornig rot und mindestens auf die doppelte Größe angeschwollen. Der Flip-Flop sah im Vergleich dazu winzig aus. Troy war eindeutig von irgendetwas gebissen worden. Brian starrte das schrecklich entzündete Gewebe an. Er konnte sich kaum vorstellen, wie entsetzlich die Schmerzen sein mussten.

Er fummelte nach seiner Wasserflasche. „Trink." Brian holte tief Luft und erinnerte sich an sein Pilotentraining. *Lokalisieren, einschätzen, delegieren, ausführen.* Er zwang seine Finger, ruhig den Verschluss aufzuschrauben und die Flasche an Troys Lippen zu halten. „Na, bitte. Es ist alles in Ordnung. Du kommst wieder in Ordnung."

Nach ein paar Schlucken hustete Troy und schüttelte den Kopf. „Muss was Giftiges gewesen sein. Wir haben keine Medizin."

„Hast du es sehen können?" Obwohl sein Herz schmerzhaft pochte, sprach Brian mit ruhiger Stimme. *So wie auf dem Flugdeck. Hier spricht Ihr Captain. Es ist alles unter Kontrolle.* Denn er musste jetzt der Captain sein.

Er hatte das Problem lokalisiert: Insektenstich oder Reptilienbiss, der massive Schwellung und Schmerzen verursachte. Seine Einschätzung war, dass Troy in ernsthaften Schwierigkeiten war. Es gab keinen Co-Piloten oder Flugbegleiter, also konnte er nichts delegieren. Er musste alles selbst tun. Es war an ihm, die Sache in Ordnung zu bringen.

„Ich hab kurz gesehen, wie sich etwas am Boden bewegte, aber ich weiß nicht, was es war. Könnte alles Mögliche gewesen sein." Troy kniff die Augen zusammen, seine Nasenflügel bebten. „Es brennt. Scheiße."

„Lass uns zum Strand zurückkehren. Du kommst wieder in Ordnung." Wenn es eine giftige Schlange gewesen wäre, dann wäre Troy jetzt mit Sicherheit schon tot. Sein Körper würde sich in der Hitze aufblähen, Insekten würden sich über ihn hermachen …

Stopp!

Er schob die schrecklichen Visionen beiseite und konzentrierte sich wieder. Troy war noch am Leben. Er war hier und zitterte unter Brians Berührung. Brian ging im Kopf mögliche Verdächtige durch. Gab es im Pazifischen Raum Skorpione? Er wusste, dass sie im australischen Outback lebten, aber er hatte keine Ahnung, wo sonst noch. Lebten sie nur in der Wüste? Und es gab natürlich Spinnen. Scheiße, es könnte alles Mögliche gewesen sein. Es machte keinen Sinn, sich darüber den Kopf zu zerbrechen, wenn es keine Antwort gab.

Etwas kitzelte ihn an der Wade, und er schlug danach. Sie mussten aus dem Dschungel raus. Aber würde Troy zu bewegen die Sache schlimmer machen? Hier konnten sie nicht bleiben. Es gab nicht genug Wasser, und es konnte noch irgendwas vorbeikommen und sie beißen. Der Morgen war eine Ewigkeit entfernt. Er musste Troy auf die Füße bringen. Naja, auf einen Fuß.

„Halt dich an mir fest. Leg dein ganzes Gewicht auf deinen linken Fuß, okay?" Brian hockte sich hin, steckte die Taschenlampe in eine seiner Hosentaschen und packte Troy unter den schweißnassen Achseln. „Auf drei. Eins, zwei – und hoch!" Troy schrie vor Schmerzen auf, als Brian ihn in den Stand hievte.

Troy atmete zitternd ein und bebte am ganzen Körper. „Ich hatte solche Angst, ich würde hier allein sterben. Hab' versucht zu laufen. Ging nicht."

Ohne darüber nachzudenken, legte Brian seinen Arm um Troy. „Ich bin bei dir. Es ist alles gut."

Troy klammerte sich schluchzend an ihn. Brians Hals wurde nass von seinen Tränen. „Tut mir leid, tut mir so leid."

„Das muss es nicht." Er konzentrierte sich darauf, diesen gleichmäßigen, beruhigenden Tonfall beizubehalten. „Du wirst wieder in Ordnung kommen." Er rieb Troys Rücken.

„Ich kann nicht aufhören zu weinen." Troy schniefte.

Troy zitterte heftig in seinen Armen, und Brian hielt ihn ganz fest. „Ich bin bei dir." Er wünschte, er könnte ihn zu ihrem Lager am Strand zurücktragen, aber er glaubte nicht, dass er dafür stark genug war. Behutsam löste Brian sich von Troy.

„Leg deinen rechten Arm über meine Schultern. Benutz mich als Krücke. Genau so. Ein Schritt nach dem anderen."

„Welche Richtung?" Troy wimmerte, als er einen weiteren Schritt versuchte.

Scheiße. Gute Frage. „Äh ..." Brian ließ des Licht umherschweifen. Dschungel. Dschungel. Dschungel. Mehr Dschungel. Aus welcher Richtung war er gekommen? Es sah alles gleich aus. Er hätte besser Acht geben sollen, aber als er Troys Stimme gehört hatte, war er einfach losgerannt, ohne nachzudenken.

Er sah auf und schaltete das Licht aus. Nichts als bedrückende Dunkelheit um sie herum. Aber Moment – er konnte vereinzelt Sterne durch die Baumkronen erkennen. Mit Hilfe der Taschenlampe fand Brian schließlich einen Baum, von dem er hoffte, dass er sich gut erklettern ließ. Er lehnte Troy an einen Baumstamm und wünschte, er hätte etwas, um dessen Schmerzen zu lindern.

„Halt dich hier für eine Minute fest. Belaste deinen Fuß nicht. Ich werde mich kurz umsehen." Er richtete den Strahl der Taschenlampe hinauf in die Äste. Nirgendwo leuchteten gelbe Augen in der Dunkelheit auf. Eine bessere Einladung würde er wohl nicht bekommen.

Der Stamm schabte an seinen Knien und Händen, als er kletterte. Nachdem er sich auf einen dicken Ast gehievt hatte, suchte Brian sich einen Weg nach oben, bis sich die Zweige ausreichend teilten, um die Sternbilder zu erkennen. Er wandte den Kopf hierhin und dorthin, bis er sich sicher war. *Dem Himmel sei Dank für das Kreuz des Südens.*

Er schaffte es, wieder hinunterzuklettern, ohne sich das Genick zu brechen, und hielt dabei die Taschenlampe nach Westen gerichtet. „Bereit?" Er schlang seinen linken Arm um Troys Rücken.

„Mh-hm", krächzte Troy.

Sie machten ein paar Schritte, dann schrie Troy laut auf.

„Stütz dich auf mich, so gut du kannst. Ich bin deine Krücke, weißt du noch?"

Troy hielt sich noch mehr an Brian fest und lehnte sich an ihn. Sein keuchender Atem war heiß an Brians Ohr.

„So ist es gut", beruhigte Brian ihn. „Ich bin bei dir."

Sie machten einen qualvollen Schritt nach dem anderen, und es schien Stunden zu dauern, bis sie jenseits des dichten Dschungellaubs endlich den hellen Sand des Strands sehen konnten. Die Wasserflasche war längst leer, und sie waren beide schweißgetränkt. Brians Arme schmerzten – der eine, weil er unentwegt die Taschenlampe in die richtige Richtung gehalten hatte, und der andere von Troys Gewicht. Troy war abgesehen von seinem schweren Atmen und dem gelegentlichen Schmerzensschrei in Schweigen verfallen.

Als sie endlich ihr Lager erreichten, ließ Brian ihn so behutsam wie möglich auf die Decke an ihrem Lagerfeuer herab.

„Wir brauchen Wasser", murmelte Brian. Seine Kehle war wie Sandpapier. Rasch füllte er eine Flasche und half Troy, etwas zu trinken, bevor er selbst den Rest trank. Er hatte die Taschenlampe ausgemacht, als sie den Strand erreicht hatten. Die Sterne waren hell genug, selbst bei abnehmendem Mond. Jetzt schaltete er die Lampe wieder an, um Troys Fuß zu untersuchen.

Gott.

Die gerötete Schwellung hatte sich halb bis zum Knie hinauf ausgebreitet. Brian hockte sich hin und zog Troy vorsichtig die Flips-Flops aus. Der an dem geschwollenen Fuß wollte sich kaum rühren, aber schließlich löste er ihn so behutsam wie möglich. „Brennt es noch?"

Troy nickte ruckartig. Er hatte die Lippen fest zusammengepresst und die Augen geschlossen. Da war etwas … Brian fuhr mit einem Finger über Troys Kinn. Er ließ das Licht aufblitzen. Sein Herz raste.

Nein, nein, nein!

Blut lief aus Troys Mund. Hatte er innere Blutungen? Brachte das Gift ihn langsam um? Brian war nicht sicher, ob er seine Stimme dieses Mal erfolgreich ruhig klingen ließ. „Lass mich deinen Mund sehen. Mach auf!" Er leuchtete hinein und erwartete halb, eine rote Flut in Troys Kehle aufsteigen zu sehen. Aber es sah alles normal aus, also was …

Er zielte mit dem Licht auf Troys Lippen und sah, wie wundgebissen sie waren. „Lass das!" Er drückte Troys Arm. „Hör auf, dir auf die Lippen zu beißen. Lass es raus!"

Schwer atmend biss Troy die Zähne zusammen. „Aber …"

„Schrei! Hier, willst du, dass ich mit dir zusammen schreie?" Brian warf den Kopf in den Nacken und ließ all seine Angst und Anspannung mit einem lauten Heulen los. Seine Kehle brannte, aber es fühlte sich trotzdem gut an, es rauszulassen. Nach einem Augenblick wurde ihm bewusst, dass Troy mit ihm zusammen schrie. Brian setzte sich neben ihn und legte ihm fest einen Arm um die Schultern. Zusammen schrien sie in die mitleidlose Nacht hinaus.

„WERDE ICH STERBEN?"

Troys gebrochene, kaum geflüsterte Frage hing in der feuchten Luft des dunklen Tipis. Brian, der zu Troys Füßen saß, riss den Kopf hoch. „Nein." Er legte alle Gewissheit und Zuversicht, die er besaß, in die nächsten Worte: „Du wirst wieder vollkommen in Ordnung kommen."

Troy murmelte nur etwas.

Das Moskitonetz strich über Brians Rücken. Es war bis zum äußersten gedehnt da, wo Brian hockte, um auch nur die geringste Berührung mit Troys geschwollenem Fuß zu vermeiden. Er hoffte, dass er es nicht schlimmer machte, indem er den Fuß hoch lagerte, aber als sein Großvater nach seinem Herzinfarkt schmerzhafte Ödeme in den Beinen bekommen hatte, war Hochlagern eine der Behandlungsmethoden gewesen.

Brian hatte den Rucksack mit Kokosnüssen gefüllt und seine Decke darüber gefaltet, um das Ganze etwas zu polstern. *Ein Königreich für ein paar verdammte Kissen!*

„Okay, ich werde dein Bein etwas anheben. Ich weiß, das wird wehtun, also schrei so laut, wie du willst."

Troy nickte vehement, schrie aber nur schwach auf, als Brian das Bein unter dem Knie anhob, um den geschwollenen Bereich nicht zu berühren. Als der Fuß wieder auflag, atmete Troy schwer, und jeder seiner Muskeln war angespannt.

Brian fragte: „Wie fühlt sich das an? Ich meine, ich weiß, dass es furchtbar wehtut. Aber kannst du so liegen? Willst du, dass ich dein Bein auf dem Rucksack zurechtrücke?"

Troy schüttelte den Kopf.

„Trink noch etwas. Hier." Brian kroch um Troy herum und hielt ihm eine Flasche an die aufgesprungenen, blutigen Lippen. „Hilft das Ibuprofen?"

„Ein wenig."

Was hieß: überhaupt nicht, vermutete Brian. Troy legte sich wieder zurück, schloss die Augen und zitterte. Brian fragte sich, ob er ihn zudecken sollte. Das Zittern war unkontrolliert, aber seine Haut brannte. Keine Decken für den Augenblick. Brian hatte Troys Bein unterhalb des Knies mit Salzwasser abgespült, und Troy hatte vor Schmerzen gezuckt. Aber mit etwas Glück würde das Salz ein wenig wie ein antibakterielles Mittel wirken.

Er wühlte erneut im Erste-Hilfe-Set und seufzte. Würde es etwas nützen, das Bein zu bandagieren? Oder wäre das einfach nur wahnsinnig schmerzhaft? Pflaster, Mull und Pinzette nutzten ihm gar nichts. Er meinte, zwei Einstiche an Troys Zeh erkennen zu können, aber da war alles so geschwollen, dass es schwer zu sagen war. Er tupfte dennoch etwas Jod auf den Zeh.

Nachdem Brian ihm noch mehr Wasser eingeflößt hatte, fiel Troy wimmernd in einen unruhigen Schlaf. Brian hatte ihm zugleich mit dem Ibuprofen auch Antihistamine gegeben, und mehr schien er nicht tun zu können. Als Brian sich vor Jahren einmal den Knöchel verstaucht hatte, hatte der Arzt ihm geraten der REDE-Regel zu folgen: Ruhe, Eis, Druck, Erhöht lagern.

Aber hier handelte es sich um einen Biss oder einen Stich. Um Gift. Würde die erhöhte Lagerung das Gift nur noch schneller in Troys Kreislauf verteilen? Brian hatte sich noch nie so sehr gewünscht, Zugang zum Internet zu haben, als in diesem Moment. Ohne Informationen waren sie machtlos, und es gab nicht das Geringste, was er dagegen tun konnte.

Kapitel 8

GOTT, ES BRANNTE.

Troy hatte nicht gewusst, dass solche Schmerzen existierten. Er wollte Brian anflehen, ihn bewusstlos zu schlagen, aber es war schwer, überhaupt Worte zu formen. Er wimmerte erbärmlich. Ihm war furchtbar heiß, aber gleichzeitig fror er. Und als Brian stirnrunzelnd seine Hand gegen Troy Stirn drückte, wusste er, dass es nichts Gutes bedeutete, dass er so fror.

Sein ganzer Körper pochte. Seine Muskeln schrien, während das Brennen sich auszubreiten schien. Er blinzelte auf seinen Fuß herab und erwartete halb, ihn in Flammen gehüllt zu sehen.

„Trink", befahl Brian. Er klang weit weg hinter dem Rauschen in Troys Ohren. Troy öffnete gehorsam den Mund. Das Wasser tat seiner verdorrten Kehle gut. Es spülte den metallischen Geschmack seines Blutes weg, aber das Schlucken bereitete ihm enorme Mühe.

Zumindest hatte Brian ihn gefunden, und er war hier in ihrem Tipi. Er klammerte sich an diesen Trost. Er wusste nicht, wie lange er dort im Dschungel auf dem Boden gesessen hatte, voller Angst zu sterben, während sich das Gift mit jedem hektischen Schlag seines Herzens weiter ausbreitete.

Gott, bitte lass mich nicht sterben.

Die leichte Berührung von Brians Hand, die Troys Haar zurückstrich, ließ ihn aufs Neue erschaudern. Er war nicht allein, und dafür war er unendlich dankbar. Brians Hand verschwand, und Troy stöhnte leise, ihres Trosts beraubt.

Brian, lass mich nicht sterben …

„Trink.“

Troys Bewusstsein trieb zurück an die Oberfläche. Er blinzelte ins Dunkel und öffnete die Lippen. Hatte er geschlafen? Das Flackern des Feuers draußen vor dem Zelt warf Licht und Schatten auf Brians angespanntes Gesicht, und Troy wollte ihm sagen, dass alles gut werden würde. Er würde ihn nicht verlassen, wenn er es verhindern konnte. Aber alles, was er herausbrachte, war ein Stöhnen.

Brian fuhr erneut mit der Hand über Troys Haar. Dieses Mal ließ er seine Hand auf Troys Kopf liegen. Während Troy haltlos in den Flammen trieb, konzentrierte er sich auf Brians Hand, die ihn wie ein Anker an Ort und Stelle hielt.

„BRI?“ TROY ÖFFNETE mühsam die Augen. Brian saß im Dunkeln an seiner Seite und hatte die Knie an die Brust gezogen. Sein Kopf, der auf seinen Kniescheiben geruht hatte, fuhr abrupt hoch.

„Wie fühlst du dich? Trink.“ Brian beugte sich über ihn, hielt mit einer Hand Troys Kopf und drückte mit der anderen die Plastikflasche an dessen Lippen.

Es fiel ihm noch immer schwer zu schlucken. Seine Kehle fühlte sich geschwollen und wund an, aber Troy trank. Er schaffte es zu fragen: „Spät?“

Licht blitzte kurz auf. „Zwanzig nach zwei. Ich würde dich fragen, wie es dir geht, aber das ist eine dumme Frage.“

Brian drückte einen Handrücken gegen Troys Stirn und murmelte etwas. Troy versuchte, die Augen offen zu halten. Es war zu dunkel, um seinen Fuß sehen zu können, der noch immer auf dem Rucksack lag. Sein Rücken tat ihm weh, und er wollte sich zusammenrollen, aber sobald er sein Bein auch nur einen Zentimeter weit bewegte, schoss der Schmerz durch seinen Körper wie brennende Nadeln. Er musste sich einen Schrei verbeißen und schmeckte Blut auf seiner Zunge.

„Hey, hey", sagte Brian schnell. „Weißt du noch, was wir gesagt haben? Halt es nicht zurück."

Troy konnte nur nicken. Alles tat weh, und seine Muskeln flehten darum, in eine andere Position gebracht zu werden. „Muss … mich aufsetzen."

„Okay." Brian quetschte einen Arm unter Troys Rücken und hob ihn hoch, dann rutschte er hinter Troy und kniete sich hin.

Troy drehte sich der Kopf, und ihm war heiß und kalt zugleich. Er sank nach hinten gegen Brians Brust. Sein Fuß war ein unförmiger Schatten im sanften Sternenlicht, dass durch den niedrigen Eingang schien. Er hatte nicht gewusst, dass etwas so sehr anschwellen konnte. Als hätte etwas Fremdes seinen Körper übernommen. Er wurde von Zitteranfällen geschüttelt.

„Lass uns das hier ausziehen." Brian zerrte am Saum von Troys schmutzigem und durchnässtem Tanktop.

Die Arme zu heben, war eine monumentale Anstrengung, aber er schaffte es. Gerade so. Es tat wohl, den feuchten Stoff vom Körper zu bekommen, auch wenn er in der Nachtluft fröstelte.

„Schh, ist schon gut." Brian rubbelte Troys Brust und vertrieb die Gänsehaut.

Brians Umarmung war warm, und Troy war so dankbar, dass er hätte weinen mögen. Wenn er sterben musste, dann war er wenigstens nicht allein.

Aber dann dachte er daran, wie es für Brian wäre, wenn er tatsächlich sterben würde. Brian würde hier zurückbleiben, und Troy stellte sich ihn vor, allein, Tag für Tag, Nacht für Nacht. Für wie lange? Monate? Jahre? Seine Kehle wurde eng, und dann kamen die Tränen.

„Es tut mir leid", keuchte er.

Brians tiefe Stimme an seinem Ohr war leise, sein Atem warm. „Was denn?"

„Ich will dich nicht hier allein lassen."

„Das wirst du nicht." Es war beinahe ein Befehl. „Du wirst wieder völlig in Ordnung kommen. Du wirst mich nicht verlassen. Und ich werde *dich* nicht verlassen.“

„Hätte nicht allein in den Dschungel gehen sollen. Ich war sauer. Hatte keine Ruhe.“

Brians Seufzen wehte über Troys Wange. „Es war meine Schuld.“

Troy wollte widersprechen, aber noch mehr Worte waren einfach zu anstrengend. Er schaffte es, den Kopf zu schütteln.

„Lass uns noch ein paar Tabletten nehmen. Mund auf. Und etwas Frucht, hm? Wir wollen nicht, dass dein Magen zu leer ist.“

Troy schluckte die Tabletten und trank so viel Wasser, wie er konnte. Dann ließ er die saftigen Papayastückchen, die Brian ihm mit einem Muschellöffel fütterte, seine Kehle hinuntergleiten. Brian legte ihn wieder auf den Rücken. Sein Fuß blieb die ganze Zeit auf dem Rucksack. Selbst ein Windhauch fühlte sich an der geschwollenen Haut an wie eine Käsereibe.

Troy konnte nur beten, dass er schlafen und am Morgen wieder aufwachen würde.

DAS KEUCHEN BLIEB in seiner trockenen Kehle stecken. Troy musste husten – ein Geräusch, das in der lautstarken Morgenfiesta der Papageien vollkommen unterging. Als er die Augen öffnete, sah er Brian neben ihm hochschrecken. Brians Haare standen in alle Richtungen ab. Er fluchte leise und sah Troy blinzelnd an.

„Wie fühlst du dich?“ Er hob sich auf die Knie, beugte sich über Troy und warf einen Blick auf dessen Fuß.

Jetzt im Morgengrauen war er immer noch doppelt so groß wie normal, aber die Schwellung war nicht über das Schienbein hinausgegangen. Das war gut, oder? Troy brauchte einen Moment, bis ihm bewusst wurde, dass er das nicht laut gefragt hatte. Er wollte, aber sein Mund war zu trocken, und er konnte nur krächzen.

Brian war bereits dabei, eine Flasche aufzuschrauben und Troys

Kopf anzuheben. „Trink."

Als Troy sich wieder zurücklegte, räusperte er sich und sagte: „Danke."

Brian legte seinen Handrücken an Troys Stirn. „Fühlt sich etwas kühler an. Die Tabletten scheinen zu wirken. Ist dir noch kalt? Du zitterst nicht mehr so wie gestern."

Troy dachte einen Moment nach; sein Gehirn war benebelt. „Etwas besser. Nicht mehr so kalt, und die Schmerzen sind nicht mehr ganz so schlimm. Ich hatte wirre Träume."

„Glaub' ich dir gern." Brian betrachtete Troys Fuß und zuckte zusammen. „Ich kann mir kaum vorstellen, wie schlimm das ist."

Troy wiederholte die Worte, die Brian nach dem Absturz gesagt hatte: „Ist nicht gerade ein Honiglecken." Troy streckte die Arme über den Kopf, und seine Hände berührten das Moskitonetz. „Ich bin total steif."

„Ich weiß. Musst du zur Toilette?"

Unter all den Schmerzen fühlte er tatsächlich Druck auf der Blase. „Ja. Nur pinkeln."

„Soll ich eine Flasche holen?"

„Nein. Muss mich bewegen."

Natürlich war es die reine Folter, und der arme Brian musste sein Gewicht tragen, als Troy draußen auf einem Bein hoppelte. Das Zelt durch den engen Eingang zu verlassen, war schon ein Kunststück. Am Rand des Dschungels pinkelte Troy, an Brian gelehnt und mit Brians Arm stützend um seinen nackten Rücken.

Es war ein bisschen schräg, seinen Schwanz rauszuholen und zu pissen, während ein anderer Kerl dabei war, aber es war Brian. *Der letzte Mensch auf Erden.* Obwohl Troy wusste, dass der Rest der Welt noch irgendwo jenseits des Ozeans existierte, war er doch unerreichbar. Eine neue Welle der Dankbarkeit für Brians konstante Gegenwart überkam ihn.

Ein Teil von Troy wünschte sich, draußen bleiben zu können. Aber die Sonne ging auf, und er wusste, sich den geschwollenen Fuß zu verbrennen, war das Letzte, was er gebrauchen konnte. Er nahm noch einmal Tabletten und legte sich wieder hin. Wenn Brian nicht da gewesen wäre, dann hätte er überallhin kriechen müssen.

Während Brian frisches Holz holte und das Feuer in Gang setzte, sobald die Sonne über den Baumwipfeln erschien, fiel Troy in einen Halbschlaf. Seine Gedanken drehten sich, und immer wieder tauchten Bilder und Erinnerungen in seinem Kopf auf. Wenn Furcht ihn zu überwältigen drohte, konzentrierte er sich auf die Geräusche von Brian, der draußen vor dem Zelt hantierte.

Er war nicht sicher, wie viel Zeit vergangen war, als er Brians Hand auf seinem Arm spürte. Troy schüttelte einen Traum ab, in dem er von der Bühne gestürzt war und es nicht geschafft hatte, wieder aufzustehen. Der schwache Geruch von Früchten und Fisch drang in seine Nase. „Hmm?" Es war ein heißer Tag, und seine Haut war feucht von Schweiß, aber nicht so schlimm wie in der Nacht zuvor.

Brian hatte eine Kokosnussschale in der Hand und sah auf ihn hinunter. „Du musst Proteine zu dir nehmen. Ich habe ein paar Fische gefangen." Erneut richtete er Troy auf, kniete sich hinter ihn und ließ ihn an seiner Brust lehnen. Dann begann er, ihn umständlich mit dem Muschellöffel zu füttern. „Komm. Du musst etwas essen."

Troy gab sein Bestes, aber schon wenige Bissen des Fisches zu klauen, erschöpfte ihn. „Genug."

„Oh, nein. Der Tschu-Tschu-Zug kommt und … Tunnel aufmachen." Brian drückte die Muschel an Troys Lippen.

Das kurze Lachen tat so gut. Jede Pore tat noch weh, und das Brennen in seinem Fuß war fast unerträglich, aber zumindest konnte er noch lachen. Wenn auch nur ein bisschen. Troy öffnete den Mund und kaute.

Als er sich wieder hinlegte, griff Troy nach Brians Hand. „Habe ich schon Danke gesagt?"

Brian lächelte, und für einen Moment verschwanden die Sorgenfalten aus seinem Gesicht. „Ja. Mach dir keine Gedanken."

Troy versuchte sein Bestes. Und schlief wieder ein.

„BIST DU SICHER, dass das so geht?" Brian runzelte die Stirn und rückte den Rucksack unter Troys Fuß zurecht. War das hoch genug jetzt, da Troy saß? Brian wusste es nicht. Aber wenigstens war die Schwellung etwas zurückgegangen. Nicht bis zum Normalzustand, und die Haut war noch immer gerötet, aber das würde hoffentlich auch noch abklingen. „Bequem so?"

Troy schenkte ihm ein Lächeln, bei dem seine Zähne blitzten, und sah hinauf zu den Sternen. „Es ist perfekt. Es tut so gut, draußen zu sein." Er atmete tief ein. „Da drin wird es so heiß. Obwohl es höllisch feucht war in den letzten Tagen." Er rutschte ein wenig mit dem Hintern im Sand und lehnte sich gegen den Steinhaufen, den Brian als Rückenlehne für ihn aufgeschichtet und mit seiner eigenen Decke gepolstert hatte. „Wenigstens sind die Wolken weg. Das war seltsam, hm? Dieser viele Regen?"

„Ja. So wird es wohl in der Regenzeit sein. Unaufhörlich." Der Gedanke drehte Brian den Magen um. In den letzten Tagen hatten sie kein Feuer machen können, und er hatte noch eine Lage Blätter flechten müssen, um den Holzstapel zu schützen. Nasse Palmenwedel brannten ganz gut, aber Holz musste wenigstens teilweise trocken sein.

In der Regenzeit würden sie jedoch kaum genug Lücken im Niederschlag haben, um die Feuer überhaupt anzünden zu können. Wie sollten sie dann ihren Fisch kochen? Die Früchte würden okay sein, aber rohen Fisch zu essen, das war geradezu, als würde man um eine bakterielle Infektion bitten. Ihr Vorrat an Medikamenten war aufgebraucht. Eine dumme, kleine Infektion konnte–

„Brian?"

„Hmm?"

„Ich habe dich gefragt, woran du denkst. Du machst so ein finsteres Gesicht."

„Entschuldige. Ich dachte nur gerade, dass der Bau des Sonnendachs länger dauert, als ich dachte", log er. Es war nicht gut, Troy Sorgen zu bereiten, wenn er sich gerade erst wieder erholte. Brian warf einen Blick auf die halb fertige Konstruktion aus mit Klebeband zusammengehaltenen Ästen. Drei Hauptstützpfeiler würden ein Dach halten, das sich schräg bis zum Boden neigte. „Wenigstens der Rahmen steht. Morgen fange ich an, das Dach zu flechten."

„Cool. Ich kann dir helfen."

Brian setzte sich neben Troy auf die Decke, überkreuzte die Beine und stocherte mit einem langen Ast im Feuer. Die übliche Mischung aus Fisch, Kokosnuss, Papaya und Brotfrucht dampfte auf ihrem Kochstein. „Nein, du ruhst dich aus."

„Alter." Troy starrte Brian eindringlich an. „Ich habe mich tagelang im Tipi ausgeruht. Ich kann mich nicht länger ausruhen, oder ich verliere den Verstand. Außerdem tut es schon viel weniger weh. Ich habe heute noch kein einziges Mal geweint." Er grinste. „Große Verbesserung."

Der Hauch eines Lächelns zeigte sich auf Brians Lippen. „Meinetwegen. Ich will nur nicht, dass du zu früh zu viel machst."

„Ich denke, flechten kriege ich hin. Herrje, wir sollten sofort damit anfangen."

„Nach dem Essen. Wir müssen bei Kräften bleiben."

Troy rieb sich gähnend das Gesicht. „Okay. Kannst du mich morgen auch rasieren?" Er rümpfte die Nase. „Gott, ich stinke. Ich weiß nicht, wie du es aushältst, neben mir zu schlafen."

Brian zuckte die Achseln. „So schlimm ist es nicht." Die Wahrheit war, dass Troy ganz schön müffelte, aber Brian musste in seiner Nähe bleiben. Troy schien auf dem Weg der Besserung zu sein, aber was, wenn er plötzlich einen Rückfall erlitt? Was, wenn er nach Brian rief, und Brian hörte ihn nicht? Was, wenn er nicht da war?

Während sie ihr Abendessen verspeisten, zeigten sie auf die verschiedenen Sternbilder, die sie kannten, und erfanden neue Namen für die anderen. „Das da ist der Glockenspieler von Notre Dame."

„Ist das ein Verwandter vom Glöckner?"

Brian lachte. „Glockenspieler, Glöckner, du weißt, was ich meine.

Und ja, sie sind Cousins. Siehst du?" Er zeigte mit dem Finger. „Da ist noch einer links daneben."

„Oh, ja! Ich sehe ihn. Wir brauchen eine Schöne, passend zu den Biestern." Troy suchte den Himmel ab. „Hmm."

Während Troy nach oben starrte, beobachtete Brian ihn im rötlichen Glühen des Lagerfeuers. Am Tag nach dem Biss war er erschreckend bleich gewesen, seine Bräune irgendwie fast verschwunden, vor allem im Kontrast zu dem entzündeten Rot an seinem Unterschenkel und Fuß. Aber jetzt sah Troy wieder mehr aus wie er selbst, und Brian konnte leichter atmen, nachdem das grausame Gewicht der Furcht und der Reue nachgelassen hatte.

Trotzdem konnte er die Schuldgefühle nicht ganz abschütteln. Er nahm einen Bissen Fisch und holte tief Luft. „Es tut mir leid, dass ich an jenem Tag weggegangen bin."

Troy riss den Blick vom Himmelszelt und runzelte die Stirn. „Es war nicht deine Schuld. Ich hätte mich deswegen nicht wie ein Kleinkind aufführen sollen."

„Aber ich hätte gar nicht erst gehen sollen."

„Warum nicht?"

Brian hob die Augenbrauen und nickte zu Troys Fuß. „Weil *das* passiert ist."

„Ich bin derjenige, der beschloss, allein auf Erkundungstour zu gehen. Das hätte jedem von uns jederzeit passieren können. Es war einfach Pech."

„Aber wenn ich bei dir gewesen wäre, wärst du nicht ..." *In solcher Todesangst gewesen.* „Allein gewesen."

Troy seufzte und stocherte mit seinem Muschellöffel in seinem Essen. „Sieh mal, es war Scheiße, da im Dschungel zu sitzen und zu denken, dass ich sterben würde, ohne etwas dagegen tun zu können. Aber ich wusste, du würdest kommen. Ich hoffte nur die ganze Zeit, du würdest dich beeilen, und das hast du. Also hör auf, dir die Schuld zu geben, okay? Und wenn du mal allein sein musst, dann kannst du das. Ich hätte darüber nicht gekränkt sei dürfen."

„Ich habe es nicht so erklärt, wie ich sollte."

„Okay, dann erklär es mir jetzt."

Brian aß noch einen Mundvoll, dann spielte er mit seinem behelfsmäßigen Löffel. Er schluckte und sagte: „Ich bin schon immer eher introvertiert gewesen."

„Tatsächlich? Du kommst mir nicht schüchtern vor."

„Das bin ich auch nicht, aber … wenn du erschöpft bist und neue Energie auftanken musst, wie machst du das? Manche Leute tun das, indem sie mit anderen Leuten zusammen etwas machen. Aber ich sammele neue Energie, indem ich allein bin. Ich lese, denke nach und … bin einfach nur."

„Okay." Troy nickte und schien darüber nachzudenken. „Das ergibt Sinn. Mir macht es nichts aus, ab und zu allein zu sein, aber normalerweise ist immer irgendjemand da. Das ist einer der Vorteile, in der Band zu sein. Immer ist jemand da, mit dem man abhängen kann. Die Jungs, das Team. Ich glaube, ich mag das lieber. Aber du würdest auch nicht die *ganze* Zeit allein sein wollen, oder?"

„Nein. Ich glaube … in Australien war ich zu oft allein."

Troy betrachtete ihn aufmerksam. „Ist das System da unten so anders, dass du viel trainieren musstest oder sowas? Warst du deshalb nur der Co-Pilot auf meinem Flug?"

Die Spannung stellte sich sofort ein, wie immer. Brian befürchtete, er würde seinen Löffel in zwei Teile zerbrechen. Er ließ ihn in seine Schale fallen und stellte sie beiseite. Er war nicht länger hungrig. „Nein, es war … es gefiel mir besser so. Ich wollte nicht das Kommando haben." Er spürte Troys Blick auf sich. „Ich wollte eine Veränderung. Bei den großen Fluglinien herrscht ziemlich starker Konkurrenzdruck." Das stimmte, wenn es auch nicht der wahre Grund war.

„Hmm. Ja, das kann ich mir vorstellen. Du wolltest einen Gang runterschalten."

Ich wollte nicht verantwortlich sein, wenn Menschen sterben. „Genau."

„Manchmal denke ich darüber nach. Wir haben vier Alben gemacht und fünf Welttourneen. Es hört niemals auf. Und ich weiß, ich sollte mich wirklich nicht beklagen.“

Brian lächelte. „Du hast meine Erlaubnis, dich zu beklagen. Meine Enthüllungsstory wird sich mit den saftigeren Details befassen. Ich werde der Welt nicht verraten, wie undankbar du bist.“

Troy lachte und schlug spielerisch nach Brians Arm. „Herzlichen Dank.“

„Aber ernsthaft, ich kann mir vorstellen, dass das nach einer Zeit ganz schön ermüdend ist.“

„Ja.“ Troys Lächeln erstarb. „Ich frage mich, ob sie ohne mich weitergemacht haben.“ Er schüttelte den Kopf. „Gott, ich hoffe, Ty geht es gut. Ich hasse es, dass ich nicht da bin. Dass ich es nicht weiß.“ Er rieb sich das Gesicht. „Er hatte ein Drogenproblem.“

„Hast du dich deshalb mit ihm gestritten?“

„Ja. Deshalb bin ich gegangen. Er trank und nahm Drogen. Es fing auf Partys an, und ich redete mir ein, dass das normal war. Er ist jetzt älter, rebellisch. Bier und Gras waren eine Sache. Koks und Heroin … ich konnte einfach nicht. Ich …“ Er schüttelte den Kopf. Seine Nasenflügel bebten.

„Zum Teufel, ich kann dir keinen Vorwurf machen.“ Brian schüttelte den Kopf. „Das Zeug kann einem Angst machen.“

„Er versprach, damit aufzuhören, und ich sagte ihm, wenn er das Zeug noch einmal nähme, dann würde ich aussteigen. Und als es dann passierte, musste ich gehen. Sonst …“

„Sonst wäre es eine leere Drohung gewesen. Es scheint, als wären Alkohol und Drogen in der Musikindustrie schwer zu vermeiden. Oder in Hollywood. Sucht ist hart.“

Troy sah ihn einen Moment lang an. „Du hörst dich an, als wüsstest du etwas darüber.“

Brian zupfte an seiner Kokosnussschale und zuckte die Achseln. „Nur ein bisschen. Meine Mutter starb, als ich sieben war, und meinen Vater habe ich nie kennengelernt. Also gab es nur mich und meine Großeltern. Als ich neun war, hatte meine Großmutter einen Unfall. Wollte eine Glühbirne austauschen und fiel von der Leiter. In neun von zehn Fällen holst du dir ein paar blaue Flecken, und das war's. Aber sie brach sich den Rücken. Es war ziemlich übel."

Troy zuckte zusammen. „Gott, wie schrecklich."

„Das war es. Sie musste monatelang im Bett liegen. Aber die wirklichen Probleme fingen an, als sie sich eigentlich schon davon erholt hatte. Sie verbarg es gut, aber sie war von den Schmerzmitteln abhängig geworden. An manchen Tagen, wenn ich von der Schule nach Hause kam, lag sie völlig weggetreten auf der Couch. Großvater arbeitete bis spät im Barbiersalon. Ich hätte es ihm natürlich sagen können, aber ich hatte Angst."

„Tut mir leid", murmelte Troy.

„Ist schon gut. Wow, ich habe lange nicht mehr daran gedacht. Großvater bekam es natürlich trotzdem irgendwann heraus. Großmutter erkannte, dass sie ein Problem hatte und ging es an. Sie war eine sehr entschlossene Frau." Er nahm seine Kokosnuss und kratzte mit dem Löffel darin herum. „Ich denke, du hast das Richtige getan. Du bist standhaft geblieben."

Brians Anerkennung tröstete Troy. „Obwohl es uns letztendlich hierher verschlagen hat?"

Die Vorstellung, Troy nie kennengelernt zu haben, lag ihm plötzlich wie ein Stein in der Kehle, und er konnte nur nicken.

„Ich wünschte nur, ich könnte mit ihnen reden. Ihnen eine verdammte Flaschenpost schicken. Online gehen und herausfinden, wie es ihnen geht, selbst wenn ich nicht mit ihnen sprechen könnte."

„Wo du schon mal dabei bist – ich habe eine Liste von Fragen über diese Insel, die ich gern googlen würde. Angefangen damit, was dich gebissen hat. Wenn es eine Schlange war, dann muss es eine Python gewesen sein oder eine Würgeschlange. Die beißen auch, aber ihre Bisse sind nicht tödlich."

„Dazu war es, glaube ich, zu klein. Da war etwas, aber es war … vielleicht zwanzig, dreißig Zentimeter lang? Keine Ahnung." Er bewegte vorsichtig den Fuß hin und her. „Wenigstens fühlt es sich nicht mehr so an, als würde ich bei lebendigem Leib verbrennen."

„Darauf trinke ich." Brian hob seine Wasserflasche und nahm einen Schluck. „Gott, ich würde jetzt töten für ein kaltes Bier."

„Eine schöne, große Cola mit Eis wäre jetzt auch himmlisch. Ich vermisse Zucker so sehr." Troy sah hinaus auf die sanften Ozeanwellen. „Okay, ich halte es nicht mehr aus." Er stellte sein Essen hin und hob sein Bein vom Rucksack. „Ich bin zu eklig. Ich brauche ein Bad. Kannst du mir helfen?"

„Warum wartest du nicht bis morgen, wenn es hell ist?"

„Ich kann nicht. Bitte, bitte?"

Wie sollte Brian in diese großen, braunen Augen blicken und Nein sagen? „Okay, dann mal hoch mit dir."

Nachdem er Troy aufgeholfen hatte und der auf seinem guten Bein stand – das rechte Bein hinter sich angewinkelt, um den Fuß hochzuhalten – fluchte Brian leise. „Scheiße. Wir hätten deine Shorts ausziehen sollen, solange du noch gelegen hast. Halt dich fest."

Er ging in die Hocke und zog Troy die Boxershorts von den Hüften. Als seine Hand Troys Oberschenkel streifte und die spärlichen Haare dort berührte, zog sich in seinem Unterleib etwas zusammen, und sein Herz setzte einen Schlag aus.

Was zum Henker?

Sie waren schon zuvor nackt in der Gegenwart des anderen gewesen, und Brian hatte über die Jahre tausend andere Männer in Umkleideräumen gesehen. Es war nie irgendwie … *komisch* gewesen.

Aber hier im Sand zu knien und Troy die Unterwäsche auszuziehen, während Troy sich mit einer Hand auf seinem Kopf abstützte, war … anders. Ihm wurde plötzlich heiß, und er war sich des Gefühls von Troys Haut unter seinen Fingern sehr bewusst, ebenso wie des schweren Penis' am Rand von Brians Gesichtsfeld. Er hielt den Blick streng auf Troys Knie gerichtet.

„Okay, zuerst das rechte Bein." Brians Stimme kiekste, und er räusperte sich, während er den Stoff vorsichtig an Troy geschwollenem Knöchel und Fuß vorbei manövrierte. „Kannst du ein bisschen Gewicht darauflegen?"

„Ich glaube schon."

Troy setzte den Fuß ab und stellte sich zögernd darauf. Er zuckte zusammen. Aber er stützte sich schwer auf Brians Schultern und hob das linke Bein lange genug, damit Brian ihm die Unterhose ausziehen konnte. „Wirst du meine Krücke sein, bis wir im Wasser sind?"

„Natürlich." Brian stand dankbar auf und versuchte, die seltsame körperliche Reaktion abzuschütteln.

„Du kommst doch mit rein, oder?" Er sah auf Brians Cargoshorts hinunter.

„Richtig." Troy hielt sich immer noch an seiner Schulter fest, als Brian den Reißverschluss seiner Shorts aufmachte und sie dann mitsamt seiner Unterhose auszog. Er hielt den Blick auf den hellen Sand gerichtet.

Er legte seinen linken Arm um Troy, und sie machten sich langsam auf den Weg zum Wasser. Die Haut ihrer nackten Oberkörper und Hüften klebte aneinander, und Troy fühlte sich so warm an, dass Brian ihm erneut die Stirn fühlen wollte, um sicherzugehen, dass sein Fieber nicht zurückgekehrt war. Aber Troy schien es gut zu gehen, und Brian war ... er wusste nicht, was. Er schüttelte es ab. Er war müde und gestresst. Was auch immer. Es war nichts.

Das Wasser war angenehm kühl, und Brian seufzte, als seine Füße in den weichen, nassen Sand einsanken. „Das war eine gute Idee."

„Scheiße, ja." Troy senkte langsam seinen verletzten Fuß.

„Geht's?"

„Das Salz brennt ein bisschen, aber nicht schlimm. Es fühlt sich sogar gut an. Gegen vorher ist das gar nichts." Er hoppelte vorwärts. „Okay, lass mich hier runter." Als ihm das Wasser bis zu den Knien reichte, ließ er Brian los und versuchte einen kleinen Kopfsprung, aus dem aber eher ein Bauchklatscher wurde. Dann drehte er sich auf den Rücken.

„Sehr graziös. Man merkt, dass du Tänzer bist." Brian klatschte betont langsam in die Hände.

Troy paddelte auf dem Rücken liegend etwas weiter hinaus und zeigte Brian den Mittelfinger. „Ich kann tanzen. Aber ich bin kein Tänzer. Das ist ein Unterschied. Außerdem würde ich gern sehen, wie graziös du das machst.“

Brian streckte die Arme aus und ließ sich ins Wasser fallen, wobei er versuchte, Troy so kräftig wie möglich vollzuspritzen. Also spritze Troy natürlich zurück, und sie lachten in den dunklen, flachen Wellen unter den funkelnden Sternen. Als sie des Spiels müde wurden, ließen sie sich auf dem Rücken treiben und von der sanften Dünung wiegen.

„Ich glaube, da ist die Schöne.“ Troy zeigte nach oben. „Neben den beiden Biestern. Die kleine Formation mit dem Schweif dahinter. Siehst du sie?“

„Mh-hm.“ Brian drehte den Kopf, um Troy anzusehen. Er streckte seinen Arm aus, aber Troy war zu weit weg, als dass er ihn hätte berühren können. „Lass dich nicht zu weit treiben. Man weiß nie mit der Strömung hier.“

„Mmm-hmm.“ Troy trat träge mit seinem guten Fuß und trieb wieder näher heran.

Brian griff hinüber und strich mit den Fingern über Troys Handgelenk. Nur, um sicher zu sein.

Kapitel 9

„KATE HUDSON KNALLEN, Katy Perry killen, Kate Winslet heiraten."

Troy grinste. „Ich auch! Winslet ist auf jeden Fall eine Heiratskandidatin. Ich hab' sie mal auf einer Veranstaltung kennengelernt, und sie war total nett und wunderschön. Nicht, dass Katy Perry das nicht ist, ist sie nämlich, aber eine muss ja in die Kill-Kategorie. Kate Hudson habe ich nie persönlich getroffen. Vielleicht sollte ich die beiden noch mal austauschen."

Brian lachte. „Tja, ich habe keine von ihnen je persönlich getroffen, also bin ich froh, dass ich die richtige Antwort gegeben habe."

Troy streckte sein Bein und ließ seinen Fuß kreisen. Die Schwellung war endlich ganz abgeklungen und hatte nur ein paar rote Flecken auf der Haut hinterlassen.

„Tut es noch weh?", fragte Brian. Er war dabei, die Blätter von zwei großen Palmenwedeln zusammenzuflechten. Das Dach ihres schlichten Sonnenschutzes war fast fertig. Troy fragte sich, was sie sonst noch bauen könnten.

„Nein. Ist so gut wie neu."

Nach Sonnenuntergang hielten sie sich dicht am Feuer auf, um die Insekten fernzuhalten. Troys Körper schmerzte ein wenig, aber auf gute Weise. Sie hatten am Morgen trainiert, bevor es zu heiß wurde. Planking und Liegestütze. Nachdem er tagelang nicht hatte laufen können, würde Troy nie wieder seinen Körper einfach so als gegeben hinnehmen. Er hatte mit leichten Bauchübungen angefangen, und nun, da sein Fuß abgeschwollen war und nicht mehr schmerzte, fühlte es sich fantastisch an, wieder die Muskeln zu trainieren.

Er fuhr sich mit der Hand durch sein lockiges Haar. Sonne und Salzwasser hatten es ausgetrocknet, und er hatte das Gefühl, dass die feine Sandschicht, die ihn von Kopf bis Fuß bedeckte, bereits ein Teil von ihm geworden war. Zumindest sein Gesicht war noch ziemlich glatt, nachdem Brian ihn vor einigen Tagen rasiert hatte. Er musste lächeln, als er an Brians tiefe Stimme über ihm dachte, das feucht-heiße Tuch auf seinem Gesicht und Brians behutsame Hände. Troy mochte den Insel-Wellnesstag.

Etwas kroch in der Nähe über den Sand. *Es ist keine Spinne. Nein, nein. Keine Spinne.*

„Ist nur eine von diesen kleinen Sandkrabben."

Troy blinzelte in Brians Richtung und fragte sich, ob er das gerade laut ausgesprochen hatte. Er war sich recht sicher, dass er das nicht getan hatte. „Selbst wenn nicht, sag mir einfach, es wäre eine Sandkrabbe. Immer Sandkrabben."

Troy sah im Licht der Flammen, wie sich ein Grübchen in Brians Wange bildete. Brian hob einen Zweig auf und warf ihn ins Feuer. „Abgemacht."

„Alter, meinst du, du kannst mir morgen auf dem Rückweg einen Big Mac besorgen?"

„Sicher. Auch einen Milch-Shake dazu? Fritten?"

„Absolut." Troy seufzte wehmütig. „Oder vielleicht eher ein saftiges Steak. Erinnerst du dich an Steaks?"

„Ich erinnere mich sehr gut. Ich schau morgen einfach, was es gibt."

Es war albern – nur ein dummes, kleines Spiel. An den meisten Tagen machte Brian irgendwann einen Spaziergang den Strand entlang, um ein wenig Zeit für sich allein zu genießen. Sie hatten die feste Übereinkunft, dass keiner von ihnen ohne Begleitung des anderen weiter in den Dschungel wanderte, als nötig war, um zu scheißen. Troy stellte fest, dass es ihm nichts ausmachte, ab und zu allein zu sein, auch wenn er Brian spätestens um die Zeit, da er zurückkehrte, bereits vermisste. Es erfüllte ihn mit einem warmen Gefühl von Freude, wenn er sah, wie Brian über den weißen Sand zurückkam und, sobald er nahe genug war, lächelte und winkte.

Wenn Brian wieder zurück war, fragte Troy ihn, was er mitgebracht hatte. An manchen Tagen war es etwas von McDonalds, an anderen Tagen Tacos oder ein nettes, italienisches Pastagericht. Dann aßen sie ihren Fisch und ihre Früchte und taten so, als ob.

Nach dem Essen putzten sie sich die Zähne, wobei sie wie üblich Brians Zahnbürste teilten. Die Zahncreme war längst aufgebraucht, und Troy vermisste den kleinen Frischekick der Minze sehr. Manchmal fragte er sich, ob es tiefer im Dschungel vielleicht noch andere Früchte gab, mit denen sie ihre Geschmackspalette ein wenig erweitern konnten. Aber bei dem Gedanken daran, noch einmal dort hineinzugehen, klopfte ihm das Herz. Nein, er war völlig zufrieden damit, am Strand zu bleiben.

Während sie in angenehmen Schweigen beieinander saßen, blickte Troy hinauf zu dem Sternbild, von dem er zu wissen glaubte, dass es Orion war, Millionen Lichtjahre von ihrem Lagerfeuer entfernt. „Weißt du, es ist seltsam, aber ...“

„Was?“, fragte Brian leise.

„Einem Teil von mir gefällt es, hier zu sein.“ Er fügte rasch hinzu: „Natürlich nicht so, dass ich für immer hier bleiben wollte. Aber es ist schön, einfach nur ... zu sein. Nicht das kleine Schaf, das von seinem Agenten und Manager und anderen Leuten von hier nach da getrieben wird. Ich weiß, das klingt wie ein Klischee, aber es war immer jemand da, der mir sagte, ich solle dies tun und das tun, oder der irgendetwas von mir wollte. Sogar, wenn ich Urlaub hatte, musste das komplett durchgeplant werden, um einen Ort zu finden, an dem ich auch nur ein bisschen Privatsphäre haben konnte. Ich konnte nicht einfach aufbrechen und fahren, wohin es mir gefiel. Immer beobachtet zu werden. Immer zu wissen, dass jede beliebige Person mit einem Handy – also eigentlich jeder – ein Foto von dir machen könnte. Dass ich hier einfach so herumlaufen kann, mit nacktem Hintern und baumelndem Schwanz, ohne auf sämtlichen Internetseiten zu landen wie Justin Bieber, ist wie eine Befreiung."

„Meine Enthüllungsstory wird unter dem bedauerlichen Mangel an Nacktbildern sehr leiden." Brians neckendes Grinsen verblasste. „Aber ernsthaft, ich verstehe nicht, wie du es geschafft hast, nicht verrückt zu werden."

Troy warf ein Stück Holz ins Feuer, und Funken flogen auf. „Ja, manchmal war es wirklich Scheiße. Aber ich will mich nicht wie ein Idiot über einen Job beklagen, der mir Millionen Dollar und treue Fans eingebracht hat."

„Du bist kein Idiot." Brian griff hinüber und drückte Troys Arm. Die Finger strichen über Troys Haut und zogen ein Schauern nach sich, bevor Brian seine Hand wieder sinken ließ. Troy rückte näher ans Feuer.

„Ich habe keine Ahnung, wie mein Leben geworden wäre, wenn mein Vater etwas anderes gemacht hätte. Wenn wir nicht diese Fernsehserie bekommen hätten. Es ist komisch, darüber nachzudenken."

„Die Weggabelung, die man nicht gewählt hat und so weiter."

„Ja. Es gefällt mir, dass ich hier tun kann, was …"

„Was du willst? Ausnahmsweise?"

„Es ist nicht so, als würde ich nicht gern singen und tanzen. Das tue ich. Es macht Spaß."

„Aber?"

Er dachte an seine alte Gitarre, ihr tröstliches Gewicht auf seinem Schenkel. Die Hornhaut, die ihre Saiten auf seinen Fingerkuppen hinterlassen hatte. Troy schüttelte den Kopf. „Ich weiß nicht. Ich sollte wahrscheinlich nicht zu viel nachdenken."

„Warst du den nicht der Grübler in der Band?"

„Nein, nein. Ich war der böse Junge." Er knurrte Brian übertrieben an. „Älter und gefährlich, geheimnisvoll und schweigsam. Sperrt eure Töchter ein!"

„Ah, ja. Du bist *sehr* wild. Vor allem mit diesen Haaren."

„Halt die Klappe." Troy tätschelte seine immer länger werden

Locken und warf mit etwas Sand in Brians Richtung.

Brian warf etwas Sand zurück. „Tja, weißt du, was ich glaube?"

Troy wartete mit hochgezogenen Augenbrauen. Ihm wurde bewusst, dass er das wirklich, wirklich gern wissen wollte.

„Du bist erschöpft. Du hast gearbeitet, seit du – was? Zwölf Jahre alt warst?"

„Vierzehn. Aber ja. Das kommt hin. Erst die Fernsehserie, und dann die Band. Irgendwie gefällt mir, dass meine einzige Arbeit hier darin besteht, Früchte zu sammeln und mit einer Taschenkettensäge Feuerholz zu schneiden."

„Wir sind wie diese Durchgeknallten, die sich irgendwo in der Einöde auf den Tag des Jüngsten Gerichts vorbereiten."

„Nur ohne die Maschinengewehre."

Brian ließ sich auf die Ellenbogen zurücksinken und blickte zu den Sternen hinauf. Das Licht des Feuers flackerte über die dunklen Haare auf seiner Brust und um die Nippel herum.

Brian sagte: „Obwohl ein Gewehr praktisch wäre. Dann könnten wir jagen anstatt nur zu sammeln. Das muss man den Weltuntergangsleuten lassen. Aber es gibt hier nicht einmal etwas, was man schießen könnte. Ich will in meinem Fisch kein Blei haben."

„Jedenfalls nichts, von dem wir wüssten." Troy warf einen Blick auf das massive Dunkel des Dschungels. „Wir hätten inzwischen etwas gesehen oder gehört, wenn es hier etwas … Jagdbares gäbe, oder?"

„Auf jeden Fall. Diese Insel ist zu klein. Es gibt nur Insekten und Vögel und Reptilien, über die wir nicht weiter nachdenken wollen."

„Oh, Mann. Die Vögel sind ja nicht so schlimm."

„Abgesehen von den Papageien. An den meisten Tagen hätte ich nichts dagegen, morgens ein paar davon zu erschießen."

Troy lachte und stocherte mit einem Ast im knisternden Feuer. Weiter unten am Strand brannte neben ihrem sinnlosen S.O.S. noch immer das Signalfeuer. *Was, wenn sie uns niemals finden? Was, wenn wir krank werden oder uns noch einmal verletzen? Was, wenn—*

Er atmete tief ein und zählte bis fünf. Sie taten alles, was sie konnten. Sie würden das hier überstehen. Sie mussten einfach. Etwas anderes zu denken, war keine Option.

„Was?", fragte Brian.

Troy wurde bewusst, dass er das Gesicht verzogen hatte. Seine Hände waren zu Fäusten geballt. Er atmete aus und lockerte den Finger. „Nichts. Wie ich schon sagte, ich genieße die Freiheit hier. Aber dann fühle ich mich schuldig, oder ich bekomme Angst, oder – ich weiß nicht. Mein Kopf ist ein verwirrender Ort."

Brian lachte leise. „Ja, Ich weiß, was du meinst."

„Wie war es, in Australien zu leben, nachdem du alles aufgegeben hattest? War es gut?"

Er schloss die Augen und schluckte. Troy sah zu, wie sein Adamsapfel hüpfte. Die Traurigkeit, die Brian überkam, war wie etwas Lebendiges, und Troy wünschte, er könnte es in die Hände nehmen und zerquetschen. „Es war … irgendwie das Einzige, das ich tun konnte. Es ging mir jedenfalls besser als vorher, glaube ich."

Troy hatte so viele Fragen über das *Vorher*. Aber während er nach den richtigen Worten suchte, sprach Brian, der noch immer die Sterne anstarrte, erneut.

„Würdest du deine eigene Musik machen wollen? Anstatt in der Band zu sein?"

Ja. „Die Sache ist die, wenn ich schreibe, dann kommt irgendwie nie die richtige Sorte Musik dabei heraus."

Brian sah ihn an. „Was meinst du damit?"

„Es wird immer – so ein folkiges Zeug. Songs, die auf eine bestimmte Weise eine Geschichte erzählen."

„Wie die, die du immer summst?"

Troy blinzelte. „So oft summe ich nun auch wieder nicht, oder doch?"

„Die ganze Zeit." Brian lächelte. „Ich mag das. Wovon handeln die Songs?"

„Oh, nichts. Eigentlich sind es eher nur Entwürfe." Er machte eine wegwerfende Handbewegung. „Ich habe nur Einzelteile und Fragmente von Melodien, Hooklines, ein paar Zeilen Text, Ideen für Stories. Keine *wirklichen* Songs."

„Aha." Brian sah ihn skeptisch an. Aber zum Glück fragte er nicht weiter nach, wie gewöhnlich. Er sagte lediglich: „Naja, ich mag Folk."

„Danke." Troy erinnerte sich plötzlich an den Moment, als er nach Hause kam und seine Gitarre weg war. Aber warum hatte er sich in all den Jahren seitdem nicht eine eigene gekauft? Er war erwachsen. Sein Vater war tot. Wer sollte ihn abhalten? Warum hatte er sich selbst davon abgehalten? Troy wünschte, er hätte darauf eine Antwort.

Nach einem Augenblick des Schweigens, sagte Brian: „Weißt du, dass es heute sechs Wochen sind? Zweiundvierzig Tage, um genau zu sein."

„Scheiße. Wirklich? Es ist so seltsam. Wenn ich daran denke, wie ich das Hotel verlassen habe und zum Flughafen gefahren bin, kommt mir das wie eine ganz andere Welt vor, so als wären wir in der Zeit zurückgereist. Sollten wir jemals ein Schiff sehen, dann erwarte ich halb, dass es große, weiße Segel hat und Piraten an Bord sind."

Brian schnaubte. „Ja, mit Augenklappen und Holzbeinen. Und Gott, *Papageien*."

Sie lachten, und Troy sagte: „Vielleicht sind die zahmen nicht ganz so laut wie die kleinen Scheißer hier." Ein Moskito summte dicht an seinem Ohr, und er schlug danach. „Wir sollten schlafen gehen. Ist schon ziemlich spät."

„Ich kümmere mich um die Flaschen." Brian machte den Koffer auf und öffnete die Schraubverschlüsse der Flaschen, bevor er sie aufrecht in den Sand stellte. Ihr nächtliches Ritual vor dem üblichen Regen.

Troy kroch ins Zelt, wischte sich mit dem T-Shirt an der Tür den Sand von den Füßen und schlüpfte in seine Unterhose. Er hätte natürlich auch nackt schlafen können, aber seine Shorts zu wechseln war ein bisschen wie ein eigenes Ritual. Seine Jogginghose hatte er schon ewig nicht mehr angehabt, weil sie einfach viel zu warm war.

Nachdem er sich mit seiner Aludecke um die Hüften unter das Netz gelegt hatte, lauschte er den Geräuschen von Brian, der vor dem Zelt hantierte.

Etwas später seufzte Brian und schnaubte ungeduldig im Tipi. Troy lag auf der Seite mit dem Rücken zu Brian. Er behielt die Augen geschlossen und fragte: „Alles in Ordnung?"

„Ja, alles gut." Brians Stimme klang kein bisschen schläfrig. „Tut mir leid."

Troy drehte sich auf die andere Seite. Zwischen ihnen waren etwa dreißig Zentimeter Platz, und Troy konnte im flackernden Licht des Feuers, das durch den Eingang schien, Brian sehen, der auf dem Rücken lag und einen Arm über seine Augen gelegt hatte. „Schon gut. Kannst du nicht schlafen?"

„Nein. Heute Nachmittag konnte ich kaum noch die Augen offenhalten, aber jetzt – nichts."

„Ja. Ich hasse das." Troys Haut spannte von der vielen Sonne. Und wahrscheinlich sollte er auch noch einmal pinkeln gehen.

„Wenn ich jetzt zu Hause wäre, dann würde ich mir einfach–" Brian verstummte und stieß ein schnaubendes Lachen aus.

Troy fragte scherzhaft: „Einen runterholen?"

„Japp." Brian ließ den Arm sinken und grinste. „Das Schnitzel klopfen."

Troy musste lachen. „Die Banane polieren."

„Jürgen würgen."

„Einen von der Palme wedeln."

„Den Kasper tanzen lassen."

Troy dachte nach. „Palmsonntag feiern."

„Oh, der ist gut. Wie ist der: die Mayonnaise-Welle reiten?"

„Was?" Er lachte. „Den hab' ich noch nie gehört. Okay … ich weiß noch einen: Die Liebespumpe aufdrehen."

Brians Schultern bebten. „An die Stange langen."

„Am Ritzel kitzeln."

„Den Kolben ölen."

Sie brachen beide in Gelächter aus – oder vielmehr: in Gekichere. Anscheinend waren sie zwölf. „Die rosigen fünf Schwestern besuchen."

Brian war einige Momente lang still. „Ich hab's! Den glatzköpfigen Mann zum Weinen bringen."

„Scheiße, mir fällt keiner mehr ein." Troy zerbrach sich den Kopf. „Oh! Mit dem Aal ringen. Obwohl es hier auf der Insel durchaus dazu kommen kann."

„Gott, hoffentlich nicht." Brian kicherte, dann seufzte er erneut. „Oh, Mann. Ich bin so derartig geil."

Troy war erleichtert. Es ging also nicht nur ihm so. „Das kannst du laut sagen."

„Ich hab's ein paar Mal versucht, wenn ich spazieren war, aber ich komme einfach nicht." Brian lachte ungläubig. „So genau willst du das gar nicht wissen, ich weiß."

Troy lachte ebenfalls. „Schon gut. Ich kann das total nachvollziehen."

„Es ist wie müde sein und nicht schlafen können. Geil sein und sich keinen runterholen können. Das Universum will mich ganz offensichtlich bestrafen."

„Alter, ich weiß." Der Gedanke tauchte in seinem Kopf auf und kam aus seinem Mund, bevor er ihn aufhalten konnte. „Soll ich es mal versuchen?"

In der darauffolgenden Stille wurde Troys Gesicht glühend heiß, und seine Brust zog sich zusammen. Wieso hatte er so etwas Bescheuertes gesagt? Sicher, als Kind hatten er und seine Freunde Gruppenwettbewerbe im Wichsen abgehalten, und manchmal hatten er und Bobby Scully sich gegenseitig ausgeholfen, aber das war nur der normale Jungs-Kram. Als Erwachsener hatte er so etwas nie auch nur in Erwägung gezogen.

Troy räusperte sich. „Ich wollte nicht ... vergiss es." Er beobachtete Brian, der an die Decke starrte. „Ich wollte dich nicht ... anmachen oder so."

Brian sah Troy in der Dunkelheit an. „Ich weiß. Entschuldige. Ich habe nur nachgedacht. Im Gefängnis oder beim Militär, da ... du weißt schon. Die Männer da helfen sich gegenseitig aus."

Ein wenig von der Anspannung, die Troy hatte erstarren lassen, entwich mit seinem nächsten Atemzug. „Ja. Oder im Internat. Nick – er ist in der Band – war auf einem dieser vornehmen Jungeninternate, und er sagte, dass die Jungs sich da so ziemlich non-stop gegenseitig einen runterholen. Und er ist ein absoluter Muschijäger. Aber wenn es keine Frauen gibt …"

„Genau." Brians Adamsapfel hüpfte. „Würde uns wahrscheinlich gut tun. Spannung abbauen."

„Mh-hm. Nur wichsen. Das macht uns ja nicht …" Das Wort hing unausgesprochen zwischen ihnen.

Schwul.

„Genau", wiederholte Brian.

Sie starrten einander an. Troys Puls hämmerte, und in seinen Ohren rauschte das Blut. Würden sie das jetzt wirklich tun? Aber warum auch nicht? Wer wusste schon, wie lange es noch dauerte, bis sie gerettet wurden? Es konnte nicht schaden, etwas Stress abzubauen.

Brian lachte auf. „Das ist schräg. Aber ich glaube eher nicht, dass in nächster Zeit irgendwelche einheimischen Frauen in Hula-Röckchen hier auftauchen, also was soll's." Mit einem tiefen Atemzug drehte er sich auf die Seite und schob seine Boxershorts über die Hüften. Dann leckte er seine Handfläche und spuckte einige Male hinein.

Troys Kehle wurde plötzlich ganz trocken. Er war nervös, als auch er seine Unterhose nach unten schob. Er spuckte in seine Hand. Er und Brian lagen einander zugewandt, aber immer noch ein gutes Stück voneinander entfernt. Tu es einfach. „Sag mir, wenn es zu … was auch immer wird." Er streckte seine Hand nach Brians Schritt aus und ergriff aus versehentlich dessen schwere Hoden.

Brian atmete scharf ein und zuckte zusammen. „Kannst du einer Dame nicht wenigstens vorher einen Drink spendieren?", stieß er fast quiekend hervor.

Troy wurde die Brust leichter, als er lachte. „Entschuldigung." Er hob die Hand höher zu Brians Schaft. Als er zögerlich begann, ihn zu massieren, wehte Brians entzücktes Seufzen über sein Gesicht. Er wollte gerade fragen, ob es okay war, wie er es machte, aber dann nahm Brian Troys Penis in die Hand und … *oh, Gott.*

Troy unterdrückte ein Stöhnen und biss sich auf die Unterlippe. Brians Hand war warm und feucht, und es fühlte sich so *verdammt fantastisch* an, von jemand anderem angefasst zu werden. Sex hatte ihm all die Jahre immer Spaß gemacht – manchmal war er toll, manchmal okay, manchmal bedeutete er etwas und manchmal nicht. Aber er hatte vergessen, wie grundlegend schön es war, von einem anderen Menschen berührt zu werden. Es fühlte sich wieder so an, als wäre es das allererste Mal.

Nur, anders als Melissa Fahey, wusste Brian, was er tat. Immerhin war er selbst ein Mann. Sie sahen einander nicht an, während sie sich gegenseitig wichsten. Brians Augen waren geschlossen, und Troy verbarg sein Gesicht in seiner Armbeuge. Er rief sich seine bevorzugte Wichsfantasie in Erinnerung: eine Blondine mit tollen Titten, die ihn im Cowgirl-Stil ritt.

Aber es war sehr ablenkend, diese ganze Sache mit dem Schwanz eines anderen Mannes in seiner Hand. In der Schule damals war es irgendwie okay gewesen, so herumzuexperimentieren. Aber Brian war ein erwachsener Mann. Brians Penis wurde hart und länger, und an der Eichel bildeten sich Tropfen.

Er war beschnitten, und Troy strich über die Eichel und hinab zur Kante an der Unterseite. Er versuchte zu tun, was er selbst auch mochte. Seine Fingerknöchel streiften bei jeder Abwärtsbewegung seiner Hand Brians Schamhaare.

Sie sprachen nicht. Die einzigen Laute waren ihr angestrengtes Atmen und das Knistern und Knacken des Feuers draußen. Troys Bauch spannte sich an. Sein Schwanz war inzwischen steinhart und fest in Brians Griff, die Vorhaut zurückgeschoben. Er stieß mit den Hüften zu, was Brian, der ihn nur noch schneller wichste, nichts auszumachen schien.

Ihre Hände am Schwanz des jeweils anderen waren die einzigen Punkte, an denen sich ihre Körper berührten, und Troy vermisste das verschwitzte Auf und Ab von Sex, das Schreien und Stöhnen und Flüstern, das normalerweise die Luft erfüllte. Die Zungenküsse und das Knabbern und Lecken, das ihm so notwendig erschien wie Atmen.

Er presste seinen Lippen fest zusammen, um zu verhindern, dass er irgendwelche Laute von sich gab. *Mach es jetzt nicht irgendwie schräg.* Sie verschafften sich nur gegenseitig etwas Erleichterung. Das war auch nichts anderes als Erste Hilfe. Troy dachte an Brians rosige Nippel und daran, wie sie sich wohl in seinem Mund anfühlen würden, mit all den Haaren, die seine Haut streifen würden.

Sein Atem wurde unregelmäßig und sein Ellenbogen schlüpfrig vor Schweiß dort, wo er sein Gesicht hineindrückte. Er rieb Brian schneller und versuchte, an nichts zu denken. Scheiße, er wollte dringend kommen. So sehr, dass es weh tat. Er war kurz davor, suchte danach, suchte. Seine Beine zitterten. Seine Eier zogen sich zusammen. Er biss sich in den Arm und stieß mit den Hüften nach vorn.

Eine Welle der Lust durchflutete ihn, brennendes Vergnügen floss bis hinunter zu seinen Zehen und wieder hinauf. Er spritzte ab und keuchte gegen die weiche Haut auf der Innenseite seines Arms. Brian massierte ihn nur noch leicht, und Troy zuckte in den Nachbeben seines Höhepunkts, flüssige Lust in jeder Pore.

Als es nachließ, fiel ihm auf, dass er aufgehört hatte, seine Hand zu bewegen. „Tut mir leid", murmelte er. Ohne den Kopf zu heben, konzentrierte er sich erneut auf seine Aufgabe. Brians Hand löste sich von Troys erschlaffendem Schwanz, und Troy benutzte mehr von Brians Vorsperma als Gleitmittel, während er ihn bearbeitete. Er hoffte, dass Brian bald so weit war, denn ihn überkam jetzt rasch das Bedürfnis nach Schlaf.

Zum Glück verschoss Brian seine Ladung nur Augenblicke später und spritzte über Troys Hand und Arm. Troy massierte ihn durch seinen Orgasmus, und ihm gefiel, wie Brian zuckte und schwer atmete. *Ich habe das gemacht.* Ein Teil von ihm wollte nicht loslassen. Wollte, dass Brian noch einmal hart wurde. Wollte Brian dieses Mal zum Schreien bringen.

Superschräg, Alter.

Troy ließ los, rollte sich auf den Rücken und zog seine Boxershorts hoch. Er rutschte ein Stück nach unten, nahm das T-Shirt zum Sand abwischen, das an der Tür hing, und machte sich damit sauber, bevor er es wortlos an Brian weiterreichte. Sie würden morgen so etwas wie große Wäsche machen müssen.

Aus dem Augenwinkel sah Troy, wie Brian sich wieder zurück auf den Rücken drehte. Sie sprachen nichts, und während sich ihr beider Atem beruhigte, rutschte Troy mit dem Hintern hin und her und versuchte, eine bequeme Stelle im Sand unter der Decke und den Palmenwedeln zu finden. Er starrte auf das geisterhafte, orangefarbene Flackerlicht im Moskitonetz über ihm.

Brian räusperte sich. „Danke, Mann."

„Ja. Dir auch."

Wenig später fiel Troy zum Klang von Brians gleichmäßigem Atmen und dem entfernten Wellenrauschen der zurückkehrenden Flut in den besten Schlaf seit Wochen.

Kapitel 10

KAREN? CHRISTINE? NEIN, Moment – *Kylie.* Das war's.

Brian starrte das Moskitonetz über ihm an, während draußen die Papageien kreischend und keckernd den Anbruch eines neuen Tages feierten. Troy war bereits auf, wie üblich. Was nicht wie üblich war: Sie hatten sich letzte Nacht gegenseitig einen runtergeholt.

Brian hatte herrlich geschlafen, und nachdem er die Papageien dafür verflucht hatte, dass sie ihn geweckt hatte, war ihm im Magen ganz flau – und ihm Unterleib ganz heiß – geworden, als ihm das wieder einfiel.

Und nun versuchte er sich an den Namen der letzten Frau zu erinnern, mit der er geschlafen hatte. Ja, Kylie. Er war in jener Nacht ruhelos und nervös gewesen und war hinunter zum Hafen gegangen. Dort gab es jede Menge Bars, und es war ihm noch nie schwergefallen, eine Frau aufzureißen, wenn er wollte. Er sah gut genug aus, aber der amerikanische Akzent reichte für gewöhnlich schon. Es hätte sogar noch leichter sein können, wenn er gesagt hätte, dass er Pilot war, aber er hatte gelogen und gesagt, er wäre Werbetexter. Weniger Fragen auf diese Weise.

Er versuchte, sich Kylies Gesicht in Erinnerung zu rufen. Sie war blond gewesen, so wie Kylie Minogue, und er hatte eine Bemerkung über die Ähnlichkeit fallen lassen, worüber sie nur gelacht hatte. Waren ihre Augen blau gewesen? Wie sehr er sich auch anstrengte, die Erinnerung an sie war lediglich ein vager Umriss. Wann war das gewesen? Er dachte zurück. Im Februar. Und jetzt war es Juni. Kein Wunder, dass sich so einiges aufgestaut hatte.

Er seufzte. In Wahrheit war er in den letzten Jahren nicht besonders an Sex interessiert gewesen. Er masturbierte, wenn er nicht schlafen konnte, aber das war eher aus Gewohnheit und als Einschlafhilfe. Weniger, weil er irgendwie angetörnt war. Aber in den letzten Wochen auf dieser Insel hatte das alte, vertraute Ziehen der Lust in seinen Adern gesummt.

Deshalb hatte er mehr als einmal versucht, sich einen runterzuholen, wenn er allein am Strand war. In Wahrheit hatte er nicht deshalb aufgehört, weil er nicht kommen konnte, sondern …

Brian schluckte heftig. Er wollte es sich nur ungern eingestehen. Er atmete ein und wieder aus und erschauerte.

Es war, weil er dabei an Troy gedacht hatte.

Natürlich hatte er nicht vorgehabt, Troy von seiner Geilheit zu erzählen, aber in der Stille der Nacht war da stets etwas an Troys Gegenwart, das ihn einlullte und ihn drängte, seine Geheimnisse zu verraten. Er hatte natürlich nicht die *ganze* Wahrheit gesagt. Dann hatte Troy den Vorschlag gemacht, sich gegenseitig auszuhelfen, und Brian hatte seinen Ohren nicht getraut.

Aber es stimmte, oder? Soldaten und Gefängnisinsassen und Internatsschüler machten es miteinander, wenn es sein musste. Das bedeutete gar nichts. Stressabbau. Und er und Troy hatten auf jeden Fall viel Stress abzubauen.

Brian rieb sich mit der Hand über Brust und Bauch. Ein Fleck getrocknetes Sperma, den er übersehen hatte, spannte auf der Haut an seinem Bauch. Er fuhr mit den Fingerspitzen darüber und erinnerte sich an den Wahnsinnsorgasmus, und wie unglaublich schön es gewesen war, wieder berührt zu werden.

Er dachte an Troys Daumen, der seine Eichel gereizt hatte. Troys unterdrücktes Keuchen. Das einzige Mal, dass Brian einen anderen Penis als seinen eigenen berührt hatte, war als neugieriges Kind gewesen. Er hatte im Sommerlager mit seinem Freund herumexperimentiert, ohne dass es zu irgendetwas geführt hatte.

Troys Schwanz war groß und dick, während Brians etwas länger war. Troys Schaft hatte seine Hand gefüllt, warm und pulsierend und *lebendig*. Er fragte sich, wie es sein würde, mehr von Troy anzufassen, seine Körperbehaarung zu fühlen, seine definierten Muskeln, deren Formen und Kanten so anders waren als die sanften Kurven einer Frau.

Brian sog scharf den Atem ein, als ihm bewusst wurde, dass er einen Steifen bekam. Über die Jahre war er gewöhnlich ein paar Male in der Woche mit einer Morgenlatte wach geworden, aber nicht jeden Tag. Auch heute Morgen war das nicht der Fall gewesen, und dennoch schwoll jetzt sein Penis, sein Unterleib zog sich zusammen und seine Eier kribbelten, während er an einen anderen Mann dachte.

Der Drang, eine Hand in seine Unterhose zu schieben und sich selbst anzufassen, war überwältigend. Brian nahm seinen Schaft in die Hand, beugte die Knie und spreizte die Beine. Er massierte sich selbst und stellte sich vor, es wäre Troy, der ihn erneut anfasste. Er biss sich auf die Lippe, um nicht laut zu stöhnen, und kam in Nullkommanichts, wie ein unerfahrener Teenager.

Was zur Hölle ist nur los mit mir?

Seine Brust hob und senkte sich heftig, als er zum Zelteingang krabbelte, um sich mit dem schmutzigen T-Shirt abzuwischen. Nachdem er seine Cargoshorts angezogen hatte, nahm er das T-Shirt mit nach draußen.

Troy winkte ihm zu. Er war in einiger Entfernung dabei, Holz zu sägen. Brian bemühte sich um einen normalen Tonfall. „Morgen!", rief er.

Na bitte, das klang schön normal. Der Himmel war blau, die Brise sanft, und es war ein Tag wie jeder andere davor. Aber als Brian in die Brandung stapfte und mit dem nassen Sand das Sperma aus dem T-Shirt schrubbte, rasten seine Gedanken. Hatte er sich je zuvor schon einmal von einem Mann angezogen gefühlt? Fühlte er sich jetzt von Troy *angezogen*? Oder handelte es sich schlicht um ein biologisches Bedürfnis? Eine Art … Inselkoller?

Er hatte auch früher schon männliche Körper bewundert. Rugbyspieler im Fernsehen oder besonders austrainierte Kerle im Fitnessraum. Er konnte sich vorstellen, wie viel Zeit und Mühe es brauchte, um ein Sixpack und wohlgeformte Arschmuskeln aufzubauen, und er empfand Anerkennung.

„Willst du versuchen, ein paar Fische zu fangen?"

Brian wirbelte herum, als wäre er bei etwas erwischt worden. Troy stand direkt hinter ihm. „Was? Entschuldige, du hast mich erschreckt."

Troy lächelte, was seine Wangen nach oben drückte und das Grübchen in seinem Kinn betonte. „Tut mir leid, Alter." Er betrachtete das T-Shirt, das Brian umklammerte, und sein Lächeln erstarb. „Alles in Ordnung?"

„Ja, absolut. Waschtag. Ich gehe in einer Minute angeln."

„Ich kann auch gehen, wenn du willst."

„Nein, ist schon gut. Es macht mir nichts aus." Er wrang das T-Shirt aus und ging, um es auf die Wäscheleine zu hängen. Dann sammelte er die Angelausrüstung ein. *Es ist alles bestens. Alles normal. VERHALTE DICH NORMAL.* „Bis später."

„Alles klar. Ich bringe die Feuer in Gang, sobald ich kann." Troy nahm den Signalspiegel von seinem Stein und drehte ihn einige Male in der Hand. „Ich betätige erstmal den Spiegel. Offensichtlich."

„Super. Bis gleich!" Oh Mann, das klang viel zu gekünstelt fröhlich.

Brian stapfte durch die sich zurückziehende Flut. „Alles bestens", murmelte er. „Wir haben uns gegenseitig einen gerubbelt. Nur ein Freundschaftsdienst. Damit wir hier nicht durchdrehen. Mehr hat es nicht zu bedeuten."

Werden wir es wieder tun?

Gegen seinen Willen spürte er, wie sich sein Unterleib zusammenzog. Ihm stockte beinahe der Atem vor Verlangen. Er schüttelte den Kopf und murmelte: „Es dient dem Stressabbau. Das ist alles."

Er straffte die Schulter und marschierte weiter, entschlossen, nicht zu viel darüber nachzudenken.

„GANZ SCHÖN KÜHLE Brise heute Abend, hm?", fragte Troy. Als die Sonne außer Sicht war, folgte er Brians Beispiel und zog sein Tanktop über. Dann schnappte er sich für später eine der Decken aus dem Tipi und setzte sich näher ans Feuer.

„Mmm." Brian kaute an einem Stück Papaya. Dann leckte er sich den Saft von den Fingern, einen nach dem anderen.

Als Brian seinen Zeigefinger ablutschte und ihn dann mit einem kleinen *Plopp* wieder aus dem Mund zog, rührte sich Troys Schwanz. Brian leckte den nächsten Finger der Länge nach ab, und seine Zunge erwischte jeden Tropfen. Troys Nasenflügel bebten. Er riss seinen Blick los und zog die Knie an die Brust.

Reiß dich zusammen, Alter.

Es war nicht das erste Mal, dass er sah, wie sich Brian die Finger ableckte. Papaya zu essen war eine ziemliche Sauerei, und sie hatten schließlich keine Servietten. Wenn man die Finger nicht saubermachte, dann klebte der Sand ewig daran. Brian machte nur, was sie beide schon hundertmal gemacht hatten.

Aber jetzt hatten diese Finger Troys Schwanz berührt, und die Erinnerung daran wirbelte durch seinen Kopf und erhitzte sein Blut. Es war so gut gewesen, als Brian ihn angefasst hatte. Wie würde sich seine Zunge anfühlen?

Gottverflucht, hör auf, wie ein widerlicher Perversling zu denken!

Aber er konnte nicht aufhören, sich zu fragen, was er sich schon den ganzen Tag über gefragt hatte: Würden sie es noch einmal tun? Würde das ein neues Abendritual werden, so wie das Aufschrauben der Flaschen und das doppelte Kontrollieren der Feuerholzabdeckung? Sich gegenseitig schnell und leise einen Orgasmus zu verschaffen?

Tja, warum eigentlich nicht? Sie steckten hier für weiß Gott wie lange fest. Und es war nichts dabei. Es hatte nichts zu bedeuten. Es hieß nicht, dass sie schwul waren. Nicht, dass er ein Problem mit Schwulen hatte. Er war absolut schwulenfreundlich. Er hatte halt nur immer auf

Frauen gestanden.

Es hatte nichts zu bedeuten.

Troy wagte einen Blick auf Brian, der ganz in der Nähe saß. Er hatte seinen Nachtisch aufgegessen und starrte aufs Wasser hinaus. Die Wellen waren stärker als üblich wegen des Windes.

Vielleicht war Brian heimlich schwul? Schwer zu sagen. *Würde es mich stören, wenn es so wäre?* Troy dachte darüber nach. Nein, absolut nicht. Es würde nichts an ihrer Situation ändern, und er vertraute Brian vollkommen. Gemeinsam Schiffbruch zu erleiden – oder besser: *Flugzeugbruch* – schmiedete ganz offensichtlich zusammen.

„Warum hast du mit deiner letzten Freundin Schluss gemacht?" *Subtil, Troy, sehr subtil.*

Brian setzte sich in den Schneidersitz und richtete den Blick aufs Feuer. Seine Finger spielten gedankenverloren mit dem ausgefransten Saum seines Tanktops. „Es hat einfach nicht funktioniert. Sie konnte nicht … Es war nicht ihre Schuld. Es lag an mir."

Sie konnte nicht … was? Sich einen Penis wachsen lassen, als dir klar wurde, dass du auf Männer stehst? „Tut mir leid. Es geht mich nichts an."

„Nein, schon gut." Brian sah ihn an. Er holte tief Luft, wie um etwas zu sagen, dann sah er wieder ins Feuer.

Troy hätte am liebsten die Worte aus ihm herausgeschüttelt, aber er dachte daran, wie Brian ihn niemals bedrängte, und biss sich auf die Zunge. Als die Stille sich jedoch zu lange ausdehnte, platzte er heraus: „War das nach der Sache, die dir passiert ist? Die Sache, wegen der du nach Australien angehauen bist?"

„Ich bin nicht–" Brian verstummte und wrang die Hände in seinem Schoß. Schließlich nickte er.

„Tut mir leid. Ich weiß, du redest nicht darüber."

„Es ist schon ein paar Jahre her, dass ich davon erzählen musste. Es war einer der Gründe, warum ich weggezogen bin." Er lächelte humorlos. „Einer der Gründe, warum ich *abgehauen* bin. Um nicht mehr darüber reden zu müssen."

Troy errötete. „Ich wollte nicht–"

„Hast du nicht." Brian sah ihn wieder an. Seine braunen Augen waren groß und ausdrucksvoll und unerträglich traurig. „Ich bin davongelaufen. Vor meiner Freundin Rebecca, vor meinen Freunden, vor meinem Leben. Vor den Überlebenden."

Troy drehte sich der Magen um. „Den Überlebenden?"

„Die sind so dankbar, weißt du? Es war ein Wunder, dass wir gelandet sind. Ein Wunder, dass überhaupt jemand rauskam, bevor …" Er schloss kurz die Augen und holte tief Luft.

Troy wusste nicht, ob er etwas sagen sollte oder nicht. Das Feuer knisterte. In dem letzten, caramelfarbenen Licht des Sonnenuntergangs wartete er darauf, dass Brian weitersprach. Die Sekunden tickten dahin, und gerade als Troy dachte, er würde nichts mehr sagen, fuhr Brian fort.

„Zuerst war es nichts. Nichts. In der Bordtoilette brannte eine Sicherung durch. Ich dachte noch, wie seltsam das war. Ich konnte mich nicht erinnern, dass so etwas schon einmal vorgekommen war. Aber ich machte mir keine Sorgen. Ich war nicht einmal nervös. Ich dachte, es wäre wahrscheinlich eine Fehlfunktion. Das ist in neun von zehn Fällen so. Eine inkorrekte Anzeige, ein kaputter Alarm. Ich nahm an, dass vielleicht jemand versucht hatte, zu viele Papierhandtücher hinunterzuspülen oder so etwas. Ein verstopfter Mechanismus. Wir beschlossen, ein paar Minuten zu warten und die Sicherung dann wieder anzuschalten. Mein Co-Pilot …" Brian schluckte heftig. Seine Stimme war heiser, als er fortfuhr. „Richard." Er räusperte sich. „Rich suchte gerade im Handbuch nach dem Problem, als der Rauchmelder in der Toilette losging."

Oh, Gott. Troy atmete flach und wartete.

„Eine der Flugbegleiterinnen ging hin, um nachzusehen. Aus der Kabine drang bereits Rauch. Keine sichtbaren Flammen – das Feuer war in der Wand. Ich setzte mich umgehend mit ATC in Verbindung. Wollte kein Risiko eingehen. Meldete einen Notfall." Er stocherte im Feuer, und eine Kaskade von Funken wirbelte in die Dämmerung. „Ich war der Captain, also hatte ich die Verantwortung – sagte: „Ich habe die Kontrolle", und Rich antwortete: „Du hast die Kontrolle". Das war

Protokoll." Er schloss für einen Moment die Augen. „Ich kann immer noch hören, wie er es sagt. *Du hast die Kontrolle.* Und das war es. Ich war für alles verantwortlich."

Troy wollte sagen, dass, was immer auch passiert war, nicht seine Schuld war, selbst wenn er die Verantwortung gehabt hatte. Aber er musste Brian die Geschichte so erzählen lassen, wie er es konnte.

„Überall gingen plötzlich alle möglichen Alarmsignale los. Rich und ich setzten unsere Sauerstoffmasken auf und gingen unsere Checkliste durch." Er lächelte schwach. „Wir nannten sie unsere Darth Vader-Masken. Wir konnten atmen, aber in der Passagierkabine war das eine ganz andere Geschichte."

„Aber es hatten doch alle diese kleinen gelben Masken, oder?" Troy hatte noch nie tatsächlich erlebt, wie Atemmasken aus der Decke herunterkamen, aber er hatte schon tausend Male die Sicherheitsanweisungen im Flugzeug überflogen.

„Du kannst bei einem Feuer keinen Sauerstoff ausgeben. Dies Masken sind nur da, falls in der Kabine der Druck abfällt. Unsere Masken im Cockpit haben eine separate Sauerstoffzufuhr."

„Oh. Richtig. Wow, darüber habe ich noch nie nachgedacht. Sauerstoff und Feuer ist keine gute Mischung." Troy grub seine Zehen in den warmen Sand in der Nähe der Feuerstelle. Er zog die Zehen an und streckte sie wieder, zog sie an, streckte sie. Ihm wurde ein wenig übel.

Brians schwaches humorloses Lächeln wirkte gequält. „Nein. Ist es nicht." Er starrte ins Nichts, als wäre er mit dem Kopf ganz woanders, obwohl er weitersprach. „Die nächste Landebahn war zu weit weg. Das Feuer hinter der Toilette brannte sich durch die Kabelage. Unser elektrisches System fiel aus. Das ist wie Dominosteine." Er schnippte mit dem Finger. „Einer fällt um, und alle anderen folgen. Wir hatten nur noch die minimalsten Steuerkontrollen. Als wenn du plötzlich einen Bomber aus dem zweiten Weltkrieg fliegst, nur dass der sechzig Tonnen wiegt. Wir hatten Glück. Wir waren an diesem Tag nicht vollbesetzt."

Plötzlich blitzte in Troys Kopf eine Erinnerung auf – auf irgendeiner

Couch in einem anonymen Hotelzimmer, der Fernseher lief … „Moment – du bist in einem Kornfeld gelandet! Großer Gott, das warst *du*? Du warst ein Held!“

Brian ließ den Kopf hängen und wand sich, als hätte er körperliche Schmerzen. Troy wollte nach ihm greifen, ließ seine Hand aber wieder sinken. Er wartete.

Ohne den Kopf zu heben, presste Brian hervor: „Ja. Schaffte es, sie auf dem Feld eines Farmers runterzubringen. Landete sie sicher. Brachte sie sicher zum Stehen.“

„Nun … das war gut, oder?“ Troy versuchte verzweifelt, sich zu erinnern, was noch geschehen war. Er wusste, dass einige Leute gestorben waren, aber er konnte sich nicht an die Einzelheiten erinnern.

Brian hob den Kopf und starrte in die Nacht hinaus. Seine Hände waren zu Fäusten geballt. „Rich ging sofort nach hinten, um bei der Evakuierung der Passagiere zu helfen. Hatte kaum gebremst, da war er schon weg. Konnte hören, wie die Flugbegleiter die Türen aufmachten und den Leuten die Rutsche hinunterhalfen. Ich konnte mich nicht bewegen. Musste mich losschnallen, und konnte nicht.“

„Warst du verletzt?“

Er schüttelte den Kopf. „Erschöpft. Die Anstrengung, das Flugzeug unter Kontrolle zu halten, war zu viel gewesen. Hatte mich meine ganze Konzentration und Kraft gekostet. Ich war kaum noch bei Bewusstsein.“

„Superman!“ Troy senkte seine Stimme, als Brian zusammenzuckte. „So nannte dich die Presse. Sie sagten, es wäre so gut wie unmöglich gewesen, was du getan hattest.“

„Ich wusste, ich hätte aufstehen und nach hinten gehen müssen, um zu helfen, aber ich konnte nicht. Ich hätte uns schneller runterbringen müssen.“

„Brian, es war unglaublich, dass du überhaupt in der Lage warst, zu landen.“

Er atmete aufgebracht, war so weit weg plötzlich, verloren in Erinnerungen und Schuldgefühlen. „Ich hätte es trotzdem besser machen müssen.“

Troy sprach ganz leise. „Was ist schiefgegangen?"

Brian rieb sich das Gesicht und schüttelte den Kopf. „Ich kann nicht. Bitte."

Troy wollte nachgeben und mit den Fragen aufhören. Es tat weh zu sehen, wie Brian zitterte und sein ganzer Körper erschauerte, trotz des warmen Feuers. Aber er musste das loswerden. Troy rückte näher und legte seinen Arm um Brians Rücken. Er musste ihn einfach berühren.

Brian atmete tief ein, vollkommen starr, bevor er gegen ihn sank und sein Kopf Troys Schulter fand. Einige gebrochene Atemzüge lang schwieg er.

„Wenn das elektrische System ausfällt und du keinen Strom mehr hast, dann musst du alles von Hand machen. Die APU fiel ebenfalls aus. Wir hatten noch die Motoren, aber keinerlei Kontrolle." Brians Stimme war gedämpft an Troys Schulter, sein Atem erzeugte feuchte Wärme an Troys nacktem Arm.

Troy wusste nicht, was APU war, aber er fragte nicht, weil es keine Rolle spielte.

„Der Stabilisator des Hecks war auf Reisehöhe eingestellt. Er war eingerastet, und ich musste ihn von Hand betätigen. Gegen den Druck halten, Gott, er war so schwer. Mein ganzer Körper zitterte. Es schmerzte. Es fühlte sich an wie … als würde ich selbst das Gewicht des ganzen Flugzeugs halten."

Mit klopfendem Herzen rieb Troy behutsam Brians Arm. „Hat sich das Feuer ausgebreitet?"

„Im Rumpf des Flugzeugs. Achtern. Am Ende. Die Kabine füllte sich oben bereits mit Rauch, und man konnte verbranntes Plastik riechen. Die Flugbegleiter ließen die Passiere durch feuchte Kissen atmen. Mehr konnten sie nicht tun. Ich konnte kaum aus der Windschutzscheibe sehen. Die Flugverkehrskontrolle gab uns die Koordinaten für den nächsten Flughafen, aber es war zu weit weg. Ich sagte ihnen, dass wir runtergehen. Zumindest befanden wir uns über Farmland. Ich musste die Verluste am Boden so gering wie möglich halten."

Troy rieb unentwegt Brians Arm. „Und das hast du getan. Du bist in dem Feld gelandet."

„Dachte, wir würden einen Flügel verlieren und uns überschlagen. Dass die Maschine auseinanderbricht. Aber es war noch nicht vorbei, als wir zum Stehen kamen."

Weitere Bilder aus dem Fernsehbericht, den er gesehen hatte, blitzten in Troys Erinnerung auf. Einzelheiten fielen ihm ein: rote Feuerwehrzüge, weißer Schaum, gelbe Flammen. Schwarzer Rauch, der den klaren Himmel erfüllte. „Also, du warst allein im Cockpit und konntest dich nicht bewegen."

„Ich schaffte es, den Gurt zu lösen. Meine Maske abzunehmen. Ich fühlte mich, als wäre ich meilenweit unter Wasser, als wäre die Luft ganz schwer. Dann hörte ich, wie das Feuer aufflammte." Er drängte sich an Troy, zog die Knie an die Brust und rollte sich zusammen. Er schien plötzlich so viel kleiner zu sein, als er eigentlich war. „Ich fühlte den Druck. Die Hitze, die mir entgegenschlug."

Troys Kehle war trocken. „Das Feuer breitete sich aus."

„Die Notausgänge waren seit einer Minute offen. Ließen Sauerstoff hinein."

„Du musstest aus dem Fenster springen." Er erinnerte sich plötzlich – das Bild eines Mannes, der aus dem Cockpitfenster auf das Gras darunter stürzte, während Flammen vom Heck her durch das Flugzeug rasten.

„Wusste, ich würde sterben. Schätze, da war noch ein Rest Adrenalin in meinem Kreislauf, der dafür sorgte, dass ich es aus dem Fenster schaffte."

„Das muss wehgetan haben, so tief zu fallen."

„Hab' nichts gefühlt. Nur meine Hand." Brian hob die rechte Hand. „Ist nicht mal eine Narbe geblieben. Da sollte eigentlich eine sein."

Ohne den linken Arm von Brians Schulter zu nehmen, griff Troy nach Brians Hand. Brian erzitterte aufs Neue, und Troy drückte ihre Handflächen aneinander und verschränkte seine Finger mit Brians. Vielleicht war es seltsam, das zu tun, aber es fühlte sich richtig an. Brian packte seine Hand wie einen Rettungsring. „Du hast alles getan, was du konntest.“

Er schüttelte den Kopf. „Rich starb. Chantal, die Chefstewardess. Sie brachten die Passagiere raus. Sie haben so viele gerettet. Sechsundachtzig an Bord. Neunzehn haben es nicht geschafft. Es hätten zwanzig sein sollen.“

„*Nein.*“ Troy griff Brians Hand fester. Gott, der bloße Gedanke, dass er tot wäre … „Nein“, wiederholte er. „Du hast alles getan, was man von dir verlangen konnte. Es war nicht deine Schuld. Du hast diese Leben gerettet. Du warst ein Held.“

Ein abruptes Schluchzen entrang sich Brian. Tränen nässten Troys Schulter. „Ein Held rettet *alle*. Ich hätte es sein sollen, der starb. Nicht sie. Und auch nicht Paula.“

Sinnlose Schuld überwältigte Troy. Er unterdrückte das Gefühl und konzentrierte sich auf Brian. „Es war nicht deine Schuld. Hörst du? Es war nicht deine Schuld. Die Menschen, die überlebt haben, sind am Leben wegen dir. Du hast sie gerettet.“ Er hielt Brians Hand umklammert. „Du hast *mich* gerettet. Ich danke Gott, dass du da warst. Es war *nicht deine Schuld*.“

Das Schluchzen kannte nun kein Halten mehr. Brian drehte sich in Troys Armen und verbarg seinen Kopf an Troys Brust. Seine Tränen durchnässten das Vorderteil von Troys Tanktop. Troy hielt ihn fest, wiegte ihn hin und her und murmelte tröstende Worte, während Brian alles herausließ.

Das Feuer brannte nieder, und Troys Rücken schmerzte dumpf, aber er rührte sich nicht vom Fleck. Als Brian schließlich mit dem Kopf auf Troys Schoß zusammenbrach, zog Troy die zweite Decke über ihn und fuhr mit der Hand durch Brians dichtes Haar. Die Wellen rollten rhythmisch an den Strand, Sterne füllten den klaren Nachthimmel vom Horizont bis ans Ende der Welt. Er streichelte Brian und wiegte ihn in einen – wie er hoffte – traumlosen Schlaf.

Kapitel 11

BRIAN ÖFFNETE SEINE Augen im ersten fahlen Licht der Morgendämmerung, als die Sterne zu verblassen begannen und der schwarze Himmel grau wurde. Das Feuer war heruntergebrannt und hatte nur glühende Asche zurückgelassen. Der nächtliche Regen war ausgeblieben. Eine kühle Brise wehte über den Sand. Er fror jedoch nicht. Sein Herz setzte für einen Schlag aus, und er hielt den Atem an. Er fror nicht, weil Troy dicht hinter ihm lag und schlief. Weil Troy … nun, es gab dafür nur ein Wort.

Troy lag mit ihm in der Löffelchenstellung.

Sein Arm lag schwer über Brians Taille, und sein tiefer, gleichmäßiger Atem wärmte Brians Nacken. Brian atmete aus und rührte sich nicht. Er sagte sich, dass er sich aus Troys Umarmung winden oder ihn wegschieben sollte, aber er blieb so liegen, wie er lag, seine Wange mit Sand verklebt und mit Troys Körper dicht an seinen gepresst. Praktisch um ihn gewickelt. Ihre Beine berührten sich, und das hätte komisch sein sollen. Auf jeden Fall war aber komisch, dass er den Drang verspürte, seine Wade an Troys Schienbein zu reiben.

Er rührte sich nicht.

Die Decken unter ihnen und über ihnen waren zerknüllt und verdreht. Sie waren nicht ins Zelt zurückgegangen. Heiße Scham durchflutete Brian, als er sich daran erinnerte, wie er geweint hatte. Seine Augen fühlten sich geschwollen an und waren zweifellos rot. Seine Kehle war staubtrocken, und obwohl er mindestens sechs Stunden geschlafen hatte, war er sicher, dass er noch tagelang hätte weiterschlafen können.

Er lauschte Troys Atem und wartete. Er wartete darauf, dass Scham und Selbstverachtung ihn niederdrücken und ihn in den Dreck reiben würden. Aber nichts davon traf ein während die Welt nach und nach heller wurde. Brian suchte nach dem Selbsthass, der seit jenem Flug Tag für Tag in ihm gebrodelt hatte – manchmal überkochend, manchmal nur ein Flackern, wenn ihn irgendetwas abgelenkt hatte – aber immer da. Jetzt jedoch hallte stattdessen Troys Stimme in seinem Kopf wider.

Es war nicht deine Schuld.

Zahllose Leute hatten ihm schon zahllose Male genau dasselbe gesagt. Er hatte ihnen nicht geglaubt. Hatte sich selbst nicht erlaubt, ihnen zu glauben. Aber nachdem er diese Geschichte nun erneut erzählt hatte, alles laut ausgesprochen hatte, hatten seine Lungen sich ein Stück geweitet. Er hatte ... alles getan, was er konnte. Das hatte er wirklich.

Brian hatte gehasst, dass man ihn *Supermann* genannt hatte. Im Lichte des folgenden Tages, den zu erleben er das Glück gehabt hatte, wusste er, dass er nicht übermenschlich war. Aber er hatte sein absolut Bestes gegeben, hatte jedes bisschen Kraft aufgewendet, das ihm zur Verfügung gestanden hatte.

Der Psychologe der Fluglinie hatte ihn aufgefordert, sich ein Szenario auszumalen, in dem er die Dinge anders gehandhabt hätte, und wie das zu einem anderen Ergebnis geführt hätte. Brian hatte sich geweigert, zu antworten. Er hatte sich in sich selbst zurückgezogen, in einen Sumpf aus Selbstmitleid und Selbstverachtung, Schuldgefühlen und posttraumatischer Stressbelastung. Nicht lange danach hatte er gekündigt und aufgehört, die Anrufe von Freunden zu beantworten. Er war ans andere Ende der Welt geflüchtet.

Er lauschte auf Troys ruhigen Atem, spürte, wie dessen Atemluft über seinen Nacken wisperte. Brian holte tief Luft und ging die verschiedenen Szenarios in seinem Kopf durch.

Er hatte praktisch umgehend den Notfall erklärt. Falls er also nicht auf hellseherische Weise gewusst hatte, dass es zu einem Brand kommen würde, dann hatte es an diesem Punkt nichts gegeben, das er hätte anders machen können. Als sie schließlich Kenntnis von dem Feuer hatten, war der Flughafen zu weit entfernt gewesen. Hätte er die Maschine früher gelandet, hätten sie die Wohngebiete am Rand der Stadt getroffen. Keine ebene Fläche und zu viele Gebäude. Das Flugzeug wäre zerbrochen, möglicherweise auch explodiert. Es hätte viele Verluste am Boden gegeben.

Während er die verschiedenen Optionen durchdachte, kam er immer und immer wieder an den Punkt, wo er genau das tun würde, was er tatsächlich auch getan hatte. Er nahm einen tiefen Atemzug und ließ ihn mit einem leisen Pfeifen wieder entweichen. Es war der einzige Weg gewesen.

Er ließ seine Finger durch den weichen Sand gleiten und ging Szenarios für den Flug mit Paula durch – den Flug, der ihn und Troy in ihre derzeitige Lage gebracht hatte. Das Ergebnis war dasselbe: sie stürzten ab, und es hieß entweder im Wasser landen oder auf dem Strand. Wenn er in Paulas Sitz gesessen hätte, wäre er jetzt tot. Es war einfach nur Zufall gewesen.

Er wartete drauf, dass ihn die Schuldgefühle zermalmten, aber … das taten sie nicht. Da war nur Trauer um seine Freundin und um die Menschen, die er damals auf dem Feld nicht hatte retten können. Er wusste, das würde immer so sein, aber es zerquetschte nicht länger seine Lungen oder gab ihm das Gefühl, sich übergeben zu müssen.

Hinter ihm rührte sich Troy und murmelte. Er rückte näher, hielt ihn fester und ließ Brians Puls rasen. Hatte Troy einen Ständer?

Dann wurde Troy ruckartig wach, rückte von ihm ab und setzte sich auf. „Ähm, hey.“ Er rieb sich das Gesicht und sah sich um. „Es ist noch früh.“

Brian setzte sich ebenfalls auf. „Durst?“ Er streckte die steifen Gliedmaßen und schlurfte hinüber, um den Koffer aufzumachen und zwei Flaschen mit Wasser zu füllen. Der Wasservorrat schrumpfte, und er hoffte, es würde bald wieder regnen.

Sie erledigten ihre morgendlichen Geschäfte schweigend – pinkeln, trinken, Holz und Palmenwedel aufschichten, um mit der Lupe die Feuer anzufachen, sobald die Sonne hoch genug stand. Das würde erst in einer halben Stunde oder später so weit sein.

Während Troy die Flüssigkeit aus einer Kokosnuss schüttete, sagte Brian: „Tut mir leid wegen gestern Abend." Aus dem Augenwinkel sah er, dass Troy ihn anschaute, aber er behielt den Blick auf das Lagerfeuer gesenkt, das er vorbereitete.

„Alter, das muss es nicht. Es gibt nichts, wofür du dich entschuldigen musst."

„Naja, ich bin sonst nicht so …" Er wedelte mit der Hand umher, „weinerlich."

„Äh, erinnerst du dich, wie hysterisch ich nach diesem Biss war?"

„Ja, aber–"

„Nichts aber. Es gibt nichts, wofür du dich entschuldigen müsstest."

Brian fasste den Mut, Troys Blick zu begegnen. „Du hältst mich nicht für … erbärmlich?"

Troy verzog das Gesicht. „Wieso zum Henker sollte ich so etwas denken? Ich meinte, was ich sagte – du bist ein Held. Du bist tapfer."

„Tapfer?" Brian schnaubte. „Hast du den Teil mitbekommen, wo ich mein Leben weggeworfen habe und weggelaufen bin?"

„So ein Überlebendensyndrom ist eine fiese Sache. Es ist absolut verständlich."

„Aber…"

„Du kannst diese Diskussion nicht gewinnen." Troy schüttelte den Kopf. „Nö. Tut mir leid, aber es tut mir nicht leid."

Brian musste lächeln, und er atmete lang und laut aus. „Dann sollte ich wohl aufhören zu streiten."

„Das solltest du. Denn die einzige Person, mit der du streitest, bist du selbst."

„Weißt du, dass das mal ein Seelenklempner zu mir gesagt hat?"

Troy runzelte die Stirn. „Ich hatte mich das gefragt. Hat die Fluglinie dich nicht in Therapie geschickt?"

„Oh, doch. Jede Menge davon. Aber nachdem ich kündigt hatte und nach Sydney gezogen war, sprach ich nie wieder darüber. Du bist der erste Mensch, dem ich es erzählt habe. Und …" Er schnitt eine Papaya auf und schabte die Samen heraus und in eine leere Kokosnussschale, um sie später zu rösten.

„Was?", fragte Troy leise.

„Jeder wusste, was passiert war. Es dir zu erzählen … Ich weiß nicht, wieso, aber ich glaube, es hat mir geholfen. Als hätte es irgendwie in mir festgesteckt." Er atmete tief durch. „Es fühlt sich jetzt besser an. Gelöster."

„Das freut mich. Und ich meinte, was ich sagte – nichts davon war deine Schuld. Ich bin erstaunt, dass du danach überhaupt wieder einen Fuß in ein Flugzeug setzen konntest."

„Das war aus irgendeinem Grund nie ein Problem." Er lächelte verlegen. „Ich dachte irgendwie, ich hätte jetzt meinen Notfall gehabt. Die Chancen für ein zweites Flugzeugunglück waren so astronomisch gering. Es gibt jeden Tag Hunderttausende von kommerziellen Flügen. Dazu kommen noch Cargo- und Privatflüge. Es ist wirklich die sicherste Art zu reisen. Aber anscheinend lastet auf mir ein Fluch."

„Wow. Das ist wirklich Pech."

„Oder es ist meine Strafe für–"

„Alter, lass das! Sag sowas nicht mal zum Spaß, okay?"

Brian musste ein wenig lächeln. „Okay."

„Also hattest du keine Angst, wieder zu fliegen, aber du wolltest nicht mehr Captain sein."

Brian schüttelte den Kopf, während er eine Brotfrucht viertelte. „Das macht nicht viel Sinn, ich weiß. Völlig unlogisch. Aber ich habe mein ganzes Leben schon das Fliegen geliebt, und ich habe darauf gewartet, dass es zu mir zurückkommt. Dieser Glücksrausch beim Abheben, selbst bei den Routineflügen. Den Flugplan erstellen und berechnen – dafür habe ich gelebt. Anfangs bin ich in Australien nur als Co-Pilot geflogen, um weniger Druck zu haben. Aber tief in meinem Inneren habe ich darauf gewartet, es wieder zu *lieben*. Das Fliegen selbst wieder genauso zu lieben, wie mich immer noch die Wissenschaft dahinter begeistert."

„Das verstehe ich. Manchmal kann man es einfach nicht zurückholen."

„Als Co-Pilot zu fliegen, das war … okay. Auf den Privatjets war ich die meiste Zeit sowieso nur ein besserer Flugbegleiter. Ich hatte nicht die Verantwortung, also konnte ich ohne Druck fliegen. Wie ich schon sagte, total unlogisch. Auch der Co-Pilot hat manchmal die Kontrolle über das Flugzeug, aber es war anders, nicht der Captain zu sein. Als ich das nach Wisconsin zum ersten Mal wieder versuchte, gaben sie mir einen Kurzflug von New York nach Philly. Ich kriegte es kaum hin. Ich hatte das Gefühl, als würde ich ersticken. Danach kündigte ich. Aber ich klammerte mich an die Hoffnung, dass sich etwas ändern würde. Dass in meinem Kopf irgendein Schalter umgelegt würde und alles wieder so wäre wie vorher. Dass *ich* wieder sein könnte wie vorher."

„Ich wünschte, ich könnte irgendetwas tun, um dir zu helfen."

„Du hilfst mir schon, indem du zuhörst. Danke dafür."

„Das ist doch selbstverständlich." Troy lächelte. Seine Zähne blitzten, und um seine Augen bildeten sich kleine Fältchen.

Brian riss seinen Blick von ihm los und konzentrierte sich bewusst darauf, die Frucht zu zerteilen.

„Ich weiß, wie schwer es sein kann, über etwas hinwegzukommen." Troy war einige Augenblicke lang still. „Okay, ich habe erzählt, dass mein Vater gestorben ist, richtig?"

„Hast du." Brian hatte sich gefragt, woran, aber er hatte Troy nicht drängen wollen.

„Naja, mein Bruder ist nicht der Einzige in der Familie mit einem Drogenproblem. Mein Vater ist an einer Überdosis gestorben. Er war abhängig, so lange ich denken kann. Alkohol, Drogen – alles, was er in die Finger kriegen konnte. Er funktionierte im Alltag erstaunlich gut, und man merkte ihm nichts an. Ich glaube, ich habe dir erzählt, dass er unser Manager war, meiner und Tysons?"

Brian nickte und wünschte, er könnte in der Zeit zurückreisen und Troy vor dem Schmerz bewahren, den sein Vater ihm ganz offenbar zugefügt hatte.

Troys Blick war abwesend. „Er war eine Naturgewalt, mein Vater. Ein geborener Geschäftsmann. Er organisierte die Fernsehshow, und dann hatte er die Idee zu der Band. Er veranstaltete Auditions, suchte die anderen Jungs aus und brachte uns bei einem Label unter, nachdem er ein Video auf YouTube veröffentlicht hatte, das wie verrückt angeklickt wurde. Das muss ich ihm lassen – er wusste, was er tat. Die Band lief besser, als sich irgendwer von uns hatte träumen lassen." Er zog die Schultern hoch, und seine Stimme klang heiser. „Ich wünschte, er wäre noch am Leben und könnte das sehen."

„Hier." Brian reichte Troy eine Wasserflasche und wartete, während er trank.

„Danke. Also, er war so ziemlich immer auf irgendwas drauf. Ich konnte das an der Art sehen, wie er sich hielt. Alkohol ließ ihn zusammensacken. Auf Koks stand er so gerade wie ein Stock, und nachdem er mit Heroin angefangen hatte, lag er eigentlich nur noch irgendwo herum. Schloss sich für Stunden irgendwo ein. Manchmal für Tage. Wir machten mit unserer Fernsehshow weiter und taten so, als wäre alles in Ordnung. Wir haben nie darüber gesprochen. Wir taten so, als würde es gar nicht passieren."

„Hat deine Mutter nicht versucht, ihn zum Entzug zu bringen?"

„Nein. Nicht dass ich wüsste. Sie hat den Kopf in den Sand gesteckt und weitergemacht, als wäre alles bestens." Er seufzte. „Es war nicht so, als wäre ihr alles egal gewesen oder als hätte sie nicht gewollt, dass er aufhört. Aber es war ihr amerikanischer Traum, weißt du? Sie kam als Kindermädchen her und wurde dann Friseurin. In einem Haus mit fünf Schlafzimmern und Swimmingpool zu leben, das symbolisierte so viel für sie. Als ich ein Teenager war, haben wir einmal ihr Dorf auf den Philippinen besucht. Sie ist in einer Hütte aufgewachsen. Nackter Erdboden, kein fließendes Wasser. Ich kann also verstehen, warum sie nicht ruinieren wollte, was wir hatten. Es ist erstaunlich, wie lange Menschen leben können, ohne die Augen zu öffnen."

Brian wusste das gewiss. Er fragte: „Hat sie Familie in den Staaten?"

„Ihre drei Schwestern, die sie irgendwann nachgeholt hat, und deren

Ehemänner und Kinder. Aber sie hat auf den Philippinen noch vier Brüder und eine ziemlich große, erweiterte Familie. Das Geld hat nicht nur unseren Lebensunterhalt gesichert, sondern mehr oder weniger Mamas komplettes Dorf unterstützt. Und als wir erst mit der Fernsehshow Erfolg hatten und in ein großes Haus in den Hollywood Hills gezogen waren, sagte sie immer: *„Sieh nur, die Tanners leben in Hollywood!"* Sie war so wahnsinnig glücklich."

„Ihr Traum war wahr geworden."

„Genau. Trotzdem – es war eine Sache, als er nur getrunken hat. Die harten Drogen ließen sich nicht so leicht ignorieren. Aber ich habe mich immer um ihn gekümmert, wenn es richtig schlimm wurde. Also war es nicht ihre Schuld."

Brian zögerte. Er suchte nach dem besten Weg, zu sagen: *Du warst ein Kind, und es war auf jeden verdammten Fall ihre Aufgabe, dich davor zu beschützen.* „Naja ... sie ist deine Mutter, und du liebst sie, aber sie hätte es besser machen müssen. Du warst noch ein Kind."

Troy zuckte die Achseln, aber die Anspannung in seinem Körper war offensichtlich. „Sie bestand darauf, dass ein großer Teil unseres Geldes in Treuhandfonds gesteckt wurde. Stellte sicher, dass Papa sich nicht alles davon durch die Nase zog oder in die Vene schoss."

Brian wollte Troy umarmen, so wie Troy es mit ihm in der Nacht zuvor gemacht hatte, aber im Licht des Morgens fiel ihm das schwerer. „Das ist gut."

Troy zupfte an den Fasern einer Kokosnuss. „Es passierte, als wir gerade unser erstes Album aufnahmen. Mama leistete freiwilligen Dienst im Krankenhaus, und Papa war nicht im Studio erschienen. An manchen Tagen musste ich ihn morgens in die Dusche schleifen und das kalte Wasser aufdrehen, um ihn auf die Beine zu bekommen. An diesem Tag hatte er uns gesagt, dass wir schon mal ohne ihn losfahren sollten. Ich wollte nicht, dass mein Bruder etwas von Papas Drogenmissbrauch mitbekam, also bin ich zwischendurch weg, als Tyson gerade einen Solotrack aufnahm. Es gab nicht immer nur gute Tage, und ich hatte das Gefühl, dass Papa einfach einen schlechten hatte."

Brian wartete mit einem miesen Gefühl im Magen. Er hasste, dass Troy das hatte durchmachen müssen, und wünschte, er könnte das irgendwie ändern.

„Er hatte einen Anzug an. Er trug außerhalb des Hauses immer Anzüge. Das war wie … sein Markenzeichen oder so etwas. Er ist sogar im Dreiteiler ins Kino gegangen. Als ich noch klein war, fand ich das cool. Als Teenager war es mir eher peinlich. Als ich zwanzig war, freute ich mich schon einfach, wenn er sich normal verhielt." Er verstummte.

„Du musst mir das nicht erzählen."

„Ich weiß." Er sah Brian an. „Aber ich möchte gern. Ich will, dass du es weißt." Troy warf rastlos die Frucht zur Seite und begann, an einem seiner Fingernägel zu zupfen, der etwas eingerissen war. „Er lag auf dem Rücken, in der Küche auf dem Fußboden. Mama hatte den gerade neu auslegen lassen mit diesen schwarzweißen Fliesen, die ihr so gefielen. Er hatte sich komplett vollgekotzt, und ich weiß noch, wie ich dachte: *Er wird stinksauer sein – das ist seine Lieblingskrawatte.* Nicht einen Moment lang dachte ich … Ich hatte ihn schon oft in schlimmem Zustand gesehen. Ihn ins Bett geschleift, ihn sauber gemacht. Sichergestellt, dass Mama und Ty sich nicht darum kümmern mussten. Ich dachte, er hätte es einfach nur mal wieder übertrieben."

Nach ein paar Momenten des Schweigens murmelte Brian: „Es tut mir leid." Dieses Mal streckte er seinen Arm aus, aber Troy war bereits auf den Füßen und beschäftigte sich damit, weitere Palmenwedel auf den Holzhaufen zu legen, den sie bald anzünden würden.

„Dann wurde mir klar, dass er nicht blinzelte – er starrte einfach nur an die Decke. Seine Haut war so seltsam grau, und eines seiner Beine war unter ihm ganz verdreht. Ich weiß nicht, wie lang ich dagestanden habe. Zu lang. Ich wollte, dass es nicht wahr war und dass ich gleich aufwachen würde. Aber er war ja schon tot, also machte es wohl nichts, wie lange ich dastand. Ich hätte nie gedacht, dass das passieren würde. Ganz egal, wie schlimm es mit Papa wurde, er hatte es immer geschafft, sich zusammenzureißen. Sein Lächeln aufzusetzen und jeden einzuwickeln, den es einzuwickeln galt. Ich hätte nie gedacht, dass er sich tatsächlich selbst kaputtmachen würde."

„Es tut mir so leid, dass du das durchmachen musstest."

„Ja. Danke." Mit einem Seufzen sah Troy nach unten und begegnete Brians Blick. „Sieht so aus, als hätten wir beide unser Päckchen zu tragen, hm?"

„Das kann man, glaube ich, so sagen." Brian verspürte den starken Drang, ihn in den Arm zu nehmen, aber er stand auf und versuchte es mit einem schlechten Witz. „Bei all dem schweren Gepäck, das wir mit uns herumtragen, ist es ein Wunder, dass der Jet überhaupt abgehoben hat."

Troy lachte, und etwas Warmes und Wundervolles durchströmte Brian. „Einen Insel-Wellnesstag haben wir ja schon. Aber offenbar brauchen wir auch noch einen Insel-Therapietag", sagte Troy. „Wir können uns damit abwechseln, der Seelenklempner zu sein."

„Guter Plan." Es war seltsam, wie Brians Herz plötzlich zu schnell schlug. „Danke fürs Zuhören."

„Dir auch."

„Wahrscheinlich sollten wir uns jetzt umarmen oder sowas." Brian lachte verlegen.

Troy war bereits auf dem Weg zu ihm. „Absolut." Er schlang seine Arme um Brian und klopfte ihm auf den Rücken.

Brian schlug im Gegenzug auf Troys Rücken, aber als sie sich eigentlich wieder hätten loslassen müssen ... taten sie es nicht. Stattdessen hielten sie sich aneinander fest. Es hätte vollkommen uncool sein müssen, aber Brian war das egal.

Es fühlte sich so *gut* an.

Er atmete tief ein, inhalierte Schweiß und Sand und Troys einzigartigen Duft. Langsam rieb er mit der Hand Troys Rücken über dem weichen Baumwollstoff des gerippten Tanktops. Mit einem kleinen Seufzer lehnte Troy seinen Kopf an Brians Schulter.

Das ist nicht normal. Was zum Henker mache ich hier? Männer nehmen sich nicht so in den Arm. Wir müssen damit aufhören, sonst ...

Seine Hand war jetzt in Troys Nacken und spielte wie von selbst mit den länger gewordenen Locken dort.

Sonst was?

Er hielt den Atem an, als Troys Hand an seinem Rücken herab zu seiner Taille glitt, wo sein eigenes Tanktop hochgerutscht sein musste. Ein Schauer durchfuhr Brian, als Troys Finger seine nackte Haut berührten. Warm und–

Am Rand des Dschungels explodierte das Kreischen der Papageien, die zum Frühstück kamen, und Brian taumelte rückwärts, als er und Troy auseinandersprangen. Troy landete auf seinem Hintern im Sand, und sie starrten auf den leuchtenden Schwarm Papageien in einem nahestehenden Baum. Beide lachten. Troys volle Lippen verzogen sich zu einem Grinsen.

Brian streckte seine Hand aus, um Troy aufzuhelfen, und ignorierte das Aufflammen der Hitze in seinem Inneren, als Troy sie ergriff.

Als er wieder auf den Füßen war, wischte Troy sich den Sand von seinen Shorts. „Sieht aus, als käme die Flut zurück. Ich gehe uns was zum Frühstück angeln."

„Cool. Ich werde …" Er wedelte sinnlos mit der Hand. „Bis gleich dann." Brian nahm geschäftig noch mehr Feuerholz. Er hatte für einen Tag genug Peinlichkeit verursacht.

„SING ETWAS."

Lachend wandte Troy den Blick von einem Sternhaufen, den sie soeben *Tukan Sam* getauft hatten, zu Brian. „Was? Nein!"

„Warum nicht?" Brian lag ausgestreckt und gemütlich auf einen Ellenbogen gestützt auf seiner Decke neben der von Troy und stocherte mit einem Ast im Feuer. Brians Cargoshorts saßen tief auf seinen Hüften, und das Licht der Flammen fing sich auf seiner nackten Brust. Er stupste Troys Knie mit dem Zeh an. „Komm schon."

Troy schlug lachend nach Brians Fuß. „Auf keinen Fall." Er saß im Schneidersitz und knabberte geröstete Papayasamen.

„Aber du bist Sänger! Komm schon, unterhalte mich." Brians tiefe Stimme klang amüsiert und neckend, und Troy musste unwillkürlich lächeln. Brian war heiterer, so als wäre eine Brandblase aufgebrochen, und die Haut würde nun heilen. Troy fühlte sich selbst ebenfalls besser, nachdem er Brian von seinem Vater erzählt hatte. Und die Umarmung danach war ... Er wusste kein passendes Wort dafür.

„Komm schon", wiederholte Brian. „Du summst immerzu. Ich weiß, dass du singen willst."

„Nur, wenn du mitsingst."

„Oh, nein. Vertrau mir, *das* willst du nicht. Obwohl ich wahrscheinlich sämtliche Dschungeltiere verscheuchen würde, die möglicherweise erwägen, unser Lager zu plündern."

„So schlimm, hm?"

„Schlimmer." Brian neigte den Kopf. „Komm schon. Warum auf einmal so schüchtern? Du bist vor Millionen kreischenden Mädchen aufgetreten. Würde es helfen, wenn ich weine und in Ohnmacht falle?"

Troy schüttelte den Kopf, immer noch lächelnd. „Das wird nicht nötig sein."

„Also machst du es?" Brian grinste. „Wir brauchen hier ein bisschen Entertainment." Er nickte mit dem Kopf zu den Sternen über ihnen. „Wir haben unser zugegebenermaßen begrenztes Wissen über Sternkonstellationen erschöpft. Wir brauchen etwas Neues."

Wir könnten uns noch einmal gegenseitig einen runterholen.

Troy spürte, wie seine Wangen heiß wurden. Den ganzen Tag über hatte er daran gedacht. Was er nicht hätte tun sollen, aber nachdem Brian in seinen Armen geschlafen hatte, wollte er ihn näher spüren. Brians Hände auf sich fühlen. Brian anfassen. Brian ...

Sein Schwanz wurde hart, und seine Nippel zogen sich in der ruhigen, schwülen Luft zusammen. Würde Brian das bemerken? Und selbst, wenn – er würde nicht wissen, was Troy wollte ...

Dinge, an die ich nicht einmal denken sollte.

Er musste sich zusammenreißen. Sie hatten sich einander geöffnet, und Troy hatte sich in seinem ganzen Leben noch nie einem anderen

Menschen so nahe gefühlt. Nicht einmal Ty oder seiner Mutter. Mit Brian war es eine andere Art von Nähe. Aber das bedeutete nicht, dass er irgendetwas … Unangemessenes wollen sollte. Wahrscheinlich war das so etwas wie ein Stockholmsyndrom oder Ähnliches, nur ohne die Gefangenschaft. Er und Brian kamen sich menschlich näher, und das brachte ihn offenbar durcheinander.

Er stand nicht auf Männer. Ende.

Troy sah zu *Tukan Sam* hinauf. Einer der Sterne leuchtete heller als die anderen, und er stellte sich vor, das wäre das Auge des Vogels. „Ja, was Neues. Obwohl die Sterne das Einzige sind, was ich auf dieser Insel nicht leid werde."

„Absolut. Moment!" Brian riss den Blick vom Himmel und sah Troy an. „Das *Einzige?*"

Troy zuckte die Achseln und versuchte, keine Miene zu verziehen. „Naja, ich glaube, etwas gibt es noch, dass ich auch nicht leid werde."

„Das will ich doch hoffen", sagte Brian übertrieben gedehnt.

„Frische Papaya. Es gibt nichts Besseres."

Brian trat scherzhaft nach ihm, und Troy bewarf ihn mit einer Handvoll Sand und sagte: "Oh, warte! Ich hab' das tägliche Schwimmen im Meer vergessen. Okay, also drei Dinge."

Sie veranstalteten eine kurze Sandschlacht und erfüllten die Nacht mit ihrem Lachen. Schnaubend warf Brian sein volles Haar zurück, das über den Ohren anfing, sich zu locken. Dann lehnte er sich wieder auf seinen Ellenbogen und stupste Troy ein letztes Mal mit dem Zeh an. „Jetzt *musst* du singen, nachdem du so grausam meine Gefühle verletzt hast."

„Das muss ich wohl." Troy saß noch immer im Schneidersitz auf seiner Decke. Er wackelte mit dem Hintern, bis er eine Kuhle in den Sand gedrückt hatte, machte seinen Rücken gerade und räusperte sich. Es war vollkommen albern, aber ihm wurde die Brust eng, und er tippte nervös mit den Fingern auf seine Knie. „Ähm, welchen Song?"

„Ich weiß nicht. Irgendeinen."

Er ging im Kopf die Songliste von *Next Up* durch. Würde Brian etwas davon mögen? Die Nummern waren ein bisschen nullachtfünf-zehn, aber was sollte es. Troy nahm einen Schluck Wasser aus seiner zerbeulten Flasche und schloss die Augen. *Angels Everyday* war ein poppiger Song. Er stimmte die erste Strophe an, und Gott, er war aus der Übung.

Das Lied handelte im Grunde von netten Leuten, die nette Sachen machten, und Mann, es klang absolut langweilig, als er es nun ohne Begleitung sang und mehr auf den Text achtete, den er schon tausend Male gesungen hatte. Er fragte sich, was Brian wohl davon hielt.

Er behielt die Augen geschlossen, fühlte Brians Blick auf seinem Gesicht und hätte am liebsten sofort wieder aufgehört. Aber er kämpfte sich durch den flotten Refrain und noch eine weitere Strophe, sang die Bridge und kürzte den letzten Refrain ab. Als die letzte Note verklungen war, schluckte er heftig und wartete auf den unvermeidlichen Spott.

„Das war sehr schön."

Troy riskierte einen Blick, aber Brian schmunzelte nicht. Er lag immer noch ausgestreckt da und sah Troy ernsthaft an. „Wirklich?", fragte Troy. „Ich bin ganz schön eingerostet."

„Kommt mir nicht so vor. Ich bin zwar kein Experte, aber du klingst fantastisch. Du hast wirklich eine tolle Stimme."

„Ach, geht so. Sie reicht aus. Tys Stimme ist wesentlich besser."

Brian sah ihn finster an. „Würdest du bitte aufhören, dich selbst niederzumachen? Sing noch etwas. Bitte?"

Troy nickte, und mit jeder Strophe, die er sang, wurde es ihm leichter um die Brust. Beim dritten Song öffnete er die Augen. Er betrachtete das Feuer, und aus den Augenwinkeln konnte er Brian sehen, der ihm aufmerksam lauschte. Troys Stimme wurde langsam warm und geschmeidiger, und Freude stieg in ihm auf. Ihm war nicht bewusst gewesen, wie sehr er das Singen vermisst hatte.

Am Ende jedes Songs applaudierte Brian und sagte ihm, wie gut er war. Auch wenn Brian nur höflich war, wärmte es Troy am ganzen Körper. Das hier waren nicht Tausende von kreischenden Fans, aber auf seltsame Weise war es so viel besser.

Er überlegte, was er als Nächstes singen konnte, und ihm fiel das Benefizalbum ein, das *Next Up* vor ein paar Jahren aufgenommen hatte. „Meine Mutter liebte diesen Song. Er ist schon sehr alt, aber es ist ein Klassiker."

„Ich bin ganz Ohr." Brian lächelte sanft.

Die älteren Versionen von *Beyond The Sea* waren ziemlich swingmäßig, aber *Next Up* hatte den Stil geändert und eine langsamere, abgespeckte Version mit nur wenigen Instrumenten aufgenommen. Sie war romantisch und wehmütig, und Troy hatte es geliebt, sie so zu singen. Er nahm noch einen Schluck Wasser, bevor er begann. Er sang den Song mit leiser und melancholischer Stimme, ganz anders als die poppigen Nummern davor.

Die Flammen tanzten vor ihm, als er von goldenem Sand sang und davon, einen geliebten Menschen unter dem Mond und den Sternen zu küssen. Er sah aus dem Augenwinkel, dass Brian sich aufsetzte, konzentrierte sich aber auf den Text. Als er die letzten Worte gesungen hatte und die letzte Note verklang, wartete er. Aber dieses Mal kam kein Applaus.

Scheiße. War wohl nicht so gut.

Mit einem verlegenen Lachen wandte er sich an Brian. „Ich weiß, das war nicht so toll. Ich sollte mich an das Popzeug halten und die Klassiker in Ruhe lassen, hm?"

Brian saß auf seiner Decke und starrte ihn an. Das Feuer ließ sein Gesicht in der Dunkelheit gelb und orange leuchten. Seine Lippen waren leicht geöffnet, und seine Brust hob und senkte sich schneller als sonst. Troy runzelte die Stirn. „Alles in Ordnung?"

Brian antwortete nicht. Er rückte näher und hob sich auf seine Knie. Troy sah zu, als Brian eine Hand nach ihm ausstreckte. Die Hand legte sich sanft an Troys Wange, und Brians Handfläche fühlte sich warm an auf seiner Haut. Das Blut rauschte in Troys Ohren, als Brians Blick kurz auf seinem Mund landete, bevor er ihm wieder in die Augen sah. Troys Puls raste. Er bewegte sich nicht – atmete nicht.

Nicht einmal, als Brian den Kopf senkte und ihre Lippen sich trafen.

Als Brian ihn *küsste*.

Ihre Münder begegneten sich, und Brian berührte Troys Ohr, während er sein Gesicht hielt. Troys Lungen schrien, sein Herz schlug zu heftig. Beide waren erstarrt, fest aneinander gedrückt, die Lippen aufeinandergepresst. In einem Kuss. *Sie küssten sich.*

Troys Nasenflügel bebten, und er zog den Kopf zurück, um Atem zu schöpfen. Sein ganzer Körper kribbelte. Es war, als würden Vögel in seiner Brust mit ihren Flügeln schlagen, als er Brian in die weit geöffneten Augen sah. Brian hielt noch immer Troys Wange und streichelte sie zärtlich mit dem Daumen.

„Ich wollte nicht… es tut mir leid", krächzte Brian. Aber er ließ nicht los.

Was tun wir hier? Wir können das nicht tun!

Eine andere Stimme entwickelte sich von einem Flüstern zu einem Rufen, das Troys Kopf erfüllte: *Warum nicht? Ich will es!*

Heftig atmend überbrückte er den winzigen Abstand zwischen ihren Mündern und fuhr mit der Zunge über Brians Unterlippe.

Was immer sie vorher zurückgehalten hatte, zerbrach in diesem Moment und sie lösten sich aus ihrer Starre. Ihre Zungen begegneten sich. Sie klammerten sich aneinander wie im Rausch, küssten sich und stöhnten. In Troys Kopf drehte sich alles, und brennendes Verlangen durchfuhr ihn. Blut strömte in seinen Schwanz. Er zerrte an Brian, und Sand wirbelte auf, als der ihn zurück auf seine Decke drückte.

Ein Stöhnen stieg in Troys Kehle auf, und dieses Mal versuchte er nicht, es zurückzuhalten. Brian lag schwer auf ihm, seine Brusthaare rieben Troys Nippel, und es war so *verflucht gut.*

Er packte Brian, hin und her gerissen zwischen dem Gefühl von Brians Brust an seiner eigenen und dem Drang, mit seinen Händen und seinem Mund mehr zu erforschen. Troy spreizte seine Beine, und es fühlte sich vollkommen natürlich an, wie ihre Hüften zusammenpassten.

Vollkommen richtig.

Sie rieben sich aneinander. Ihre Zähne stießen zusammen, als sie versuchten, sich zu küssen, die Zungen im Mund des jeweils anderen, und ihre Bartstoppeln schabten aneinander. Sie zerrten an ihren Shorts, konnten aber irgendwie nicht lange genug aufhören, sich gegenseitig anzufassen, um sie auszuziehen. Troy war so angetörnt, dass er wusste, er würde gleich abspritzen, aber das war ihm egal, solange er nur Brians Haut küssen und kosten und streicheln konnte.

Er hob seine Hüften, schob seine Hände in Brians Unterhose und packte seinen Hintern, um ihn anzutreiben. Brian stieß grunzend mit den Hüften. Sein Atem war warm auf Troys Gesicht, während ihre Küsse immer leidenschaftlicher wurden.

Ihre Schwänze waren aus den Shorts heraus, hart und tropfend, und das Gefühl von Brians Ständer, der sich an seinem rieb, war das Geilste, was Troy jemals erlebt hatte.

In seinem ganzen Leben hatte er noch nie so dringend kommen wollen. Eine Seemuschel unter der Decke stach ihn in den Rücken, aber alles, was zählte, war Brian, der ihn küsste und mit seinem Gewicht auf ihm lag.

„Brian", murmelte er, grub seine Finger in Brians Arschbacken und stieß fester mit den Hüften aufwärts.

Mit einem Keuchen riss Brian den Kopf zurück und entblößte seinen langen Hals, als er warm und klebrig auf Troys Bauch abspritzte. Troy sah zu, und bei dem Gedanken, wie es wohl sein würde, auf Brians Brust zu kommen, erschauerte er unter seinem eigenen Orgasmus, einem feurigen Rausch, der ihn keuchend und zitternd zurückließ, seine Arme und Beine wie Wackelpudding.

Brian öffnete die Augen, und sie starrten einander an. Schlüpfrig, klebrig, aneinandergepresst von den Hüften bis hin zu ihren Brustkörben, die sich rapide hoben und senkten.

Oh, Scheiße. Was haben wir getan?

Troy wusste, er müsste eigentlich entsetzt sein. Dass müsste er doch … oder? Seine Kehle fühlte sich an wie Sandpapier. Er schluckte heftig und versuchte, etwas zu finden, das er sagen könnte. Etwas anderes als *Bleib* und *Bitte*.

Brian erhob sich auf seine Knie, schwer atmend und mit offenem

Mund, und Troy wimmerte, als der Körperkontakt endete. Er riss seine Hand von Brians Hintern und wartete darauf, dass Brian aufsprang und wegging.

Aber einen Moment später streckte Brian sich erneut über ihm aus und zog die andere, sandige Decke bis zu ihren Köpfen über sie beide. Sie verbarg das Glühen des Feuers, und in den heimlichen Schatten trafen sich ihre Lippen erneut.

Kapitel 12

DA WAR SAND in seinem Ohr.

Brian blinzelte in das erste Licht des Morgens und steckte sich den kleinen Finger ins Ohr, um den Sand herauszukratzen, so gut es ging. Er lag flach auf dem Rücken, und der Himmel hatte noch dieses blasse, wässerige Blau, das sich mit dem Lauf der Sonne vertiefen würde. Oder dem Lauf der Erde, besser gesagt. Wie auch immer – es war keine einzige Wolke zu sehen.

Ein neuer Tag im Paradies.

Er zwang seine Lungen zu einem tiefen Atemzug und drehte den Kopf nach rechts. Troy hatte sich letzte Nacht eine Zeitlang wie ein Löffelchen an ihn geschmiegt. Dann waren sie im Schlaf auseinandergedriftet, und nun lag Troy von ihm abgewandt auf der Seite. Sommersprossen tanzten über seine Schultern, und Brian ballte seine Hand zur Faust, um nicht hinzufassen.

Die Decke hatte sich um Troys Beine gewickelt und war bis zu seiner Taille heruntergerutscht. Brian nahm an, dass Troys Schwanz noch genauso aus der Shorts hing wie sein eigener. Er *wusste* außerdem, dass Troy getrocknetes Sperma an sich kleben hatte.

Es war die zweite Nacht hintereinander gewesen, in der sie am Feuer geschlafen hatten anstatt im Zelt. Insektenstiche juckten an seinen Fußknöcheln, und er kratzte an mehreren juckenden Einstichstellen auf seinem Arm. Und Scheiße, es hatte wieder nicht geregnet. Angst durchfuhr ihn kurz und ließ sein Herz stolpern. Sie würden das brackige, schlammige Wasser aus dem Dschungel kochen müssen. *Wir haben die Reinigungstabletten. Das geht schon.* Aber was, wenn es noch tagelang nicht regnen würde? Wochenlang?

Ihm drehte sich der Magen um, aber Brian verdrängte die Sorgen. Sie würden sich etwas einfallen lassen. Aber jetzt hatte er schon genug, über das er nachdenken musste. Denn heute Morgen war er nicht erschöpft und verquollen wachgeworden, weil er sich in der Nacht zuvor die Augen ausgeheult hatte, sondern er war mit schlaffen Gliedern aufgewacht, von …

…dem wahrscheinlich besten Sex meines Lebens.

Oder zumindest dem intensivsten Sex, so viel stand fest. Nur daran zu denken, ließ ihn erschauern, ließ seine Eier kribbeln und pumpte Blut in seinen Schwanz. Vielleicht wurde er langsam verrückt, weil er auf einer Insel feststeckte, aber wenn er ehrlich war … Zum Teufel, er hatte noch nie jemanden so sehr gewollt. Oder vielleicht hatte er das und konnte sich nur nicht mehr an dieses bis ins Mark gehende, verzweifelte Begehren erinnern?

Er dachte darüber nach. Er und Alicia hatten oft guten Sex gehabt in den gemeinsamen Jahren. Und mit Rebecca und anderen Frauen war es auch schön gewesen. Befriedigend. Er hatte nie Grund gehabt, sich zu beklagen.

Aber er hatte nicht gewusst, dass es *so* sein konnte. Er hatte nie in jemand anderes Haut kriechen wollen.

Wir sitzen hier zusammen fest, ohne Frauen, das ist alles. Wir haben Bedürfnisse, sind geil. Troy hätte irgendjemand sein können.

Die Lüge war ihm kaum durch den Kopf geschossen, da stieß sie ihm bereits sauer auf. Nein, das Letzte, was Troy sein konnte, war *irgendjemand.*

Ihn singen zu hören, hatte anfangs Spaß gemacht. Aber als er den alten Song mit dieser klaren, vollen Stimme gesungen hatte, im Licht des Feuers und mit den Sternen, die so nah wirkten, als könne man sie berühren …

Vielleicht war es bizarr, einen anderen Mann anzusehen und zu denken, dass er wunderschön war, aber es hatte Brian mit ehrfurchtsvollem Staunen und mit Verlangen erfüllt. Ein Verlangen, das ihn zum Handeln getrieben hatte, das ihn mit heißen Fingern gestochen und gestoßen hatte, bis er sich bewegte. Der Drang, Troy zu küssen, war überwältigend gewesen, das Verlangen, ihn zu berühren – *wirklich* zu berühren. Nicht nur ein Handjob aus praktischen Erwägungen, der nichts weiter bedeuten sollte.

Er starrte Troys Rücken an und wollte sich an ihn schmiegen und die Sommersprossen küssen, die seine Schulter bedeckten. Er wollte die Nase in seinem Nacken reiben und …

Er kniff die Augen zu, unterdrückte die Welle von Verlangen und atmete zitternd aus. Troy war sein Freund. Scheiße, er war der einzige andere Mensch auf der Welt. Natürlich empfand Brian Zuneigung zu ihm. Und Dankbarkeit. Troy war ein toller Kerl. Ihre Freundschaft und ihre sexuellen Bedürfnisse gerieten durcheinander. Das war wahrscheinlich ganz normal.

„Also …“

Brian zuckte ein wenig zusammen, als Troy sprach. Er starrte auf Troys Rücken und hielt den Atem an.

„Ist das jetzt der Teil, wo alles schräg und peinlich ist und wir so tun, als wäre nichts passiert?“ Seine Stimme war ein wenig heiser, und Brian errötete, als er daran dachte, wie laut Troy aufgeschrien hatte, als sie gekommen waren. Brian wollte das noch einmal hören.

Mit klopfendem Herzen schüttelte Brian den Kopf, bevor ihm klar wurde, das Troy ihn nicht sehen konnte. Er räusperte sich. „Nein.“

Troy drehte sich auf den Rücken. Zwischen ihnen waren nur wenige Zentimeter, und Brian konnte die Wärme von Troys Körper fühlen. Aber er blieb still liegen. Troy sah ihn an. „Wir werden uns jetzt nicht gegenseitig aus dem Weg gehen?“

„Irgendwie schwierig auf … Wir sollten der Insel wirklich einen Namen geben.“

Troys Lippen zuckten. „Das sollten wir.“ Er drehte den Kopf zum Himmel. Es wurde immer heller, und die Strahlen der aufgehenden

Sonne ließen Troys Haut rötlich strahlen. „Hmm. Ich schätze, *Gilligans Insel* macht nicht viel Sinn. Und es gibt hier auch keinen Riesengorilla, damit scheidet *Skull Island* ebenfalls aus."

„Aber *Fantasy Island* ginge. Wenn wir Glück haben, dann sehen wir „ *'n Flugzeug, 'n Flugzeug*"." Als Troy die Stirn runzelte, fügte er hinzu: „Vergiss es – du bist zu jung, um die Serie zu kennen. Ich eigentlich auch, aber meine Großmutter hat das immer geguckt. Zusammen mit *Love Boat*. Zu den ersten Dingen, an die ich mich erinnere, gehört der Wunsch, eine Kreuzfahrt zu machen."

„Ein Flugzeug oder ein Schiff wäre jetzt nicht schlecht. Hmm. Wie wäre es mit *Insel Nublar*?"

„Weil wir einen T-Rex brauchen, der aus dem Dschungel gestürmt kommt? Nein, danke."

„Gutes Argument. Und alles, was mit Dr. Moreau zu tun hat, kommt offensichtlich auch nicht in Frage."

Die Zeile über den goldenen Sand aus *Beyond The Sea* kam Brian in den Sinn. „*Golden Sands*."

Troys schokoladenbraune Augen richteten sich auf ihn, und er lächelte zögernd. Brian summte den Song leise – und mit schrecklich falschen Tönen. Dann fasste er den Mut, sich auf die Seite zu rollen und sich an Troy zu drücken. Er legte seine flache Hand auf Troys Bauch und stupste dessen Nase mit seiner an. Troy seufzte und küsste ihn. Ihre Münder erforschten sich gegenseitig. Ihre Bartstoppeln rieben sich rau aneinander.

Brian war es egal, dass sie sich noch nicht die Zähne geputzt hatten, oder wie unbestreitbar *schwul* es war, was sie taten. Er wollte Troy überall anfassen und in ihm versinken. Sich in ihm verlieren. Er wollte … alles.

Schwer atmend neigte er den Kopf zurück. Troys Augen waren glasig, und Brians Schwanz schwoll an Troys Hüfte. „Hast du das vorher schon jemals getan?", fragte Brian. „Mit einem Mann?" Er fügte rasch hinzu: „Es macht mir nichts aus, ob oder ob nicht. Das spielt für mich keine Rolle. Aber ich hab' das vorher noch nie gemacht."

Troy schüttelte den Kopf. „Ich auch nicht. Nicht, seit ich ein Kind war und einfach nur Blödsinn gemacht habe. Alle Jungs haben das gemacht. Wichskreise und so'n Zeug. Das war nicht echt. Nicht wie jetzt." Zitternd fuhr er mit der Hand über Brians Brust und liebkoste die Haare und die Nippel. „Mir gefällt das", flüsterte er. „Es gefällt mir mit dir."

„Mir auch. Auch, wenn ich keine Ahnung habe, was ich hier tue." Er lachte nervös auf.

Troy lächelte süß. „Ich auch nicht. Aber es ist wahrscheinlich mehr oder weniger dasselbe, wenn man's bedenkt."

Das war es wohl. Brian streichelte mit dem Daumen Troys Kinngrübchen. Dann beugte er sich vor und drückte einen Kuss darauf. Mit der anderen Hand streichelte er Troys Bauch, der daraufhin erbebte. Eine leise Stimme rief noch immer, dass sie das nicht tun sollten, aber Brian konzentrierte sich auf den salzigen Geschmack von Troys Haut und darauf, wie sich seine Nippel zusammenzogen, wenn er daran saugte.

Troys spärliche Brustbehaarung kitzelte ihn an der Nase, und es war so ganz anders, als mit einer Frau zusammen zu sein, aber … es gefiel ihm. Und er *liebte*, wie Troy seine Finger in Brians Haar vergrub und laut stöhnte. Es war das beste Geräusch auf der ganzen Insel – nein, Moment, auf *Golden Sands*.

Brian leckte und liebkoste Troy, der lustvoll aufschrie, und dann küssten sie einander erneut, zerrten an ihren Shorts und lösten sich gerade lang genug voneinander, um sie beiseite zu werfen und die Decke wegzutreten. Es kümmerte sie nicht, dass sie überall voller Sand waren. Brian hätte seine Unterhose aus Versehen beinahe ins Feuer geworfen, und sie lachten und zerrten das Kleidungsstück rasch zurück in Sicherheit.

Dann kamen die gottverdammten Papageien heraus und kreischten sich selig durch ihr Frühstück, und Brian und Troy lachten noch mehr. Troy rollte sich auf ihn, und Brian stöhnte, weil sich die Berührung von nur Haut an Haut so gut anfühlte. Beide waren dünn und drahtig, nur

Sehnen und Muskeln und Knochen. Zu dünn, aber sie waren am Leben und zusammen, und Brian schwelgte in dem Gefühl.

Troy spuckte in seine Handfläche und nahm ihre beiden Schwänze in die Hand. Brian stieß mit den Hüften in Troys Griff und atmete heftig. Es hätte sich so seltsam, so falsch anfühlen müssen, dass sich sein Ständer an dem eines anderen Mannes rieb, aber ... es war Troy, und Brian konnte nicht genug bekommen.

Troys schwerer, behaarter Hodensack streifte Brians Schenkel, und alles war so so voller Verlangen und maskulin. Er musste sich keine Sorgen machen, zu energisch zu sein. Er grub seine Finger fest in Troys Rücken, und Troy stöhnte vor Lust.

Schweiß brach auf ihrer Haut aus, als die aufgehende Sonne sich bemerkbar machte. Sie klammerten sich aneinander, pumpten gemeinsam die Hüften, keuchten und küssten, und dieser Handjob war tausendmal besser als das angespannte, gegenseitige Wichsen im Zelt. Das hier war echter Sex, und Brian war scheißegal, was das bedeuten mochte. Es gab nur sie beide, also warum nicht? Warum sollen sie sich etwas so Gutes versagen?

Troy grunzte und massierte ihre Schwänze, dann spannte er sich an und kam und spritzte über Brians Brust. Er verlangsamte seine Bewegungen, um seinen Schwanz zu melken und sog scharf den Atem ein, die Augen geschlossen, die Lippen geöffnet.

So wunderschön, verdammt.

Als Troy wieder zurück in die Gegenwart kam, stützte er sich auf seine linke Hand in den Sand und wichste Brian gnadenlos. Brian spannte seinen ganzen Körper an, und es dauerte nicht lange, bis sich seine Eier zusammenzogen und sein Sperma sich mit dem von Troy auf seiner Brust mischte. Weiß auf sonnengeküsster Haut und dunklen Haaren. Als er aufhörte zu zittern, ließ Troy sich neben ihm in den Sand fallen.

Nach einer Minute räusperte sich Troy. „Ich glaube, ich habe Sand in mehr Köperritzen als gewöhnlich."

Brian kicherte. „Ich auch. Schätze, es ist Zeit für einen kurzen

Ausflug ins Wasser." Er fuhr mit dem Finger durch ihr trocknendes Sperma.

„Brian, wir ..."

„Wir müssen nicht groß darüber nachdenken."

Troy atmete lächelnd aus. „Richtig. Okay. Cool. Lass uns einfach im Jetzt sein." Er sprang in einer einzigen, anmutigen Bewegung auf die Füße, und Brian kam sich alt vor. „Ich bin am Verhungern. Gehen wir uns waschen und dann angeln." Nackt streckte er seine Hand aus, und Brian ergriff sie.

Sie wuschen sich im ruhigen Flachwasser und machten sich danach mit Haken und Angelschnüren auf den Weg zum Riff, immer noch nackt. Die Sonne trocknete Brians salzige Haut aus, und er wusste, er sollte sich bald in den Schatten ihres Sonnendachs begeben. Aber er blieb, wo er war, und während er nach Fischen Ausschau hielt, wanderte sein Blick immer wieder zu der schlanken Form von Troys mit Sommersprossen bedecktem Rücken.

„WARUM IST DAS nur so schwierig?"

Brian sah von seinem Platz im Schatten unter dem Sonnendach auf, wo er dabei war, einen neuen Korb zu flechten. Einer ihrer Körbe war schon etwas zerfleddert und musste ersetzt werden. „Weil wir keine Wissenschaftler sind." Er kratzte an einem Fliegenbiss auf seiner Brust und löste seine überkreuzten, ausgestreckten Beine voneinander, um den anderen Fuß nach oben zu nehmen. Er stupste mit dem Finger einen losen Knopf an seiner Cargoshorts an, der nur noch an einem Faden hing, sich aber ans Leben klammerte.

Troy schnaubte. „Ich glaube nicht, dass man Wissenschaftler sein muss, um herauszufinden, wie man Kokosnussöl herstellt."

„Stimmt. Okay, wir sind keine Köche. Nicht einmal Hobbyköche."

„Das sind wir nicht." Seufzend warf Troy die halbe Kokosnuss beiseite, nahm den Signalspiegel von seinem Stein und vollzog das übliche Ritual. Weiter den Strand hinab brannte das Signalfeuer, und die Sonne spiegelte sich in den Wrackteilen, die sie in ihrem S.O.S. verbaut hatten.

Troy sang leise vor sich hin, während er den Spiegel drehte und wendete, mit *la-la-la* anstelle von Worten. Brian erkannte die Melodie – es war etwas, das Troy immer wieder summte und mit dem er experimentierte. Brian fragte sich, was wohl der Text sein würde, aber er bedrängte Troy nicht.

Als Troy mit dem Spiegel fertig war, setzte er sich zu Brian in den Schatten. Die Haut auf seinen Schultern schälte sich, und er zupfte gedankenlos daran. „Es ist seltsam, oder?"

„Du müsstest dich schon ein wenig präziser ausdrücken." Brian zog ein Palmenblatt wieder heraus, dass sich beim Flechten zusammengeschoben hatte.

„Ich meine, wie es hier immer das Gleiche ist." Er starrte auf das ruhige, türkisfarbene Wasser. „Ich hätte nie gedacht, dass ich das einmal sagen würde, aber ich bin die Sonne leid. Sogar in L.A. variiert das Wetter etwas. Scheiße, ich würde mich über ein paar Wolken freuen. Hier ist es immer … so. Nachts regnet es kurz, aber ich vermisse richtige Regentage."

Nachdem sie einige Tage lang hatten Flusswasser kochen und reinigen müssen, waren die kurzen nächtlichen Regenschauer zurückgekehrt, sehr zu ihrer Freude. Aber Brian machte sich dennoch Sorgen über das, was auf sie zukam. „In der Regenzeit wirst du um etwas Sonne beten."

Troy lächelte schwach. „Immer das, was man nicht hat, stimmt's?" Er streckte seinen Fuß aus und rieb ihn an Brians Schienbein. „Wann fängt sie nochmal an?"

Die Bewegung von Troys Fuß ließ Brians Haut kribbeln. „Um November herum."

„Also noch etwas Zeit bis dahin."

„Mmm." Es war fast Juli, und sie waren seit achtundvierzig Tagen auf *Golden Sands*.

Brian drehte sich der Magen um, wenn er an die Zukunft dachte.

Konnten sie gesund und unverletzt bleiben? Was, wenn sie einen giftigen Fisch aßen oder von etwas gebissen wurden? Er schauderte, als er sich an Troys Schmerzensschreie und die entsetzliche Schwellung an seinem Fuß erinnerte. Was, wenn sich einer von ihnen an einer Koralle schnitt und eine Infektion bekam? Was, wenn–

„Brian?" Troy legte eine Hand auf Brians Oberschenkel und streichelte ihn durch den verschlissenen Stoff seiner Shorts.

Brians Interesse am Körbeflechten ließ recht plötzlich nach. Das Trommelfeuer der sorgenvollen Fragen verhallte und wurde von süßem, langsam erwachenden Verlangen ersetzt. Sie lächelten sich an, dann warf Brian den Korb zur Seite, und sie küssten sich. Brian riss den Klettverschluss von Troys Schwimmshorts auf, wissend, dass der Schwanz darunter sich bereits für ihn aufrichtete.

Es war etwas, das sie nun taten. Manchmal am Morgen, manchmal am Nachmittag, aber immer nachts. Jede Nacht. Sie berührten einander mit ihren Händen und Lippen, drängten sich aneinander, Haut an Haut, rieben oder wichsten, bis sie kamen. Sie sprachen nie darüber, jedenfalls nicht mit Worten. Stattdessen kommunizierten sie mit Stöhnen und Schreien, Seufzen und Keuchen. Und flüsterten des jeweils anderen Namen.

„Troy …" Brian drückte ihn auf die Decke unter dem Sonnendach und küsste seinen Hals und leckte an seinem Adamsapfel, der nach Salz und Sonne und Schweiß schmeckte.

Sie waren nun nackt und rieben ihre Ständer aneinander. Brian wollte nicht zu schnell kommen und rollte von Troy herunter auf seine Hüfte. Er lachte leise, als Troy über den Verlust des Hautkontakts jammerte. Er gab nach und pumpte Troys Steifen ein paarmal mit der Hand. Er hätte sich niemals vorstellen können, dass er den Schwanz eines anderen Mannes so genießen könnte, aber … naja, es war Troy.

Er saugte abwechselnd an Troys Nippeln, während er seine Fingerspitzen um Troys Bauchnabel gleiten ließ. Und dann in das drahtige Haar darunter. Troy zitterte und öffnete die roten Lippen. An der Innenseite seines Oberschenkels hatte Troy ein kleines Muttermal, und Brian fragte sich, ob die Haut dort anders schmeckte. Er rutschte etwas nach unten und fuhr mit der Zunge darüber.

„Oh!" Troys Mund öffnete sich etwas weiter, und seine Brust hob sich.

Brians Kopf war nun in seinem Schoß, und sein Herz pochte. Er betrachtete Troys Schwanz, der sich steif aufgerichtet zu dessen Bauch bog. Wie würde das schmecken?

Bevor ihn der Mut verließ oder er überhaupt richtig darüber nachdenken konnte, leckte Brian an der Seite von Troys Schaft aufwärts, entlang der dicken Vene dort. Troy sog scharf den Atem ein. Brians Lippen schwebten direkt über der Eichel, die aus der Vorhaut lugte. Sein Mund wurde ganz trocken, und er riskierte ein Blick nach oben.

Das pure Verlangen in Troys Augen fuhr wie ein feuriger Blitzschlag durch Brians Körper, und ihm stockte der Atem. Troy beobachtete ihn mit geöffneten Lippen. Dann flüsterte er: *„Bitte."*

Nach dieser flehenden Äußerung senkte Brian den Kopf, leckte zärtlich an der Eichel und nahm sie schließlich in den Mund. Er schmeckte einen Tropfen bitterer, moschusartiger Essenz. Troys Stöhnen hallte in der Nachmittagsbrise und machte Brians Schwanz noch härter. Troy spreizte seine Beine, und Brian ließ sich zwischen seinen Schenkeln nieder und nahm ihn etwas ungeschickt in den Mund.

Troy lag vollkommen offen da, Arme und Beine von sich gestreckt, voller Vertrauen, und Brian spürte eine Woge der Zuneigung in seiner Brust. Er lutschte tatsächlich den Schwanz eines anderen Mannes, und es gefiel ihm. Mehr als das. Es schmeckte anders als der Rest von Troys Haut. Heißer und feuchter als sein Mund, obwohl es Brians Speichel war, der auf Troys Eier tropfte, während er leckte und saugte.

Troy *pulsierte* in seinem Mund, und Brian atmete angestrengt durch die Nase, bis er schließlich aufhören musste, um einen tiefen Atemzug durch den Mund zu nehmen.

Eine von Troys Händen fand den Weg zu Brians Kopf, und die Finger fuhren durch sein dichtes, zu langes Haar. Brian hatte oralen Sex immer gemocht, ihn gern gegeben. Ihm gefiel, wie intim das war, und der stärkere Geruch und Geschmack, der den Sex ursprünglicher machte. Die meisten Frauen, mit denen er zusammen gewesen war, hatten kaum Schamhaar gehabt, aber anstatt von Troys Haaren abgetörnt zu sein, schwelgte er darin. Er rieb sein Gesicht daran, während er Troys zitternde Schenkel auseinanderhielt.

Er leckte an Troys Eiern, und Troy *schrie*. Brian dachte daran, wie Rebecca es mit ihm gemacht hatte, spuckte auf seinen Finger und rieb ihn über Troys Loch.

„Oh, Scheiße. Scheiße!" Troy packte Brians Haar fester. Brian wurde klar, dass er es liebte, die Worte zu hören. Er *musste* die Worte hören.

Während er Troys Loch reizte, leckte Brian an einem von Troys Eiern. Mit heiserer Stimme fragte er: „Gefällt dir das?"

„Ja! Scheiße, ja. Bitte."

Gott, Troy war hinreißend, so bettelnd vor ihm ausgebreitet. Brian drückte nur die Fingerspitze hinein, saugte an Troys Eichel und fragte sich, wie es sein würde, ihn zu ficken, ihn mit seinem Sperma zu füllen. Er erschauerte am ganzen Körper, und sein Schwanz tropfte. Dann kam Troy zum Orgasmus, und Brian bekam eine bittere Kostprobe, bevor er den Kopf zurückziehen konnte und zusah, wie Troy errötete und keuchte.

Brians Mund war ausgetrocknet, abgesehen von den Samentropfen, und er stand auf, um wenige Augenblicke später zurückzukehren. Er blieb direkt vor dem Unterstand stehen, streckte sich und trank eine Flasche warmes Wasser. Troy lag zu seinen Füßen, die Beine noch immer gespreizt, der Bauch mit Sperma bespritzt. Er machte keinerlei Anstalten, sich zu bedecken, und starrte Brians harten Schwanz an.

Brian reichte ihm die Flasche und beobachtete Troys Kehle, während der schluckte. Sein Schwanz war noch immer fast schmerzhaft hart, und Brian nahm sich selbst in die Hand, um sich zum Orgasmus zu bringen. Troy schlug seine Hand weg und erhob sich auf die Knie.

Brian schluckte heftig und stieß leise hervor: „Du musst das nicht."

Troy sah mit diesen dunklen Augen zu ihm auf. Sein Haar stand wie ein wilder Heiligenschein um seinen Kopf. „Willst du nicht, dass ich …?"

Brian musste lachen. „Natürlich will ich."

Troy lachte ebenfalls. Und dann holte er tief Luft, nahm Brians Ständer in die Hand und nahm ihn so tief in den Mund, wie es ging. Er musste husten. Sie lachten beide erneut, und er versuchte es beim zweiten Mal etwas vorsichtiger.

Brian streichelte seinen Kopf. „Langsam, langsam."

Troys Lippen dehnten sich um Brians Schwanz, seine Zunge umspielte ihn, und Brian wusste, dass es schnell gehen würde.

„Troy … ich … das ist so gut."

Über die Jahre hatten ihm viele Frauen einen geblasen. Frauen, die im Gegensatz zu Troys ungeschicktem Rumprobieren gewusst hatten, was sie taten. Aber Brian konnte sich nicht erinnern, dass ein Blowjob jemals so wie das hier gewesen wäre – als würde zusammen mit seinem Schwanz auch sein Herz liebkost werden. Vor Troy hatte er nie einen Mann begehrt, aber er hatte auch noch nie eine Frau *so sehr* begehrt. Troys Mund war warm und feucht, und er hatte vor Konzentration die Augen geschlossen, während er saugte und mit einer Hand nach Brians Eiern griff.

Brian schaffte es nicht, eine verständliche Warnung zu äußern, bevor sein Orgasmus ihn schüttelte, aber er zog seinen Schwanz aus Troys Mund und spritze seinen Samen über Troys Gesicht und Hals. Troy schien das nichts auszumachen. Er kniete vor ihm und lächelte Brian zufrieden an.

Brian fiel auf die Knie und nahm Troys Gesicht in beide Hände, um ihn zu küssen. Troy stöhnte in den Kuss. Als die Gedanken in Brians Kopf zu kreisen begannen – *ich habe gerade den Schwanz eines anderen Mannes gelutscht, und er hat meinen gelutscht, und es war fantastisch, und was bedeutet das?* – drängte er sie zurück, schlug die Tür hinter ihnen zu und schloss sie ab.

Sie waren beide klebrig von Samen und Schweiß, aber anstatt sich zu waschen, legten sie sich wieder in den Schatten des Unterstands und küssten und streichelten sich, bis sie erneut kamen.

Brian warf den Schlüssel weg.

Kapitel 13

„ERZÄHL MIR VON deinen Songs.“

Troy öffnete die Augen und sah Brian an, der neben ihm im Wasser dümpelte. Es war noch früh am Morgen, und seine Muskeln brannten angenehm nach dem Sägewettbewerb, denn sie soeben beendet hatten. Da das Sägen von Feuerholz mit ihrer Handkettensäge so eine nie enden wollende Aufgabe war, waren sie dazu übergegangen, daraus einen Wettstreit zu machen und mit Brians Armbanduhr jeweils die Zeit zu stoppen. Heute hatte Troy mit drei Sekunden Vorsprung gewonnen, und Brian hatte geschworen, seine Ehre zu verteidigen.

Jetzt trieben sie auf dem Rücken im Meer, und eine leichte Brise wehte über das kaum kühle Wasser. Sie würden sich bald in den Schatten begeben müssen, wenn sie keinen Sonnenbrand an ihren privatesten Körperregionen bekommen wollten, aber ein paar Minuten konnten sie noch hier faulenzen.

„Was soll ich dir erzählen?“

„Ich weiß nicht. Alles. Ich weiß, du willst nicht, aber … bitte?“

Troy seufzte. „Es ist nicht so, dass es ein *Geheimnis* wäre, es ist nur … peinlich, irgendwie.“

„Wieso?“, fragte Brian leise, während er mit dem Finger gedankenlos kleine Kreise im Wasser zog.

„Ach, es ist wirklich nichts besonders. Ich habe nur Ideen. Fragmente. Wortfetzen. Keine vollständigen Geschichten.“

„Worüber?“

„Ich weiß nicht. Über alles Mögliche."

„Nun, ich mag alles Mögliche."

Ein kleiner Wolkenfetzen schwebte am Himmel vorüber, und Troy folgte ihm mit den Augen. „Eine Songidee handelt von einem Jungen, der in einer Kleinstadt lebt und versucht, eine alte Windmühle zu reparieren. Die Windmühle ist eine Metapher für seine zerstörte Familie." Troys Wangen wurden heiß. „Nur so albernes Zeug."

„Das ist nicht albern. Überhaupt nicht. Ich würde es hören wollen. Ich liebe es, wenn du singst."

Troy empfand eine plötzliche, tiefe Freude und musste lächeln. „Danke. Ich habe einige im Kopf – Texte, meine ich. Aber wenn ich sie laut singe, klingen sie irgendwie nicht richtig. Ich muss sie erst aufschreiben. Versuchen, Sinn reinzubringen."

„Du könntest sie in den Sand schreiben."

Aus irgendeinem Grund erfüllte der Gedanke Troy mit Traurigkeit. „Das ist nicht dasselbe. Sie würden wegwehen. Ich werde sie schreiben, wenn wir wieder zurückkommen." Es half, von *wenn* zu sprechen, anstatt von *falls*. „Und dabei werde ich Cola trinken und Doritos essen. Und mmh, Pizza."

„Weißt, worauf ich auch Lust hätte? Eis. Habe ich erwähnt, dass ich mein Erstgeborenes gegen ein kaltes Bier eintauschen würde?"

Troy lachte. „Nur ein- oder zweimal, Alter. Oh, Mann. Kannst du dir vorstellen, wie gut jetzt Eiscreme schmecken würde? American Cookie von *Haagen Daz*. Oder Minzschokolade."

„Praline-Sahne. Und danach Bier."

Sie listeten sämtliche Speisen auf, die sie an diesem Tag am meisten vermissten. Troy spürte Brians Blick und konzentrierte sich auf das Wasser. Er spreizte seine Zehen und spannte seine Füße an, dann entspannte er sie wieder mit einem kleinen Platschen.

„Eines Tages würde ich gern einen deiner Songs hören."

Troy war sich nicht sicher, warum ihm das so unangenehm war. „Aber es ist nicht die richtige Sorte Musik."

„Warum nicht?"

„Wir machen ganz eindeutig Pop in der Band. Poppiges, tanzbares Zeug. Spaßmusik. Ich kann ja nicht plötzlich zum folkigen Songwriter mit Gitarre werden."

„Warum nicht?", wiederholte Brian.

Troy schnaubte ein wenig. „Weil das einfach nicht geht. Ich weiß kaum noch, wie man Gitarre spielt."

„Könntest du es nicht lernen?"

„Naja, ich könnte, aber ..." Er wand sich und paddelte mit den Händen. „Selbst, wenn ich das täte – es würde sich nicht verkaufen. Niemand würde meine Musik wollen."

„Ist das der Grund, warum du Angst hast, sie zu schreiben?"

„Folk verkauft sich nicht." Er wiederholte die Worte seines Vaters wie ein Echo.

„Und?" Brian lächelte. „Ich spiele mal des Teufels Advokat: Du hast Millionen gemacht, richtig? Was spielt es für eine Rolle, ob es sich verkauft oder nicht?"

„Natürlich spielt es eine Rolle. Es muss ein Hit sein."

„Sagt wer? Dein Vater?" Brian streckte seine Hand aus und streichelte Troys Arm. Die Berührung hinterließ Gänsehaut.

„Naja ... ja." Er schüttelte den Kopf. „Dumm, oder? Ich bin ein erwachsener Mann, mein Vater ist tot, und ich versuche immer noch, es ihm recht zu machen. Warum tue ich das?"

„Weil du im Arsch bist."

Troy brach in Gelächter aus. „Ist das Ihre Diagnose, Dr. Sinclair?"

„Japp." Brian lachte ebenfalls. „Die Inseltherapie ist damit abgeschlossen. Du bist im Arsch. Ich bin im Arsch. Wir sind alle im Arsch."

Troy lächelte und schmeckte Salz, als er sein Haar zurückstrich. „Aber würden die Leute meine Musik wirklich hören wollen?"

„Ich schon."

Troy verdrehte die Augen. „Natürlich würdest du. Du bist mein–" Der unvollendete Gedanke hing zusammen mit dem Wolkenfetzen in dem unendlich blauen Himmel, und sein Herz klopfte. „Freund", endete er unentschlossen.

Was sonst würde er sein? Aus dem Augenwinkel bemerkte er, wie Brian den Kopf drehte und ihn aufmerksam ansah.

„Wir sollten besser aus dem Wasser gehen, bevor wir einen Sonnenbrand bekommen." Troy paddelte zum Strand, und Brian tat es ihm nach.

Sie stapften planschend aus dem Wasser. Der feine Sand klebte an ihren Füßen. Während Brian heute an der Reihe war, den Signalspiegel zu betätigen, schnitt Troy eine frische Papaya auf, die sie sich dann teilten. Der Saft lief an Brians Kinn herab, und Troy fuhr mit der Zunge darüber und dann in Brians Mund.

Troy machte sich bewusst, dass sie nicht zu viel darüber nachdenken wollten. So hatten sie es beschlossen, und es gab keinen Grund, es weiter zu analysieren. Sie saßen hier fest und vergnügten sich miteinander. Und wenn schon? Nichts davon *bedeutete* etwas. Dennoch flüsterte Troys Verstand das unausgesprochene Wort leise und beharrlich:

Geliebter.

„MMH. JA, GENAU da."

Troy drückte seinen Ellenbogen in den Knoten unter Brians Schulterblatt. „Fester?"

Mit atemloser Pornostimme bettelte Brian: „Gib mir alles, was du hast."

Lachend schlug Troy auf Brians Arm. Brian lag mit dem Gesicht nach unten auf einer Decke beim Lagerfeuer, und Troy saß rittlings auf Brians Hintern. Der Stoff ihrer Unterhosen rieb sich aufreizend an Troys Schwanz. „Oh, ich werd's dir schon geben, Schatz."

Brians leises Lachen legte sich über Troy wie Honig. „Komm schon, du großer–" Er verstummte, als der Himmel urplötzlich einen Regenschauer losließ.

Es musste schon später sein, als Troy gedacht hatte. Oder der Regen kam heute früher. Wie auch immer, es spielte keine Rolle. Sie beeilten sich, die Flaschen aufzuschrauben und den Koffer zu öffnen. Dann zog er seine Unterhose aus und genoss den Regen, der kühl und erfrischend auf ihn niederprasselte. Brian tat es ihm nach, und sie hoben im beißenden Qualm des erlöschenden Feuers die Arme zum Himmel.

Es regnete immer noch, als sie ins Zelt und in die Arme des jeweils anderen unter das Moskitonetz krabbelten. Troy liebte das Gefühl, wie ihre nasse Haut übereinander glitt, und er setzte sich rittlings auf Brians Hüften, beugte sich vor und rieb seine Wange an dem feuchten Pelz auf Brians Brust. Brian hielt und streichelte Troys Körper.

Dann tauchten seine Finger in Troys Arschritze, und Troy stöhnte auf. Er drückte seine Knie weiter auseinander, damit Brian besser an sein Loch kam. Er hatte darüber nachgedacht, seit sie sich am Tag zuvor gegenseitig den Schwanz gelutscht hatten, und sich gefragt, wie es wäre, Brians ganzen Finger – oder mehr – in sich zu spüren. Manchmal hatte er beim Masturbieren mit seinem Arsch gespielt, und manche seiner Freundinnen hatten gemacht, was Brian während des Blowjobs gemacht hatte. Aber nie tiefer als die Fingerspitze.

Jetzt wollte Troy mehr. Es kümmerte ihn nicht, dass er damit vielleicht eine Grenze überschritt, die ihn schwul machte. Denn was spielte das schon für eine Rolle? Er war offensichtlich zumindest bisexuell. Er hatte einem anderen Mann den Schwanz gelutscht, und es hatte ihm gefallen. Mehr als nur gefallen, und er schämte sich nicht deswegen. Das hier war ihre kleine Welt, und er wollte sich gut fühlen. Er wollte, dass Brian sich gut fühlte. Er hatte noch nie etwas so sehr begehrt, wie er Brian begehrte – mit einem so umfassenden, ursprünglichen Verlangen.

Als Brians Finger sein Loch fand und es umkreiste, sog Troy scharf den Atem ein. Der Regen rauschte noch immer gleichmäßig herab, und der Graben um ihr Zelt würde in Kürze überlaufen, aber er konnte nur an eines denken. Er hob den Kopf und flüsterte in Brians Ohr:

„Wirst du mich ficken?"

Er fühlte, wie Brian erschauerte. Sein Finger drückte gegen Troys

Loch.

Troy flüsterte: „Ich will fühlen, wie das ist. Ich will … alles. Alles von dir."

Er hielt den Atem an und hob den Kopf, um Brian in die Augen zu schauen, der im dunklen Zelt kaum sichtbar war. Brians Finger war noch immer an seinem Arsch, aber er sagte nichts, und Troys Herz setzte einen Schlag aus.

Habe ich eine Grenze überschritten? Ist das zu schwul? Bin ich ein Freak?

Mit seiner anderen Hand griff Brian nach Troys Gesicht. Er sah ihn eindringlich an. „Du willst meinen Schwanz?"

Troy atmete erleichtert aus und nickte eifrig. „Ich will ihn. Ich will, dass du mich fickst. Dass du in mir kommst." Er zögerte. „Ich bin negativ. Du auch?" Obwohl es ihm, ehrlich gesagt, egal war. Sie könnten auf dieser Insel noch Jahre festsitzen. Für immer. Er brauchte das.

„Das bin ich. Gott, ich will dich."

Sie küssten sich, ein Aufeinanderprallen von Lippen und Zähnen, und Troy rollte mit den Hüften. Sein Schwanz war beinahe schmerzhaft steif an Brians. Er rieb sich dagegen und spürte Brians Länge und Umfang. Er war sich nicht sicher, ob das in ihn hineinpassen würde, aber schon der Gedanke daran ließ die Lust wie eine Quelle in ihm sprudeln, und seine Eier zogen sich zusammen.

„Bitte, Brian. Mach's mir."

Brians Brust hob und senkte sich rapide. Er fuhr mit dem Daumen über Troys Mund. „Ich will dir nicht wehtun. Bist du schon einmal gefickt worden? Mit einem Dildo vielleicht oder so etwas?"

Troys Nerven sangen, und seine Haut wurde heiß wie Feuer. Er schüttelte den Kopf. Er war noch nie irgendwie penetriert worden, aber heilige Scheiße, er wollte jetzt gefickt werden. „Tu es." Er fiel über Brians Mund her, biss ihn in die Lippe. „Fick mich."

„Wir haben nichts, das wir als–" Brian keuchte leise auf. „Warte." Er drängte Troy von sich herunter, hob das Netz und kroch zu seinem Kulturbeutel. Troy lag auf der Seite, betrachtete Brians blassen Hintern und fragte sich, wie es wäre, seinen Schwanz darin zu vergraben. Er musste die Wurzel seines Ständers packen und heftig drücken, um nicht die Kontrolle zu verlieren.

Brian kehrte mit einer kleinen Glasflasche zurück. „Haaröl. Hatte fast vergessen, dass ich das habe."

„Gut, dass wir es bisher nicht benutzt haben." Troy lächelte. In seinem Bauch flatterten Schmetterlinge, als sie zuerst die Flasche ansahen und dann einander. „Also, wie …"

„Ich habe das manchmal mit meiner Ex gemacht. Auf Knien und Ellenbogen. Aber du wirst unheimlich eng sein. Wie wäre es …" Behutsam rollte Brian Troy auf seine andere Seite, hob sein oberes Bein und beugte es. „So für den Anfang?"

„Mh-hm." Sein Arsch fühlte sich total bloßgelegt an, und Troy atmete flach durch die Nase, während er wartete. „Ist gut so."

Als Brian einen öligen Finger gegen seinen Eingang drückte, verkrampfte Troy sich. Er spürte die zärtliche Liebkosung von Brians Lippen an seinem Hals und dann den Atemhauch, als der flüsterte: „Entspann dich. Lass mich hinein."

Die Aludecke knisterte unter seiner Hüfte, als Troy etwas hin und her rutschte und tief Luft holte. „Okay", murmelte er.

Brian küsste seine Ohrmuschel, dann saugte er an der Seite von Troys Hals, während er mit seinem Arsch spielte, den Finger hineindrückte und wieder zurückzog, ihn Stück für Stück dehnte und öffnete. Als Brians ganzer Finger in ihm war, hatte Troy bereits das Gefühl, unerträglich voll zu sein. Das konnte auf keinen Fall funktionieren.

Aber der Schmerz ließ nach, und als Brian seinen Finger ganz herauszog, konnte Troy das leise Wimmern nicht zurückhalten.

Brian küsste erneut sein Ohr und lachte leise. „Du machst das so gut."

Troys Brust schwoll bei dem Lob. Er hob sein Bein höher und zog das Knie an seine Brust. „Mehr."

„Du willst es so sehr, hm? Bist gierig nach meinem Schwanz?"

„Scheiße, ja." Sie hatten bisher nie viel beim Sex geredet, aber jetzt schienen sie nicht still sein zu können. „Gib ihn mir. Gib mir alles."

„Erst zwei Finger." Brian drückte sie durch den Ring aus Muskeln.

Troy keuchte auf und verkrampfte sich erneut. „Scheiße", murmelte er.

„Du bist so eng. Gott." Brians warmer Atem fächerte über Troys Hals.

„Ich kann das." Er konzentrierte sich aufs Atmen, und das Brennen ließ Stück für Stück nach, während Brian ihn dehnte. Als Brian seine Finger krümmte, schoss Troy beinahe geradewegs hoch ins Moskitonetz. „Oh, verfluchte Scheiße. Da! Das ist … oh, Gott." Sein Schwanz war schlaff geworden, während Brian seinen Hintern gedehnte hatte, aber jetzt pulsierte er zurück ins Leben.

„Muss deine Prostata sein", murmelte Brian und strich erneut darüber.

„Oh, mein Gott. Hör bloß nicht auf."

Beide lachten, aber schon bald darauf stöhnte Troy nur noch mit geschlossenen Augen, während Brian ihn mit seinen Fingern fickte. „Ich mag, wie du dich anhörst", murmelte Brian. „So geil. Bereit für mich?"

Troy zögerte nicht und schob ungeduldig seine Hüften gegen Brians Finger. „Ja. Jetzt." Seine Nippel kribbelten, sein Schwanz pochte, und er war so *derartig* bereit.

Bis Brian den schlüpfrigen Kopf seines Ständers gegen seinen Eingang presste und Troy dachte, er würde in zwei Teile gespalten. Brians Schwanz fühlte sich so heiß an wie ein eiserner Schürhaken. Er konnte nicht einmal stöhnen. Auf seiner regennassen Haut brach Schweiß aus.

Brian fuhr mit der Hand an Troys Arm abwärts und verschränkte ihre Finger miteinander. Er murmelte: „Atme. Es ist alles gut. Sag mir, wenn ich aufhören soll."

Es war unglaublich verlockend, einfach zu rufen: *Ja, hör auf und komm mit dem Ding nie wieder auch nur in die Nähe meines Arschlochs!* Aber Troy konzentrierte sich auf seinen Atem, und das Brennen ließ nach. Er drückte Brians Finger. „Mach weiter."

„Lass mich hinein." Brian stieß stöhnend mit den Hüften. Er ließ Troys Hand los und zog dessen Arschbacken auseinander.

Troy hatte sich beim Sex noch nie so entblößt und ausgeliefert gefühlt, aber Brian war da, und alles war gut. Alles war fantastisch. Stöhnen entrang sich seiner Kehle, Keuchen glitt über seine Zunge. „Mach weiter", wiederholte er.

Brian presste, und als seine Eichel schließlich hineinschlüpfte, gefolgt vom Rest seines Schaftes, fühlte Troy sich unfassbar voll.

„Drück nach unten", forderte Brian ihn auf. „Genau so. Oh, ja. So gut." Er schob einen Arm unter Troy und schlang ihn um dessen Brust. Ihre feuchte Haut rieb sich aneinander.

Drahtiges Haar kribbelte an Troys Arschbacken und machte ihm klar, dass Brian ganz drin war. Er hatte noch nie etwas derartig Intensives gespürt. Das Gefühl, so voll zu sein, war nur ein Teil davon. Es fühlte sich irgendwie an, als wäre Brian in seine Haut gekrochen – als würde er Troy überall berühren und sich in jeder Zelle seines Körpers ausbreiten. Troys Schwanz tropfte, und er stöhnte tief und inbrünstig.

„Du bist so gut", wiederholte Brian murmelnd. Er hielt Troys Brust umklammert und fing an, ihn richtig zu ficken, die Hüften zu pumpen, rein und raus. „Ich werde dich vollspritzen."

Troy konnte nur stöhnen und schreien, ganz verloren in einem Nebel aus *Ja!* Und *Mehr!*. Er vertraute Brian, dass er sich um ihn kümmern würde, und ließ sich völlig gehen. Er nahm die Stöße und die Lust und gab jede Kontrolle auf, als die süße Spannung in seinen Eiern wuchs. Seine Haut sang, und als Brian seinen harten Schwanz in die Hand nahm und ihn zugleich mit den Bewegungen seiner Hüften wichste, während Brians Ständer ihn so weit dehnte, sah Troy tatsächlich Sterne, und der Orgasmus raste durch seinen Körper.

Noch während er die intensiven Explosionen der Lust durchmachte, wurde ihm bewusst, dass er sich um Brians Schwanz herum verkrampfte. Brian schrie auf und stieß grunzend noch heftiger zu. Sein Schweiß tropfte auf Troys Schulter. Und dann erbebte Brian und ergoss sich in Troy.

Bei dem Wissen, dass Brian tief in ihm kam, wo noch niemand ihn je berührt hatte, überwältigte Troy eine neue Welle der Lust, und aus seinem Schwanz floss ein weiterer Spritzer Sperma. Er hatte vorher noch nie Sex ohne Kondom gehabt, und es fühlte sich alles so viel schmutziger an – aber auf die beste Weise, die man sich vorstellen konnte.

Ihr schweres Atmen erfüllte das Zelt, und Troy bemerkte, dass der Regen aufgehört hatte. Brians Schwanz erschlaffte in ihm, und er verteilte süße, kleine Küsse über Troys Schultern, bevor er sich behutsam aus ihm herauszog. Er ließ Troys Schwanz mit einem zärtlichen Klaps los und griff nach Troys Loch, um es leicht zu massieren. Es war ölig und eingesaut, und es hätte eklig sein müssen, aber Troy gefiel es. Es fühlte sich … echt an.

„Okay?"

Mh-hmm.

„Troy?" Brians Stimme wurde etwas schärfer, und er hob sich auf die Ellenbogen und ergriff Troys Kinn. Er sah ihn besorgt an. „Habe ich dir wehgetan?"

„Hm?" Ihm wurde bewusst, dass er gerade nicht laut gesprochen hatte. „Nein. Ich fühle mich gut."

Brians Augenbrauen blieben zusammengezogen. „Sicher? Du würdest es mir doch sagen, oder?"

„Mh-hm." Er lächelte träge. „Ich fühle mich verdammt großartig. Das war … wow."

Brian atmete aus und ließ die Schultern sinken. Er küsste Troy, während seine Finger immer noch zärtlich an Troys geschwollenem Arschloch lagen. „Das war es."

„Ich wusste nicht, dass es sich so anfühlen kann."

Brian strich Troy das lockige Haar aus der Stirn, bevor er seine Lippen auf Troys drückte. „Ich auch nicht."

Während ihre Worte in der feuchten Luft hingen, sie einander in die Arme sanken und das Moskitonetz sie in ihrer kleinen Welt einschloss, hatte Troy nicht das Gefühl, dass sie gerade nur über Sex gesprochen hatten.

Kapitel 14

BRIAN FÜLLTE EINE halbe Kokosnussschale mit Meerwasser, als er aus dem Augenwinkel eine Bewegung wahrnahm. Er hatte seinen Spaziergang gemacht und war so gut wie fertig mit ihrer Version des Wäschewaschens, was ein Dampfbad ihrer begrenzten Kollektion von Kleidungsstücken einschloss. Mit einem Blick unter seiner Hutkrempe hervor registrierte er den blassen, gelatineartigen Schatten und stolperte rückwärts, aber nicht schnell genug.

Der Strang bleicher Tentakeln peitschte über die Innenseite seiner linken Wade, und er schrie auf. Dann rannte er durch das aufspritzende Wasser zum sicheren Sand.

„Brian?", rief Troy.

„Es geht mir gut! Ich bin nur … verfluchte Scheiße, brennt das." Er musste lächerlich aussehen, so wie er da auf einem Bein umherhüpfte, während sein nackter Schwanz hin und her schwang. Er presste die Lippen zusammen und blähte die Nasenflügel. „Au, au, au."

Troy war plötzlich an seiner Seite, ebenfalls vollkommen nackt. Er runzelte die Stirn und schlang einen Arm um Brians nackte Schultern. „Was ist passiert?"

„Qualle." Brian zuckte zusammen und warf seinen Hut zur Seite, um an seinen Haaren zu reißen. Es hatte ihm immer schon geholfen, sich von Schmerzen abzulenken, indem er sich weitere zufügte. „Verdammter Mist!"

„Oh, Scheiße." Troy riss die Brauen hoch. „Warte – du weißt, was das bedeutet, oder?"

Mit einem Aufstöhnen schüttelte Brian den Kopf, aber er musste lachen. „Ich stand noch nie auf Natursekt."

Troys Schultern zuckten. „Ich auch nicht. Aber es soll helfen, stimmt's?"

„Ich glaube, ja." Brian sog scharf die Luft ein. Der Quallenbiss brannte. „Scheiße, das tut echt weh. Okay, tu es."

Troys Arm hielt ihn fest. „Wo? Ich kann nichts sehen."

„Die Innenseite meiner Wade."

„Gut, dass ich gerade pinkeln muss, hm?"

Brian öffnete den Mund, um irgendeinen Witz zu machen, aber als der warme Urin auf sein Bein traf, konnte er sich nur dankbar an Troy anlehnen. Er wusste, das hätte eigentlich abstoßend sein müssen, aber irgendwie … war es das nicht. Er zwang sich, einmal tief ein- und auszuatmen, und drückte seine Schläfe gegen Troys. Das Brennen ließ noch nicht wirklich nach, aber er fühlte sich besser – irgendwie sicher und gut aufgehoben.

Es war etwas unglaublich Intimes daran, und Brian erschauerte nicht nur wegen des brennenden Quallenbisses, sondern auch noch wegen etwas ganz anderem. Troy letzte Nacht zu ficken, war fantastisch gewesen – unbeschreiblich. In seinem Bauch flatterte es, wenn er nur daran dachte. Und es war unmöglich, nicht daran zu denken,

Unmöglich, nicht zu hinterfragen, was wirklich zwischen ihnen vor sich ging, denn es ging weit über das Körperliche hinaus. Meilenweit.

Als Troy mit dem Pinkeln und dem Versuch, seine Schmerzen zu lindern, fertig war, wollte Brian mehr. Er wollte Troys Samen auf seiner Haut. Und in seinem Körper. Brian suchte Troys Lippen, und Troy legte seine Arme um ihn und erwiderte den Kuss, ließ seine Zunge um Brians gleiten.

Er wollte einfach hier stehen bleiben, Troys weiche Lippen kosten, das Kratzen seiner Bartstoppeln an seinen eigenen fühlen. Er wollte ihn noch einmal ficken und ihm seinen eigenen Arsch anbieten. Er musste wissen, wie es war, diesen Mann in sich zu haben, wenn es sich doch anfühlte, als wäre Troy bereits da.

Aber Scheiße, verdammt, verflucht, au. Er zuckte zusammen und löste sich von Troy.

„Hat es geholfen?", fragte Troy und rieb Brians Rücken.

Er hätte so gern Ja gesagt, aber konnte den Schmerzenslaut nicht zurückhalten. „Nein. Es scheint nicht das Geringste ausgerichtet zu haben."

„Scheiße! Ernsthaft?" Troy stützte Brians Hüfte und hockte sich hin, um sich die Stelle an Brians Wade anzusehen. „Ich dachte, das soll funktionieren! Ich glaube, ich sehe etwas. Lass mich die Pinzette holen. Komm, setz dich." Er half Brian, zur Decke zu humpeln, dann flitzte er zum Zelt.

Brian ließ sein Bein ausgestreckt liegen und sah sich seine Wade genau an. Als Troy zurückkehrte, sagte Brian: „Ich glaube, da stecken Tentakeln in meinem Bein. Pass auf, dass du sie nicht berührst."

Troy kniete sich neben ihn und nickte. „Ich werde aufpassen. Halt still, okay?" Er legte seine linke Hand auf Brians Knie und beugte sich mit der Pinzette über dessen Wade.

Brian atmete schwer, als das Brennen heftiger wurde. Er presste seine Lippen zusammen und fluchte vor sich hin.

Troy sah ihn stirnrunzelnd an. „Schrei. Halt es nicht zurück." Ein kleines Lächeln spielte um seine Lippen. „Soll ich mit dir zusammen schreien?" Er holte tief Luft und brüllte den Himmel an.

Halb lachend, halb aufheulend schrie Brian, während Troy rasch die Pinzette zum Einsatz brachte. Dann warf er die Tentakel zurück ins Meer, füllte eine Kokosnussschale mit Wasser und kniete sich wieder neben Brians Füße.

„Wenn Pisse nichts bringt, denkst du, Salzwasser wird helfen?"

„Ein Versuch kann nicht schaden." Brian stützte sich ab und sah zu, wie Troy das Wasser über die Einstichstelle goss, die aus zwei kurzen, tiefroten Kratzern bestand. Er mochte sich kaum vorstellen, wie schmerzhaft ein richtiger Stich sein würde. Die kleine Wunde brannte so heftig, dass er halb erwartete, Rauch aus ihr aufsteigen zu sehen. Aber das Salz würde sie hoffentlich ein wenig desinfizieren, denn das Jod war ihnen ausgegangen.

Troy studierte Brians Gesicht. „Scheiße. Macht es die Schmerzen schlimmer?"

„Mh-hm. Aber mach weiter."

Mit gerunzelter Stirn goss Troy behutsam mehr Salzwasser aus und rieb mit der anderen Hand beruhigende Kreise auf Brians Oberschenkel. Er gab Brian eine ganze Flasche Wasser zu trinken. Dann beobachtete er ihn aufmerksam, so als hielte er nach Symptomen Ausschau. Er presste seinen Handrücken gegen Brians Stirn.

Brian musste leise lachen. „Es geht mir gut. Das Ding hat mich kaum erwischt. Ich sollte die Wäsche zu Ende machen."

„Du ruhst dich aus, keine Widerrede. Und du brauchst Ibuprofen."

„Nein, wir haben nur noch ein paar Tabletten übrig. So schlimm ist das hier nicht." Troy sah ihn skeptisch an, und Brian lenkte ein. „Ja, es tut weh. Aber ich werd's überleben. Es lässt schon nach."

Nachlassen war nicht ganz zutreffend, aber seine Wade fühlte sich nicht mehr an, als hätte jemand sie in Brand gesteckt, und das war immerhin etwas. Brian seufzte leise, während er zusah, wie Troy seinen Beschäftigungen nachging. Er freute sich am Spiel von Troys Muskeln, und er liebte, dass er so viel hinsehen konnte, wie er wollte, und dass es okay war. Ihn anzufassen, war auch okay. Troy gehörte ganz ihm.

Nachdem er die Wasserflasche wieder aufgefüllt und Brian in die Hand gedrückt hatte, fragte Troy: „Was?" Er lachte unsicher. „Worüber lächelst du so?"

Brian schluckte das Wasser und zuckte mit den Schultern. „Nichts. Danke für deine Hilfe."

„Natürlich. Du hast mir auch geholfen, als ich verletzt war." Er verzog das Gesicht. „Du bist eine ganze Ecke tapferer, als ich war."

„Machst du Witze? Weißt du noch, wie dein Fuß ausgesehen hat? Scheiße, dein ganzer Unterschenkel. Ich weiß es nämlich noch, und es war schlimm. Wirklich, wirklich schlimm." *Ich dachte, du würdest sterben.* Bei der bloßen Erinnerung an die schreckliche Schwellung und

Verfärbung setzte Brians Herz einen Schlag aus. *Was, wenn das noch einmal passiert? Was, wenn er sich verletzt?* „Das hier ist nur ein kleiner Stich. Ich bin ziemlich sicher, dass ich das überleben werde.“

„Das solltest du auch besser.“ Troy versuchte zu lachen, schaffte es aber nicht ganz. Er räusperte sich. „Brauchst du noch irgendetwas? Hast du Hunger? Ich kann–“

„Alles gut. Setz dich ein bisschen zu mir? Es ist sowieso zu heiß, um irgendwas anderes zu tun. Scheiß auf die Wäsche.“

Troy nickte und gesellte sich zu ihm auf die Decke unter ihrem Sonnendach. „Du solltest dich ausruhen. Komm her.“

Brian streckte sich auf dem Rücken aus und legte seinen Kopf auf Troys muskulösem Oberschenkel ab. Sein Gesicht war nur Zentimeter von Troys nacktem Schwanz entfernt, und das hätte komisch sein sollen, nicht wahr? Aber trotz des Brennens in seiner Wade war es absolut friedvoll, an einem weiteren, vollkommen klaren Tag auf der Insel zusammen im Schatten zu sitzen. Die Vögel zwitscherten, die Grillen sangen. Und natürlich meldete sich die leise Stimme in seinem Kopf.

Bin ich schwul? Ist Troy schwul? Sind wir bi? Was sind wir?

„Bri?“ Troy runzelte die Stirn. „Werden die Schmerzen stärker?“

Brian bemühte sich, seine Muskeln, die sich unwillkürlich verspannt hatten, zu lockern, und schüttelte den Kopf. Er wusste, er sollte wahrscheinlich darüber reden, aber bei dem Gedanken wurde ihm flau im Magen. Was, wenn darüber zu reden, alles peinlich machen würde? Was, wenn es alles verderben würde?

Denk nicht zu viel darüber nach. Es gibt nur uns beide hier. Warum sollten wir nicht einfach glücklich sein?

Troy fuhr mit den Fingern durch Brians immer länger werdendes Haar, spielte mit den Strähnen. Brian sah auf zu ihm und ging im Geiste alles durch, was er an Troys Gesicht so sehr liebte. Die kleine Kerbe in seinem Kinn und den Schwung seiner Augenbrauen. Seine Stupsnase, obwohl er aus dieser Position nur Troys Nasenlöcher sehen konnte. Die Locken, die ihm in die Stirn fielen. Die Sommersprossen auf seiner gebräunten Haut.

„Erzähl mir etwas", murmelte Brian.

Troy spielte weiter mit Brians Haar. „Was denn?"

„Irgendwas."

„Okay." Troy schwieg für einige Augenblicke. „Also, das erste Mal, als ich zu den Grammys ging, hätte ich hinter der Bühne um ein Haar Madonna vollgekotzt."

„Ernsthaft?"

„Japp." Er schüttelte lächelnd den Kopf. „Ich war so verdammt nervös. Naja, *Adele* war da. *Alle* waren da. Eingeschlossen Madonna, offensichtlich. Wir warteten an der Seite auf unseren Auftritt, und ich wäre am liebsten davongerannt. Aber ich konnte Ty und die anderen Jungs nicht im Stich lassen, oder die Fans. Ich merkte, dass ich kotzen musste und drehte mich weg – genau in dem Moment, als Madonna mit ihrem Preis von der Bühne kam. Ich hab' ihre Stilettostiefel nur um Zentimeter verfehlt."

„Oh, mein Gott. Hat sie etwas gesagt?"

„Nö. Sie hat mir nur den Kopf getätschelt und ist über die Kotze hinweggestiegen, als wäre das gar nichts. Sie ist Madonna. Ich nehme an, sie hat schon Schlimmeres gesehen."

Brian pfiff. „Muss sie wohl. Okay, erzähl mich noch etwas."

Während Troy noch mehr kleine Geschichten von den Reichen und Berühmten erzählte, kam eine kleine Brise auf und verschaffte ihnen Erleichterung in der steigenden Hitze. Brians Wade brannte noch immer, aber er konnte nicht aufhören zu lächeln.

„Du errätst nie, was er als Nächstes sagte. Und denk daran, das Mikro war noch immer offen."

Das tiefe Brummen eines Insekts drang an Brians Ohren, und er fuhr träge mit der Hand durch die Luft, um es zu verscheuchen. „Okay, ich komm' nicht drauf. Was hat er gesagt?"

„Er fing an, über–" Troy erstarrte. „Was ist das?"

Das Dröhnen wurde lauter, und Brians Herz blieb fast stehen, als er auf die Füße sprang. Das Brennen in seinem Bein verschwand, als sein Körper mit Adrenalin geflutet wurde. „Heilige Scheiße. Das ist ein

Motor." Aber er konnte in dem Flirren der Sonne auf dem weißen Sand kaum etwas sehen. Er beschattete seine Augen mit der Hand und suchte das Meer und den blauen Himmel darüber ab. „Nimm den Spiegel!"

Dann war Troy an seiner Seite, schwer atmend. „Ich hab' ihn. Siehst du etwas?" Er hielt den Spiegel in die Sonne und schwenkte ihn hin und her.

Sie suchten beide. Das Motorengeräusch wurde lauter, aber Brian konnte es über dem Pochen seines Herzens und dem Rauschen des Blutes in seinen Ohren kaum hören. „Da am Himmel! Auf drei Uhr."

Troys Brust hob und senkte sich rapide. Er zielte mit dem Spiegel. „Komm schon, komm schon ..."

„Mach so weiter!" Sand wirbelte hoch, als Brian zum Signalfeuer rannte, um mehr Holz und Laub darauf zu werfen. Dann packte er ein Wrackteil und schwenkte es hin und her. Das Brennen des heißen Metalls spürte er kaum. Das war ihre Chance. Das war es. Er wollte rufen und schreien, obwohl er wusste, dass da oben niemand das Geringste hören würde.

Der kleine Punkt am Himmel wurde deutlicher, und das Pumpen von Hubschrauberrotoren füllte seine Ohren. Es kam näher, und er winkte und sprang hoch. Er hörte Troy heiser rufen. Der Hubschrauber war nah, aber war er nah genug?

Er flog weit entfernt an ihnen vorbei und verschwand hinter der Klippe, die über *Golden Sands* thronte. Troy rannte und schrie und rief, bis er schließlich verstummte. Das Motorengeräusch verklang.

„Sind sie ... oh, Gott. Sie haben uns nicht gesehen, oder?" Troys Stimme brach. „Oh, Gott."

Brians Hände waren rot. Er ließ das Metall fallen und nahm Troy in die Arme. Sie klammerten sich aneinander. „Sch. Ist schon gut. Wir–"

Wop-wop-wop-wop ...

Er kam zurück!

Als der Helikopter wie aus dem Nichts auftauchte und in einem Wirbel aus Wind über sie hinwegschoss, sprangen Brian und Troy umher, winkten mit den Armen und schrien, immer noch nackt. Der

Hubschrauber flog über die Insel hinweg, dann drehte er eine weite Kurve und kam zurück zur Klippe. Die Rotoren erzeugten große, kreisförmige Wellen im Wasser. Eine Tür öffnete sich im Cockpit, und jemand winkte.

Ein Schluchzen entrang sich Brians Kehle, und er fiel auf die Knie. Sand knirschte in seinem Mund und wirbelte überall um sie herum. „Sie sehen uns."

„Oh, mein Gott." Troy stand da und starrte den Hubschrauber an, während seine kurzen Locken um sein Gesicht wirbelten. „Wir kommen nach Hause."

Nach Hause. Brians Freude wurde zerschnitten von dem Schmerz, der ihn zerriss. Ein tiefer, hohler Schmerz, als er an sein winziges Apartment in Sydney dachte, an die viel zu einsamen Tage und Nächte.

„Was tun wir jetzt?", rief Troy.

„Ich schätze, wir ziehen uns Hosen an."

Falls Troy lachte, hörte Brian das nicht. Sie starrten einander an, dann sahen sie sich in ihrem Lager um, und Brian keuchte auf. Der Hubschrauber hätte genauso gut ein Wirbelsturm sein können, der die orangefarbene Plane vom Dach ihres Zeltes riss und das Sonnendach umwarf.

Ihre dampfende Kleidung war weit über den Sand zerstreut, Kokosnussschalen, geflochtene Schüsseln und Schalen überall verteilt. Alles, was sie zusammen gebaut hatten, war in einem Wimpernschlag zerstört worden, und als sich der Hubschrauber näherte, hatte Brian den absurden Drang, ihn anzuschreien, er möge wieder verschwinden.

Troy zerrte an seinen feuchten und mit Sand bedeckten Schwimmshorts. „Wir… verlassen einfach die Insel? Jetzt sofort?"

Der Schrei war immer noch da, krallte sich in seiner Kehle fest. *Nein! Wir können nicht einfach so weg! Wir brauchen mehr Zeit. Noch eine Nacht.* Brian starrte den schwebenden Helikopter an. Sand peitschte seine Haut. Der Quallenbiss brannte noch immer. Er konnte nur nicken.

Beweg dich. Zieh dich an. Du bist gerettet! Das sind gute Nachrichten.

Aber als er losrannte, um seine Cargoshorts zu finden, brannten seine Augen von den ungeweinten Tränen. Er blinzelte sie weg, abgelenkt von dem Mann, der an einer Seilwinde zum Rand des Strandes heruntergelassen wurde. Der Sand wurde noch heftiger aufgewirbelt, und er und Troy mussten die Köpfe einziehen und sich abwenden. Brian behielt die Augen geschlossen, bis er hörte, wie der Lärm des Motors und der Rotoren nachließ, der Chopper sich entfernte und der Wind sich beruhigte.

„Tag zusammen!" Der Mann, der abgeseilt worden war, joggte heran. Er trug einen orangefarbenen Overall und Gurte. Als er seinen Helm abnahm, kam ein roter Wuschelkopf zum Vorschein. Er schob seine Schutzbrille hoch in die Stirn. „Mann, ich sage euch, die Welt wird so geschockt sein, euch Jungs wiederzusehen!" Er streckte seine Hand aus, und Brian ergriff sie automatisch. Troy tat dasselbe.

„Ich bin Peter Cade." Er runzelte die Stirn. „Alles in Ordnung bei euch?"

Brian konnte ihn nur anstarren. *Passiert das wirklich?* Aber das musste es wohl – seine Hand tat von Peters festem Händedruck ein wenig weh, immer noch gerötet von dem heißen Metallstück, mit dem er gewunken hatte. Der Anblick eines anderen Menschen auf ihrem Strand war gleichzeitig wundersam und erschreckend. Hatten sie erst vor wenigen Minuten im Schatten gelegen, nur sie beide in ihrer kleinen Welt? Und jetzt war eine Bombe explodiert.

Das hast du doch gewollt! Rettung!

Aber anstatt glücklich zu sein, dass man sie gefunden hatte, fühlte Brian die Übelkeit erregende Gewissheit, soeben alles verloren zu haben.

„Einer von euch krank?", fragte Peter und schaute von einem zum anderen. „Verletzt?"

Auch Troy starrte Peter stumpf an. Brian schaffte es, hervorzustoßen: „Tut mir leid. Ich kann nur nicht fassen, dass das wirklich passiert."

Peter entspannte sich mit einem Lächeln. „Glaub es ruhig! Ihr kommt nach Hause, Jungs. Ich gurte euch an, und dann ziehen wir euch hoch, und dann geht's zurück zum Schiff."

„Zum Schiff", wiederholte Troy. „Aus ... Australien? Seid ihr von der Küstenwache?"

„Nein, wir arbeiten in privatem Auftrag, von Kiribati aus. Dein kleiner Bruder hat ganz schön tief in die Tasche gegriffen, um nach dir suchen zu lassen. Wollte einfach nicht aufgeben, und ist das nicht verdammt ein Glück? Ich will nicht lügen, wir dachten, ihr wärt längst tot." Er sah sich um. „Seid ihr nur zu zweit?"

Brian schluckte die aufsteigende Galle hinunter und die Schuldgefühle, die nachgelassen hatten, aber nie ganz weggehen würden. „Ja. Paula ist bei dem Absturz gestorben."

„Tut mir leid, das zu hören, Kumpel." Peter nickte zu ihrem dezimierten Lager hinüber. „Wir sollten jetzt euer Zeugs zusammenpacken und uns auf den Weg machen. Hey? Ich mache das große Feuer aus. Gut gemacht übrigens, auch das S.O.S. Wir haben meilenweit weg etwas blitzen gesehen und sind deshalb näher gekommen."

Troy hob den Signalspiegel. „Wir hatten den hier."

„Dann war es mit Sicherheit das. Gut gemacht." Mit einem Nicken drehte er sich um und stapfte zum Signalfeuer.

Während Peter das große Feuer mit Sand erstickte, schüttete Brian das Wasser aus seinem Koffer und steckte sorgfältig das Rasierset seines Großvaters hinein. Er und Troy sammelten ihre nassen, abgetragenen Shorts und Tanktops ein. Der Rahmen ihres Tipis stand noch, aber die geflochtenen Palmenwedel waren zum größten Teil zusammen mit der orangefarbenen Plane, die nirgendwo zu sehen war, davongeweht. Ihre Aludecken und das Moskitonetz waren noch da. Sie hatten sich zusammen mit ein paar anderen Stoffstücken an einem Ast verfangen.

Als sich seine Hand um die Leiste mit den Sternen schloss, wurde Brian bewusst, dass das seine vergessene Uniform war, die er in eine Ecke ihres Zelts gestopft hatte. Sein Magen rebellierte und zog sich schmerzhaft zusammen. Er schluckte krampfhaft einen Schwall Speichel herunter. Dann kroch er heraus und zerrte alles hinter sich her.

Troy sammelte die Wasserflaschen und Flanelldecken ein, und sie stopften alles zusammen mit Brians Lederschuhen in den Koffer. Die Flip-Flops konnte er nirgends finden. Sie waren wahrscheinlich unter dem aufgewirbelten Sand vergraben.

Angelausrüstung, Erste-Hilfe-Set, Wäscheleine und Taschenlampe kamen in den Rucksack, und das Lagerfeuer löschten sie mit Sand. Der Chopper war wieder nähergekommen, und Peter winkte sie zu sich. Brian und Troy zögerten und tauschten einen Blick.

„Ich …" Troy öffnete den Mund und schloss ihn wieder. „Brian …"

Brian wollte so vieles sagen, aber das Dröhnen des Hubschraubers wurde immer lauter, und sie hatten nicht die Zeit. Stattdessen zwang er sich zu einem Lächeln und klopfte Troy auf die Schulter, obwohl er sich danach sehnte, seine Hand zu nehmen.

„Jungs, wir verschwenden Tageslicht!", rief Peter.

Sie zogen in dem wirbelnden Wind die Köpfe ein und hatten bereits den Strand überquert, bevor Brian plötzlich etwas einfiel. „Mein Hut!" Lächerliche Panik stieg in ihm auf. Er wirbelte herum und suchte mit zusammengekniffenen Augen den Sand ab. Er konnte ihn nirgends sehen, aber die helle Farbe machte es schwer, ihn vom Sand zu unterscheiden. Er hatte ihn in der Nähe des Wassers gelassen, nachdem die Qualle ihn erwischt hatte, und er konnte überall hin geweht worden sein. Er hatte dieses Erinnerungsstück an seinen Großvater über all die Jahre gehütet, und nun hatte er es verloren.

„Scheiße, ich kann ihn nicht sehen!", rief Troy, der sich in alle Richtungen drehte.

„Kumpel, wir müssen los!" Aus dem Helikopter war eine Trage heruntergelassen worden, und Peter hatte bereits ihre Taschen darauf festgeschnallt und gab das Handzeichen zum Hochziehen. „Wir verschwenden Treibstoff. Wir kaufen dir einen neuen."

Natürlich hatte Peter recht, aber Brian hätte ihm trotzdem am liebsten in sein lächelndes Gesicht geschlagen. Stattdessen nickte er, und dann war es Zeit, die Gurte anzulegen. Der Lärm des Hubschraubers war so laut und der Sand wirbelte so heftig auf, dass Brian nur mit geschlossenen Augen dastehen konnte, während Peter ihn in die

Ausrüstung manövrierte und einen Helm auf seinem Kopf festschnallte. Die Gurte schabten an seiner Haut.

Und dann verloren seine Füße den festen Grund, und er schwebte. Er öffnete die Augen, als er durch die Luft gezogen wurde, und sah, wie Troy und Peter immer kleiner wurden. Die irrationale Furcht, dass sie Troy irgendwie zurücklassen würden, traf ihn wie ein Hammerschlag, und sobald er sicher im Hubschrauber saß, klebte er mit der Nase am Fenster und sah mit klopfendem Herzen zu, wie Troy hochgezogen wurde.

Der Mann, der die Seilwinde betätigte, rief ihnen Anweisungen zu, in ihren Sitzen zu bleiben, dann zog er auch Peter hoch. Brians Kopf schmerzte von all dem Lärm. Er nickte aufs Stichwort, als Peter oben war und grinste und irgendetwas Überschwängliches ausrief. Brian hatte keine Ahnung, was.

Er begegnete Troys völlig verstörtem Blick und versuchte, beruhigend zu lächeln. Dann zerrte Peter die Tür zu, und ohne weiteres Aufheben zischte der Helikopter los. Brian presste seine Stirn ans Fenster.

Die Gesteinsbrocken und glänzenden Metallstücke, aus denen die groben Buchstaben ihres S.O.S. bestanden hatten, waren unter dem aufgewirbelten Sand verschwunden. Die Feuer waren gelöscht, und das Gerüst ihres Tipis stand nackt und schief neben den Resten ihres zerfetzten Sonnendachs.

Während ihre Retter irgendwelche Worte plapperten, die er nicht verstand, beobachtete Brian, wie *Golden Sands* sich im endlosen Blau auflöste, als wären sie niemals dort gewesen.

Kapitel 15

„HALTEN SIE GANZ still.“

Troy versuchte, sich auf die Zunge zu beißen, aber er konnte die Frustration nicht aus seiner Stimme heraushalten. „Es geht mir gut. Ich brauche wirklich keine Kernspintomographie.“

Die Arzthelferin nickte und sprach in diesem beruhigenden Ton, der ihm klar machte, dass sie seinen Protest ignorieren würde. „Ich verstehe. Die Ärzte haben all diese Tests nur angeordnet, um ganz sicherzugehen, dass nichts vorliegt.“

„Bekommt Brian auch eine Kernspin?“ Troy hob den Kopf, auch wenn er nur die weiße Masse der Maschine über sich sehen konnte. „Ist er hier?“

„Er ist in einem anderen Untersuchungsraum. Ich bin sicher, Sie werden ihn bald sehen können. Und jetzt wollen wir uns entspannen und still halten.“

Der Scan startete, und die Maschine gab ein lautes Brummen von sich, das Troy in den Ohren klingelte. Er zuckte zusammen. Ihm war nicht bewusst gewesen, wie viel Lärm in der Welt war. Nachdem der Hubschrauber vor zwei Tagen aus dem Nichts aufgetaucht war, waren sie auf einem großen Schiff abgesetzt worden, das sie nach Kiritimati gebracht hatte.

Die Crew war sehr freundlich gewesen und hatte Troy und Brian eigene kleine Kabinen angeboten. Sie hatten keine Möglichkeit, nein zu sagen. Keine Möglichkeit, zusammen zu schlafen. Es war ihm nichts übrig geblieben als zu lächeln, als Brian ihm mit einem kleinen Winken gute Nacht gesagt hatte und hinter einer verschlossenen Tür verschwunden war.

Troy hatte in der Koje, die kaum mehr war als ein Wandschrank , nur unruhig geschlafen. Er hatte sich nach Brian und nach ihrem Strand gesehnt. War es Brian genauso gegangen? Troy hatte die ganze Zeit nach seiner Hand greifen wollen.

Er starrte auf die Innenwände der Maschine. Die Geräusche waren laut und gnadenlos.

Bin ich wirklich hier? Geschieht das wirklich?

Er wusste nicht, ob er Angst haben sollte, aufzuwachen und sich wieder in ihrem Tipi unter dem Moskitonetz zu finden, oder glücklich, Brians Arme um sich zu fühlen und zu hören, wie die Flut hereinkommt.

Du bist gerettet! Warum freust du dich nicht?

Natürlich freute er sich. Er würde jede Minute seine Familie wiedersehen. Er konnte es nicht erwarten, seine Mutter in die Arme zu nehmen, seinen Bruder und alle anderen. Sie sicher und gesund zu sehen. Ihnen zu sagen, dass er sie liebte und wie leid es ihm tat, falls er das nicht genug gezeigt hatte.

Aber Troy war nervös und unruhig, und etwas lag ihm schwer im Magen. All die Lichter und Geräusche und Menschen, und *wo war Brian?* Ging es ihm gut? Auf dem Schiff schien er okay gewesen zu sein. Sie hatten zusammen in der Schiffskantine gesessen und grinsend Schokoladeneis gegessen, auch wenn ihnen gleich danach alles wieder hochgekommen war.

Peter und andere hatten endlos auf sie eingeredet, sie nicht einen Augenblick in Ruhe gelassen. Er und Brian hatten einander überhaupt nicht mehr berührt – eine neue, unangenehme Distanz zwischen ihnen – besonders während der Befragung durch die US-Küstenwache, die mit einer Herkules nach Kiritimati geflogen kam, um sie abzuholen. Unschuldige Fragen über ihre Zeit auf der Insel erschienen plötzlich … verfänglich. Troy hatte zumeist Brian das Reden überlassen, und Brian hatte nicht viel gesagt.

Auf dem holperigen Flug nach Honolulu hatte Brian sich zu ihm gebeugt und ihn an die hunderttausend kommerziellen Flüge pro Tag erinnert. Daran, dass er sicher war. Er hatte kurz Troys Unterarm gedrückt, seine warme Handfläche wie ein Versprechen, das Troy trostlos zurückgelassen hatte.

Was geschieht jetzt?

Er hatte Brian nicht mehr gesehen, seit man sie in Honolulu in verschiedene Krankenwagen geladen hatte, deren durchdringende Sirenen alles nur noch absurder gemacht hatten, weil es ihnen doch schließlich *gut ging.* Und nun war Troy in diesen Computertomographen gezwängt und wollte am liebsten schreien oder sich zusammenrollen und schlafen. Er hatte keine Ahnung, wie er sich fühlen sollte. War es jetzt einfach vorbei? Und was war *es* eigentlich?

„Alles erledigt. Fühlen Sie sich okay?"

Die Liege, auf der er sich befand, glitt mit einem Surren aus der Maschine. „Ja. Ich sagte ihnen doch, dass es mir gut geht."

Ihr Lächeln blieb unerschütterlich. „Alles klar. Nur noch ein paar Tests, dann können Sie sich ausruhen. Sie hatten eine lange Reise."

Er wollte dickköpfig widersprechen, aber sie hatte recht damit. Er hatte kaum geschlafen, aber er würde sich entspannen, sobald er Brian wiedersah. „Ja."

„In Anbetracht der Umstände sind Sie bemerkenswert gesund." Sie nickte zu seinem Fuß. Die Spitze seines großen Zehs war noch leicht gerötet. „Der Arzt sagte, dass es wahrscheinlich ein Tausendfüßler war? Muss teuflisch wehgetan haben."

„Mh-hm. War schlimm." Erinnerungen kamen hoch: Brian, der ihn in der Dunkelheit gefunden hatte und dann nicht von seiner Seite gewichen war, seine Stimme tröstlich, seine Berührung kühl an Troys fiebriger Stirn.

„Sie müssen so froh sein, zu Ihrem Leben zurückkehren zu können." Sie zog einen Rollstuhl heran, und er setzte sich pflichtschuldigst hinein, damit sie ihn aus dem Raum und durch einen stillen

Korridor schieben konnte, vorbei an den neugierigen Blicken anderer Krankenhausangestellter und einiger Patienten.

Mein Leben. Nachdem er zum ersten Mal wahrhaftig jeden Tag gelebt hatte, seit er ein kleines Kind gewesen war, hatte er keine Ahnung mehr, wie sein Leben eigentlich aussah.

ALS SICH DIE Tür öffnete, hoffte Troy, Brian zu sehen, rechnete aber mit einer Krankenschwester. Stattdessen war es seine Mutter, die bei seinem Anblick sofort heftig in Tränen ausbrach.

„Oh, Bongbong!“ Sie murmelte etwas in Tagalog, zu schnell für ihn, um es zu verstehen, und eilte an sein Bett. Sie warf sich praktisch über ihn, bevor er sich auch nur aufsetzen konnte. Troy hielt sie fest in seinen Armen und versuchte gar nicht erst, seine eigenen Tränen zurückzuhalten, als er ihr blumiges Parfüm einatmete. Er streichelte ihre kurzen, dunklen Locken. Seine Stimme brach.

„Mama. Du hast mir so gefehlt.“

Sie wischte sich die Augen und stand auf. Sie war winzig, nur etwas über einen Meter fünfzig. Ihr Gesicht war feucht, als ihr Blick über ihn glitt und ihre Hände seine Arme auf und ab fuhren, als würde sie ihn auf Brüche untersuchen. Unter ihren Augen waren dunkle Ringe, aber sie sah immer noch weit jünger aus als einundfünfzig. „Zu dünn!“

„Es geht mir gut, Mama. Wir haben ziemlich gut gegessen unter den Umständen.“

„Wir werden all deine Lieblingsgerichte machen, wenn du nach Hause kommst. Hühnchen Adobo und Kare-Kare.“

„Das klingt fantastisch. Mama, es tut mir so leid.“

„Was denn? Hast du einen Zauberspruch gesagt und den Wirbelsturm heraufbeschworen?“ Sie fuhr mit einer Hand über sein Haar und küsste ihn auf die Stirn. „Ich habe jeden Augenblick für dich gebetet. Gott hat mich gehört. Oh, Bongbong.“ Neue Tränen glitzerten in ihren Augen. „Mein tapferer Junge.“

„Aber wenn ich nicht wegen Ty ausgeflippt wäre und nicht das Flugzeug gechartert hätte–" Er sah an ihr vorbei in das leere Zimmer. „Wo ist er?"

Sie schniefte und zog einen Stuhl heran. „Herrje, das ist so ein Aufstand hier, vor allem mit den ganzen Klickern draußen. Keine Ahnung, wie die mit ihren Kameras so schnell hier sein konnten."

Der Gedanke, sich mit den Paparazzi herumschlagen zu müssen, drehte ihm den Magen um, aber er würde sich nicht ablenken lassen. „Mama, wo ist Ty?"

Sie kniff die Lippen zusammen und sah auf ihre Hände hinunter, die sie ineinander verschränkt hatte. „Der Kleine ist …"

Ein schreckliche, Übelkeit erregende Furcht machte Troy die Kehle eng. „Wo ist er?" Er schnellte in eine sitzende Position hoch. „Mama, was ist passiert?"

„Schh. Es ist alles gut. Der Kleine ist in einer Klinik. Entzug."

So wie Troy *Bongbong* war, so war Tyson für ihre Mutter immer schon *der Kleine* gewesen. Auch für den Rest der Familie seitens seiner Mutter. Spitznamen waren eine philippinische Tradition, die er nie in Frage gestellt hatte. „Er macht einen Entzug?"

Sie presste die Lippen zusammen und nickte.

Troy atmete aus und ließ sich auf die zu weiche Matratze zurückfallen. „Oh, Gott sei Dank."

„Du bist nicht traurig, dass er nicht hier ist, um dich zu sehen?"

„Solange er im Entzug ist – das ist das Einzige, was jetzt wichtig ist. Geht es ihm wirklich gut?" Er trat rhythmisch mit den Füßen gegen das Fußende des metallenen Bettgestells. Wie seltsam, wieder auf einer richtigen Matratze zu liegen. Es kam ihm unwirklich vor.

„Ja, wirklich, Bongbong. Ich würde dich nicht anlügen."

Troy atmete lächelnd aus. Als er heranwuchs, wusste er stets, dass er in Schwierigkeiten war, wenn sie ihn tatsächlich bei seinem richtigen Namen nannte. „Gott sei Dank, dass er endlich zur Vernunft gekommen ist."

„Nun, es war deine Freundin, die ihn schließlich überzeugt hat, dem

Herrn sei Dank.“

Sein Magen zog sich zusammen. „Meine Freundin? Savannah?“

Sie schnalzte mit der Zunge. „Wer sonst? Sie ist auf dem Weg hierher von New York. Sie hat am Telefon geweint, so glücklich war sie.“

„Oh. Wir haben miteinander Schluss gemacht, bevor ich aufgebrochen bin.“

„Nur ein dummer Streit.“ Seine Mutter machte eine wegwerfende Handbewegung. „Das ist Vergangenheit.“

Er wollte widersprechen, aber es gab Wichtigeres. „Erzähl mir von Ty. Wie macht er sich? Zieht er das Programm durch?“

„Das sagen sie.“ Ihr Lächeln wirkte gezwungen. „Nachdem du verschwunden warst, war er am Ende. Der Rest der Tournee wurde natürlich abgesagt. Die Behörden sagten, du wärst tot, aber ich wusste es besser. Ich betete Tag und Nacht, und Gott hat geantwortet.“ Ihre Augen füllten sich mit Tränen, und sie beugte sich vor und küsste seine Stirn mit trockenen Lippen. „Oh, Bongbong. Ich wusste, du würdest zurückkommen.“

Nachdem du verschwunden warst. Er hatte einen Kloß in der Kehle. „Es ist alles gut, Mama. Ich bin hier.“

Sie schniefte, dann räusperte sie sich. „Als sie sagten, dass keine Hoffnung mehr bestand, dich zu finden – es traf den Kleinen schwer. Uns alle natürlich. Ich kam mit deiner Tante Gloria und Onkel Jojo nach Sydney. Wir wollten da sein, wenn sie dich fanden. Aber dann sagten sie, sie würden nicht länger suchen.“ Sie biss die Zähne zusammen. „Wir sagten ihnen, dass du am Leben bist, aber ...“

„Schon gut, Mama. Sie haben nur ihren Job gemacht.“

„Ja, naja. Der Kleine verlor die Kontrolle. Er war so wütend. Er trank alles Mögliche. Und all das andere auch.“

Das andere. Troy unterdrückte ein Schaudern, als er an seinen Vater auf dem schwarz-weißen Küchenboden dachte. „Aber am Ende erklärte er sich mit dem Entzug einverstanden?“

Sie nickte. „Savannah überzeugte ihn. Sie flog zusammen mit ihm zurück nach L.A. Er ist jetzt seit fast zwei Monaten in der Entzugsklinik."

„Nick auch?"

Sie schüttelte den Kopf und murmelte einen Fluch auf Tagalog. „Der hat gesagt, er bräuchte so etwas nicht."

„Idiot. Aber ich bin froh, dass Ty auf Savannah gehört hat." Er schuldete ihr ein großes Dankeschön und wahrscheinlich auch eine Entschuldigung. Auch, wenn sie nicht die richtige Frau für ihn war, bedeutete sie ihm etwas. Die Worte hallten in seinem Kopf, und ihm wurde flau im Magen.

Die richtige Frau. Wollte er überhaupt noch eine *Frau*? Seine Hände begannen zu schwitzen. Wo war Brian?

„Auf mich wollte der Kleine nicht hören. Warum sollte er auch?" Ihr Kinn begann zu zittern. „Warum sollte er auf mich hören, wenn ich früher nicht das Geringste unternahm? Wenn ich zuließ, dass euer Vater sich selbst umbrachte?"

„Mama …" Troy ergriff ihre Hand. „Papa hat seine eigenen Entscheidungen getroffen. Es war nicht deine Schuld."

„Ich hätte ihn aufhalten sollen. Und siehst du? Jetzt vergiftet der Kleine sich auch." Ihre Fingernägel gruben sich in seine Haut. „Ich tat so, als wäre mit eurem Vater alles in Ordnung. Ich habe dir zu viel aufgebürdet. Ich hätte diejenige sein sollen, die sich um ihn kümmerte, anstatt überall hinzuschauen, nur nicht auf die schreckliche Wahrheit." Sie zitterte, und ihre Stimme brach. „Kannst du mir verzeihen, Bongbong? Ich wünschte, ich könnte in der Zeit zurückgehen und alles anders machen."

Nach all dem Stress und der Angst in seinen Teenagerjahren hätte er gedacht, dass sein Zorn endlich aus ihm herausbrechen würde, wenn ihre geflüsterte Reue darüber, ihm in so jungen Jahren viel zu viel aufgebürdet zu haben, schließlich kam.

Aber er war am Leben und gerettet, und er hielt ihre Hand, die fest und warm und real war. Und das war jetzt alles, was zählte. „Natürlich verzeihe ich dir. Es ist vorbei. Niemand von uns kann zurückgehen. Wir müssen nach vorn schauen. Wir haben eine zweite Chance bekommen."

Mit einem Aufschluchzen nahm sie sein Gesicht in beide Hände und küsste ihn. „Eine zweite Chance. Kein Vortäuschen mehr. Nie wieder."

Troy nickte mit klopfendem Herzen. *Kein Vortäuschen mehr.* Er musste Brian sehen. Sie mussten sich gemeinsam klar werden über … alles. Er schwang seine Beine aus dem Bett. „Ich muss mich auf die Suche nach–"

„Hey, langsam, junger Mann." Mit erstaunlicher Kraft schob seine Mutter in zurück auf die Matratze. „Die Ärzte machen immer noch ihre Tests."

Er schnaubte. „Es geht mir *gut*."

„Ja, sicher. Aber wir warten auf die Testergebnisse, Bongbong. Keine Widerrede."

Es machte keinen Sinn, mit seiner Mutter zu streiten. „Weiß Ty, dass ich okay bin?"

„Natürlich. Du wirst ihn bald sehen. Er ist auf dem Weg der Heilung, und jetzt bist du an der Reihe."

„Haben sie irgendetwas über Brian gesagt?"

Es klopfte an der Tür, und eine Krankenschwester trug ein Tablett mit Mittagessen herein. Sie war kaum eingetreten, da stürmten auch schon Troys Verwandte in einem Chor von Begrüßungen und Tränen das Zimmer. Zwei Tanten und zwei Onkel scharwenzelten um ihn herum und ließen Bemerkungen über seine Sonnenbräune fallen, und dass er unbedingt essen musste.

Die junge Frau, die seine Mittagsmahlzeit gebracht hatte, quetschte sich durch die Menge und schaffte es, das Tablett auf seinem Tischchen abzustellen und es über das Bett zu schwingen. „Es sind nur zwei Besucher gleichzeitig erlaubt", sagte sie, aber es verlor sich in der Kakophonie auf Tagalog.

Troy lächelte sie an. „Tut mir leid. Sie gehen gleich wieder, versprochen."

Sie sah ihm in die Augen, lächelte und nickte und eilte wieder hinaus. Einen Moment lang wunderte Troy sich über ihre Reaktion, aber dann fiel es ihm wieder ein. Er war berühmt. Er hatte Fans. Das Leben, das auf *Golden Sands* so weit weg gewesen war, hatte ihn wieder.

Wo ist Brian?

Während seine Familie über ihn hinweg miteinander redete, musste Troy lächeln. Seine Zuneigung zu ihnen ließ ihn zumindest für den Augenblick die nagende Sorge über Brian vergessen. Er blinzelte heftig und hielt seine Tränen zurück, als er seiner Tante Thelma und seiner Mutter zuhörte, wie sie über irgendetwas zankten, das mit Essen zu tun hatte.

„Oh, da ist er ja!" Tante Gloria riss die Hände hoch.

Troy konnte durch die Menschen, die dicht zusammengedrängt im Zimmer standen, nichts sehen. „Hm? Wer?"

„Aus dem Weg, los, zur Seite." Seine Mutter schob alle beiseite, und da stand Brian in Jeans und einem lilafarbenen T-Shirt, auf dem unter ein paar stilisierten Palmen stand: *Aloha bedeutet Liebe.* Troys Herz zuckte wie ein sterbender Fisch. Brian war hier. Es ging ihm gut.

Er war frisch geduscht, hatte sich aber noch nicht rasiert. Troy war einen Moment lang überwältigt von einem Gefühl des *Verlangens,* als er sich an Brians Kopf in seinem Schoß erinnerte, an das Schaben des Rasiermessers über seine Haut, Brians Augen vertrauensvoll geschlossen, und an das zufriedene Seufzen an ihrem letzten Insel-Wellnesstag.

„Hi", sagte Troy mit viel zu hoher Stimme. Sein Herz klopfte.

„Tut mir leid, wenn ich störe." Brian lächelte schwach. „Ich komme später wieder."

Troys Widerspruch ging in dem Sturm ähnlicher Argumente seitens seiner Familie unter, und seine Mutter erwischte Brians Arm, als der sich gerade wieder in der Tür umdrehte.

„Gott segne Sie, dass Sie meinen Sohn gerettet haben." Sie nahm seine Hand in ihre beiden Hände und hielt sie fest. „Gott segne Sie."

„Ich habe nicht … kein Grund, mir zu danken." Brian lächelte sie verlegen an.

„Kein Grund?", widersprach sie lautstark, und Troys Tanten und Onkel fielen lärmend ein.

Es war mehr als bizarr, Brian zusammen mit seiner Familie im selben Raum zu sehen. Troy wusste nicht, wie er sich fühlen sollte. Er wollte sich in Brians Arme stürzen und ihn küssen, aber … Abgesehen davon, dass seine Familie wahrscheinlich von dem Schock ohnmächtig werden würde, würde Brian das überhaupt wollen? Sollte Troy das wollen?

Während seine Mutter sich enthusiastisch anbot, auch für Brians baldige Gewichtszunahme sorgen zu wollen, wich Brian mit einem erzwungenen Lächeln langsam zurück. „Okay, ich danke Ihnen. Troy, ich … ich lasse dich mit deiner Familie allein. Wir reden später."

„Brian, ich will–"

Und weg war er. Troys Mutter und seine Tanten schwärmten, wie gutaussehend er war und was für ein netter Mann. Troy lächelte und nickte an den richtigen Stellen und wünschte sich, dass das, was er wollte, nicht so ein gigantischer, komplizierter Knoten wäre, den er entwirren musste.

ALS ES AN der Tür seines Hotelzimmers klopfte, ging Troy hastig hin, um zu öffnen. Es konnte nur Brian sein, und–

„Oh, mein Gott." Savannah stand vor ihm. Ihr langes Haar war zu einem Pferdeschwanz zusammengebunden, und Tränen liefen ihr über das blasse Gesicht. Zu ihren Füßen stand ein kleiner Koffer in grellem Pink. Sie warf ihre Arme um ihn. „Ich hatte Angst, es zu glauben."

Troy erwiderte die Umarmung und erlebte ein plötzliches Déjà-vu, als sich ihr nach Vanille duftender, schlanker Körper an ihn presste. „Es geht mir gut."

Sie löste sich aus der Umarmung, hielt aber immer noch seine Schultern fest und betrachtete ihn von Kopf bis Fuß. „Du bist so dünn. Bist du sicher, dass es dir gut geht?" Sie zog die Nase hoch, und weitere Tränen fielen, als sie die Hand hob, um ihm über sein Haar zu streichen. „Oh, Troy. Ich bin so froh, dich zu sehen. Wir dachten … naja, du weißt, was wir dachten."

„Ich weiß. Aber es ist alles gut.“

„Bist du sicher? Gott, ich kann mir gar nicht vorstellen, was du durchgemacht hast.“

„Es geht mir gut.“

„Ich kann nicht glauben, dass du wirklich hier bist. Du hast mir so wahnsinnig gefehlt, Schatz.“ Savannah streckte sich ihm entgegen und näherte sich seinem Mund mit dem ihren.

Troy stolperte rückwärts. „Ich freue mich auch, dich zu sehen.“

Mit einem zögerlichen Lächeln fragte sie: „Willst mich nicht hereinlassen?“

Er trat weiter aus der Tür zurück. „Natürlich.“ Als sie an ihm vorbei ins Zimmer ging, hob er ihren Koffer auf und schloss die Tür.

Savannah bückte sich, öffnete die Reißverschlüsse an ihren schwarzen, hochhackigen Stiefeln und zog sie aus. „Ach. Ich schwelle immer so an auf diesen langen Flügen. Ich muss schrecklich aussehen.“ Sie richtete sich auf und schüttelte den Kopf. Ihr Lachen klang ein wenig hysterisch. „Nicht, dass das irgendeine Rolle spielt. Tut mir leid. Ich weiß nicht, was ich sagen soll. Ich komme mir vor, als würde ich mit einem Geist reden, weißt du?“ Sie zog ihre Wildlederjacke aus und warf sie über die Lehne des nächstbesten Stuhls. Dann stand sie da in ihren engen Jeans und dem grünen Seidenpulli. Sie sah irgendwie verwundbar aus mit ihren nackten Füßen. Und so hübsch wie immer. „Wie war das alles für dich? Wie hast du überlebt?“

Erinnerungen an die Insel und an Brian schossen durch seinen Kopf wie ein schnell vorgespulter Film. Auf *Golden Sands* hatten sie es geschafft, den Schlangen aus dem Weg zu gehen, aber jetzt war es, als würde sich eine Python um Troys Brust winden und seine Lunge zerquetschen.

Er musste etwas sagen. Irgendetwas. „Lange Geschichte.“

Sie lächelte zurückhaltend. „Ganz bestimmt. Du musst erschöpft sein. Willst du ins Bett gehen?“

Er ignorierte ihre Frage, zupfte an den Ärmeln seines langärmeligen T-Shirts und schob schließlich die Hände in die Taschen der zu großen

Jeans, die seine Mutter ihm mitgebracht hatte. „Mama sagte, du hättest Ty zum Entzug überredet. Danke dafür."

„Natürlich." Ihr Gesicht hellte sich auf. „Er macht das wirklich gut. Hast du schon mit ihm reden können?"

„Morgen. Es war schon zu spät, als ich endlich die Gelegenheit hatte, ihn anzurufen. Der Zeitunterschied."

„Richtig. Ich habe keine Ahnung, wie spät es jetzt ist." Sie rieb sich das Gesicht. „Es ist jetzt wohl mitten in der Nacht hier."

„Du hättest nicht kommen müssen." Es klang abweisender, als er beabsichtigt hatte. Er konnte in ihren dunklen Augen sehen, dass es sie verletzte. Er fühlte sich schuldig, als das Lächeln auf ihrem Gesicht erstarb. „Ich meine ... es ist nett, dass du hier bist. Danke."

„Du musst mir nicht *danken*. Natürlich bin ich hier." Sie ging auf ihn zu und schlang einen Arm um seine Taille. „Mein Geliebter ist von den Toten auferstanden."

Troy seufzte innerlich und legte ihr seine Hände auf die Schultern. Er musste Brian finden, und das hier war das Letzte, womit er sich im Augenblick befassen wollte, was wahrscheinlich ziemlich gemein von ihm war. Er hasste, dass in ihren Augen erneut Tränen standen.

„Ich weiß, wir hatten einen Streit", sagte sie. „Ich weiß, dass ich's vermasselt habe. Aber komm schon. Du kannst nicht immer noch sauer deswegen sein. Nach allem, was passiert ist? Als ich hörte, dass dein Flugzeug vermisst wurde ... Es war unerträglich. Ich wollte dir so sehr sagen, dass ich dich liebe."

„Savannah, ich bin nicht sauer."

Ihre Unterlippe bebte. „Was ist es dann?"

„Ich weiß es nicht." Das war zumindest die Wahrheit.

„Ich kann das nicht glauben." Sie schniefte und hielt seine Taille fest. „Ich dachte ..." Sie schüttelte den Kopf und gab ein unterdrücktes Schluchzen von sich. „Ich bin so ein Idiot."

„Das bist du nicht." Er konnte sie nur im Arm halten, als sie an seiner Brust weinte und ihre Tränen sein Shirt durchnässten. Sie war klein und weich und wunderbar, aber Gott, er sehnte sich einfach nur nach Brian.

Ihre Stimme war gedämpft an seiner Brust. „Ich weiß, ich hab's total vermasselt, weil ich dir nicht gesagt habe, dass Ty Drogen nahm."

„Ist schon gut. Das ist jetzt nicht mehr wichtig." Troy rieb ihren Rücken.

Sie riss den Kopf hoch. „Wie kannst du sagen, es ist nicht wichtig? Natürlich ist es das! *Du* bist mir wichtig! Unsere *Beziehung* ist wichtig!"

Behutsam löste er sich von ihr und setzte sich aufs Bett. Savannah setzte sich neben ihn. Sie starrte auf ihre Hände und spreizte die manikürten Finger auf ihren Schenkeln. „Es tut mir so leid."

„Mir tut es ebenfalls leid. Aber das liegt jetzt in der Vergangenheit. Vergeben und vergessen."

Sie hob die Augenbrauen und sah ihn an. „Vergeben? Aber wir sind nicht … wieder zusammen?"

„Du bedeutest mir etwas, und ich will, dass wir Freunde sind. Ich bin dir so dankbar, dass du Ty überzeugt hast, sich helfen zu lassen."

Savannahs Atem geriet ins Stocken. „Nur Freunde? Troy, wir haben so gut zusammengepasst. Ich weiß, dass es wieder so werden könnte."

Er suchte nach den richtigen Worten, um ihr zu erklären, dass sich alles geändert hatte. Das er es war, der sich verändert hatte. Und dass nichts, was sie sagen oder tun würde, eine Rolle spielte.

Und dann war es zu spät, etwas zu sagen, weil Savannah sich rittlings auf seinen Schoß setzte, ihn küsste und auf die Matratze herunterdrückte. „Schatz, lass mich dich einfach lieben. Ich weiß, dass du das brauchst."

Ihre Lippen schmeckten leicht nach dem Himbeer-Lipgloss, den sie schon immer gemocht hatte, und er empfand ein weiteres Déjà-vu. Sie war eine wunderschöne Frau, und sie rieb sich an ihm und küsste ihn, und es fühlte sich gut an. Er hätte sich von ihr einen blasen lassen können, oder was auch immer sie wollte. Aber es war nicht, was *er* wollte. *Sie* war nicht, was er wollte.

Troy ergriff sie bei den Schultern und schob sie behutsam weg. „Savannah, es tut mir leid."

Ihr kamen aufs Neue die Tränen. „Hast du mich denn gar nicht vermisst? Du willst mich nicht einmal ficken? Ohne Verpflichtungen, okay?"

Er wusste, wie es sich anfühlte, sie zu ficken. Wusste, dass er mit ihr zum Orgasmus kommen würde. Aber Gott helfe ihm, er wollte das nicht. *Wo ist Brian?*

Nach einem Moment angespannten Schweigens sprang sie schließlich von seinem Schoß und eilte ins Badezimmer. Die Tür fiel ins Schloss, bevor er ihr etwas nachrufen konnte. Seufzend ging er und klopfte an das glatte Holz. „Es tut mir leid. Es liegt nicht an dir." Er wartete. „Savannah?"

Unter Schluchzen rief sie: „Gib mir einfach ein paar Minuten, okay?"

„Sicher."

Er setzte sich wieder auf das Bett, das der Tür am nächsten war, und lauschte unglücklich ihrem Weinen. Dann lief eine Weile der Wasserhahn, und schließlich öffnete sich die Tür wieder. Ihre Augen waren rot und geschwollen. Ihr Make-up war verschwunden, und ihr Haar hing strähnig um ihr Gesicht. Wasser war auf die Vorderseite ihres Sweatshirts gespritzt. Sie schniefte. „Ich werde die Rezeption anrufen und mir ein anderes Zimmer geben lassen."

„Sei nicht albern, es ist mitten in der Nacht. Ich habe zwei Betten hier."

Sie stand mit verschränkten Armen da und schaute auf ihre nackten Füße. „Bist du sicher?"

„Ganz sicher."

Sie setzte sich auf das Fußende des anderen Betts, ohne ihn anzusehen. „Wir sollten wohl besser zusehen, dass wir etwas Schlaf bekommen."

„Es liegt nicht an dir, Savannah. Wirklich nicht."

Ihr Kinn zitterte. Sie presste die Lippen zusammen und sah an die Decke. Als sie sich wieder unter Kontrolle hatte, sagte sie: „Schon gut. Du willst dich mit anderen Frauen treffen. Die stehen sicher in der

Lobby schon Schlange. Ich schätze, ich kann's dir nicht verübeln."

„So ist das nicht."

„Wie ist es dann?"

Er dachte an Brians leises Lachen und daran, wie sich seine Bartstoppeln anfühlten. Die Art, wie er zuhörte, wenn Troy sang, lächelnd, als wäre Troy ein Engel. Er hörte Fetzen der neuen Songs, die er seit langem im Kopf hatte und die darauf warteten, Form anzunehmen. „Ich bin nicht mehr derselbe Mensch. Ich kann einfach nicht zurückgehen und so weitermachen wie bisher."

Sie fuhr sich mit der Hand durch ihr langes Haar, verdrehte es zu einem Knoten und ließ es wieder los. „Es war mein Fehler, zu denken, dass es anders sein würde. Du hast mir gesagt, dass du mich nicht liebst. Aber ich wollte irgendwie glauben, dass du das nicht ernst gemeint hast. Dass wir nicht wirklich Schluss gemacht haben – nur ein Streit, wie ihn alle Paare manchmal haben. Dass dir klar werden würde, wie viel ich dir bedeute, wenn dein Leben vor deinem inneren Auge abläuft." Sie hob eine Hand, als Troy den Mund öffnete. „Ich verstehe das. Du kannst nichts dafür, wie du empfindest. Lass uns schlafen."

„Okay. Ich gehe nochmal duschen." Er lächelte schwach. „Ich kann nicht genug von heißem Wasser bekommen."

Savannahs Lächeln war gleichermaßen freudlos. „Kann ich mir denken. Gute Nacht, Troy. Genieß deine Dusche." Sie zögerte, bevor sie ihren Koffer aufmachte. „Und ganz egal – ich bin so froh, dass es dir gut geht. Ich hoffe, das weißt du."

Er schluckte heftig. „Ich weiß. Und ich hoffe, du weißt, dass du mir wirklich etwas bedeutest. Ich will, dass wir Freunde sind. Das meine ich ernst."

Sie nickte und hantierte geschäftig mit ihrem Koffer, ohne ihn anzuschauen.

Troy flüchtete ins Bad und schloss die Tür hinter sich. Die heiße Dusche lockte ihn, und er vermied es, in den Spiegel zu sehen. Er wusste, was er sehen würde – zu viele hervorstehende Rippen, die Haut gebräunt und stellenweise verbrannt, sein Haar zu lang und lockig. Er würde die Stoppeln auf seinem Gesicht sehen, und er würde sie selbst wegrasieren müssen.

Sei im Jetzt. Es gibt nur das Jetzt.

Mit geschlossenen Augen stand Troy eine lange Zeit unter dem Wasserstrahl.

Als er schließlich aus dem Bad kam, war das Zimmer dunkel, abgesehen von einem kleinen Licht an der Minibar. Er ging auf Zehenspitzen zu dem Bett an der Türseite. Seine Haut war noch feucht, und er trug ein Handtuch um die Hüften.

„Schon gut, du musst nicht leise sein", sagte Savannah. „Ich bin todmüde, aber natürlich kriege ich kein Auge zu." Sie lag eingerollt auf der Seite, das Gesicht zum Fenster gewandt. Er konnte nur ihren Rücken sehen. Die dünnen Träger ihres weißen Nachthemds hoben sich von ihrer gebräunten Haut ab.

„Tut mir leid."

„Oh, er ist vorbeigekommen, während du im Bad warst. Konnte wohl auch nicht schlafen."

Troys Herz geriet ins Stolpern. „Wer?"

„Brian Sinclair."

„Was hat er gesagt?" Troy merkte, dass sein Stimme sowohl in der Lautstärke als auch im Ton ein paar Stufen hochgeschossen war. „Hat er seine Zimmernummer hinterlassen?"

„Nein. Er sagte, ich sollte dich nicht stören."

Das Blut rauschte in Troys Ohren. „Was hat er noch gesagt? Was hast *du* gesagt?"

Savannah sah ihn über ihre Schulter hinweg stirnrunzelnd an. „Wieso regst du dich so auf? Ich sagte ihm, du wärst in der Dusche. Fragte ihn, ob ich etwas ausrichten soll, und er sagte nein."

Obwohl ihm das Herz bis zum Halse klopfte, zwang Troy sich, mit ruhiger Stimme zu sprechen. „Oh, okay. Cool." Er zog seine Jeans an und durchwühlte den Koffer mit der Kleidung, den seine Mutter mitgebracht hatte. Schließlich zerrte er einen blauen Hoodie heraus und zog ihn sich über den Kopf.

„Ich schau nach, ob ich ihn finden kann", sagte er. „Kann nicht schlafen."

„Troy, was ist los?"

„Nichts." Kaum geistesgegenwärtig genug, um seine Schlüsselkarte einzustecken, schlüpfte Troy in seine Lieblingssandalen von Rainbow. Sie waren so vertraut und hatten sich nach all den Jahren, die er sie getragen hatte, perfekt an seine Füße angepasst. „Schlaf ein bisschen."

„Du gehst jetzt? Es ist mitten in der Nacht."

„Meine innere Uhr ist komplett durch den Wind. Wir frühstücken zusammen in ein paar Stunden. Bin bald zurück."

Die Tür schloss sich hinter ihm mit einem leisen *Wuusch* und *Klick*. Er stand in dem stillen Korridor. Was nun? Er konnte sich kaum zurückhalten, an alle Türen zu klopfen, um Brian zu finden. War er auf derselben Etage? Er konnte überall sein.

Seine Sandalen waren lautlos auf dem dicken Teppich, als Troy zum Fahrstuhl ging. An der Rezeption würden sie es wissen.

„ER IST IN DER DUSCHE."

Die Stimme der jungen Frau hallte in jedem Schritt wieder, den Brian machte. Er erinnerte sich dunkel, dass ihr Name Savannah war. Sie hatte jung und wunderschön ausgesehen in ihrem seidigen, kleinen Nachthemd, das kaum ihre Oberschenkel gestreift hatte. Es schien ihr nichts ausgemacht zu haben, praktisch nackt die Zimmertür zu öffnen, aber mit einem Körper wie ihrem – warum sollte es?

Er hatte an ihren schmalen Schultern vorbei ins Zimmer geschaut. Auf einem Bett war die Decke zurückgeschlagen, auf dem anderen hatte ein offener, pinkfarbener Koffer gestanden, und Kleidungsstücke waren auf dem Boden verstreut gewesen.

„Er ist in der Dusche."

Es hätte nicht wehtun dürfen. Hätte nicht in Brians Brust greifen und sein Herz so zusammendrücken dürfen, dass er fürchtete, es würde sich davon nicht mehr erholen. Sie waren zurück im wirklichen Leben. Troys Familie war hier, seine Freundin. Sein altes Leben. Sein *wirkliches* Leben.

Als er in dieses Krankenhauszimmer gekommen war, hatte Brian sich wie ein Eindringling gefühlt, und noch schlimmer war es gewesen, als Savannah die Tür von Troys Hotelzimmer geöffnet hatte. Gott, Brian hatte gehofft …

Was? Was habe ich gehofft? Was habe ich erwartet?

„Entschuldigung?"

Blinzelnd zwang er seine Aufmerksamkeit zurück zu der jungen Frau an der Rezeption. „Ja? Bitte, was?"

„Sind Sie sicher, dass Sie jetzt zum Flughafen wollen? Es ist erst drei Uhr. Da wird für die nächsten paar Stunden nichts geöffnet sein."

„Ich bin sicher. Danke." Die Stege der Plastik-Flip-Flops, die man ihm gegeben hatte, rieben unangenehm zwischen seinen Zehen. Brian hob einen Fuß, um den Schuh kurz zurechtzurücken. „In ein paar Stunden wird dort ein Flugzeug für mich ankommen."

Sie lächelte, sah aber nicht überzeugt aus. „Na gut. Wenn Sie hinausgehen, wird Ihnen der Portier sofort ein Taxi rufen."

„Danke. Die Fluglinie, für die ich arbeite, hat das Zimmer bereits bezahlt, ja?"

„Das hat sie. Haben Sie irgendwelches Gepäck?"

Brian hielt sein Rasierset hoch. „Nein." Er hatte es in der Hand behalten, als man darauf bestanden hatte, ihn in einen Krankenwagen zu verfrachten, nicht willens, sich davon zu trennen. Er hatte den Hut seines Großvaters verloren, aber das würde er nicht verlieren. Er hatte keine Ahnung, was aus seinem Koffer und dem Rucksack geworden war, und es war ihm auch scheißegal.

„Eine sichere Heimreise, Mr. Sinclair." Sie lächelte freundlich, und der andere Nachtrezeptionist – ein junger Mann, der neben ihr auf einem Computer tippte und eindeutig mitgehört hatte – wünschte ihm alles Gute.

Heim.

Mit dem Gefühl, sich gleich übergeben zu müssen, drückte Brian die erste Reihe Glastüren auf, da erklang plötzlich Troys Stimme.

„Brian!"

Erleichterung, Glück und Grauen erfasste ihn gleichzeitig und flutete ihn mit Adrenalin. Brian packte das lederne Rasierset fester und wartete im Durchgang. Die Glastür fiel hinter Troy zu und schloss die Umgebungsgeräusche der Lobby aus. Nichts als Stille herrschte im dem gläsernen Viereck, als sie einander anstarrten.

„Gehst du ernsthaft weg, ohne Auf Wiedersehen zu sagen?" Troys Locken waren nass, und seine gebräunte Haut sah in der zu hellen Beleuchtung irgendwie bleich aus.

„Du warst beschäftigt. Ich wollte dich nicht stören." Es klang selbst in Brians Ohren hohl und unzureichend, und Troy starrte in fassungslos an.

„Du wolltest mich nicht *stören*? Meinst du das ernst? Nach … nach allem? Das ist alles?"

„Ich muss zurück."

„Zurück zu was?"

Brian zögerte. „Meinem Job. Befragung in der Firma. Der Sicherheitsausschuss."

„Dafür musst du nicht mitten in der Nacht wegrennen!"

Brian war sich der Gegenwart der Angestellten am Empfang und des Portiers sehr bewusst, die sie von beiden Seiten aus beobachteten. Er glaubte nicht, dass sie hören konnten, was sie sagten, aber wenn Troy weiterhin so schrie, dann würden sie etwas hören. „Sprich leiser."

„Nein!"

„Wir sind nicht allein."

„Ich–" Troys Nasenflügel bebten, und er sah sich nach rechts und links um. Die Rezeptionisten rissen ihre Köpfe zurück und blickten wieder auf ihre Computer, und der Portier ging ganz zum Ende des Eingangsbereichs und stellte sich neben ein wartendes Taxi. Troy biss die Zähne zusammen und sagte leise: „Du musst nicht gehen. Und ganz sicher musst du nicht *jetzt sofort* gehen."

„Ich muss nach Auckland.“

Er zog die Brauen zusammen. „Auckland?“

„Paulas Eltern leben dort. George und Maria.“ Er lächelte widerstrebend und nur kurz. „Ich erinnere mich endlich wieder an ihre Namen.“

Troy seufzte nachgiebig. „Aber es muss nicht in dieser Sekunde sein, oder?“

„Die Firma hat ein Flugzeug für mich geschickt. Ich muss mich umgehend melden. Ich muss ihnen sagen …“ Er schüttelte den Kopf. „Ich weiß, nicht was ich ihnen sagen soll. Aber ich schulde ihnen eine Erklärung.“

„Okay. Und was dann?“

Alles, was Brian zustande brachte, war ein gezwungenes Schulterzucken.

„Wir sind gerade erst zurückgekommen. Ich dachte, wir würden …“

Brian schluckte heftig; sein ganzer Körper schien zu schmerzen. „Was? Troy, es ist, wie du sagst. Wir sind zurück. Das ist jetzt wieder die Wirklichkeit. Das wirkliche Leben, das darauf wartet, dass wir beide da weitermachen, wo wir aufgehört haben. Deine Familie und deine Band. Deine Freundin.“

Troys Stimme wurde lauter. „Sie ist nicht meine Freundin. Ich sagte dir doch, dass ich mit ihr Schluss gemacht hatte, bevor ich Sydney verließ. Ich bin nicht–“ Er atmete aus und flüsterte: „Ich habe heute nicht mit ihr geschlafen.“ Er trat einen Schritt näher. „Ist es das, was du denkst? Ist das der Grund, warum du das tust? Es ist aus zwischen mir und Savannah.“

Brian hätte nicht dieses überwältigende Gefühl von Erleichterung verspüren sollen, aber es durchfuhr ihn warm und süß. *Das ändert gar nichts. Einer von uns muss realistisch bleiben.* „Nein. Das ist nicht der Grund. Ich sagte dir, ich muss zu Paulas Eltern.“

„Gebrauch das nicht als Ausrede.“ Troys Augen glänzten feucht. „Wir müssen noch über so vieles reden.“

Brian sehnte sich danach, Troy in die Arme zu nehmen und seine

Tränen zu trocknen. Aber er rührte sich nicht von der Stelle, wo der Marmorboden unter seinen neuen Flip-Flops glänzte. „Was gibt es noch zu sagen? Wir sind zurück. Es ist vorbei. Du hast dein Leben, und ich habe meins."

„Und das ist es? Getrennte Wege, als wäre das alles … nichts gewesen?"

Brian schaffte es, mit gleichmäßiger Stimme zu sagen: „Ich lebe in Sydney. Du lebst in L.A."

„Du musst dort aber nicht leben! Und ich muss nicht in L.A. leben! Wir können tun, was immer wir wollen!"

„Troy, du hast so vieles, zu dem du zurückkehren kannst. Was hast du denn erwartet, was sich ändern würde?"

„Es hat sich *alles* geändert! Und ich habe erwartet, dass du immer noch mein Freund sein würdest!" Er atmete zitternd ein. „Wenigstens *das* habe ich erwartet."

Brian wusste, dass sein Protest erbärmlich war. „Das bin ich. Ich werde immer–"

„Stopp. Tu das nicht." Troy kreuzte schützend die Arme über seinem Bauch. „Ich verstehe. Du willst … das hier nicht. Mich."

Brians Füße kamen näher, aber er blieb knapp außer Reichweite stehen. „Hör dir nur zu", murmelte er. „Denk an deine Familie und deine Karriere. Warum würdest du einen abgewrackten, gescheiterten Piloten am Hals haben wollen, der auf die Vierzig zugeht? Du bist ein Rockstar, weißt du noch? Auch wenn dir die Bezeichnung nicht gefällt, macht es es sie nicht weniger wahr. Und jetzt, da wir gerettet sind, müssen wir nicht länger zusammenkleben. Dort waren wir die einzigen beiden Menschen. Natürlich haben wir uns aneinander festgehalten. Es waren bemerkenswerte, extreme Umstände, und nun ist es vorbei. Wir müssen realistisch betrachten, wer wir wirklich sind." Er senkte die Stimme noch etwas mehr. „Es ist nicht so, als wären wir jetzt schwul." Er versuchte, herablassend zu lachen. „Wir waren einfach nur geil."

Es ist das Beste für ihn. Ich schulde ihm das. Ich schulde ihm, dass er sein Leben zurückbekommt.

Troy starrte ihn nur aus schmerzerfüllten, dunklen Augen an. Bevor er antworten konnte, blitzten draußen vor der Tür Kameras auf. Sie blinzelten in das grelle Flackern, während der Portier versuchte, die Paparazzi zurückzudrängen, die einen Tipp bekommen haben mussten. Troy schloss die Augen, straffte die Schultern und atmete tief ein und aus.

Als er seine Augen wieder öffnete, setzte er ein Lächeln auf, das so unecht war, dass es wehtat. Er streckte seine Hand aus. „Tja, also … danke für alles. Ich wünsche dir ein schönes Leben."

Immer noch flackerten die Blitzlichter, und Brian hatte keine andere Wahl, als Troys Hand zu schütteln. Der Kloß in seinem Hals erstickte ihn beinahe, und er konnte nicht sprechen. Er brachte ein Nicken zustande, und dann war Troy weg und ging mit raschen Schritten zu den Aufzügen.

Brian riss den Blick von ihm los und entkam in die schwüle Nacht und zu einem wartenden Taxi. Er nickte zu den wortreichen Entschuldigungen des Portiers, während ihn immer noch die Blitzlichter blendeten. Zumindest konnten sie als Ausrede dafür herhalten, dass er die Tränen wegblinzeln musste, als er an das letzte Mal dachte, da sie sich mit warmem Sand zwischen den Zehen geküsst hatten, ohne zu ahnen, dass es das Ende war.

Kapitel 16

„WAS SOLL DAS heißen, er ist weg?" Lara hob ihre Stimme gleichzeitig mit ihren gezupften Augenbrauen. Sie stupste Troys Tante mit einem verkniffenen Lächeln an, damit sie Platz machte, und umrundete das Bett. Es waren viel zu viele Menschen in Troys Hotelzimmer zusammengepfercht. Alles, was er wollte, war schlafen, aber es war schon nach zwölf Uhr mittags, und seine Zeit war abgelaufen.

„Warum bist du nicht in einer Suite untergebracht?", wollte Joe wissen. „Patty, ruf in der Rezeption an. Wir brauchen ein größeres Zimmer für Troy."

Gleichzeitig mit seiner Familie und Savannah, die verweint und ungewöhnlich still war, waren auch die „Bandleute" angekommen. Joe, ein Mann mittleren Alters und ihr Bandmanager, hatte Troy eine tränenreiche, feste Umarmung gegeben, gefolgt von PR-Fachfrau Lara, Assistentin Patty sowie Steve und Carlos, von denen Troy nicht einmal wusste, was deren Job war.

Troy wusste jedermanns Sorge und offenbar aufrichtige Freude, ihn zu sehen, durchaus zu schätzen, aber er stand mittlerweile ans Fenster gedrängt, dessen Jalousien noch fest geschlossen waren. Er wollte einfach nur, dass alle weggingen. „Ich brauche keine Suite. Ich fahre heute Abend nach Hause."

Lara wandte sich an Joe. „Ich dachte, wir hätten morgen vereinbart. Gib uns ein bisschen Zeit, eine Strategie zu entwerfen."

Troy sprach, bevor Joe darauf antworten konnte. „Ich habe selbst einen Flug gebucht. Nun ja, Savannah hat ihn für mich und Mama gebucht." Es waren nicht genug Plätze frei gewesen, um seine ganze Familie auf demselben Flug unterzubringen, aber er hatte sich darum gekümmert, dass sie so bald wie möglich nachkommen konnten, und dass seine Kreditkarte damit belastet würde. „Ich muss meinen Bruder sehen. Zwei Minuten am Telefon reichen nicht. Ty braucht mich, und er kann den Entzug nicht unterbrechen, also gehe ich zu ihm."

Lara lächelte schmallippig. „Natürlich. Wir alle wollen das Beste für ihn. Für euch beide." Sie sah makellos aus in ihrem Hosenanzug. Um den Hals trug sie einen blauen Schal, perfekt geknotet, der ihr goldenes Haar betonte. „Und was bedeutet das nun, dass Brian Sinclair weg ist?"

„Er ist abgereist", antwortete Troy schlicht.

„Kommt er wieder zurück?"

Troys Mund war plötzlich so trocken, dass er zuerst einen Schluck Wasser trinken musste. „Nein."

„Aber … er kann nicht einfach *abreisen*." Lara lächelte erneut. „Wir müssen eine Pressekonferenz geben. Kannst du ihn anrufen?"

Mit einem schrecklichen Anfall von Übelkeit wurde Troy bewusst, dass er nicht einmal Troys Nummer hatte. „Er ist weg."

„Aber es gibt so viele Fragen, auf die die Welt Antworten haben will, und es ist wirklich am besten, wenn wir die Botschaften kontrollieren und ihr beide eine geeinte Front abgebt."

Troys Mutter drängte sich neben Lara. „Die Welt soll sich gehackt legen. Troy kommt nach Hause."

„Ich werde keine Pressekonferenz machen. Tut mir leid." Er zuckte die Achseln.

Lara sah auf ihr Handy hinunter, das sie so fest umklammert hielt, als wäre darin irgendeine Antwort verborgen. Dann begegnete sie seinem Blick mit ruhigem, geübtem Verständnis. „Ich weiß, du hast eine Tortur hinter dir, die wir uns nicht einmal vorstellen können. Aber wir möchten, dass du uns hilfst, es zu verstehen. Die Menschen da draußen lieben dich so sehr, du machst dir keine Vorstellung. Das hier ist ein

Wunder! Lass dich von uns feiern."

In der Vergangenheit hätte er niemals widersprochen. Er hätte einfach mitgemacht, was immer sie von ihm wollten, und wäre mit dem Strom geschwommen. Wenn er sich jetzt schlichtweg weigerte, würden sie ihn nie in Ruhe lassen. „Ich werde vor dem Hotel eine Erklärung abgeben. Aber keine Pressekonferenz."

„Na gut", stimmte Lara beschwichtigt zu, nachdem sie einen kurzen Blick mit Joe gewechselt hatte. „Patty?" Mit einem Nicken zu ihrer Assistentin wandte sie sich wieder an Troy. „Wir werden etwas für dich schreiben, und du bekommst es um–"

„Das ist nicht nötig. Ich werde mir selbst überlegen, was ich sage."

„Eine Ansprache aus dem Handgelenk ist nie eine besonders gute Idee, besonders nach all dem Stress, den du hattest", betonte Lara. „Du brauchst–"

„Was ich brauche, ist, dass mich verflucht noch mal alle in Ruhe lassen!"

In der plötzlichen Stille klang Troys Herzschlag seltsam hohl. Seine Mutter starrte ihn mit großen Augen an, und er wartete auf ihre tadelnde Aufforderung, sich zu entschuldigen und nicht so unhöflich zu sein. Aber stattdessen klatschte sie laut in die Hände.

„Ihr habt ihn gehört. Alle raus hier." Während die Bandleute als erste den Raum verließen, sprach sie in blitzschnellem Tagalog mit den anderen Familienmitgliedern. Troy hatte als Kind nur sehr wenig von der Sprche mitbekommen – Fragen, ob er hungrig war, durstig, müde, glücklich – und hatte für gewöhnlich auf Englisch geantwortet. Sie drehte sich wieder zu ihm um und drückte seinen Arm. „Wir lassen dich jetzt allein, damit du dich ausruhen kannst, Bongbong."

„Nein, ihr müsst nicht gehen. Es tut mir leid. Ich habe mich so lange danach gesehnt, euch alle wiederzusehen. Ich bin nur ..." Er rieb sich das Gesicht. „Es tut mir leid."

Savannah sprach von der Tür aus. „Ich kümmere mich um Lara und Joe. Mach dir keine Sorgen." Sie verschwand, bevor er ihr danken konnte.

Seine Tanten und Onkel folgten ihr. „Wir werden an den Pool gehen", witzelte Onkel Jojo und tätschelte seinen dicken Bauch. „An unserer Bräune arbeiten." Sie alle lächelten und winkten und benahmen sich, als würde Troy sich nicht gerade wie ein gewaltiges Arschloch aufführen.

„Du brauchst mehr Ruhe", sagte seine Mutter und ging zum Zimmertelefon. „Ich werde dir etwas zu essen bestellen, und dann kannst du schlafen."

„Schon gut, Mama. Es geht mir gut."

Sie schnalzte mit der Zunge. „Gut? Du warst tot, Bongbong." Kopfschüttelnd murmelte sie vor sich hin: „Okay. Mal sehen, ob sie hier etwas halbwegs Anständiges haben."

Troy widersprach nicht, als sie den Zimmerservice anrief und viel zu viel bestellte. Ihre Stimme klang ruhig, aber als sie sich umdrehte, konnte er sehen, dass sie Tränen zurückhielt. Er streckte seine Arme aus und drückte sie an sich. Sie klammerte sich an ihn, und keiner von beiden sagte eine Minute lang etwas.

Als sie zurücktrat, zog sich geräuschvoll die Nase hoch. „Na gut, ich lasse dich jetzt in Ruhe."

„Nein. Bleib, Mama. Bitte? Wir können zusammen fernsehen. Ich habe seit Monaten nicht mehr ferngesehen." Er brachte ein Lächeln zustande. „Und du kannst mir helfen, das ganze Essen zu vertilgen."

„In Ordnung. Wenn du willst."

Sie setzten sich nebeneinander aufs Bett und lehnten sich in die Kissen. Es war seltsam, wieder eine Fernbedienung zu handhaben, und Troy zappte durch die Kanäle, als würde er zum ersten Mal einen Fernsehapparat sehen. Es war alles zu hell und so laut. Dann entdeckte er sein eigenes Gesicht, und sein Daumen erstarrte über dem Knopf.

„Wen interessiert's, was sie sagen?" Seine Mutter griff nach der Fernbedienung. „Lass uns einen netten Film aussuchen."

Troy hielt die Fernbedienung außer Reichweite. Seine Augen klebten am Bildschirm. „Moment."

Sie zeigten jetzt ein Bild von Brian, lächelnd und adrett in seiner

Pilotenuniform. Keine Grübchen in den Wangen, was bedeutete, dass das Lächeln nicht echt war. Dann kam ein körniges Foto von ihm bei seinem ersten Flugzeugunglück, wie er aus dem Cockpitfenster stürzte, während das Feuer durch das Flugzeug raste.

Seine Mutter schnalzte mit der Zunge. „Ich bin so froh, dass er bei dir war, Bongbong. Supermann, hm? So tapfer! Wir sind ihm so dankbar. Und natürlich auch der armen Frau. Wie schrecklich für dich.“

Troy sah, wie der Nachrichtensprecher etwas sagte, hörte aber kein Wort. Dann kam ein neues Bild, und sein Herz setzte einen Schlag aus. Es war von letzter Nacht. Er und Brian unten zwischen den Glastüren des Hoteleingangs, händeschüttelnd, ein unechtes Lächeln auf Troys Gesicht. In seiner anderen Hand hielt Brian das Rasierset seines Großvaters, und Troy dachte an das Schaben der Klinge und an den konzentrierten Ausdruck in Brians Gesicht. Daran, wie Brians Atem warm über Troys Haut geweht war.

Wie Brian ihn geküsst hatte, sich an ihm gerieben, ihn angefasst, ihn gefickt hatte. Wie er es geschafft hatte, dass Troy sich so begehrt und besonders gefühlt hatte, wie es nicht einmal Millionen Fans jemals schaffen würden. Daran, wie Brian ihn verlassen hatte. Ohne einen letzten Kuss.

„Er ist ein sehr guter Mann, hm?“

Troy traute sich selbst nicht genug, um etwas zu sagen. Er nickte, dann schaltete er um und wechselte solange die Kanäle, bis er eine Wiederholung von *Full House* fand. Bald darauf kam das Essen, und er stocherte in einem zu üppigen und fettigen Burger mit Fritten. Er schmeckte kaum etwas davon, auch nicht, als ihm die Mahlzeit später an diesem Nachmittag wieder hochkam.

DER FERNSEHER IN der privaten Lounge hatte einen blechernen Klang, aber Brian hätte Troys Stimme überall erkannt. Er saß zusammen mit Joan, der Repräsentantin der Fluglinie, auf der Kante des Sofas und sah

Troy vor dem Hotel in Honolulu stehen, wo sie sich verabschiedet hatten – wann? Vor einem Tag? Zwei? Er wusste es nicht einmal genau.

„Ich wollte euch allen für eure Liebe und Unterstützung danken. Meiner Familie, meinen Freunden – und meinen Fans. Ich weiß nicht, was ich ohne euch tun würde. Ich bin Brian Sinclair unheimlich dankbar, der mir mehr als einmal das Leben gerettet hat. Ohne seine Tapferkeit und Selbstlosigkeit hätte ich nicht überlebt."

Brian konnte nicht atmen, sich nicht bewegen. Aus dem Augenwinkel sah er, dass Joan immer noch da war und rang um Fassung.

Troy senkte einen Moment den Blick. „Und am allermeisten muss ich Paula Mercado danken, die entgegen allen Erwartungen das Flugzeug landete und ihr Leben verlor. Meine Gedanken sind bei ihrer Familie und ihren Freunden, und ich kann gar nicht in Worte fassen, wie dankbar ich für Paulas Mut und ihr Können bin. Vielen Dank."

Dann war er fort, in ein wartendes Auto manövriert, bevor Brian auch nur blinzeln konnte. Er lehnte sich in die Polster zurück und ließ den Atem fahren. Die Reporter schrien alle durcheinander, und Joan schaltete den Ton ab.

„Scheint ein netter junger Mann zu sein."

„Was? Ja. Ja, sehr nett." *Klug, liebenswert, gütig, witzig, leidenschaftlich.*

Joan schlug die Beine übereinander. Der Stoff ihres Hosenanzugs raschelte. Sie war eine ältere Frau, geradlinig, effizient. Ihr graues Haar war zu einem Knoten hochgesteckt. Er hatte bisher noch nie mit ihr zu tun gehabt und konnte sich nicht an ihren Jobtitel erinnern, obwohl er sicher war, dass sie ihm gesagt hatte, was ihre Funktion war.

Er war ausgesprochen froh, dass sie da war. Sie war mit dem Jet in Honolulu eingetroffen und hatte die Nachbesprechung seines traumatischen Erlebnisses auf dem Weg nach Auckland durchgeführt. Paulas Eltern hatten in einem privaten Hangar am Flughafen auf sie gewartet, und es war …

Es war die reinste Folter gewesen. Maria hatte geweint, und Georges starre Miene war einige Male zusammengebrochen. Brian hatte ihnen versichert, dass Paula nicht gelitten hatte. Das war zumindest die Wahrheit. In einem Augenblick noch da, im nächsten tot. Die Sicht am Strand war so schlecht gewesen, dass sie die Klippe wahrscheinlich nicht einmal kommen gesehen hatte.

Er sagte ihnen nichts von Paulas Arm.

Nun war er zurück in Sydney und wartete darauf, hineingelassen zu werden. Sein Pass und seine Brieftasche waren in seiner Jackentasche im Flugzeug gewesen, aber Joan versicherte ihm, dass man sich darum kümmerte. Sie hatte ihm auch ein Ersatztelefon gegeben und ihm gesagt, es wäre bereits mit seinem Account verbunden und eingerichtet. Brian wusste, er sollte es einschalten und seine Nachrichten abrufen, aber es lag unberührt neben ihm.

Kurze Zeit später betraten Männer der Zollbehörde den Raum, und nach den üblichen Fragen bekam Brian die Freigabe und er und Joan wurden in einer Limousine in die Stadt gefahren. Sie verspürte offenbar nicht den Drang, die Stille mit Plauderei zu füllen, wofür Brian sehr dankbar war.

Während sie zu seiner Wohnung im Süden von Sydney fuhren, starrte Brian auf die vorbeiziehende Landschaft. Der Anblick war gleichzeitig vertraut und völlig fremd. Joan versicherte ihm, dass seine Wohnung und seine Besitztümer unangetastet waren und sein Auto noch immer auf seinem Platz in der Tiefgarage stand. Er war noch nicht offiziell für tot erklärt worden, weshalb alles in Wartestellung geblieben war.

„Wie sieht es mit Geld aus?", fragte sie.

Brian beobachtete eine Gruppe von Kindern, die auf den Stufen zu einem Gebäude herumalberten und lachten. *Geld? Oh, richtig. Geld.* „Ich sollte zurechtkommen. Ich habe einige Ersparnisse."

Sie nickte. „Sollen wir unterwegs irgendwo anhalten und ein paar Lebensmittel besorgen?"

„Richtig. Sicher." Er hatte sich auf der Insel so sehr nach Essen gesehnt, aber selbst die Aussicht auf ein eisgekühltes Bier ließ ihn nun kalt. Als er sich ausgemalt hatte, wie es wäre, wieder all seine Lieblingsspeisen essen zu können, war Troy noch bei ihm gewesen.

„Warum lassen Sie mich nicht in den Laden springen und Ihnen ein paar Sachen besorgen?" Sie sprach mit dem Fahrer, und Brian klinkte sich wieder aus.

Als sie in seine Straße einbogen, blinzelte er beim Anblick der Menschenmasse vor seinem dreistöckigen Mietshaus, einem von vielen an beiden Seiten der Straße mit den großen Bäumen, deren Namen Brian nicht kannte. „Wer ..." Dann wurde ihm klar, dass es die Medien waren. „Oh."

Joan beugte sich vor. „Nicht langsamer werden", sagte sie zu dem Fahrer. „Fahren sie links, und dann nochmal links. Der Hausmeister wartet auf der Rückseite des Hauses auf uns." Sie wandte sich an Brian. „Keine Sorge. Die Presse wird schon in ein paar Tagen das Interesse verlieren. Wir werden in ihrem Namen eine Erklärung abgeben. Der übliche Standard: Dankbarkeit, noch am Leben zu sein, Beleidsbekundung für Paulas Familie, et cetera. Wollen Sie, dass wir sie Ihnen zur Abnahme vorlegen?"

„Nein. Sie können sagen, was immer Sie wollen."

Sie nickte knapp und tippte etwas in ihr Handy. „Ich werde mich morgen Nachmittag bei Ihnen melden. Schlafen Sie sich aus. Gewöhnen Sie sich ein. Ich weiß, das muss im Augenblick alles überwältigend sein."

Etwas an ihrer direkten Art und dem leicht ergrauten Haar erinnerte ihn in diesem Augenblick lebhaft an seine Großmutter, und Brian musste heftig schlucken. „Danke", krächzte er.

Joan lächelte daraufhin – ein trauriges, leichtes Zucken der Mundwinkel. „Wenn Sie irgendetwas benötigen, fragen Sie mich. Ich meine das ernst. Ich wünschte, ich könnte Ihnen ein paar Tage geben, bevor wir uns mit dem Sicherheitsausschuss treffen, aber die scharren schon mit den Hufen. Schon bald wird das alles hinter Ihnen liegen, und dann können Sie sich ausruhen und ... Bilanz ziehen."

Der Hausmeister wartete am Eingang zur Tiefgarage und komplimentierte sie hinein, während Reporter die Gasse entlangliefen und Brian mit lauten Rufen und Fragen bombardierten, auf die Brian selbst dann nicht geantwortet hätte, wenn er sie hätte verstehen können.

Der Hausmeister redete davon, wie froh er war, dass Brian zurückgekehrt war, und drückte ihm ein neues Set Schlüssel in die Hand. Brian nickte und lächelte und folgte ihm hinauf in seine Wohnung im zweiten Stock. Er trug mehrere Tüten voller Lebensmittel, die Joan gekauft hatte. Die Plastikhenkel schnitten ihm in die Finger.

Er konnte es kaum erwarten, endlich allein zu sein.

DIE PAPAGEIEN WAREN spät dran.

Das helle Licht hinter seinen Augenlidern verriet ihm, dass die Sonne bereits aufgegangen war. Brian murmelte vor sich hin und streckte die Arme über den Kopf – vorsichtig, um das Moskitonetz nicht einzureißen. Aber seine Finger berührten nicht den luftigen Stoff. Hatte Troy–

Ihm drehte sich der Magen um, als er die Augen öffnete und an die weiße Stuckdecke starrte. Sonnenstrahlen fielen durch die transparenten Vorhänge an der anderen Seite seiner Schuhschachtel, eine Barriere aus Gaze vor den Schiebetüren seines winzigen Balkons. Zwischen seinen Zehen klebte kein Sand, und seine Haut und sein Haar waren nicht von Salz und Sonne ausgetrocknet.

Er fragte sich, wie lange es dauern würde, sich daran zu erinnern, dass er zu Hause und *Golden Sands* für ihn verloren war, Tausende von Kilometern weit weg. Genau wie Troy.

Zu Hause.

Er hätte gelacht, wenn seine Kehle nicht so ausgetrocknet gewesen wäre. Seine Wohnung war ein einfaches Ein-Zimmer-Apartment. Sein Bett stand dicht an der einen Wand, an die andere war ein Fernseher geschraubt. In der Mitte stand ein beigefarbener Zweisitzer. Die dürftige Küchenzeile erstreckte sich an der anderen Seite, bestehend aus kaum mehr als Kühlschrank, Herd, Spüle und ein paar Hängeschränken.

Direkt daneben lag die Tür zum Badezimmer. Es gab einen einzigen Schrank, den seine Kleidung sich mit diversen Reinigungsmitteln teilte, die er am Boden hineingestopft hatte.

Nachdem er vier Tage lang die dunklen Vorhänge geschlossen gelassen hatte, um Fotografen abzuwehren, die tatsächlich versucht hatten, auf die Bäume vor dem Haus zu klettern, hatte er letzte Nacht vor dem Schlafengehen die Schiebetüren ein Stückchen geöffnet, um etwas frische Luft hereinzulassen. Seinetwegen sollten sie ihn ruhig beim Schlafen fotografieren. Scheiß drauf.

Straßenlärm drang in sein Bewusstsein. Autos, die mit einem tiefen Brummen vorbeifuhren. Ein Bus, dessen Bremsen ein wenig kreischten, als er auf der anderen Straßenseite rechts ranfuhr. Unter dem Zwitschern der Vögel waren undeutliche Gesprächsfetzen zu hören – ein Zeichen, dass die Presse immer noch vor dem Haus herumlungerte. Im Hausflur wurde irgendwo eine Tür zu gemacht, und ein Hund bellte ein paarmal, bevor er zur Ruhe gerufen wurde. Der Kühlschrank summte.

Das war jetzt seit drei Jahren sein Zuhause. Es sollte sich eigentlich tröstlich anfühlen, wieder zurück in seinen vier cremefarbenen Wänden zu sein und auf sein einziges Stück billiger IKEA-Kunst – blaue Blumen in einer gelben Vase – hinter der frisch geputzten Glasscheibe zu schauen. Der Hausmeister hatte netterweise Staub gewischt und geputzt, aber selbst mit der geöffneten Balkontür roch es noch immer muffig.

Brians Bett war weich, und die Kissen fühlten sich absolut luxuriös an in ihren schlichten Baumwollbezügen (ebenfalls IKEA). Es musste beinahe Mittag sein, aber er hatte es nicht eilig, aus dem Bett aufzustehen. Das Federbett hatte sich um seine Beine gewickelt, aber trat nur träge gegen die wattierte Decke. Er trug nichts als Boxershorts, die tief auf seinen Hüften saßen. Nach drei Tagen mit Befragungen durch den Sicherheitsausschuss und Firmenfunktionäre gab es nun nichts für ihn zu tun.

Auf seinem Nachttisch leuchtete das Display seines Handys auf und zeigte einen weiteren Anruf an. Den Klingelton hatte er abgestellt. Er schaute auf die Nummer, zu der kein Name angezeigt wurde. Während er den Anruf direkt zur Voicemail durchließ, die er nie abrief, durchfuhr ihn ein Gedanke.

Was, wenn es Troy ist?

Er griff nach seinem Telefon, bevor er es sich wieder ausreden konnte und drückte die Taste für seine Mailbox. Er hielt das Plastikgehäuse fest an sein Ohr gepresst. Natürlich musste er zuerst durch eine ganze Litanei anderer Nachrichten. Die Anrufe der Presse löschte er sofort. Unter sie mischten sich vertraute Stimmen, Nachrichten von alten Freunden in den Staaten, die alle mit den gleichen Worten anfingen.

„Ich weiß nicht, ob das noch die richtige Telefonnummer ist …“

Einen Anruf nach dem anderen wünschten ihm die Freunde, die er nur allzu einfach aus seinem Leben ausgeschlossen hatte, alles Gute und baten ihn darum, wieder Kontakt aufzunehmen. Sogar Rebecca und Alicia hatten angerufen und unbeholfene, kurze Nachrichten hinterlassen, in denen sie ihn ihrer Unterstützung versicherten. Alicia hatte nicht um ein Wiedersehen gebeten oder darum, dass er sie zurückrief, aber das hatte er auch nicht erwartet. *„Ich bin froh, dass du nicht tot bist. Mach's gut und sieh zu, dass es so bleibt.“*

Die Voicemail schaltete zum Menü zurück.

„Sie haben keine neuen Nachrichten. Um eine Nachricht zu senden, drücken Sie—“

Brian drückte ein wenig zu heftig den *Beenden*-Knopf und warf das Handy ans Fußende des Bettes. Er wollte die Leute zurückrufen, wirklich. Aber was sollte er sagen? Wie sollte er erklären … Wie sollte er irgendetwas von all dem erklären? Was für ein beschissener Freund er gewesen war, und warum er davongelaufen war und Selbstmitleid und Schuldgefühlen die Oberhand überlassen hatte. Und was, wenn sie ihn nach Troy fragten?

Er warf einen Blick auf seinen Zweisitzer, wo der Laptop ihn lockte. Brian ignorierte den Anblick, quälte sich aus dem Bett und in das enge Bad. Als er wieder herauskam, lag sein Laptop immer noch auf den beigefarbenen Polstern.

Wartend.

Mit einem Seufzen gab er nach und holte sich ein Bier aus dem Kühlschrank, bevor er sich mit dem Computer auf den Knien wieder setzte. Er drückte eine Taste, der Monitor erwachte zum Leben, und das rotweiße YouTube-Menü erschien. Er ging die Namen der empfohlenen Videos durch.

Next Up performen bei den Brit Awards 2015
E! Tyson & Troy Tanner Interview
Next Up Band-Bio Video (unautorisiert)
BT Bestes Fanvideo
Next Up Interview UNGEKÜRZT

Brian klickte das sogenannte Fanvideo an. Er hatte gelernt, dass Troy von Fans und anderen Leuten „BT" genannt wurde, was „Big T." bedeuten sollte. Das Video war eine überraschend gut zusammenge-schnittene Sammlung von Interview-Ausschnitten aus Talkshows, einige aus der Zeit, als Troy noch der schlaksige Teenager aus *Rock 'n Roll Academy* gewesen war, mit langgestreckten Gliedmaßen und strahlendem Lächeln. Brian konnte nicht aufhören, es sich anzusehen, auch wenn ihm die Brust immer enger wurde.

Als das Video endete, tauchte eine weitere Empfehlung auf.

Next Up Benefizkonzert Beyond The Sea

Sein Herz zog sich schmerzhaft zusammen. Brian schlug den Deckel des Laptops zu und eilte ins Bad. Er drehte das Wasser in der Dusche auf, viel zu heiß. Er schrubbte an seinen Haaren, die immer noch zu lang waren und dringend geschnitten werden mussten. Ja, das würde er als Nächstes tun. Und er würde sich auch eine Rasur gönnen, wenn er schon mal dabei war, da er es nicht über sich brachte, das Täschchen mit dem Rasierset seines Großvaters auch nur aufzumachen. Alles erinnerte ihn jetzt an Troy.

„Das ist verrückt. Ich habe den Verstand verloren."

Seine Stimme klang in der dampfenden Duschkabine seltsam in seinen eigenen Ohren. Dumpf und kratzig.

„Ich bin heterosexuell.“

Sie hatten ihr … was auch immer es gewesen war nur deshalb, weil sie zusammen auf einer einsamen Insel festgesessen hatte. Sie hatten getan, was völlig isolierte Menschen nun einmal taten. Menschen hatten körperliche Bedürfnisse. Das war alles. Er wiederholte im Geiste, was er zu Troy gesagt hatte:

„Wir waren nur geil.“

Es klang jetzt genauso hohl, wie es in jener Nacht geklungen hatte.

Ich bin nicht heterosexuell.

Unter dem fast kochenden Wasser seifte er seinen Körper grob ein. Die Wahrheit spielte keine Rolle. Troy mochte den Anschein erweckt haben, als habe er nicht gewollt, dass Brian ging, aber inzwischen war er sicher froh. Er hatte ein Video von Troys Ankunft in L.A. gesehen, mit seiner Mutter und Savannah dicht an seiner Seite. Es schien ihm gut zu gehen. Er konnte zu seinem alten Leben zurück. Zu seiner Freundin. Wenn sich der Staub erst einmal gelegt hatte, warum sollte er sich für Brian entscheiden?

Troy hatte mit Sicherheit bereits alles abgeschüttelt. Nun war Brian an der Reihe.

„ICH BIN SO froh, dass du angerufen hast.“ Kylies Stimme klang gedämpft an Brians Brust, als sie ihn fest in die Arme nahm.

„Ich auch“, log er und strich mit der Hand über ihr goldenes Haar.

„Es war so schrecklich zu denken, du seist tot. Ich habe immer gehofft, wieder von dir zu hören, weißt du?“ Sie neigte den Kopf zurück und schenkte ihm ein wässriges Lächeln. „Aber ich wusste, wie beschäftigt du bist, als Pilot und das alles. Stell dir meine Überraschung vor, als ich dein Gesicht im Fernsehen sah. Normalerweise, wenn Kerle dich anlügen, dann behaupten sie, Pilot zu *sein*, und nicht, *kein* Pilot zu sein.“

„Entschuldige.“

„Das ist jetzt egal. Komm, trinken wir etwas Wein." Sie nahm seine Hand und zog ihn in ihre Küche. Sie trug Leggings und eine Blümchenbluse. Und nichts davon versteckte ihre festen Brüste und ihren runden Hintern. Er hatte eine dunkle Jeans angezogen und ein Hemd, das an ihm herunterhing. Er hatte im Badezimmer vor dem Spiegel gestanden und sich gefragt, wer das war, den er da ansah. Selbst nach dem Haarschnitt und der Rasur erkannte er sich selbst kaum.

Er wäre in eine Bar gegangen, aber angesichts der Reporter, die noch immer sein Wohngebäude belagerten und ihm Fragen über Troy zugeschrien hatten, als er seinen Honda aus der Tiefgarage gefahren hatte, war eine Bar keine gute Idee gewesen. Kylie hatte ihre Nummer in sein Handy programmiert, und seine Kontaktliste war auf sein neues Gerät übertragen worden.

Also war er nun hier in ihrem kleinen Haus in Parramatta. Brian war ziemlich sicher, dass ihm niemand gefolgt war, aber Kylie hatte trotzdem alle Jalousien heruntergelassen – nur für den Fall.

Sie lächelte ihn lieb an und gab ihm ein Glas Pinot. „Hast du Hunger? Du armes Ding, ich kann mir gar nicht vorstellen, wie du überlebt hast."

„Es geht mir gut." Er lächelte zurück, weil Kylie eine liebenswerte Frau und viel netter zu ihm war, als er verdiente.

„Ich habe Käse und Cracker und anderen Knabberkram. Ich könnte etwas kommen lassen, wenn du magst? Es gibt ein tolles Thairestaurant mit Lieferservice gleich um die Ecke."

„Ich brauche nichts, wirklich. Es geht mir gut." Er schlürfte seinen Wein. „Das Einzige, was ich brauche, ist ..." *Denk nicht seinen Namen. Denk nicht an ihn.*

Kylie lächelte süffisant. „Ich weiß, was du brauchst. Und ich kann es dir geben." Sie stellte ihr Glas auf die Marmorplatte der Kücheninsel und drückte sich an ihn mit ihrer Weichheit, ihren glänzenden Lippen und ihren kleinen Händen, die sich an seinem Hosenstall zu schaffen machten.

Es hätte eigentlich genau das sein müssen, was er brauchte. Eine heiße Blondine zu ficken und alles andere zu vergessen. *Entspann dich. Genieß es.*

Er lehnte sich gegen die Kücheninsel, als Kylie ihre Hand in seine Boxershorts schob. Er versuchte, seinen Verstand abzuschalten. Aber als sie ihn küsste – sie schmeckte nach Wein und roch nach Limone – und ihre weichen Finger seinen schlaffen Schwanz streichelten, wusste er: Er könnte tausend Frauen ficken – oder Männer – und würde immer noch Troy wollen.

Immer noch Troy *lieben.*

Vielleicht ergab das keinen Sinn, aber Brian wusste, was sein Herz mit jedem Schlag rief. Er liebte ihn. Er wollte ihn. Brian konnte davor nicht davonlaufen. Und er würde es auch nicht. Dieses Mal nicht.

Er stolperte rückwärts und stieß sich die Hüfte an einer Ecke. „Tut mir leid. Ich …"

„Du bist so verspannt. Komm, setzen wir uns und entspannen ein wenig. Trink noch etwas Wein. Kein Grund zur Eile, oder?" Sie lächelte freundlich, und das machte alles nur noch schlimmer.

Er wich weiter zurück. „Ich habe einen Fehler gemacht. Ich dachte, ich könnte …" Er schüttelte den Kopf. „Ich weiß nicht, was ich dachte. Es liegt nicht an dir. Gott, wirklich nicht. Ich versuche, mir über mein Leben klarzuwerden, und ich bin ein einziges Chaos."

„Oh." Sie schob sich das Haar hinters Ohr und strich steif ihre Bluse glatt. „Na, dann."

„Es tut mir so leid." Er strich sich mit der Hand über sein Haar, das sich ganz falsch anfühlte so kurzgeschnitten. „Ich weiß, das klingt wie ein dummer Spruch, aber du bist toll."

Mit einem Seufzer entspannte sie sich wieder. „Du bist durch die Hölle gegangen. Hör zu, wenn du reden willst – ich kann immer noch das Thai-Essen bestellen."

„Das ist unheimlich lieb von dir. Aber ich muss gehen. Danke, und … es tut mir leid."

Brian flüchtete zu seinem Honda und fuhr los. Er hätte sich bei Kylie aussprechen können, aber das war nicht notwendig. Er wusste, was er zu tun hatte, angefangen damit, gleich am nächsten Morgen zur amerikanischen Botschaft zu gehen, um so schnell wie möglich einen Ersatzpass zu bekommen. Er durfte keine Zeit verschwenden.

Er war bereit, nach Hause zurückzukehren.

Kapitel 17

„DU BIST IMMER noch so dünn."

Troy umarmte seinen Bruder fest. „Du auch. Außerdem bin ich erst seit einer Woche zurück."

„Seit zehn Tagen." Tyson machten mit einem verlegenen Grinsen einen Schritt rückwärts. „Glaub mir. Ich zähle hier drin die Tage."

„Naja, es ist erst drei Tage her, dass wir uns gesehen haben. Ich esse so schnell, wie ich kann." Troy hasste es, Tyson nicht jeden Tag besuchen zu können, aber die Einrichtung hatte strenge Regeln.

Zu der aufmerksamen Frau in der Ecke sagte Ty: „Wir gehen ein wenig spazieren."

„Natürlich", antwortete sie, ohne mit der Wimper zu zucken. „Bitte seien Sie um halb drei wieder zurück im Besucherzentrum."

„Mh-hm." Tyson ging voran, durch die Lobby und die Glastüren hinaus über einen gepflasterten Weg zu einem weiten Gelände mit Wiesen und Gärten, das sich mindestens anderthalb Kilometer weit hinter dem Rehazentrum erstreckte. „Wieso hat alles hier so New-Age-mäßige Namen?", grummelte er. „Die Bibliothek nennen sie *Ort des Lernens*. Das ist so hochtrabend." Er öffnete den Reißverschluss seines Hoodies, streifte ihn ab und ließ ihn auf eine leere Bank fallen.

Nur in Jeans und T-Shirt sah Tyson in Troys Augen erschreckend dünn aus. „Ich weiß. Aber lass dich davon nicht stören. Konzentrier dich darauf, warum du hier bist."

Tyson schnaubte, als er in einen Kiesweg einbog, der von niedrigen

Büschen mit roten, gelben, orangefarbenen und weißen Blüten gesäumt war, deren Namen Troy nicht kannte. „Kann ich nicht mal nörgeln, ohne gleich eine Lektion zu kriegen?"

Troy zuckte zusammen. „Entschuldige. Ich mache mir nur Sorgen."

„Echt jetzt, BT." Ty schubste ihn scherzhaft mit dem Ellenbogen, und Troy konnte sich nur knapp zurückhalten, ihn nicht noch einmal in die Arme zu nehmen und zu fühlen, dass er sicher und am Leben war.

Insekten summten in der Sommerhitze, und sie gingen etwas langsamer, als sie die Schatten von Laubbäumen erreichten. Troy bemerkte die Pfleger, die überall auf dem Gelände stationiert waren und die Handvoll Patienten im Auge behielt, die sich draußen aufhielten, wenn auch außer Hörweite. Bei seinen zwei kurzen Besuchen hatten er und Tyson nur in Anwesenheit eines Therapeuten im Zimmer miteinander reden können. Anscheinend waren Troys Besuchsrechte gelockert worden, da man ihnen nun etwas Privatsphäre gestattete.

Natürlich war er bei seiner Ankunft gründlich durchsucht worden – seine Shorts und sein T-Shirt waren abgetastet worden, und er hatte seine Sandalen ausziehen und zur Untersuchung abgeben müssen. Troy machte diese Extra-Wachsamkeit nichts aus, auch wenn Drogen für seinen Bruder hereinzuschmuggeln das Allerletzte war, das er tun würde.

„Ich bin überrascht, dass Mama dich noch nicht hingesetzt und dir die Haare abgeschnitten hat." Tyson fuhr sich über sein eigenes, kurzgeschorenes Haar. „Sie war sauer, als ich das gemacht habe, aber scheiß drauf. Ich hab' keinen Bock mehr auf den Wuschelkopf voller Locken. Ich bin keine zwölf mehr." Er schmunzelte. „Wir können den Look tauschen."

„Abgemacht."

„Es war so albern von Joe und dem Label, dass wir immer unterschiedliche Frisuren haben mussten. Du bist einen Kopf größer als ich. Niemand würde uns verwechseln."

„Ich weiß." Er zuckte die Achseln. „Aber wir haben es mitgemacht."

„Ja, das haben wir wohl. Weißt du noch, wie Mama und Papa immer sagten, wir sollten stets den Regeln folgen und keinen Ärger machen?" Ty gab ein scharfes, bellendes Lachen von sich. „Ausgerechnet Papa musste das sagen, hm?"

Es war das erste Mal, dass Troy jemals Kritik an ihrem Vater aus Tysons Mund hörte. „Ty …" Er wusste nicht, was er sagen sollte.

„Ich bin sauer auf ihn. Und auf sie, weil sie nicht das Geringste unternommen hat."

Troy trat gegen einen verirrten Stein auf ihrem Weg. „Ja. Ich auch." Seine Haut kribbelte, aber nicht von der Hitze. „Aber ich hätte–"

„Einen Scheiß hättest du." Tysons Sneakers wirbelten ein paar Kiesel auf, als er abrupt stehenblieb. „Du warst ein Kind, genau wie ich."

Troy schüttelte den Kopf. „Ich war älter. Ich hätte etwas tun müssen. Ich hätte –"

„Was? Ihn heilen sollen? Das konntest du nicht. Das konnte nur er selbst. Das ist eines von den Dingen, die ich hier drin lerne: Der Abhängige ist der Einzige, der für seine Taten verantwortlich ist. Ich muss mich meiner Wahrheit stellen." Er verdrehte die Augen. „Noch mehr New-Age-Scheiß. Aber sie haben recht."

„Ich hätte es trotzdem besser machen können. Ich hätte–"

„Troy, hör auf damit." Tyson ergriff seinen Arm. „Papa hatte seine Wahl getroffen. So wie ich. Du bist der beste große Bruder, den man nur haben kann. Du weißt ja gar nicht, wie–" Er sog scharf den Atem ein, und seine Augen füllten sich mit Tränen. „Als sie sagten, du wärst tot, da war das wie … Scheiße, ich hasste mich selbst wegen der blöden Sachen, die ich zu dir gesagt habe. Du hast versucht, mir zu helfen, und ich war so ein Arschloch. Du weißt, dass ich das alles nicht so gemeint habe, oder?" Seine Finger gruben sich in Troys Haut. „Das weißt du doch?"

Troy zog Ty in seine Arme. „Natürlich. Ich weiß. Ich weiß."

„Ich sagte, ich würde dich nicht brauchen", murmelte Ty an Troys Brust. „Aber ich brauche dich so sehr."

Troy blinzelte in den wolkenlosen Himmel. Seine Augen brannten. „Ich brauche dich auch, okay?"

„Okay." Tyson trat zurück und wischte sich das Gesicht. „Ich war so wütend auf dich, weil du weggegangen bist, aber du hattest recht. Ich bin nur ... Scheiße, ich bin so froh, dass du hier bist."

„Danke, dass du ein Vermögen für einen Suchtrupp ausgegeben hast."

„Ich hätte niemals aufgegeben", sagte Ty vehement. „Auf keinen Fall."

„Und dich gebe ich ebenfalls nicht auf. Vielleicht hätte ich in Australien bleiben sollen, aber ich dachte, ich würde das Richtige tun."

„Das hast du." Tyson schniefte und wischte sich mit dem Handgelenk die Nase ab, wie er es schon als kleiner Junge getan hatte. „Wenn mein Kopf nicht so tief in meinem Arsch gesteckt hätte, dann hätte ich auf dich gehört. Als du vermisst warst, bin ich völlig abgestürzt. Ich hatte Glück, dass ich mich nicht selbst umgebracht habe."

Troy schauderte. „Gott sei Dank."

„Danke lieber Savannah und den Jungs. Sogar Nick hat sich zusammengerissen." Er verzog das Gesicht. „Vorübergehend zumindest. Er will immer noch nicht einsehen, dass er ein Problem hat. Ich wünschte ... Aber ich kann nicht die Verantwortung für seine Entscheidungen übernehmen. Ich muss mich auf meine eigene Genesung konzentrieren." Er rümpfte die Nase und fügte hinzu: „Dieses New-Age-Gerede färbt schon auf mich ab. Jedenfalls ist Savannah eingeschritten und hat nicht locker gelassen, hat mir immer und immer wieder gesagt, was du für mich wollen würdest."

„Dann hat sie dich also emotional erpresst, den Entzug zu machen. An deine Schuldgefühle appelliert."

Tyson lachte leise und ließ sich auf einer schattigen Bank nieder. „So ziemlich. Aber hey, es hat funktioniert." Er schwieg einen Moment lang. „Weißt du, sie war echt fertig wegen dir. Wegen eurem Streit." Er sah zu Troy auf. „Willst du wirklich nicht mehr mit ihr zusammen sein?"

Troy setzte sich seufzend auf die Bank. „Nein. Will ich nicht. Es tut mir leid, sie zu verletzen. Aber ich kann einfach nicht."

„Ich verstehe das nicht. Sie ist süß und hinreißend. Was gibt's da nicht zu mögen?"

„Sie ist einfach nicht der Mensch, mit dem ich zusammen sein möchte. Sie ist nicht die Richtige."

„Ja, ist wohl so, wenn es nicht funkt, schätze ich. Naja, es gibt jede Menge Frauen da draußen. Du solltest mal wieder raus in die Stadt, Brüderchen."

Bevor er recht darüber nachdenken konnte, sagte Troy: „Ich will keine anderen Frauen."

Ty starrte ihn ausdruckslos an. „Hä? Alter, du warst zwei Monate lang auf einer einsamen Insel. Ich bin erst seit einem Monat hier, und ich würde mein linkes Ei hergeben für ein bisschen Muschi."

„Es ist nicht … ach, egal." Es spielte sowieso keine Rolle. Brian hatte deutlich klargestellt, dass es vorbei war. Was immer *es* auch gewesen war.

„Was ist los?"

„Nichts." Troy versuchte, es mit einem Lachen abzutun. „Komm, sehen wir uns den Brunnen an." Er stand auf.

Tyson zog ihn zurück auf die Bank. „Sag mir, was los ist. Und sag nicht *Nichts*. Ich kenne dich. Du siehst so aus wie damals, als Scrapper gestorben ist."

„Der gute, alte Scrapper." Ihr Beagle war dreizehn Jahre alt geworden, aber es war trotzdem hart gewesen, ihn gehen zu lassen. „Weißt du noch, wie er einmal die ganze Dose Knetgummi gefressen hatte?"

„Ja. Das war super-ekelig. Wechsele nicht das Thema."

Troy seufzte. Ein Teil von ihm wollte sich alles von der Seele reden, aber ein anderer Teil wollte wie ein Geheimnis hüten, was er und Brian miteinander geteilt hatten. Es zu etwas machen, das nicht angerührt werden konnte. Aber der Drang, seinen verworrenen Gefühlen Ausdruck zu geben, gewann. „Ich will Savannah nicht. Und auch keine andere Frau. Ich will *ihn*."

Die Worte hingen in der Luft des heißen Nachmittags. Für einige, lange Augenblicke war nichts zu hören außer dem Dröhnen eines Rasenmähers und dem entfernten Plätschern von Wasser.

Tyson starrte ihn an. Seine glatte Stirn zog sich zusammen. „Wen?"

„Egal." Troy sprang auf die Füße. „Ich weiß selbst nicht, wovon ich rede." Er ging zu dem Brunnen am Ende des Weges, in dem Wasser in einer sanft gebogenen Kaskade über steinerne Delphine floss.

Tyson eilte ihm nach und stellte sich neben ihn. „Ich bin verwirrt." Dann wurden seine Augen groß. „Moment – redest du von *ihm*? Dem Piloten? Brian?"

Troy konnte nur unglücklich nicken.

„Hast du … und er …?" Er wedelte mit der Hand durch die Luft. „Heilige Scheiße. Du *hast*!"

„Es war nur …" *Was?* Troy wusste es nicht. Sie hatten sich darauf geeinigt, nicht zu viel darüber nachzudenken, und jetzt hatte er keine Ahnung, wie er mit der Verwirrung umgehen sollte. Oder mit der Sehnsucht, die ihn so tief erfüllte, dass er kaum atmen konnte. „Du darfst das niemandem erzählen." Er packte die Schulter seines Bruders. „Ty, bitte."

„Das werde ich nicht. Das weißt du."

„Okay." Er atmete lang und geräuschvoll aus. „Ich weiß."

„Komm her." Tyson drängte Troy, sich auf den Brunnenrand zu setzen und nahm neben ihm Platz. „Also habt ihr … miteinander rumgemacht?"

„Ja."

„Naja, ihr habt Monate auf der Insel festgesessen. Wahrscheinlich würden die meisten Menschen …" Er wedelte erneut mit der Hand. „Du weißt schon."

„So fing es an, denke ich. Gewissermaßen. Und dann wurde definitiv mehr daraus. Viel mehr."

„Habt ihr es getan wie …" Tyson senkte die Stimme zu einem Flüstern. „In den Hintern?"

Troy fühlte, wie seine Wangen heiß wurden. Er nickte.

„Mann. Warst du unten oder oben?"

Er musste lachen. Ein klein wenig. „Unten. Aber ich hätte ihn auch gefickt. Wir wurden gerettet, bevor ich dazu kam."

„Mann", wiederholte Tyson. „Und … es hat dir gefallen? Hast du ihm einen geblasen?"

„Ja, wir haben uns gegenseitig einen geblasen."

Ty schien darüber nachzudenken. „Willst du das auch mit anderen Kerlen machen?"

„Ich weiß nicht. Ich glaube, nicht. Vielleicht? Ich hab' das noch nie gemacht."

„Aber mit ihm willst du?"

Troy nickte. Gott, er wollte es. Der feine Wassernebel des Brunnens kühlte seine Haut, und Troy konnte beinahe das Salz des Ozeans schmecken und Brians tiefes, lässiges Lachen hören. Er räusperte sich, brachte aber kein Wort heraus.

„Ist er schwul?"

„Nein. Jedenfalls war ich der erste Mann, mit dem er zusammen war."

„Und du bist ebenfalls nicht schwul?"

„Ich weiß es nicht. Ein bisschen schwul muss ich wohl sein, um mit einem anderen Mann Sex zu haben."

„Naja, ein bisschen schwul ist jeder. Es gibt eine Skala und so'n Zeug. Ich hab' mal online so ein Quiz gemacht. Ich bin eine Drei." Sein Ton wurde wehmütig. „Ich vermisse das Internet so sehr. Entschuldige. War kurz abgelenkt. Okay, du willst den Schniedel von diesem Kerl, und er will deinen. Was ist also das Problem?"

„Meinst du das ernst?", stotterte Troy. „Äh, lass mal sehen. Keiner von uns hat jemals zuvor etwas mit einem Mann gehabt, und Mama würde höchstwahrscheinlich ausflippen, und die Fans würden *auf jeden Fall* ausflippen. Die Medien würden durchdrehen, und jeder Hinz und Kunz würde eine Meinung dazu haben."

„Scheiß auf Hinz und Kunz. Wen interessiert, was die denken? Und komm mir nicht mit den Fans. Du weißt, dass sie mir und Nick schon seit Jahren eine Beziehung andichten. Es gibt auf Tumblr unzählige Seiten über „Nickson". Die Fans haben kein Problem mit Schwulen. Und ich auch nicht, das weißt du."

„Es macht dir wirklich nichts aus?"

„Wieso sollte es? Was bin ich, irgend so ein abgefuckter Schwulenhasser?" Er schnaufte entrüstet.

„Ich weiß, dass du das nicht bist. Es ist nur ..." Troy nahm ein paar tiefe Atemzüge. „Ich weiß nicht, wie ich mich fühlen soll. Bin ich schwul? Ich denke, ich bin wohl bisexuell. Irgendwas bin ich auf jeden Fall. Bi ergibt für mich Sinn. Das ist nichts Schlimmes, ich habe mich nur nie so gesehen. Aber jetzt hat sich alles verändert. *Ich* habe mich verändert."

Tyson stand auf und bückte sich, um eine Handvoll Kiesel aufzuheben. Er fing an, einen nach dem anderen in den Brunnen zu werfen. „Wozu brauchst du überhaupt eine spezielle Bezeichnung? Wir sollten fühlen dürfen, was wir fühlen, ohne irgendeine offizielle Erklärung dazu abzugeben. Du magst den Kerl, und er mag dich. Fertig. Alle anderen können sich verpissen."

Die Liebe zu seinem Bruder wärmte Troy durch und durch. „Das ist eigentlich wahr."

„Tu jetzt nicht so überrascht, Arschloch." Ty trat ihm scherzhaft gegen das Schienbein. „Und Mama liebt dich. Das tun wir alle. Sie ist so glücklich, dass du am Leben bist, du könntest ein Äffchen als die Liebe deines Lebens mit nach Hause bringen, und sie würde Bananenkuchen machen."

Troy musste bei dieser Vorstellung lachen, aber sein Lächeln erstarb rasch wieder. „Es ist sowieso egal. Brian ist zurück in Australien. Er ist ... nicht interessiert." Die Worte blieben im beinahe im Halse stecken. „Es war nur vorübergehend."

Mit einem lauten Plumpsen ließ Tyson die restlichen Steine in den Brunnen fallen. „Dann ist er ein absoluter Idiot, oder? Er–" Ty seufzte erschöpft. „Scheiße, die Zeit ist fast um." Er nickte, und als Troy sich umdrehte, sah er die Frau aus der Lobby die gespreizten Finger einer Hand hochhalten. „Fünf Minuten. Ich gehe besser rein. Ich muss meine Gefühle offenbaren und Verantwortung für meine inneren Dämonen übernehmen. Und danach bilden wir wahrscheinlich einen Kreis, umarmen uns alle und machen Vertrauensübungen."

„Aber du nimmst das alles hier ernst, oder?" Troy stand auf. Er konnte kaum den Drang unterdrücken, seinen Bruder an den Schultern zu packen und zu schütteln. „Das ist dein Leben, Ty. Bitte."

Er erwiderte hitzig: „Aber meckern darf ich doch wohl noch?" Er drehte sich um, um auf dem Weg zurückzugehen, den sie gekommen waren. Seine Stimme wurde weicher. „Ich nehme es ernst. Versprochen. Du bist von den Toten zurückgekehrt, und ich werde das hier nicht vermasseln. Es ist meine zweite Chance."

„Okay. Ich vertraue dir." Troys Schultern waren noch immer verspannt, und er rollte sie nervös.

„Du hast auch eine zweite Chance bekommen."

„Ja." Troy schabte mit dem Fuß im Kies.

„Sieh mal, ich weiß, warum du mich allein zurückgelassen hast. Es war das Richtige, und ich werfe dir nichts vor. Aber willst du wirklich diesem Typ den Rücken zukehren? Tu das nicht. Vor allem nicht, wenn du ihn liebst."

Troy konnte nur nicken. Er hatte einen Riesenkloß im Hals. Liebte er Brian? Die unausgesprochene Antwort war ein brennendes Verlangen, das er von Kopf bis Fuß spürte, immer weiter wuchs und seinen Brustkorb zu sprengen drohte.

Von ganzem Herzen.

„ENTSCHULDIGUNG. ES TUT mir leid, Sie um diese Uhrzeit noch zu stören, aber da ist ein unerwarteter Besucher." Die Stimme des Wachmanns am Telefon klang so klar, als stünde er direkt neben Troys Bett. Seltsam … all diese Kleinigkeiten, die Troy früher nie so aufgefallen waren. Wahrscheinlich würde es jedoch nicht lange dauern, bis er die moderne Technik wieder als selbstverständlich hinnahm.

Er warf einen Blick auf die grün leuchtenden Ziffern des Digitalweckers. Es war schon nach Mitternacht, aber er hatte nur an die Decke gestarrt, anstatt zu schlafen. „Ist schon gut. Nerven Sie die Paparazzi draußen immer noch?" Sie waren ihm nach seinem Besuch bei Ty in der Klinik nach Hause gefolgt. Natürlich. Ein paar Fans ebenfalls, aber die mussten zum Glück irgendwann zu Hause sein.

„Nein, für heute sind sie weg."

Außer seiner Mutter hatte er niemandem gesagt, dass er nach seinem Besuch bei Ty zu seinem Haus in Malibu fahren würde. Und es sah seiner Mutter nicht ähnlich, mitten in der Nacht aufzukreuzen. Außerdem hatte sie einen eigenen Schlüssel und automatischen Zutritt am Sicherheitstor der eingezäunten Gemeinde. *Bitte, lass es nicht Savannah sein.* Troy hatte sich von ihr im Guten getrennt, oder zumindest ohne böses Blut, aber er hatte wirklich keine Lust, sich jetzt mit ihr zu befassen.

„Wer ist es?" Er hatte die wachsende Liste von Nachrichten auf seinem Handy ignoriert, aber Joe und Lara würden sicherlich nicht so dreist sein, auf diese Weise hier aufzutauchen.

„Brian Sinclair."

Troy schoss im Bett hoch. Das Herz klopfte ihm plötzlich bis zum Hals. „Brian? Sind Sie sicher?"

„Ja, ganz sicher. Das ist der Name, den er genannt hat. Und ich habe ihn aus den Nachrichten wiedererkannt."

Troy sprang auf die Füße. „Lassen Sie ihn herein. Danke. Ich, äh. Okay. Bis dann." Mit fahrigen Händen manipulierte er das schnurlose Telefon wieder in die Halterung auf dem Nachttisch.

Brian war hier. Was bedeutete das? Sollte er sich etwas anziehen? Troy sah auf seine alte Pyjamahose herab. Sollte er sich ein Hemd überziehen? Er eilte ins Badezimmer, schaltete die Beleuchtung ein und blinzelte in das helle Licht. Sein Haar war okay, aber er hatte dunkle Ringe unter den Augen.

Als wenn Brian mich nicht schon früher völlig fertig gesehen hätte. Was zum Henker, Alter?

Ein Wagen näherte sich dem Gebäude. Troy machte das Licht aus und hastete aus dem Bad und zum vorderen Flurfenster. Troy beobachtete, wie ein Taxi in die lange Auffahrt einbog. Sein ganzer

Körper kribbelte, und sein Puls raste so sehr, dass er dachte, er würde explodieren.

Der Wagen hielt an, und nach wenigen Augenblicken öffnete sich eine der hinteren Türen. Brian war wirklich und wahrhaftig vor dem Haus, und Troy wusste nicht, ob er lachen oder weinen sollte.

Stattdessen rannte er die Treppe hinunter und riss die Tür auf. Brian blickte sich zu dem Taxi um, als es wendete und wieder in die Nacht hinausfuhr. Die roten Rücklichter verschwanden hinter der Kurve mit der großen Hecke.

Troy hatte das Licht nicht angeschaltet, und so standen sie da in der Dunkelheit mit nichts als dem Mondlicht. Er musste etwas sagen. Er musste—

„Ich liebe dich", platzte Brian heraus.

Troy war sich dumpf bewusst, dass sein Mund offenstand, während er Brian einfach nur anstarrte.

„Äh … kann ich reinkommen?"

Troy schaffte es, mit dem Kopf zu nicken, zur Seite zu treten, die Tür hinter Brian zu schließen und sich zu ihm umzudrehen. „Du liebst mich?" Seine Stimme klang viel zu hoch.

Brian nickte ernst und ließ seine Reisetasche fallen. „Vielleicht ist das verrückt, und vielleicht willst du das alles auch nicht mehr, nachdem ich mich so idiotisch benommen habe, aber ich musste es dir sagen. Wahrscheinlich ist deine Freundin oben, und ich hätte nicht herkommen sollen, aber ich musste einfach. Ich … ich musste einfach."

„Sie ist nicht hier. Und sie ist nicht meine Freundin."

Brians Adamsapfel hüpfte. „Okay."

„Das ist gut", sagte Troy.

Brian zögerte. „Was?"

„Dass du es mir gesagt hast. Weil ich dich auch liebe, und weil ich es hasse, von dir getrennt zu sein. Und es ist mir egal, ob das verrückt ist, weil mir gefällt, wer ich bin, wenn ich mit dir zusammen bin. Und ich will nicht, dass alles wieder so ist wie früher, und—"

Es war wohl zu seinem Besten, dass Brian auf ihn zuging und ihn küsste, weil Troy sonst wahrscheinlich noch fünf Minuten lang weitergeplappert hätte. Es war viel, viel besser, in Brians Armen zu sein und dessen Lippen auf seinen zu spüren.

Sie öffneten ihre Münder, und ihre Zungen begegneten sich, während Troy rückwärts gegen die Eingangstür taumelte. Er stöhnte tief in seiner Kehle, als Brian sich an ihn drückte. Der raue Jeansstoff rieb gegen die dünne Baumwolle von Troys Pyjamahose, und er bekam bereits einen Steifen. Ihm schwirrte der Kopf, und sein Herz wollte zerbersten.

Brians Mund schmeckte nach Kaffee und Obstsaft, und seine Zunge war unermüdlich. Er drückte Troy gegen die Tür, und Troy hätte in diesem Moment glücklich und stöhnend sterben können.

Brian beendete den Kuss, und sein Blick war wild. „Ich habe diesen Klang vermisst. Ich habe dich so sehr vermisst." Er fuhr mit den Händen über Troys Brust und ließ seine Daumen um Troys Nippel kreisen. Troy keuchte auf. Brian beugte sich vor und küsste das kleine Grübchen in Troys Kinn. Troy erschauerte, und sein Schwanz schwoll an.

Brian zerrte Troy die Pyjamahose von den Beinen und warf sie zur Seite. Troy war schon hundertmal vor Brian nackt gewesen. Und doch … unter dem Mondschein, der durch die Oberlichter in der Eingangshalle schimmerte, und mit Brian, der noch vollständig bekleidet war, fühlte er sich absolut entblößt.

Aber es war Brian. Er war sicher. Freudige Erwartung prickelte wie Gänsehaut.

Brian beugte sich nah an Troys Ohr, während er nach unten griff, um ihn anzufassen, ihn zu streicheln. Sein Atem war ein warmer Hauch, als er flüsterte: „Ich muss dich kosten."

Troy konnte nur stöhnen und nicken und die Beine weiter spreizen, als Brian auf die Knie sank. Ihn dort zu seinen Füßen zu sehen, durchfuhr ihn wie ein heißer Blitz. Er streichelte mit der Hand Brians Haar. „*Bitte.*"

Brian strich mit den Fingerspitzen über die Innenseite von Troys Oberschenkel, dann rieb er seine Nase an Troys Eiern und atmete tief ein. Troy dachte schon, er müsste sich aufs Betteln verlegen, aber dann nahm Brian ihn in den Mund, schob dabei die Vorhaut zurück und saugte herrlich. Es war unkontrolliert und wild, aber es war *Brian*, und Troys Beine begannen bereits zu zittern. Ihm drehte sich der Kopf beim Anblick von Brians Lippen, die sich um seinen Ständer dehnten.

Die hölzerne Tür fühlte sich glatt an Troys Rücken und Hintern an, die Keramikfliesen waren kühl unter seinen Fußsohlen. Brian war perfekt dort unten, am Leben und hier, und er *liebte* Troy. Ein Glücksgefühl blubberte in Troys Innerem, und seine Eier zogen sich zusammen. So gern er auch in Brians Mund abgespritzt und ihm beim Schlucken zugesehen hätte, es wäre zu früh.

„Warte, warte", murmelte er.

Mit einem feuchten *Plopp* gab Brian seinen Ständer frei und sah mit glänzenden, leicht geöffneten Lippen zu ihm auf. Er war so hinreißend, dass Troy nicht wusste, was er mit sich selbst anfangen sollte. Als er nichts sagte, runzelte Brian die Stirn. „Ist das okay?"

„Ja, ja." Troy streichelte Brians kurzes Haar. „Aber ich will kommen, wenn du in mir drin bist. Fickst du mich noch einmal? Ich habe neulich Nacht versucht, es mir selbst mit den Fingern zu machen. So getan, als wärst du es, aber es war nicht dasselbe, und–"

Brian sprang auf die Füße und küsste Troy leidenschaftlich. Seine Bartstoppeln schabten an Troys Haut, und er spürte es wie lustvolle Funken bis in seinen Schwanz. Sie stolperten zusammen die Treppe hinauf, und Troy betete, dass diese Tube Gleitmittel noch in der Schublade im Bad war. Er riss sich von Brian los und fummelte blindlings danach. Er fürchtete halb, wenn er das Licht anmachte, würde er wieder allein in seinem Bett aufwachen.

Als er ins Schlafzimmer zurückkehrte, zog Brian gerade seine Boxershorts aus. Sein Schwanz stand in die Höhe, seine Nippel waren hart, und Troy drängte ihn rückwärts auf das große französische Bett und setzte sich rittlings auf ihn. Er leckte abwechselnd an Brians Nippeln und liebkoste die kleinen Knöpfe, dann rieb er sein Gesicht an Brians Brusthaaren. Er wusste nicht, warum ihn das so sehr antörnte, aber er bekam nicht genug davon.

Brian stöhnte. „Besser, du lässt mich bald in dich rein.“

„Mmmh, das klingt gut.“ Troy kroch an Brians Körper hinauf, damit er ihn erneut küssen konnte. „Ich will alles mit dir tun.“

Brian leckte an seinem eigenen Finger und griff um Troy herum, um seinen Eingang zu streicheln. „Ich dachte, ich könnte so weitermachen, wie es vorher war. Wie ich vorher war. Aber ich kann nicht. Ich brauche dich.“

Troy drückte viel zu viel Gleitmittel aus der Tube. Es lief über seine Hand und auf Brians Bauch. Sie brachen beide in Gelächter aus, und Troy konnte sich nicht erinnern, jemals so ein Glücksgefühl empfunden zu haben, das jeden Winkel in ihm ausfüllte, mit jedem Herzschlag.

So ist es, wenn man jemanden wirklich liebt.

Ihm wurde erst bewusst, dass er das laut gesagt hatte, als sich in Brians Wangen Grübchen bildeten und er die Hand hob, um Troys Gesicht zu streicheln. „So ist es noch nie zuvor für mich gewesen.“

Troy wollte wirklich, dass Brian ihn fickte, also konzentrierte er sich auf seine Finger in seinem Arsch, dehnte sich und öffnete sich, während Brian ihn eindringlich beobachtete und sich die Lippen leckte.

„Gott. Ich wünschte, du könntest sehen, wie scharf du bist, wenn du dich mit deinem eigenen Finger fickst. Ich könnte nur vom Zusehen kommen.“

„Untersteh dich.“ Troy nahm etwas von der verschütteten Gleitcreme mit den Fingern auf und freute sich darüber, wie Brians Bauch unter der Berührung erbebte. Dann rieb er Brians Ständer damit ein. Er begab sich über ihm in Position und sank langsam herab. Brians Eichel drückte gegen sein Loch. „Oh, verdammt“, murmelte Troy.

„Das ist es. Du machst das so gut.“ Brian hielt Troys Hüften und rieb sie zärtlich. „Das ist es“, murmelte er.

Als Troy Brians Schwanz in sich aufnahm und schließlich ganz auf ihn herabsank, während Brian seine Hüften festhielt, stockte ihm der Atem. Sein Hintern brannte, aber als Troy sich anpasste und schließlich wieder ein- und ausatmen konnte, gefiel ihm das Gefühl, so gedehnt zu sein. Nein, er *liebte* es. Er fühlte sich unfassbar voll, und dass es Brian war, den er so intensiv in sich spürte, machte es perfekt.

Troys Oberschenkel spannten sich an, als er sich erhob und begann, sich zu bewegen. Er stöhnte und rollte die Hüften, während er einen Rhythmus fand. Brian schaute ihn an, rieb mit beiden Händen Troys Seiten und atmete heftig.

„Fühlt es sich okay an?", fragte Troy, bevor ihm klar wurde, was für eine alberne Frage das war.

Aber Brian lachte nicht. „Fantastisch. Du fühlst dich so gut an, mein Liebling."

Das unerwartete Kosewort brachte Troys Herz ins Stolpern. Er beugte sich hinab, beide Hände flach auf Brians behaarte Brust gestützt, und küsste ihn wild. Er ritt ihn schneller, und beide stöhnten. „Ich liebe deinen Schwanz in mir", murmelte Troy.

„Kann ich deinen später haben?" Brian küsste ihn und griff fest in Troys Haar. „Wirst du mir den Arsch öffnen und mich vollspritzen?"

„Scheiße, ja. *Ja.*" Troy strengte sich an. Sein Schwanz war steinhart, die Vorhaut zurückgezogen, die Eichel feucht glänzend. „Ich muss … muss …"

Brian bäumte sich auf und warf Troy auf den Rücken. Er hob Troys Beine hoch und stieß wieder in ihn hinein. Troy schrie auf, bog den Rücken durch und biss sich auf die Zunge. „Ja! Fick mich hart. Hart. Bitte, bitte …"

Troy konnte sich selbst zwischen langgezogenem Stöhnen reden hören, aber die Worte schienen ohne sein Dazutun aus seinem Mund zu purzeln. Brian lag schwer auf ihm und faltete ihn fast in der Hälfte zusammen, während er in ihn hineinhämmerte. Troys Schwanz war zwischen ihren Körpern gefangen, und mit jedem Stoß rieben sich die Haare auf Brians Bauch aufreizend daran.

Troy hatte den Sex in seinem Leben für ziemlich gut gehalten, aber das war, bevor er Brian gekannt hatte. Er hatte nie etwas Vergleichbares erlebt – so ungezügelt gefickt zu werden, offen und verwundbar. Er klammerte sich an das Kopfende des Bettes. Schweiß machte ihre Körper schlüpfrig, ihr heftiges Atmen und das Stöhnen und Grunzen erhitzte die Luft zwischen ihnen.

Er begriff, dass der Unterschied nicht darin bestand, dass Brian ein Mann war. Mann oder Frau, das spielte keine Rolle – es ging darum, dass er Brian mit jeder Faser seines Daseins vertraute. Es ging um die Freiheit, endlich ganz er selbst zu sein.

Es brauchte nur eine kurze Berührung von Brians Hand an Troys Ständer, um ihn zum Orgasmus zu bringen. Er spritzte über seine Brust, und Brian melkte jeden Tropfen aus ihm heraus.

Troy erbebte, spannte seine Muskeln um Brians Schwanz an und schlang seine Beine um dessen Taille. „Das ist es. Fick mich hart. Spritz mich voll.“

Nach ein paar weiteren, stockenden Stößen seiner Hüften stieß Brian ein Keuchen aus, warf den Kopf zurück und riss den Mund auf, als er in Troy kam. Er sackte über ihm zusammen und küsste schwer atmend die empfindsame Haut an Troys Hals. „Troy“, murmelte er. „Das … ich …“

„Ich weiß.“

Kapitel 18

ER HATTE KEINEN Sand in irgendwelchen Körperritzen. Er lag zusammengerollt auf der Seite, und eine dicke Matratze polsterte seine Hüfte. Dennoch hörte er das Murmeln der Ozeanwellen, und Troy lag an ihn geschmiegt, und sein Atem kitzelte Brian im Nacken. Brians Haut spannte an manchen Stellen, aber das kam von ihrem Sex letzte Nacht, und nicht von Salzwasser und zu viel Sonne.

Sie waren verschwitzt, wo ihre Körper aneinandergepresst waren. Brian musste pinkeln, und der Arm, auf dem er lag, war eingeschlafen, aber er rührte sich nicht. Noch nicht.

Möwen schrien klagend, und er öffnete die Augen. Gestern Nacht hatte er das Haus kaum eines Blickes gewürdigt. Er hatte nichts anderes gesehen als Troy. Troys Mund, Troys Hände, seinen Schwanz und seinen Arsch, der so eng und perfekt war. Nun sah Brian sich im Zimmer um. Es war hellblau gestrichen, mit weißen Akzenten und dunkelbraunen Möbeln.

Dann sah er etwas auf dem Nachttisch liegen. Er griff hinüber und schloss seine Finger um das vertraute, rechteckige Plastik. Die Außenseite des Signalspiegels war zerkratzt und abgestoßen. Er schluckte heftig, um den Kloß in seinem Hals loszuwerden und legte den Spiegel sorgfältig wieder hin.

Vor den Schiebetüren und dem Balkon dahinter war der Himmel von demselben, strahlenden Blau, und er nahm an, dass das Wasser nur knapp außer Sichtweite war. Dass es derselbe Ozean war, der an den

Strand von *Golden Sands* schwappte, war irgendwie ein tröstlicher Gedanke.

„Mmm." Troy rührte sich, und sein Ständer stupste Brians Arsch an. „Morgen."

„Ich warte immer auf die verdammten Papageien."

Mit einem leisen Lachen drückte Troy Brians Hals einen Kuss auf. „Hier gibt's nur Möwen. Ganz schön warm. Ich sollte die Türen zumachen und die Klimaanlage wieder einschalten. Gestern Nacht habe ich dem Meer gelauscht, als ich versuchte, einzuschlafen und nicht an dich zu denken."

„Tut mir leid."

„Jetzt bist du ja hier. Das ist das einzig Wichtige. Wir waren nur wie lange getrennt? Anderthalb Wochen? Kam mir vor wie Jahre."

Brian drehte sich auf den Rücken und schüttelte seinen kribbelnden Arm. Dann küsste er Troys Kinn. „Ich wusste nach ein paar Tagen, dass es nicht funktionieren würde. Zu meinem alten Leben zurückzukehren. Zu versuchen, dich nicht zu wollen."

Troy lag auf der Seite und zeichnete kleine Muster auf Brians Brust. „Warum hast du nicht angerufen?"

„Ich hatte deine Nummer nicht. Aber darüber hinaus ... hatte ich Angst, du würdest mir sagen, dass ich nicht herkommen soll. Dass du zur Vernunft gekommen wärst."

„Nein. Meine Vernunft hat sich offiziell verabschiedet." Er rieb seine Wade an Brians Schienbein, auf und ab. „Hey, wie bist du an meine Adresse gekommen?"

„Star-Stadtplan. Habe ich mir online als PDF besorgt. Falls du Mariah Carey, Michael Keaton oder das Arschloch von *American Idol* besuchen willst, die wohnen nur ein Stück weiter die Straße hoch."

Troy lachte. „Gut zu wissen. Ich bin übrigens wirklich schon mal in Mariahs Haus gewesen. Sie hat einen tollen Infinity-Pool." Dann verschwand sein Lächeln, und seine schokoladenbraunen Augen wurden ernst. „Ich bin so froh, dass du hier bist."

„Ich auch." Brian strich Troy eine Haarsträhne aus der Stirn. „Was machen wir nun?“

Troy umkreiste mit einem Finger Brians Bauchnabel. „Das.“

„Nicht, dass ich mich beschwere, aber …“

„Wir müssen nicht gleich heute Morgen darüber nachdenken. Richtig?“

Brian entspannte seine verkrampften Muskeln. „Richtig.“

„Ich will mir jetzt keine Sorgen darüber machen, was das alles bedeutet und was andere darüber denken. Ty meinte, wir sollten uns keine Gedanken um Etiketten machen. Schwul, bi, pan. Es gibt für alles irgendwie Kategorien.“

„Ja. Ich hielt mich selbst immer für hetero, aber das bin ich offensichtlich nicht. Ich muss erstmal googlen, was pansexuell und all die anderen Begriffe eigentlich bedeuten. Alles, was ich weiß, ist, dass ich mich lebendig fühle, wenn ich mit dir zusammen bin.“

Troy sah Brian mit einem zärtlichen Ausdruck an und streichelte sein Gesicht. „Ich auch, Bri. Ich fühle mich jetzt wieder wie ich selbst. Was auch immer zum Henker das bedeutet.“

„Dein Bruder hat recht – warum sollte es wichtig sein, wie wir es nennen? Das einzige, das wichtig ist, sind wir beide.“ Er gestikulierte zwischen ihnen. „Das hier. Zusammen sein. Glücklich sein. So lange ich dich bei mir habe, ist alles andere unwichtig.“

Troy seufzte tief und nickte. „Cool. Oh, und nur, um das zu klären – wir sind jetzt monogam, oder?“ Er verzog das Gesicht. „Ich weiß, es ist ein wenig spät, darüber zu reden, nachdem wir bereits wieder ohne Kondom gefickt haben. Aber ich bin mit niemand anderem zusammen gewesen, und ich will das auch nicht.“

„Ich auch nicht.“ Brian fuhr mit einem Finger Troys Schwanz entlang und murmelte: „Ich mache es wahnsinnig gern ohne Kondom mit dir. Ich will niemand anderen.“

Troys Lächeln strahlte. „Ich würde dich jetzt küssen, aber ich glaube, mein morgendlicher Atem ist mächtig … morgendlich.“

Brian küsste ihn trotzdem, und einige ausgedehnte, hingebungsvolle Minuten lang erforschten sie einander träge, bevor sie wieder auftauchten. Brian war in Versuchung, sich auf Troy zu legen und sie beide zum Orgasmus zu bringen. Aber sie hatten noch den ganzen Tag.

Während sie sich küssten und streichelten, fragte Brian: „Also hast du deinem Bruder von uns erzählt? Wie geht es ihm? Ist er auf Entzug?"

„Hm? Ja, ich hab's ihm erzählt, und er hat es wirklich super aufgenommen. Es geht ihm ziemlich gut. Wesentlich besser als das letzte Mal, als ich ihn in Sydney sah."

„Wie lange bleibt er in der Klinik?"

„Noch einige Wochen. Es ist ein super-intensives Programm. Danach wird er für mindestens einige Monate bei Mama leben. Ich weiß, sie tat nichts, um meinen Vater von den Drogen wegzubringen, aber sie wird nicht noch einmal denselben Fehler machen."

„Schön, das zu hören. Ich hoffe, Tyson kriegt das hin."

„Ich glaube, dass ich praktisch gestorben bin, half ihm, andere Prioritäten zu setzen."

„Kann ich mir vorstellen." Brian fuhr mit dem Daumen über Troys volle Lippen und das perfekte Grübchen in seinem Kinn. „Es ist seltsam, darüber nachzudenken, wie das Leben jetzt wäre, wenn wir nicht abgestürzt wären. Wenn nicht dieser verrückte Sturm aus dem Nichts aufgetaucht wäre, dann wären wir in L.A. gelandet und hätten einander Auf Wiedersehen gesagt. Routine. Ich hätte kaum ein Wort mit dir gewechselt. Wäre nach der vorgeschriebenen Ruhepause einfach zurückgeflogen. Ein Job wie jeder andere."

„Ich kann mir nicht mal … oh, Mann. Bei dem Gedanken wird mir schwindelig. Dich nicht zu kennen? Das kann ich mir gar nicht mehr vorstellen."

Brian verschränkte ihre Finger miteinander. „So ist das Leben einfach, schätze ich. All diese nicht beschrittenen Wege, von denen wir gar nichts wissen. Alles nur Zufall. Oder Schicksal, falls man an so etwas glaubt."

Troy lächelte sanft. „Glaubst du daran?"

„Ich weiß nicht. War es Schicksal, dass Paula so gestorben ist? Ich neige dazu, zu denken, sie hatte einfach Pech. Und für dich und mich …

Tja, wir werden nie wissen, warum es so gekommen ist, aber ich schlage vor, wir machen das Beste draus."

Troy drückte Brians Finger und sagte: „Dem schließe ich mich an." Mit einem kleinen Kuss fügte er hinzu: „Ich muss pinkeln."

Sie wechselten sich in dem riesigen Badezimmer mit Troys elektrischer Zahnbürste ab. Mit dem Mund voller Schaum murmelte Troy: „Ist Zahnpasta nicht der Hammer?"

Brian lachte und küsste ihn erneut – eine chaotische Angelegenheit mit Minzgeschmack. Sie stiegen zusammen unter die Dusche. Die Kabine bot genug Platz für sie beide, und kräftige Wasserstrahlen kamen aus den in die Wände eingelassen Düsen und dem Regenduschkopf.

Brian seufzte. „Heißes Wasser. Ich glaube nicht, dass ich es jemals leid werde, endlich wieder duschen zu können."

Troy hielt ein grünes Stück Seife hoch. „Irischer Frühling. Hat mein Vater immer benutzt." Er schäumte seine Hände gründlich ein. „Seife ist super. Wer auch immer sie erfunden hat, war ein Genie."

„Absolut."

Troy massierte mit seinen eingeschäumten Händen Brians Körper. Brian schloss die Augen und genoss das Gefühl.

„Ich habe mir neulich Nacht schwule Pornos angeschaut", platzte Troy heraus.

Brian war angemessen fasziniert und öffnete die Augen. Sein Puls wurde schneller. „Und wie war's?"

„Anfangs war es schon etwas schräg, denke ich. Aber Alter, es war scharf. Die Kerle waren voll bei der Sache." Er wurde ganz rot und senkte die Stimme, als würde jemand sie sonst hören können. „Ich stellte mir vor, das wärst du und habe einen Harten gekriegt."

„Ja?" Brian griff nach unten und nahm Troys Schwanz behutsam in die Hand. „Hast du dich selbst angefasst? Hast du dir einen runtergeholt?"

Troy nickte und bewegte die Hüften, als Brian anfing, ihn zu wichsen.

„Was haben sie gemacht?"

Troy öffnete die Lippen und atmete jetzt heftiger im Wasserdampf, der sie in der Duschkabine umgab. „Blowjobs. Dann leckte der eine den Arsch des anderen. Zog seine Backen auseinander und spuckte auf sein Loch. Das hat mich angemacht." Seine seifigen Finger fanden Brians Arschritze. „Hat dir schonmal jemand das Arschloch geleckt?"

Die Erregung war wie Elektrizität auf Brians Haut, und ihm wurde ein wenig schwindelig in dem heißen Wassernebel.

Brian hatte noch immer Troys hart werdenden Schwanz in der Hand und wichste ihn nun fester. „Ich habe den Verdacht, dass das so eine Art teuflische Fangfrage ist."

Ein Grinsen erhellte Troys schönes Gesicht. Er lachte, und Brian hatte das Gefühl, sein Herz würde explodieren. Troy küsste ihn leidenschaftlich, während seine Finger Brians Eingang liebkosten. Dann drehte er Brian mit dem Gesicht zur Wand und sank auf seine Knie.

Und dann, großer Gott, leckte er Brians Arsch.

Brian stützte sich mit den Händen an den rutschigen Kacheln ab, mit gespreizten Beinen und Troys Gesicht zwischen seinen Hinterbacken vergraben. Das Gefühl von Troys Zunge, die sich schlüpfrig und dennoch leicht rau an sein Loch presste, ließ Brians Schwanz triefen. Die Wasserdüsen in den Wänden sprühten druckvoll, und die Strahlen stimulierten Brians Schwanz und seine Eier. Sein ganzer Körper erhitzte sich, bis er zu sieden schien.

Troys Hände hielten Brians Arschbacken und zogen sie auseinander. Seine Nase stieß an, während er leckte und saugte und seine Zunge in Brians Eingang steckte. Ein unaufhörlicher Strom unterdrückter Laute verließ Brians Lippen – Stöhnen, Keuchen und hohes Wimmern, das ihm in Gegenwart jedes anderen peinlich gewesen wäre.

Aber es war Troy. Der Mensch, der ihn im Arm gehalten hatte, als er endlich die Tränen weinte, die er nach Wisconsin nicht hatte weinen können. Der Mensch, der auf sein Bein gepinkelt hatte, um seine Schmerzen zu lindern. Der Mensch, den er mehr liebte, als er für möglich gehalten hatte.

Er kam mit Troys Händen an seinen Eiern und Troys Zunge in

seinem Arsch. Dann tauschten sie die Plätze, Brian spuckte auf Troys Arschloch, kostete ihn mit seiner Zunge. Und als Troy so wundervoll stöhnte, wollte er nur noch mehr von ihm.

Der Zufall mochte sie auf diesen Pfad gebracht haben, aber Brian würde jeden Meter davon mit Freude beschreiten.

„ICH VERSTEHE, WARUM du dieses Ritual so magst."

„Mmm." Brian wischte mit der Handfläche über den beschlagenen Spiegel, neigte den Kopf und schürzte die Lippen, während er sein Gesicht einschäumte. „Siehst du gern zu?"

Troy war in Versuchung, süffisant zu grinsen und einen Sexwitz zu machen, aber stattdessen antwortete er schlicht: „Ja." Er saß in dem weißen Ledersessel in der Ecke des Badezimmers, ein flauschiges Handtuch um die Hüften.

Brian hatte ihn zuerst rasiert, mit zärtlichen Händen und gestohlenen Küssen, und nun stand er am Waschbecken und rührte mit dem Rasierpinsel in einer Schale mit frischem Schaum. „Ich habe immer meinem Großvater beim Rasieren zugesehen. Er redete dabei über … ich weiß nicht. Was immer ihm gerade in den Sinn kam, schätze ich."

„Klingt entspannend." Troys strich sich über sein glattes Kinn. „Ich mag die Limonenseife. Riecht gut."

„Ich dachte, es wäre Zeit für eine Veränderung. Für eine Weile habe ich von Kokosnuss genug."

Troy lachte und nickte. „Fisch, Kokosnuss, Papaya und Brotfrucht sind von der Speisekarte gestrichen. Nicht, dass man hier wirklich Brotfrucht bekommt, aber trotzdem. Gestrichen. Apropos Essen – hast du Hunger? Ich bin am Verhungern."

„Jetzt, wo du es erwähnst, ja." Brian ließ das Rasiermesser in einer geübten Bewegung über sein Gesicht gleiten. „Anfangs ist mir von all den verschiedenen Speisen immer schlecht geworden, aber heute aber ich echt Hunger." Er lächelte verlegen. „Hat wahrscheinlich auch damit zu tun, dass ich einen Riesenstress abbauen konnte."

„Geht mir auch so. Ich habe noch jede Menge Reste von gestern Abend. Ich hatte Pizza und Bier bestellt, aber kaum etwas runtergekriegt. Aus … Gründen."

Als Brian mit Rasieren fertig war, warf Troy das Handtuch von sich und ging voran die Treppe hinunter. Seine nackten Füße machten auf dem dunklen Holzfußboden patschende Geräusche.

Brian pfiff leise.

„Das ist ein Wahnsinnshaus, das du hier hast."

Troy sah sich in der offenen Küche mit der granit-gedeckten Insel in der Mitte um. An einer Seite befand sich ein Esszimmer, das kaum je benutzt wurde, und an der anderen war der Wohnbereich mit einem riesigen Fernseher und einer weitläufigen Sofalandschaft. „Ja, schon, oder? Ty und ich sind im letzten Jahr kaum hier gewesen."

Brian stand an der Fensterwand, die sich im Parterre über die ganze Breite des Hauses erstreckte, und blickte hinaus auf die Holzveranda und das Wasser dahinter. Eine Treppe führte hinunter auf einen Strandabschnitt.

„Unglaubliche Aussicht", sagte Brian.

Troys Blick hing an Brians nacktem Arsch, der ihm Vergleich zu seiner restlichen Haut blass war. „Mh-hm", stimmte er zu. Bei dem Gedanken, wie er noch kurz zuvor diesen Arsch geleckt hatte, kribbelte es ihn schon wieder am ganzen Körper. Er hatte immer gern Frauen oral befriedigt, aber dass er Brian liebte, machte alles mit ihm so viel intensiver.

Ich liebe ihn. Das tue ich wirklich.

Brian sah über seine Schulter. „Das ist ja ein ganz schön breites Grinsen." Er wackelte mit den Augenbrauen. „Schön, dass dir die Aussicht gefällt."

„Oh ja. Nur das Beste vom Besten hier in Malibu."

„Das sehe ich." Brian gesellte sich zu Troy an den Kühlschrank und küsste ihn. „Hast du irgendwelches Eis da?"

„Wir bestellen ein paar Lebensmittel. Pralinen-Sahne, richtig?"

„Pralinen-Sahne, Minzschokolade–" Er runzelte die Stirn. „War das gerade …?"

Durch den Nebel seines zufriedenen Wohlbehagens wurde Troy bewusst, dass er soeben gehört hatte, wie sich die Haustür öffnete und wieder schloss. Und dass sich ihnen schnelle, kleine Schritte näherten, was bedeutete–

„Bongbong? Bist du schon auf, Schlafmütze?"

Er und Brian sprangen auseinander, als Troys Mutter hereingestürmt kam. Sie trug eine Caprihose und eine geblümte Bluse. Ihre Füße steckten in den Pantoffeln, die immer für sie in der Eingangshalle standen. Sie riss die Augen auf und blinzelte zwischen ihnen hin und her. Und dann nach unten. Brian verdrückte sich hinter das Ende der Kücheninsel.

Jemand musste schließlich das Schweigen brechen, und Troy brachte krächzend hervor: „Mama. Ich wusste nicht, dass du vorbeikommen wolltest."

„Das sehe ich … Mr. Sinclair, ich habe nicht erwartet, Sie hier zu sehen." Sie wedelte mit der Hand in seine Richtung. „Vor allem nicht so viel von Ihnen."

Brian winkte verschämt. „Hallo, Mrs. Tanner."

„Du kannst mich Bea nennen. Über Förmlichkeiten scheinen wir hier ganz offenbar schon hinaus zu sein." Sie hievte ihre Einkaufstasche auf die Kücheninsel. „Ich habe etwas zu essen gebracht. Ich gehe dann mal wieder."

„Nein, geh nicht." Troy warf Brian einen Blick zu. „Wir … ziehen uns nur schnell etwas an. Sind gleich wieder da." Er umrundete die Insel, um sich Brian zu schnappen, dann eilten sie aus der Küche und die Treppe hinauf.

In Troys Zimmer angekommen, schüttelte Brian den Kopf. „Oh, mein Gott. Ich komme mir vor ein ein erwischter Teenager", flüsterte er.

„Ich weiß, tut mir leid. Das ist eine Spezialität meiner Mutter– erwachsene Menschen dazu zu bringen, sich wie unartige Kinder fühlen." Er öffnete eine Schublade und zog Unterwäsche und Shorts heraus. „Heilige Scheiße, ich hatte nicht vor, diese Unterhaltung heute zu führen, aber wie es aussieht, kann ich es wohl genauso gut gleich hinter mich bringen.“

„Willst du mich dabei haben?“ Brian zog den Reißverschluss seiner eigenen Shorts hoch und schlüpfte in ein T-Shirt.

„Vielleicht kannst du ein bisschen spazieren gehen, und ich rede erstmal allein mit ihr.“

„Kein Problem. Warte – wird die Presse da draußen sein? Ich will mich heute wirklich nicht mit denen herumschlagen. Oder überhaupt jemals. Aber gerade jetzt ganz besonders nicht.“

„Nein, keine Sorge. Das ist ein privater Strand, anderthalb Kilometer lang in beide Richtungen. Die Security hier ist super. Es gibt sogar Einschränkungen für den Luftraum, also keine Paparazzi in Hubschraubern, und es fahren Patrouillenboote hier vorbei.“

„Wow. Das ist eine Erleichterung. Okay, ich geh' dann jetzt.“

„Warte. Du brauchst einen Hut.“

Brian sah eine Sekunde lang traurig aus. „Kannst du mir einen leihen? Ich bin noch nicht dazu gekommen, mir einen Ersatz zu besorgen.“

„Ehrlich gesagt ...“ Troy fischte einen Pappkarton oben aus seinem Kleiderschrank. „Ist gestern angekommen. Ich habe ihn online bestellt. Ich wusste zwar nicht, wie ich ihn dir schicken sollte, aber ... naja, hier, bitte schön.“ Er hatte gestern Abend die Schachtel geöffnet und den Hut in die Hand genommen. Er war mit den Fingern die Nähte entlanggefahren, dann hatte er ihn wieder eingepackt. Jetzt holte er ihn hervor. „Es ist nicht genau der Gleiche, aber beinahe, glaube ich.“

Brian nahm den Stoff so vorsichtig in die Hand, als fürchte er, ihn zu zerreißen. Er starrte den Hut in seiner Hand an.

„Äh, wenn er dir nicht gefällt, kann ich ihn zurückschicken. Wahrscheinlich ist es sowieso nicht das richtige Modell.“

„Nein.“ Brian räusperte sich. „Er ist genau richtig.“ Er atmete zitternd ein, dann setzte er den Hut auf. „Wie sieht das aus?“

Troy nickte und wiederholte: „Genau richtig.“

Mit einem kleinen Lächeln nahm Brian Troy fest in die Arme. „Dank dir, mein Liebling."

Troy drückte ihn. Sein Herz machte einen Hüpfer. „Gern geschehen." Er hätte am liebsten gar nicht losgelassen, aber sein Mutter wartete unten auf ihn.

Brian trat einen Schritt zurück und hob eine Augenbraue. „Bongbong?"

Troy musste lachen. „Ist so eine Filipino-Sache. Ich erklär's dir später."

Brian winkte ihm am Fuß der Treppe zu, bevor er zu seinem Spaziergang aufbrach, und Troy trat seiner Mutter an der Kücheninsel gegenüber. Sie schien sich gar nicht bewegt zu haben und stand noch exakt am selben Platz. Die Einkaufstasche war noch immer unausgepackt. Der Kühlschrank brummte, und die Klimaanlage schaltete sich mit einem leisen Summen ein. Er überlegte, was er nun am besten sagen sollte.

Natürlich brach sie das Schweigen als Erste. Sie verschränkte die Arme vor der Brust. „Ihr zwei seid was? Ein Paar?"

„Ja." Troys Stimme klang weit weg.

Sie verzog das Gesicht, verletzt und verwirrt. „Und du hast all die Jahre gelogen? So getan, als wärst du mit Mädchen zusammen?"

„Nein! Ich habe nicht nur so getan. Ich mochte die Mädchen. Aber jetzt …"

„Jetzt bist du homosexuell?"

„Ich glaube, bisexuell ist ein besseres Wort. Ich mochte die Mädchen, mit denen ich ausgegangen bin, und jetzt mag ich Brian. Ich liebe ihn, genauer gesagt."

Ihre Augenbrauen schossen in die Höhe und verschwanden beinahe unter ihren kurzen Locken. „Liebe?" Sie schien darüber nachzudenken. „Und dieser Mann liebt dich ebenfalls?"

„Das tut er. Ich weiß, das muss verrückt klingen. Er ist vorher auch noch nie mit einem Mann zusammen gewesen. Aber zusammen auf dieser Insel, das war wir beide gegen den Rest der Welt, und ich habe mich noch nie jemandem so nahe gefühlt. Noch nie habe ich jemandem so sehr vertraut wie ihm. Weißt du, was ich meine?"

„Hmm." Sie schwieg einen Moment. „Ich kann verstehen, dass so etwas in deiner Situation passiert. Gemeinsam irgendwo gestrandet. Aber jetzt bist du zu Hause. Du kannst jetzt wieder Mädchen haben."

„Ich weiß. Aber ich will ihn."

Sie runzelte die Stirn. „Du magst keine Mädchen mehr?"

„Das ist es nicht." Troy versuchte, es in Worte zu fassen. „Es ist nur, dass ich ihn mehr mag. Am allermeisten. Als wir gerettet wurden, war ich glücklich. Und natürlich erleichtert. Aber gleichzeitig wollte ich mit ihm dort bleiben. Ich wollte nicht, dass dieser Teil endete."

„Und ihr habt Sex gehabt?"

„Mama!" Sein Gesicht wurde so heiß, dass er sicher war, leuchtend rot zu sein. Troy nickte.

„Hmm." Sie fing an, ihre Tasche auszupacken, eine Tupperdose nach der anderen. „Nun, wenn du glücklich bist, dann bin ich auch glücklich."

Er packte die Kante der Granitplatte und vergaß beinahe, zu atmen. „Wirklich?"

„Natürlich, Bongbong."

„Einfach so?"

Sie hob die Hände. „Was soll ich denn sonst machen? Du bist mein Sohn. Dein Glück ist auch meins."

„Danke. Mama, ich … du weißt, wie sehr ich dich liebe, oder?"

Sie schnalzte mit der Zunge, ging um die Kücheninsel herum und nahm ihn fest in die Arme. Sie ging ihm kaum bis zur Schulter, und er neigte den Kopf. „Ich weiß, Bongbong. Du warst immer ein so guter Junge."

Tränen brannten in seinen Augen, und er blinzelte sie rasch weg, als sie sich voneinander lösten. „Was glaubst du, wie der Rest der Familie es aufnehmen wird? Ty hab' ich es schon erzählt, und für ihn ist es in Ordnung."

„Sie werden es so aufnehmen, wie ich es ihnen sage. Fertig."

Er musste lachen. Seine Mutter war die älteste Schwester und extrem rechthaberisch, aber seinen Tanten schien das nichts auszumachen. Er fragte sich, wieso sein Vater der einzige Mensch war, dem sie nie über den Mund gefahren war. Vielleicht würde er sie eines Tages danach fragen. Aber nicht heute.

Sie öffnete den Kühlschrank und sah mit einem missbilligenden Gesichtsausdruck hinein. „Andere Leute werden ganz schön überrascht sein, und die Klicker werden durchdrehen, aber zum Teufel mit ihnen." Sie schloss die Kühlschranktür und drehte sich zu ihm um. „Oh, aber hast du es Savannah gesagt? Ich weiß, du willst nicht mehr mit ihr zusammen sein, aber sie ist ein gutes Mädchen. Sie sollte es nicht aus der Zeitung erfahren."

Troy nickte, und bei der Vorstellung, Savannah könnte es von jemand anderem erfahren, drehte sich ihm der Magen um. „Ich werde sie nachher anrufen."

„Okay." Seine Mutter stemmte die Hände in die Hüften und sagte. „Also, dieser Brian Sinclair. Er ist ein netter Mann. *Supermann*. Sehr tapfer. Sehr gutaussehend, wie ich selbst feststellen konnte. Große Eier, hm?"

„*Mama*!"

Sie kicherte und kam zu ihm, um seine Wange zu tätscheln. „Ich wollte nur sehen, wie rot du werden kannst."

Er zog sie erneut an sich. „Ich liebe dich."

„Ich liebe dich auch." Sie neigte den Kopf ein wenig zurück. „Aber du weißt, du bist noch nicht lange wieder zurück, Bongbong. Vielleicht ist das mit euch beiden vorübergehend und lässt nach, sobald das Leben wieder seinen normalen Gang geht."

Der Gedanke tat Troy am ganzen Körper weh. „Wir werden sehen, was passiert. Jetzt will ich einfach nur mit ihm zusammen sein."

Sie nickte entschieden. „Dann tust du das. Ihr müsst beide etwas zunehmen, also geh und hol ihn, während ich das Essen aufwärme. Denkst du, er wird Kare-Kare mögen? Natürlich wird er es mögen. Es ist köstlich."

Die Erleichterung erfüllte Troy wie Sonnenlicht, als er vor das Haus ging, um nach Brian zu rufen, der mit einer besorgten Miene unter der Krempe seines neuen Huts zurückkehrte. Troy grinste breit und nickte, woraufhin Brians Schultern sich entspannten und herabsanken.

Sie saßen um die Kücheninsel herum auf hohen Hockern, und Brian schmeckte das Kare-Kare in der Tat, genauso wie das Hühnchen Adobo und das Sinigang. Troys Mutter stellte tausend Fragen über Brians Kindheit, und als Troy einschreiten wollte, bestand Brian darauf, dass er ihre Fragen gern beantwortete.

Troy wartete nervös darauf, dass sie Fragen über das Fliegen stellte, aber das tat sie nicht. Sie fragte auch nicht nach der Band, und als sie schließlich erklärte, sie hätte noch Besorgungen zu machen, küsste er sie noch einmal auf die Wange und sagte ihr, dass er sie liebte.

„Tja." Brian sah sich um, nachdem sie gegangen war. „Was machen wir jetzt?"

„Was immer wir wollen. Alles, was wir wollen."

Ein schiefes Grinsen erschien auf Brians Gesicht. Er machte den Reißverschluss an seiner Shorts auf. „Ich bin ziemlich müde. Reif fürs Bett."

Troy gähnte ausgiebig. „Genau. Wir sollten wieder nach oben gehen."

Sie rannten praktisch.

Kurz darauf lagen sie wieder nackt in Troys Bett. Die Sonne schien warm durch die geschlossenen Glastüren, die Klimaanlage spendete kühle Luft. Troy kniete zwischen Brians Beinen, drückte dessen Oberschenkel auseinander und saugte an seinen großen, schweren Eiern und rieb seine Nase an seinem Schamhaar. Seine Finger waren schlüpfrig, und er schob erst einen, dann zwei in Brians Eingang.

Brian lag wunderbar vor ihm ausgebreitet. Er atmete heftig und stöhnte. „Gott, das fühlt sich ..."

Troy fragte zögerlich: „Ist es gut? Willst du, dass ich aufhöre?"

„Untersteh dich, aufzuhören," Er sog scharf die Luft ein. „Oh, Gott. Genau da."

Troy hörte nicht auf.

Er legte sich Brians lange Beine über die Schultern und drang langsam in ihn ein. Es war so unglaublich eng. Er küsste Brian leidenschaftlich. Er wusste, wie es sich anfühlte, Brians Schwanz in sich zu haben, und dass Brian nun dasselbe fühlte, machte Troy unbeschreiblich glücklich.

Er konnte nicht aufhören zu lächeln. Schweiß sammelte sich an seinen Augenbrauen und prickelte in seinem Nacken. „So ist es gut, Bri. Lass mich hinein."

Brain kniff die Augen zu und drückte nach unten gegen Troys Ständer. Sie stöhnten gleichzeitig auf. „Ich wusste nicht, dass es so sein kann", murmelte Brian. „Es tut weh, aber hör nicht auf."

„Du wirst so heftig kommen." Troy legte seine schlüpfrige Hand um Brians Schaft. „Willst du das?"

Brian öffnete die Augen und nickte. „Ich will kommen. Bitte."

Troy massierte ihn schneller und versuchte gleichzeitig, Brians besonderen Punkt zu finden, während er ihn fickte. Sie stöhnten, Haut klatschte auf Haut, und das Kopfende des Betts schlug quietschend an die Wand.

Troy murmelte: „Wirst du für mich überall auf deine haarige Brust kommen?"

„Ja, ja", keuchte Brian, während er sich an Troys Schultern und Rücken klammerte. „*Bitte*."

„Tu es. Komm für mich, und ich werde dich sauberlecken."

Brian atmete scharf aus und verlor die Kontrolle. Sperma spritzte über seine Brust und seinen Bauch. Troy melkte ihn bis zum letzten Tropfen. Brians Arsch war wie ein Schraubstock um Troys Schwanz, und es dauerte nur wenige, kurze Hüftstöße, und Troy füllte sein Loch mit einem tiefen Gefühl von Nach-Hause-kommen.

Ihre Schreie verhallten, und schließlich war da nur noch ihr heftiges Atmen, als Troy sich behutsam aus Brian herauszog. Er ließ Brians Beine auf die Matratze herab, blieb aber zwischen ihnen liegen.

Er beugte den Kopf und fuhr mit der Zunge über Brians Brust. Er leckte den bitteren, moschusartig duftenden Samen auf, bevor er trocknen konnte. Die Haare fühlten sich rau auf seiner Zunge an, aber er liebte das. Dann rutschte er ein Stück zurück und leckte eine Spur an Brians Bauch hinab. Brian erschauerte. Troy saugte zärtlich an Brians Eichel, bis Brian Troys Haar ergriff und ihn festhielt. „Okay, okay."

Troy streckte sich neben ihm aus. Sie lagen beide auf dem Rücken, das Sonnenlicht tanzte über ihre verschwitzten Körper, und Troy war in jeder erdenklichen Hinsicht befriedigt, abgesehen von heftigem Durst. Aber er mochte sich noch nicht rühren. „Ich glaube, da ist eine Sache, die wir heute unbedingt tun sollten."

„Und was wäre das?", fragte Brian träge, während ihm die Augen zufielen.

„Dieses Laken wechseln."

Brian lachte – dieses tiefe, rumpelnde Lachen, bei dem sich Troys Zehen aufstellten. Er drehte sich auf die Seite und schmiegte sich an Brian. Das Wasser und das Laken konnten warten. *Alles* konnte warten.

NACHDEM SIE EISCREME und frisch gelieferte Pizza zum Abendessen hatten, machten sie einen Spaziergang am Wasser entlang. Einer der Nachbarn joggte vorbei, und Troy winkte ihm zu. Der Mann – ein Hollywood-Anwalt – nickte zur Begrüßung, ohne aus dem Tritt zu kommen. Das war das Gute daran, in einer umzäunten Siedlung in Malibu zu wohnen. Die anderen Anwohner waren so reich und oft selbst so berühmt, dass sie sich nicht die Bohne um irgendein Boyband-Mitglied kümmerten, oder darum, mit wem er romantisch verkehrte.

Er und Brian standen auf dem nassen Sand, als die Sonne hinter dem Horizont versank. Eine Welle umspülte ihre Fußknöchel, bevor sie sich wieder zurückzog.

„Manchmal ist es surreal", sagte Brian.

„Hmm?"

„Hier zu sein. Gerettet worden zu sein, obwohl das dieselbe Sonne ist, die in demselben Ozean versinkt." Er schloss die Augen und atmete tief ein. „Ich kann mir beinahe einreden, wir wären noch dort. Nur, dass ich ordentliches Essen im Bauch habe und wir in einem Bett schlafen können. Keine Moskitos. Keine Papageien." Er blickte auf den orange-roten Horizont hinaus. „Aber wir haben immer noch Sonnenunter-gänge."

„Das Beste aus beiden Welten."

Brian lächelt. „Wir Glücklichen."

„Hey, weißt du, was ich auch noch vermisse? Lass uns ein Feuer machen. Letzten Winter hatten wir vor, eine Lagerfeuer-Party zu machen, aber wir sind nie dazu gekommen. Das Holz ist immer noch im Schuppen aufgestapelt, bei den Paddelbooten und dem ganzen Zeug."

Also gruben sie eine kleine Vertiefung in den Sand und machten ein Feuer ohne Lupe und ohne kostbare Streichhölzer sparen zu müssen. Troy holte eine Decke und ein paar Biere, die er im Kühlfach aufbewahrt hatte. „Eisgekühltes Bier?"

Brian nahm grinsend eins. „Woher wusstest du?"

„Oh, du hast es nur einige hundert Male erwähnt. Hier, halt meins mal kurz." Er breitete die Decke aus, und dann machten sie es sich unter den Sternen gemütlich. Dieses Mal betrachteten sie den Großen Wagen. Troy saß im Schneidersitz und nippte an seinem Bier. Sein Knie berührte Brians.

„Es ist immer noch surreal. Nur, um das nochmal zu sagen." Brian trank aus seiner Flasche. „Ich glaube, das wird noch eine ganze Weile so bleiben. Ich will mich andauernd selbst kneifen. Schwer zu begreifen, dass ich wirklich hier bin. Bei dir."

„Das bist du." Troy beugte sich hinüber und küsste ihn zärtlich. „Du bist wirklich hier."

Nach einer Minute zufriedenen Schweigens fragte Troy: „Hast du darüber nachgedacht, was du machen willst? Jobmäßig, meine ich. Nicht, dass du arbeiten müsstest. Ich habe Geld."

Brian hob eine Augenbraue. „Bietest du mir an, mich als deinen Liebhaber auszuhalten?"

Lachend nahm Troy noch einen Schluck Bier. „Klar. Warum nicht?"

„Ein verlockendes Angebot." Sein Lächeln schwand. „Aber ja, ich habe darüber nachgedacht. Ich …" Er seufzte.

„Du musst jetzt nicht darüber reden. Tut mir leid. Wir haben Zeit. Wir müssen nichts überstürzen. Wir müssen nicht in dieser Minute auf alles eine Antwort haben."

„Ich weiß. Aber ich denke, ich habe bereits die Antwort." Brian starrte mit einem wehmütigen Lächeln ins Feuer. „Ich *liebte* das Fliegen. Aber nach Wisconsin … nach Paula …" Er verstummte.

„Es war nicht deine Schuld", sagte Troy leise.

„Ich weiß." Brian sah ihn an. „Ich sage das nicht nur so. Ich *weiß*, dass ich nichts hätte anders machen können." Er hob eine Handvoll Sand hoch und ließ ihn durch seine Finger rieseln. „Ich kann mir selbst vergeben, aber ich kann es nicht vergessen. Die Freude ist weg. Ich weiß, dass ich es noch kann. Ich könnte wahrscheinlich sogar wieder als Captain fliegen, ohne Panik zu bekommen. Aber ich *will* nicht. Ich glaube nicht, dass ich je die Freude daran zurückerlangen werde." Er schnaubte. „Vielleicht sollte ich mich einfach nur zusammenreißen."

„Nein!" Troy rückte näher und legte einen Arm um Brian. „Du musst etwas tun, dass du liebst. Etwas, woran du Freude hast. Daran glaube ich wirklich. Wir beide müssen herausfinden, was uns glücklich macht."

„Dein ausgehaltener Geliebter zu sein, kommt der Sache ziemlich nahe."

Troy lachte leise. „Das Angebot steht."

„Was ist mit dir? Mit der Band?"

„Ich werde wohl erstmal die Konsequenzen dafür tragen müssen, während der laufenden Tournee ausgestiegen zu sein. Wir standen kurz vor dem Ende unseres Vertrages und waren mitten in den Neuverhandlungen, aber ich kann mir irgendwie nicht vorstellen, noch ein weiteres *Next Up*-Album zu machen. Ich war neunzehn, als wir angefangen haben. Nach sieben Jahren ist es für mich an der Zeit, etwas Neues zu machen." Er atmete aus, sein Magen fühlte sich flau an.

„Wow, das war das erste Mal, dass ich das laut ausgesprochen habe. Und weißt du was? Ich kaufe mir eine Gitarre. Arbeite an meinen Folksongs. Mal sehen, was daraus wird. Ich höre auf, mir über die Vergangenheit den Kopf zu zerbrechen und bin im Jetzt.“

„Das ist eine tolle Idee.“

„Ja?“

Brian warf ein Stück Holz auf ihr kleines Feuer, und Funken wirbelten in die Luft. „Ja.“

„Ich bin es gewohnt, einen festen, detaillierten Plan zu haben. Mein Vater legte darauf großen Wert.“

„Meine Großeltern auch.“ Brian lächelte. „Große Plänemacher. Aber im Augenblick will ich einfach nur mit dir zusammen sein. Kontakt zu ein paar alten Freunden aufnehmen. Zur Therapie gehen und dieses Mal auch wirklich reden.“

„Das ist eine gute Idee. Wir könnten beide etwas Festland-Therapie gebrauchen.“

Brian lächelte sanft. Er zupfte an dem Etikett seiner Bierflasche und sagte: „Nachdem wir abgestürzt waren, fing ich wieder an zu leben. Davor bin ich nur schlafgewandelt. Du hast mich aufgeweckt, Troy. Ich will nicht wieder einschlafen.“

„Ich auch nicht.“

Troy sah zu, wie Brians Kehle arbeitete, als der einen langen Schluck aus seiner Bierflasche nahm. Sein Bauch spannte sich vor Verlangen an – wie eine träge Schlingpflanze, von der er wusste, dass sie sich im Laufe der Nacht ausbreiten und wachsen würde. Er lächelte vor sich hin bei dem Gedanken, dass er auch die kommende Nacht mit Brian in seinem Bett verbringen würde. Und die nächste Nacht, und die Nacht danach, so lange sie wollten.

„Sing unseren Song für mich.“

Troy musste nicht fragen, welchen Song Brian meinte. „Aber er ist traurig, findest du nicht?“

„Nicht, wenn du ihn singst. In deiner Stimme ist so viel Hoffnung.“ Brian nahm Troys Hand und verschränkte ihre Finger miteinander. „Es ist perfekt, wenn du es singst."

Also sang Troy, und als Brian ihn danach mit so viel Leidenschaft küsste, beschloss Troy, dass es in der Tat perfekt war.

Epilog

„TROY, BRIAN. DANKE, dass Sie heute hier sind. Es ist eine solche Ehre." Anne-Louise Slater lächelte glückselig. Jedes einzelne ihrer rötlichen Haare lag genau so, wie es sollte, und ihre Lippen glänzten dunkelrot.

„Wir danken für die Einladung. Es ist uns eine Freude, hier zu sein", antwortete Troy.

Brian lächelte und sagte nichts. Troy war viel besser darin, mit den Medien umzugehen und geduldig dazusitzen, bevor die Kameras liefen und junge Frauen ihnen die Gesichter puderten, das Haar kämmten und an den Kragen ihrer Hemden herumfummelten.

Troy trug dunkle Jeans, Brian eine khakifarbene Stoffhose. Brian musste sich selbst daran erinnern, nicht ständig nervös die Beine zu kreuzen und wieder zu lösen. Er faltete die Hände über seinem Knie und hoffte, dass es wie eine entspannte Pose wirkte.

Brian würde das Interview nicht gerade als *Freude* bezeichnen – mehr als ein notwendiges Übel. Sie waren in einem Fernsehstudio in L.A. – die Beleuchtung war weich und der Hintergrund neutral. Der Sender hatte ihrer Liste von Tabu-Fragen zugestimmt, die sich um Wisconsin, Paula, Fliegen im Allgemeinen und Troys und Brians Sexleben drehten.

Anne-Louise strahlte. „Sie beide sind jetzt seit vier Jahren ein Paar. Diese ungewöhnliche Romanze hat uns alle überrascht."

„Uns eingeschlossen", antwortete Troy lächelnd. Er strich sich eine

Haarsträhne aus der Stirn.

„Viele Leute dachten, es würde nicht lange halten, aber hier sind Sie nun." Sie hob eine perfekt geschminkte Augenbraue. „Hören wir Hochzeitsglocken in naher Zukunft?"

Brian musste herzlich lachen und entspannte sich ein wenig. „Offensichtlich haben Sie mit Troys Mutter gesprochen. Im Augenblick haben wir keine Pläne, weil wir ehrlich gesagt zu beschäftigt sind. Aber sagen wir einfach, es ist auf unserem Radar."

„Ah, interessant. Troy, von Ihnen haben wir schon früher gehört, wie es war, auf der Insel gestrandet zu sein. Brian, für Sie ist es tatsächlich Ihr erstes Interview. Gibt es irgendetwas, das Sie uns über diese Erfahrung erzählen wollen?"

„Ich glaube, Troy hat schon alles gesagt."

„Was haben Sie über ihn gedacht, als Sie ihn kennenlernten?"

Brian zögerte und dachte an die Antwort, die er eingeübt hatte. Es war die Wahrheit, was es leichter machte, sich daran zu erinnern. „Dass er überraschend bodenständig war. Jemand, der hart arbeitete. Ich dachte, dass ich Glück hatte, von allen Leuten, mit denen ich auf dieser Insel hätte landen können, mit Troy dort gelandet zu sein. Aber wie *viel* Glück, weiß ich erst jetzt."

„Troy, nachdem sie die Welttournee mit *Next Up* beendet hatten – die zur Abschiedstournee der Gruppe wurde – haben Sie und Brian die Zelte abgebrochen und sind nach North Carolina gezogen. War das nur wegen Brians Job dort, oder haben Sie sich in L.A. nicht mehr wohlgefühlt?"

„Ja, ich glaube, es war von beidem etwas. Es war ..." Troy schwieg für einen Moment. „Ich war bereit für eine neue künstlerische Herausforderung. Bereit, meinen Horizont zu erweitern."

Anne-Louise nahm die CD in die Hand. „Das haben Sie auf jeden Fall. Von Ihrem neuen Album *From Golden Sands to the Top of the World* wurden bereits in der ersten Woche zweihundertfünfzigtausend Exemplare verkauft. Es ist wirklich in neues musikalisches Kapitel für Sie – sehr reife, folkige, gitarrengetriebene Songs, die Sie als sehr persönlich bezeichnen. Wie war es für Sie, zu erleben, dass diese Musik vom Publikum und von Kritikern gleichermaßen gut aufgenommen wurde?"

Troy schüttelte den Kopf mit einem verlegenen Grinsen. „Es war unglaublich. Brian hat mich ermutigt, meine Flügel auszubreiten, und diese Reise war unheimlich befriedigend. Und sie ist noch nicht zu Ende. Ich freue mich schon darauf, an meinem nächsten Album zu arbeiten."

Anne-Louise sagte: „Brian, Ihr stolzes Lächeln sagt alles."

Brian hatte gar nicht gemerkt, dass er Troy anlächelte, und drehte sich nun wieder zu Anne-Louise um. „Ja, ich bin sehr stolz." *Offensichtlich. Gott, ich hasse Interviews.*

„Und Sie genießen Ihre neue Arbeit als Ausbilder in dem neuen, hochmodernen Trainingszentrum für Piloten in Asheville?"

„Sehr sogar." Sie schaute ihn immer noch erwartungsvoll an, also fügte Brian hinzu: „Flugsimulatoren waren noch nie so realistisch. Es ist, als wäre man in der Luft, aber ich kann in der Nähe meines Zuhauses bleiben."

„Und Ihr Zuhause ist in den Smoky Mountains über Asheville? Troy, das ist, was Sie als „Top of the World" bezeichnen, oder?"

Troy nickte lächelnd. „Ja, das ist unser Spitzname für unser Blockhaus. Wir haben einen Whirlpool auf der Veranda, und die Aussicht ist atemberaubend. Manchmal ist es, als würde man direkt in den Wolken sitzen."

„Klingt, als könnte das Leben für Sie beide nicht perfekter sein. Troy, Sie sind für fünf Grammys nominiert an diesem Wochenende, inklusive Album des Jahres. Sind Sie aufgeregt wegen Sonntag?"

„Das bin ich. Aber ganz ehrlich, es ist schon eine große Ehre, nur nominiert zu sein." Er schüttelte den Kopf. „Ich weiß, ich weiß, das sagen alle. Aber der Erfolg dieses Albums hat meine wildesten Träume überstiegen."

„Ein Stück auf dem Album ist ein Duett mit Ihrem Bruder Tyson." Anne-Louise setzte ein ernstes Gesicht auf. „Ich glaube, unser aller Herzen brachen für ihn, als Sie vermisst waren und für tot erklärt wurden, und es ist wundervoll, ihn gesund und bei der Arbeit an seinem eigenen Soloalbum zu sehen." Sie hob eine Augenbraue. „Sie haben auch einen Song zusammen mit ihrer Exfreundin Savannah Jones gesungen. Darüber waren viele Leute überrascht."

Troy zuckte die Achseln. „Wir sind Freunde geblieben, deshalb weiß ich nicht, warum das so ein Schock ist. Es war toll, mit ihr zusammen im Studio zu sein. Wie Sie wissen, ist sie unglaublich talentiert, und ich hoffe, dass ich noch einmal mit ihr arbeiten kann."

Anne-Louise ließ nicht nach. „Nun, ich glaube, es muss ein ganz schöner Schlag für sie gewesen, aks Sie sie wegen eines Mannes verließen. Es sah ganz so aus, als hätten Sie ihr das Herz gebrochen."

Und los geht's. Brian hätte Anne-Louise Slater am liebsten gesagt, dass sie sich um ihren eigenen Scheiß kümmern soll, anstatt nach Schmutz zu graben, aber er überkreuzte einfach seine Beine und setzte ein ruhiges, nichtssagendes Lächeln auf. Troy kam mit so etwas klar.

„Wie ich bereits sagte, wir sind Freunde geblieben", antwortete Troy.

Als ihr klar wurde, dass Troy keine weiteren Details liefern würde, lächelte Anne-Louise. „Das ist so … erfrischend. Es ist, als würden Sie alle Regeln neu schreiben. Keiner von Ihnen war mit einem Mann zusammen, bevor Sie sich begegneten, und dennoch sind Sie jetzt hier, immer noch zusammen nach all den Jahren. Überrascht Sie das, Brian?"

Sie sahen einander an, und Brian schüttelte den Kopf. „Nein, das überrascht mich nicht. Alle machen immer eine große Sache aus dem Geschlecht, aber Liebe ist Liebe. Troy ist der Mensch, mit dem ich den Rest meines Lebens verbringen will. Wir sind ein tolles Team, und wir machen einander glücklich. Es ist wirklich ganz einfach."

Anne-Louise lächelte erneut. „Nun, wenn Sie es so ausdrücken, dann klingt es wirklich einfach."

Nach ein paar weiteren Fragen über die Grammys und Troys angekündigten Auftritt zusammen mit Tyson ging das Interview glücklicherweise zu Ende. Brian tippte mit dem Fuß, während eine Assistentin sein Mikrofon entfernte, und danach gab es noch Hände zu schütteln, Nicken und Lächeln. Als sie schließlich allein in der Limousine waren, die sie zu Beas Haus zurückbrachte, atmete Brian aus.

„Das war nicht so schlimm, oder?" Troy grinste. „Ich weiß, du hast es gehasst. Ich liebe es auch nicht gerade, aber Lara ist ziemlich viele Kompromisse eingegangen."

„Es war … akzeptabel. Du gewinnst besser einen von diesen Grammys für den ganzen Medienkram, den wir machen", grummelte er, bevor er Troy lachend küsste.

„Ich tue mein Bestes", antwortete Troy ernst.

„Du weißt, wie verdammt stolz ich auf dich bin."

Troy blinzelte, und das Lächeln kehrte zurück. „Ich weiß. Das beruht auf Gegenseitigkeit."

Sie tauschten einen langen, zärtlichen Kuss.

Troy legte seufzend seine Stirn an Brians und rieb mit der Hand Brians Oberschenkel. „Denk einfach daran, dass wir nächste Woche um diese Zeit zuhause sein werden. In unserem Whirlpool. Wie klingt das?"

„Ganz okay, schätze ich, wenn man so etwas mag."

Lachend küssten sie sich erneut, und Troy rieb seine Nase an Brians Wange. „Also, alles gut?"

„Viel besser als gut."

Mit Troy zusammen zu sein, war für Brian wie fliegen.

ENDE

ABONNIEREN SIE GRATIS KEIRAS GAY ROMANCE NEWSLETTER!

Keiras monatlicher Newsletter in englischer Sprache informiert Sie über die aktuellen Erscheinungsdaten ihrer Bücher und Neuigkeiten aus der Welt homoerotischer Liebesromane. Darüber hinaus erhalten Sie Zugang zu exklusiven Inhalten, Gratis-Lesestoff und vieles mehr. Abonnieren Sie noch heute den Newsletter und nehmen Sie automatisch an ihrem monatlichen Gewinnspiel teil.

www.subscribepage.com/KAnewsletter

Über die Autorin

Nachdem sie bereits jahrelang Literatur verfasst hatte, ohne wirklich die richtige Inspiration gefühlt zu haben, fand Keira ihre Stimme in homoerotischen Liebesromanen, die zu ihrer Leidenschaft geworden sind. Sie schreibt zeitgenössische, historische, paranormale und fantastische Romane, und – obwohl sie ihren Protagonisten unterwegs weder Dramen noch Herzschmerz erspart – glaubt Keira fest an Happy Ends. Denn wie bereits Oscar Wilde einst sagte: „The good ended happily, and the bad unhappily. That is what fiction means." Erfahren Sie mehr über Keira und ihre Bücher auf ihrer website, auf Facebook oder Twitter.

Newsletter:
www.subscribepage.com/KAnewsletter

Website:
www.keiraandrews.com

Facebook:
facebook.com/keira.andrews.author

Facebook Reader Group:
bit.ly/2gpTQpc

Instagram:
instagram.com/keiraandrewsauthor

Goodreads:
bit.ly/2k7kMj0

Twitter:
twitter.com/keiraandrews

BookBub:
bookbub.com/authors/keira-andrews